上市公司

股权激励理论、法规与实务

THE THEORY, REGULATION AND
PRACTICE OF EQUITY INCENTIVE
IN LISTED COMPANIES

杨华　陈晓升◎著

修订版

中国经济出版社
CHINA ECONOMIC PUBLISHING HOUSE
北京

图书在版编目（CIP）数据

上市公司股权激励理论、法规与实务/杨华，陈晓升著．－修订本－．－北京：中国经济出版社，2009.5

ISBN 978－7－5017－9210－8

Ⅰ．上… Ⅱ.①杨… ②陈… Ⅲ.①上市公司—企业管理—激励—研究—中国 ②上市公司—企业管理—激励—公司法—研究—中国

Ⅳ. F279. 246 D922. 291. 914

中国版本图书馆 CIP 数据核字（2009）第 060367 号

出版发行：中国经济出版社（100037·北京市西城区百万庄北街 3 号）

网　　址：www. economyph. com

责任编辑：师少林　（电话：010－68308644）

责任印制：石星岳

封面设计：白长江

经　　销：各地新华书店

承　　印：北京金华印刷有限公司

开　　本：787mm×980mm　1/16　　　　印张：23. 25　字数：338 千字

版　　次：2009 年 5 月第 2 版　　　　　　印次：2009 年 5 月第 2 次印刷

印　　数：6000～12000 册

书　　号：ISBN 978－7－5017－9210－8/F·8158　　　　定价：55. 00 元

修订版前言

　　《上市公司股权激励理论、法规与实务》出版后,我国上市公司股权激励的实践又有了新的进展,也出现了一些新的情况和新的问题。中国证监会上市公司监管部于 2008 年 5 月 6 日发布了《股权激励有关事项备忘录 1 号》和《股权激励有关事项备忘录 2 号》,于 2008 年 9 月 16 日发布了《股权激励有关事项备忘录 3 号》。国务院国资委和财政部也于 2008 年 10 月就国有控股上市公司实施股权激励制度问题下发了规范性通知。为使上市公司更好地跟踪和理解股权激励新政策,解决股权激励实践中出现的新情况和新问题,为相关制度研究者、监管部门更好地开展研究和进行监管提供有益的参考,我们根据新发布的股权激励相关政策及股权激励的最新实践发展对《上市公司股权激励理论、法规与实务》进行了修订和再版。

　　新修订的《上市公司股权激励理论、法规与实务》主要修订和增加的内容体现在以下方面:

　　对新发布的三份备忘录从激励对象监管、股份的来源、股份的授予以及股份的行权等角度进行详尽的深度解读。我们认为,三份备忘录在《上市公司股权激励管理办法(试行)》的规范之下,对股权激励的相关事项作了更为详细、更具操作性、更符合实际的规定;

　　本次修订也根据 2008 年 10 月 21 日国务院国资委和财政部颁布的《关于规范国有控股上市公司实施股权激励制度有关问题的通知》,以及 2009 年 1 月财政部和国家税务总局颁布的《关于股票增值权所得和限制性股票所得征收个人所得税有关问题的通知》对相关内容进行了更新;

　　此外,本次修订增加了对《上市公司股权激励管理办法(试行)》颁布以来至 2008 年 5 月 23 日上市公司实施股权激励案例的统计分析,从实施股权激励的企业类型、激励对象、激励方式以及股票来源等方面对这部分案例进行了深入研究，从中寻求目前股权激励的实施规律。同时，本书增加了对中兴通讯股权激励案例的详尽分析，从股权激励方案、对公司的影响以及实施过程中遇到的问题等方面对该案例进行了详尽的剖析，从中寻求股权激励在公司治理中的作用。另外，本次修订对书中原有案例万科和中捷股份的股权激励进展情况进行了更新。

海外的股权激励发展已比较成熟和完善，我国股权激励理论和实践也在不断创新、发展和完善中。近来在金融危机背景下，上市公司高管薪酬问题受到公众和媒体的空前关注，如何建立和完善公司高管薪酬的约束机制并使高管薪酬切实同其经营绩效真正挂起钩来，尚须在实践中进一步探索。同时，有些公司的薪酬设计也涉及股权激励模式。诚然，公众关注的并非股权激励制度本身，而是如何更好、更加有效地应用股权激励这一工具，这也将促使我们继续深入对股权激励的研究、探索和总结，为股权激励在我国的更好应用和发展提供有益的帮助。希望《上市公司股权激励理论、法规与实务》的修订再版能够实现我们的初衷。

杨华　陈晓升
2009 年 4 月

前　言

　　股权激励制度产生于 20 世纪 50 年代的美国，70 年代传入欧洲，从 90
年代开始在亚洲国家得以发展。在 2006 年以前，中国上市公司在股权激励
的实践方面进行了很多探索，但与中国证券市场的飞速发展相比，中国上市
公司股权激励机制的建设进程相对迟缓。虽然我国上市公司进行了很多的
探索和实践，在原《公司法》禁止公司回购本公司股票(以注销为目的的回购
除外)并库存、原《证券法》不允许高管转让其所持本公司股票的背景下，曾
经出现了上海仪电模式、武汉模式、贝岭模式、泰达模式与吴仪模式等典型
模式，但这些模式都是在特定的背景下推出的，还不能称为真正意义上的股
权激励计划。随着具有里程碑意义的重大制度性变革——股权分置改革工
作的顺利开展，资本市场环境逐步得以完善，上市公司治理结构也日益规
范，股权意识得以觉醒，市值管理的理念深入人心，机构投资者队伍不断壮
大，资本市场有效性不断提升，公司股价与业绩相关度加强，包括《公司法》、
《证券法》的修订为股权激励的实施铺平了道路。2005 年 12 月 31 日，中国
证监会颁布《上市公司股权激励管理办法(试行)》，为我国上市公司的股权
激励机制建设提供了明确的政策指引和操作规范，股权激励终于进入实际
可操作阶段。许多上市公司在股改对价方案中顺势推出股权激励计划。此
后，国务院国资委和财政部分别于 2006 年 1 月 27 日和 2006 年 9 月 30 日颁
布了《国有控股上市公司(境外)实施股权激励试行办法》、《国有控股上市
公司(境内)实施股权激励试行办法》，对国有上市公司建立股权激励制度做
出了进一步的规定。2006 年 5 月，双鹭药业、中捷股份和万科股份成为首批
通过证监会评审的 3 家上市公司，拉开了中国上市公司试行股权激励制度的
序幕。这是完善上市公司治理结构的一次改革，也是对上市公司收入分配
体制的一次改革。然而，美国安然事件的爆发触动了全球的神经，对股权激
励制度的质疑也开始风生水起；同时，中国上市公司治理中存在的诸多历史
问题也引发了对引入股权激励制度的担扰。在这样的背景下，深刻认识和

研究股权激励制度显得非常必要。

我们组织编写这本书的主要目的有三个：一是通过总结股权激励的理论基础和海外股权激励制度的实践经验，来帮助上市公司更深刻和准确地了解股权激励制度；二是通过解读新《公司法》、《证券法》和中国证监会、国资委分别发布的相关法规，来帮助上市公司更好地理解当前股权激励的政策；三是通过对实际案例的分析和对操作中遇到的会计问题和税务问题的剖析，来帮助上市公司更好地解决股权激励在实务上存在的问题。

为此，我们将本书分为理论篇、海外篇、法规篇和实务篇四个部分。在理论篇中，我们认真总结了股权激励制度的理论基础，这是我们了解股权激励制度本质的必要步骤。这部分国内外已有很多学者曾做过非常详细的总结和综述，我们对此进行了进一步的梳理。在海外篇中，我们总结了海外股权激励制度的实践，既包括法规上的经验，也包括实务操作中的相关经验，可为我们发展中国的股权激励制度提供参考。在法规篇中，我们梳理了当前中国股权激励制度的相关法律法规体系，着重对中国证监会颁布的《上市公司股权激励管理办法（试行）》和国资委颁布的《国有控股上市公司（境内）实施股权激励试行办法》、《国有控股上市公司（境外）实施股权激励试行办法》进行了详细的解读。在实务篇中，我们对股权激励涉及的会计处理问题和税务问题进行探讨，并着重对宝钢、万科、中捷和泛海四个较为典型的上市公司股权激励实例进行了深入分析。

我们认为，从股权激励制度本身来看，股权激励是一项可以促进上市公司完善治理结构、提高上市公司绩效的创新制度。这项制度有着深厚的理论基础和丰富的海外实践经验。然而，这项创新制度的有效性不仅取决于制度设计本身，也和内外部约束机制的有效性密切相关，因为激励和约束永远是相对应的。只有两者相互平衡，股权激励才会真正发挥作用。因此，如何通过完善相关法规、推进各项市场化改革来建立一个市场化的股权激励内外部约束机制，是摆在政府监管部门和上市公司面前的一个课题。对此，我们提出了相关的建议供参考。

杨华　陈晓升

2008 年 3 月 15 日

目　录

概　述

理论篇

海外篇

法规篇

实务篇

结 语

概

述

GAI SHU

第一章　股权激励概述

第一章
股权激励概述

第一节　股权激励的历史沿革

股权激励是一种以公司股票为标的,对其董事、监事、高级管理人员、骨干员工及其他人员进行的长期性激励机制。通过股权激励,被激励者能够以股东的身份参与企业决策、分享利润、承担风险,从而勤勉尽责地为公司的长期发展服务。

股权激励作为企业经营管理中对公司经理和雇员的长期薪酬激励制度大约产生于美国20世纪的50年代。1952年,由于美国当时的税收呈上升趋势,个人所得税边际税率已经增至92%,美国公司的高层管理人员的绝大部分薪酬都通过个人所得税交进了国库,经理们的工作积极性受到极大的挫伤,面对这种情形,当时的美国辉瑞(Pfizer)公司为了合理避税,首先尝试性地推出了面向公司全体雇员的股票期权计划,从此股票期权制度诞生了。

员工持股计划(Employee Stock Owner Plans,简称 ESOP)是由经济学家路易斯·凯尔索(Louis Kelso)在20世纪60年代首先提出来的。由于当时的法律禁止员工借款购股,因此几乎没有公司接受和实践凯尔索的思想。为了验证和实施自己的经济思想,路易斯·凯尔索鼓励一家盈利的报纸连锁店的员工从即将退休的老板手中买下企业资产,因为当时缺乏常规的筹措资金手段,员工买下企业的同时也必须承担大量的个人债券。为此,凯尔索以当时存在的公司"员工受益计划"为掩护,通过了各种法律机构,建立了依靠借贷资本使员工买下雇主企业的程序。1974年,凯尔索员工持股计划思想引起正在领导制定一部有关退休员工收入法律的美国参议院财经委员会主席拉赛尔·朗的极大兴趣,拉赛尔·朗最终将员工持股计划的一些内容反映在这部法律的一些条款中,并且在税收、融资上都相应增加了一些有利于员工持股计划的内容。这部法律在拉赛尔和其他一些支持员工所有制的人士的共同努力下,最终在国会获得通过,这就是著名的《退休人员收入保障法》。随后,美国联邦政府和州政府进一步完善员工持股计划法规,并在税收上给予优惠支持,从而极大地推动了员工持股计划的长足发展。

员工持股计划的做法就是由企业成立一个专门的职工持股信托基金会,基金会由企业全面担保,贷款认购企业的股票。企业每年按一定比例提取工资总额的一部分,投入员工持股信托基金会以偿还贷款。当贷款还清后,该基金会根据员工相应的工资水平或劳动贡献的大小,把股票分配到每个员工的"员工持股计划账户"上。员工离开企业或退休,可将股票卖给员工持股信托基金会。员工拥有对所持股票的收益权和投票权,但没有股份转让权和继承权,只有在员工因故离职或退休时,才能将属于自己的那一部分股份按照当时的市场价值转让给本公司其他员工,或由公司收回,自己取得现金收益。员工持股计划的主要理论是:在正常的市场经济运行的条件下,任何人不仅通过他们的劳动获得收入,而且还必须通过资本获得收入,这是人的基本权利。人类社会需要一种既能鼓励公平又能促进增长的制度,这种制度使任何人都可以获得两种收入,即资本收入和劳动收入。员工持股计划在美国已经得到广泛推广,目前已有近万家企业应用员工持股计划。而股票期权制度在员工持股计划的基础上有了更进一步的发展,尤其在激励方面是对员工持股计划的一个飞跃。

股票期权制度产生之初,在当时的美国并没有引起人们的广泛关注,因此也没有在许多公司进行推广。股票期权的实践是由美国硅谷的高技术知识型创业公司大范围发起的,他们早在20世纪60年代就开始积极推广并采用这种激励机制。对于这类刚起步的高科技公司,由于创业期间资金紧张,股票期权是能够吸引并留住优秀人才的最好方法。进入20世纪70年代,美国企业即开始对公司治理进行改革,改革围绕着两个方面进行:一个方面是加强对公司经理层的监督力度,完善监督机制,开创和引进了外部董事,也即独立董事制度;另一方面调整了雇员和经理们的薪酬结构,即推广了雇员的广泛持股和经理股票期权激励制度,使得经理和雇员的长期利益与公司和股东的利益联系在一起,由此推动了股票期权制度的发展。股票期权不仅是对雇员和经理层的激励机制,目前的趋势是对包括董事在内的人员也予以激励,以致在美国出现了所有权和控制权重新结合的趋势。由于美国在 20 世纪 70 年代初引入了独立董事制度,而独立董事直接从公司领薪酬不便于董事的独立判断,现在美国 70% 的独立董事和其他董事都以股票期权的方式来获得薪酬,这种对董事采用股票期权报酬方式的目的在于使独立董事们具有和资本所有者同样的热情与积极性。

自 20 世纪 70 年代以来,美国政府制定了许多相应的法律和规定对股票期权计划给予税收优惠和其他支持,大大促进了期权制度的发展。美国的研究机构曾对 1,400 家实施了股票期权制的公司进行了调查,结果表明,实施了股票期权的企业生产率比未实施股票期权计划的企业高。

在美国,股票期权已经成为一种较为完善的激励方式。为了激励高层主管为企业长期效力,公司给他们一大笔公司股票或股票期权。许多美国公司的总裁因此所获得的收入甚至会超过固定年薪。例如,英国联合利华公司的总裁与同行业的美国宝洁公司总裁的年薪大体相同,约为 110 万美元,但不同的是,后者在一年中靠卖本公司的股票期权可赚得 190 万美元。从目前的情况来看,除了英国企业仿效美国那样发放相当数额的股票期权以外,其他欧洲国家的企业仍与美国有较大的差距。这些企业的股票期权奖励仅相当于固定工资的 10% ~20%,而在美国,这部分收入则可以达到年薪的 55% 以上。近年来,越来越多的欧洲企业开始意识到,要想吸引一流的经营管理人才,不仅要提供高水平的工资和福利,更应重视建立与企业持续发展相适应的激励机制。1998 年年初,德国修改了有关法律,开始实施股票期权的奖励模式,而比德国企业先走一步的法国企业则在不断增加这部分奖励的比例。

总体来看,由于股票期权在对企业经理、董事、雇员的长期激励方面具有显著的成效,在最近十余年来,股票期权制度在美国乃至日本、新加坡、英国和欧洲一些国家都得到广泛的发展并取得良好的效果。2006 年,在股权分置问题基本妥善解决后,中国的上市公司也开始尝试性地实施了股权激励计划。

第二节　股权激励的特点及类型

一、股权激励机制的特点

（一）股权激励是一种长期激励

企业经营者的薪酬体系，往往可以分为固定薪酬、短期激励、长期激励和福利四个部分。从表1.1中我们可以看出，不同的薪酬组成部分对经营者的激励作用是不同的。固定薪酬体现职位的基本价值，保障任职者的基本支出；短期激励是为了激励经营者短期内业绩而发放的现金奖励，鼓励经营者达到当期业绩；长期激励是将经营者利益与股东长期利益挂钩，促使经营者考虑公司长期的发展；福利体现公司对经营者的关怀，是重要的人才留置策略。

表1.1　　　　　　　　　　企业经营者薪酬体系的构成

薪酬构成	内容	支付周期	决定依据	目标数量
固定薪酬	基本工资，以及固定发放的所有以现金形式支付的各种津贴	按月支付	一般与职位和资历有关	根据职位价值、市场行情以及经济状况决定
短期激励	根据短期业绩完成情况，发放的奖励薪酬，如年终奖等	按年支付	短期业绩指标的完成情况	按照固定薪酬的比例计算目标值，并确定浮动区间
长期激励	与股东实际回报联系紧密的指标所决定的收益，在较长期内获得收益，如股票	长期	反映股东实际回报，以及企业长期业绩的指标	按照固定薪酬的比例计算
高层福利	为极少数高级管理者设计的特殊福利，如家庭医疗保险、俱乐部会员	长期	依据产业惯例，企业内部自行决策	通常为非货币形式

资料来源：《整体薪酬角度思考高级主管股权激励》，吴胜涛，2006年1月。

通常情况下，经营者层级越高，他的薪酬构成就越复杂，同时变动薪酬尤其是长期激励所占的比重也就越大。这是因为职位越高，其对公司业绩的影响就越大,高级管理者的决策通常会影响到公司未来几年甚至几十年的发展,因此董事会希望以长期激励的方式,将这些高管的个人利益与公司利益紧紧联系在一起,以督促其在决策时要着眼于公司的长远发展。

上市公司高管人员价值创造的风险性、复杂性和创新性决定了他们必须获得与价值创造相适应的经济收入。为充分发挥收入的激励作用,保证公司长期效益,在收入中要有长期激励因素。据霍尔(Hall)和利伯曼(Lieb-man)对美国 CEO 的报酬数据的研究发现,CEO 的报酬与企业业绩显著相关,股权激励对经营者有很好的长期激励作用。

股权激励之所以可以起到长期激励的作用,是因为股价持续升高归根结底源于投资者对于公司未来回报的预期,因此股权激励的被授予者,特别是经营者,会产生努力工作使公司长期增长,并提升市场评价的动机。

(二)股权激励是一种与企业增值相关的对人的价值回报机制

在企业当中,必然有为数不多的一类人对企业的发展起着至关重要的作用,成为企业的核心人才。这类人力资本的价值回报通过一般的薪资、奖金很难满足,最直接的办法就是将对他们的回报同企业的持续增值紧密联系起来,在相当长的一段时间内,通过企业的持续增值,来回报核心人才为企业发展做出的贡献。

股权激励是一种激励和约束合一的机制。股权激励虽然名为"激励机制",但由于企业核心人才要获得实际利益必须以实现预定的经营目标或考核目标为前提,所以,这种激励是以约束为前提的。对于运用最普遍的股票期权,其本身是现代企业中针对剩余索取权的一种制度安排,它是指企业所有者向其经营者提供的一种在一定期限内按照某一既定价格购买一定数量本公司股份的权利的做法。在行权以前,股票期权的持有人没有任何现金收益;在行权以后,其收益为行权价与行权日市场价之间的差价。企业的经营者可以自行决定在任何时间出售行权所得的股票。当行权价一定时,行权人的收益与股票价格呈正比。而股票价格是股票内在价值的体现,二者的变动趋势是一致的。股票内在价值是企业未来收益的体现,于是经营者的个人利益与企业的未来发展之间就建立起了一种正相关的关系。股票期权本质上就是让企业经营者拥有一定的剩余索取权并承担相应的风险。

股权激励制度,使企业核心人才和股东结成了利益共同体,能驱动公司高管人员努力提高公司业绩,使激励动态化、长期化,最终达到股东和高管人员"双赢"的局面。

（三）股权激励是一种企业控制权激励

对于被授予股权激励的企业核心人才来说,他们的角色从此发生了根本的变化:由企业的打工者变成企业的所有者。角色的变换,使得企业核心人员不仅要关心企业的短期业绩,更要关心企业的长远发展,从而使企业经营者的目标函数和行为选择与企业的长期发展目标相一致。通过股权激励,企业核心人员开始真正拥有对企业的部分控制权,开始参与事关企业发展方向的重大事项的决策,开始从企业发展的角度看待自己的行为,并真正为此负责。对企业核心人员而言,所有权的授予是一种控制权的激励,是无形的精神激励,将其自身的行为与企业的发展紧密联系。虽然股权激励的形式具有不确定性和风险性,但其激励效应具有长期性和持久性,可以弥补传统薪酬制度的缺陷,并使企业核心人员通过行使期权而获得权益。

二、股权激励的类型

通常情况下,按照基本权利义务关系的不同,股权激励方式可分为三种类型:现股激励、期股激励和股票期权激励。现股激励的方式是指,通过公司奖励或参照股权当前市场价值向经理人出售的方式,使经理人即时地直接获得股权;同时规定经理人在一定时期内必须持有股票,不得出售。期股激励的方式是指,公司和经理人约定在将来某一时期内以一定价格购买一定数量的股权,购股价格一般参照股权的当前价格确定;同时对经理人在购股后再出售股票的期限作出规定。股票期权激励的方式是指,公司给予经理人在将来某一时期内以一定价格购买一定数量股权的权利,经理人到期可以行使或放弃这个权利,购股价格一般参照股权的当前价格确定;同时对经理人在购股后再出售股票的期限作出规定。其中,股票期权(Stock Options)按照使用激励工具的不同又可以分为限制性股票期权、法定股票期权、非法定股票期权、激励型股票期权、可转让股票期权、业绩股票期权、股票增值权、虚拟股票期权等,这在本书的第四章和第八章中有详细介绍,此处不再赘述。股票期权是目前国际上最为经典、使用最为广泛的一种股权激励模式,也是本书主要进行论述的股权激励类型。按照激励对象划分,股权激励又可以划分为员工持股计划(Employee Stock Owner Plans,简称 ESOP)和管理层收购(Management Buyout,简称 MBO)等。

(一)股票期权

1. 股票期权的概念

期权(Option),又称买卖权,是一种标准化的衍生性契约,赋予持有人在未来的一定时间内,或未来某一特定的日期,以一定的价格向对方购买或出售一定数量的特定标的物,但不负有必须购买或出售的义务。当期权赋予持有人有权购买一定数量标的物,该期权为买入期权(Call Option),反之为卖出期权(Put Option)。

股票期权(Stock Option)是以股票为标的物的期权合约。作为一种激励工具而非交易品种,股票期权是一种买入期权,指公司给予被授予人在未来某一特定时期内以合同规定的价格购买一定数量本公司股票(或股份)的选择权,其中合同规定的价格称之为行权价格(Exercise Price),依此期权计划购买本公司股份的过程称为行权(Exercise)。

值得强调的是股票期权是一种权利而不是一种义务,持有人可以依照事先确定的条件,有偿无障碍地获得公司发行的股票。这是一种权利,持有人既可以放弃在未来获得股票的权利,也可以实施此项权利,在符合期权契约的条件下,公司以及其他任何机构和个人均无权对抗持权人的行为选择。

从法律属性来讲,期权股份(期权持有人依照公司期权计划获得的股份)是公司股本的组成部分,但又与普通股有所不同,这主要体现在流通性的限制方面。期权制度的根本目的是使高管人员的利益与公司利益结为一体,使高管人员尽力提升公司经营绩效并以此增加个人财富,市价收入并非公司期权制追逐的直接目标。否则,管理人员就会舍本求末,一味追逐股票市价,利用市场机会进行过早的套现,获得非正常高额收入。

股票期权为获授人所私有,不得转让,除非通过遗嘱转让给继承人,获授人不得以任何形式出售、交换、记账、抵押、偿还债务或以利息支付给与期权有关或无关的第三方。如美国《国内税务法规》规定,唯一的转让渠道是在遗嘱里注明某人对股票期权有继承权;除个人死亡、完全丧失行为能力等情况,经理人的家属或朋友都无权代替他本人行权;其配偶在某些特定情况下对其股票期权享有夫妻共同财产权(Community Property Rights)。

2. 股票期权制度的特殊性

(1)权利主体的特殊性

期权利益的享有者,一般情况下主要是公司内部的经营管理层、技术研发人员和有特殊贡献的一般职员,在不同的国家对于股权激励的范围都有不同的规定,在国际上也并没有公认的说法。有的国家如美国也允许将公司的董事和独立董事也纳入期权授予范围,除了内部员工,作为公司重要的外部供应商、分包商偶尔也可能成为期权利益享有者;而有的国家则规定公司董事会、监事会的成员及普通员工不在授予范围之内。

(2)权利客体的特殊性

从形式上看,期权的获取基于个人贡献和公司价值增长。从内容上看,期权本身除了依据契约规定认购公司股份的权利外,没有任何权利,只有行权后变成股份了,才能拥有相应的权利,但在流通性上有一定的约束。依据期权方案获得的股票什么时候可以流通,则要根据期权契约中的有关规定。

(3)实施主体的特殊性

股票期权制度的根本目的就是在信息不对称与契约成本客观存在的条件下,通过股权激励的方式解决代理成本问题。既然如此,那么从理论上讲,任何企业,只要存在委托代理问题,都可引进期权制度。如果股东决定实施期权方案,就意味着公司股东愿意将公司经营的一部分风险和收益转移给期权持有人,以期把剩余控制权做大,获得最大的投资收益。

(二)员工持股计划

1. 员工持股计划的概念

员工持股计划(Employee Stock Owner Plans,简称ESOP),是指由企业内部员工出资认购公司部分股权,让企业员工成为股东,分享企业成长成果的一种员工福利计划。由于员工持股计划通常会享受到纳税的优惠政策,因此在授予对象上不能对董事、高管等人员有偏向。为了符合这一要求,员工持股计划的具体执行一般都是委托一个社团法人去托管运作。

2. 员工持股计划的特点

（1）员工持股计划是一项"特别的"养老金福利计划

作为一项"特别的"养老金福利计划，员工持股计划的特别之处表现在三个方面：一是必须将大部分资金投资于公司的股份上；二是可以借钱购买企业股份；三是可以享受税收优惠。在美国，一项福利计划必须满足某些规定才能享受税收方面的优惠，员工持股计划可以不受这些规定的限制，而另有税收优惠安排。

员工拥有的股份，不是员工主动认购，而是与员工的年薪挂钩进行分配。因为，员工拥有的股份应该与他本人对公司的贡献大小挂钩，而年薪高低则是员工贡献大小的标志。因此，公司管理人员拥有的股份比一般工人高得多。

（2）员工持股计划属于一种贡献明确的计划

在美国，职工养老金计划可以分为"利益明确的计划"和"贡献明确的计划"。不同种类的计划有相应的税收规则，员工持股计划属于后者。作为一种贡献明确的计划，首先，公司对该计划的贡献金被分配到职工的个人账户上，每个账户的账面价值反映出公司（有可能是职工）的贡献金数量、账户上所发生的投资收益或亏损、收入以及管理费用等；其次，明确的贡献计划都有一个明确的公式，将公司的贡献金分配到职工的个人账户上；再次，与明确的福利计划所不同的是，贡献计划实行分配的原因可以是除退休以外的其他原因。

（3）公司不承诺定期支付参加者一定数量的福利

与其他贡献计划有所不同的是，员工持股计划必须将其大部分资金用于持有公司股份。该计划的贡献金部分可以或不必根据事先确定的方式提取。但必须要说明贡献金将如何分配给参加者以及福利将如何分配。

（4）员工持股计划可以和其他利益计划相结合

员工持股计划可以和其他的职工利益计划结合，也可以与员工退休计划紧密结合。

（5）员工持股计划建立在预期劳力的基础上

美国实行 ESOP 的公司，员工购买股票并不是用过去劳动（现金）支付，而是用预期劳动支付。基于这一点,员工持股要受到为公司今后的服务年限限制。法律规定,员工持股开始的 7 年内,员工不得提取和转让自己拥有的股份,如果 7 年内离职,则视同自动放弃本人所拥有的该公司的股份。

(6)员工持股计划注重利益而淡化股权的充分行使

实行员工持股的公司,如果不是员工控股,则员工只在公司重大问题上(如公司的兼并、分立和股权的转让等)通过员工持股基金有表决权,而对诸如公司董事会的选举、高级管理人员的聘用等问题,员工一般不参与表决。

(三)管理层收购

1. 管理层收购的概念

管理层收购(Management Buyout,简称 MBO),是指公司的管理者或经营层利用自筹、借贷等方式所融资本购买本公司股份,从而改变企业内的控制格局以及公司资本结构,使企业的原经营者变为企业所有者的一种收购行为。

国际上对管理层收购目标公司设立的条件是:企业具有比较强且稳定的现金流生产能力,企业经营管理层在企业管理岗位上工作年限较长、经验丰富,企业债务比较低,企业具有较大的成本下降、提高经营利润的潜力空间和能力。

2. 管理层收购的特征

管理层收购是目标公司的管理者利用借贷等方式,收购本公司的股份,从而改变公司的所有者结构、控制权结构和资产结构,进而达到重组本公司的目的,并获得预期收益的一种收购行为。管理层收购具有以下特征:

(1)主要投资者是目标公司内部的经理和管理人员

管理层收购的主要投资者是目标公司内部的经理和管理人员,他们往往对本公司非常了解,并有很强的经营管理能力。管理层收购涉及到企业的核心商业秘密,政府或行业管理部门往往都有一些优惠措施。他们通过管理层收购使原来的经营者身份变为所有者与经营者合一的双重身份。

(2)资金来源往往由管理者自筹或通过融资

管理层收购的资金来源往往由管理者自筹或通过融资。这样,目标公司的管理者必须具有较强的组织能力,融资方案必须满足借贷者的要求,也必须为权益人带来预期利润,同时借贷具有一定的融资风险。

（3）目标公司往往是具有巨大资产或存在潜在管理效率空间的企业

管理者通过对目标公司的控制权,重组公司结构,达到节约代理成本、获得巨大的现金流入。管理层收购完成后,目标公司可能由一个上市公司变为一个非上市公司,然后经过一段时间后再行上市。管理者通过收购公司的资产或股份,减少公司的流通股或收购法人股来控制公司。

第三节　股权激励的定价及其作用

一、股票期权定价的发展概述

期权的一个基本定义就是在一定的时间按照一定的价格购买或出售一种资产的权利,而非义务。其中,标的资产(又称为基础资产)一般是股票或商品,例如小麦、大豆、原油等。商品期权使芝加哥期权交易所(CBOE)在20世纪70年代早期产生。期权本质上是一种价格风险保险,因为它允许期权持有人以较低的成本核定价格。大多数期权主要用来保护期权持有人免受价格跌落的风险。看跌期权是出售资产的权利,而看涨期权是购买资产的权利。另外,由于期权不包含义务,期权持有人在价格变动有利的条件下也并不牺牲获利机会,只有期权持有人行权时锁定的价格才适用。标准的期权都会有一定的锁定价格(即行权价格)和一定的到期日。如果期权持有人在到期日前没有行权,期权过期就没有任何价值。如果期权只能在到期日执行,那么这种期权被称为"欧式"期权;如果期权持有人可以在到期日前的任何时间执行期权,那么此期权为"美式"期权。

股票期权实质上是一种看涨期权。[①] 一般而言,股票期权的价值由两部分组成,即内在价值和时间价值。股票期权的内在价值是期权的行权价格与基础资产的当前价值的差额。行权价格代表期权持有人用来购买股票的协议价格。如果行权价格低于当前的市场价格,期权就是"在价内"的。在此种情况下,期权持有人可以通过立即行权获利,即先按行权价格购入股

---

① 刘园、李志群:《股票期权制度分析》,对外经济贸易大学出版社,2002年版,第72页。

票,再在市场上以较高的市价出售,从而实现低买高卖的差价收益,即具有正的内在价值;当行权价格等于(或高于)当期市场价格时,买入期权则是在价外的,其内在价值为零。即使内在价值为零或者为负值,大多数期权的价值仍为正值,这是由于期权同时还具有时间价值,期权的时间价值取决于基础资产价格(即股票价格)在期权到期日前变动的可能性,主要由期权到期前剩余时间的长短以及股票价格在到期日前超过行权价格可能程度的高低来决定。

期权定价模型长久以来就是学术界讨论的热点,已成为一个比较繁盛的家族,既包括相对简易的模型,也不乏极端复杂的方程组合。目前被普遍接受和使用的期权定价模型主要有两个:B—S 期权定价模型和二叉树模型。

早在 1973 年,麻省理工学院(MIT)的两位教授 Fisher Black 和 Myron Scholes 发表了杰出的 B—S 期权定价模型,两人因此于 1997 年 10 月获得第 29 届诺贝尔经济学奖。B—S 模型所涉及的数学理论相当复杂,其主要的理论基础基于无风险套利机会不应存在的论断。投资者可以利用股票和期权构造无风险投资组合,而此组合的收益必须等于无风险利率。这样的无风险投资组合之所以得以构成,是因为股票价格同期权价格是受同一因素影响,即股票价格变动的影响。在一段很短的时间里,一个看涨期权的价格与作为其基础资产的股票价格是完全正相关的,而一个看跌期权的价格与股票价格完全负相关。在这两种情况下,在以期权和股票构成的投资组合里,两者的收益和损失就会互相抵销,因而投资组合在这个短时期末的价值几乎是确定可知的。

二叉树模型由发明者 Cox,Ross 和 Rubinstein 于 1979 年发表的一篇论文而为世人所知。二叉树模型的理论基础与 B—S 模型基本一致。之所以被称为“二叉树”期权定价模型,主要源于该模型中的主要假设,即股票价格的变动呈二项分布的模式,也就是在单一时间单位里,股票价格的变动只存在两种可能结果,或者上涨一定幅度,或者下跌一定幅度,而上涨或下跌的概率是呈二项分布的。这种股票价格运动二项式的假设,实际上是对真实股票价格变动模式的一种极为简化的近似。这种假设,一方面使研究大为简单,另一方面它可以清楚地体现期权定价中的主要因素。对二叉树期权定价的讨论从最为简化的单期模型开始,然后扩展到两期,进而扩展到多期。

B—S 模型为股票期权的定价提供了一种广为接受的方法。经过适当的调整,B—S 模型是目前对标准期权定价最为有效、准确的模型。二叉树模型可以辅助 B—S 模型为更加复杂的期权提供精确的定价。

二、股票期权定价的作用

在股权激励的实践中,股票期权的定价至少具有以下三个方面的作用:

(一)对被激励者的作用

期权作为管理人员、技术人员等企业核心人员的长期激励工具,对股票期权的定价,可以使被激励者了解期权将会给他们带来多大的预期收益和可能的收益,从而强化对于个人激励的程度。

(二)对企业成本计算的作用

期权会给被激励者带来收益,相应的也就会给授予公司带来成本。对于公司股东来说,需要通过对股票期权的定价来帮助股东合理确定期权的赠予数量,以及计算赠予期权的成本,并了解可能对被激励者产生的激励效果。股票期权给公司带来的成本主要由两部分构成:一是在行权时,公司所提供的低于市场价格的一般的机会成本;二是作为增加股份时所导致的现有股份持有者所持股份价格的稀释成本。这种稀释会产生这样的效果:它将公司未来的收益按比例传递到新的股份拥有者手中,而使得在期权赠予时手中握有股票的人不能按同一比例获取收益。因此,需要通过对股票期权的定价来计算成本。

(三)对账务处理的作用

早在 1972 年,由于当时股票期权还没有被广泛应用,而且计算其成本难度非常高,因此会计准则制定者决定期权不需纳入成本。然而,20 世纪 80 年代股票期权日益流行,尤其是在美国硅谷,那里的高科技公司常常在向经营者提供期权的同时,也向各层员工提供。80 年代初,美国的几大会计事务所向美国金融会计标准委员会(简称 FASB)提出具体意见,他们认为,股票期权明显是一种支出,因此应纳入成本核算。

到 90 年代初,市场出现了一些成熟的新模型以预测股票期权的长期价值。FASB 认为,如果企业能为员工估算期权的长期价值,那它们同样也能为股东计算出这些期权的长期成本。因此,FASB 在 1993 年 4 月投票通过,要求企业将期权视为一种支出,按期权的未来预测价值计算成本。然而,有关期权问题的争论逐渐升温。支持股票期权的人认为,期权使雇员有权以现在的价格购买未来的公司股票,为雇员提供了分享公司成就的财务机会,并最终让所有股东受益。而反对者认为,股票期权会让经营者获得超乎常理的报酬,有时金额甚至达数亿美元。

1994 年,在美国市场又发生了股票期权的大争论。高科技企业发布研究报告,预测企业利润将因新的会计准则下降 50%,运营资金也将随之枯竭。当时,成千上万的高科技产业工人聚集在加州北部,进行一场名为"硅谷行动"的支持股票期权的示威活动。100 多位高科技企业的经营者飞往国会山游说。当时,以硅谷为代表的新经济正处于美国经济最强盛时期的起步阶段,股市牛气冲天。在各大企业的压力下,克林顿政府表示反对 FASB 的做法,机构投资者组织也进行声援,称会计准则的变化将影响企业的财务状况。最终,美国参议院以 88 票对 9 票的结果通过一项反对 FASB 改变会计准则的非正式决议。于是,FASB 撤回新的会计准则,规定企业只需在年报的注脚中公布期权的价值。

90 年代末,随着高科技泡沫的崩裂,尤其是纳指的急转下挫,人们开始担心股票期权潜在的负面影响。美联储主席格林斯潘就不无担忧地指出,不把期权纳入成本会人为地夸大企业的利润和股票价格。2002 年 3 月 25 日,由养老基金、捐赠基金、投资公司组成的具有影响力的联盟"机构投资者委员会",以压倒多数的投票决定改变 90 年代中期的立场,将期权纳入成本考核。2004 年,FASB 宣布,将要求美国的上市公司在股票期权到期兑现时按照当时的股价计入成本,FASB 坚持认为这样可以提高财务报告的真实性。FASB 的新标准使美国与欧洲同步。国际会计标准委员会曾宣布,符合国际审计标准的公司将于 2005 年 1 月 1 日起将股票期权计算在成本之内。因此,将股票期权计入成本已成为国际性的潮流,从账务处理的角度需要对股票期权进行定价来计算会计成本。

理论篇

LI LUN PIAN

第二章

股权激励的理论基础

股票期权是法人治理中的长期激励机制,其产生有着深厚的理论基础。这些理论是在现代公司制度逐渐发展过程中形成的。例如经济学中的委托代理理论、现代企业理论中的公司治理理论和人力资本理论等,这些经济学理论的产生与发展都是有其特殊的历史背景和社会根源的。首先是现代公司制度的大量实践活动和现代公司制度发展的实际需要使得这些理论的产生成为可能,其次是这些理论的产生和发展又为公司的长期激励机制、股票期权的产生提供了理论基础和依据。

第一节 公司治理与委托代理

一、公司治理与委托代理理论的前提

股权激励产生的理论依据之一是公司治理与委托代理理论。公司治理结构(Corporate Governance,又译法人治理结构、公司治理)是一种对公司进行管理和控制的体系。它不仅规定了公司的各个参与者,例如,董事会、经理层、股东和其他利害相关者的责任和权利分布,而且明确了决策公司事务时所应遵循的规则和程序。公司治理的核心是在所有权和经营权分离的条件下,由于所有者和经营者的利益不一致而产生的委托—代理关系。公司治理的目标是降低代理成本,使所有者不干预公司的日常经营,同时又保证经理层能以股东的利益和公司的利润最大化为目标。因此,委托代理理论是公司治理的基础,而公司治理与委托代理理论是在现代企业两权分离的情况下产生的。

　　两权分离即公司的所有权与控制权分离,两权分离理论是随着现代公司制度的产生而产生的,也是对现代公司的主要特征的描述。较早认识到现代公司的两权分离问题的是亚当·斯密,但对两权分离进行具体论证的是贝利和米恩斯1933年合著的《现代公司与私有产权》一书,此后美国著名的企业史学家钱德勒在其1977年出版的管理史名著《看得见的手——美国企业的管理革命》中进一步论证了两权分离的问题与实质。

　　亚当·斯密在近代股份公司的发展初期较早地观察并注意到了股份公司中的所有权与经营权分离的现象,并且认为两权分离将造成股份公司的低效率。亚当·斯密指出:"在钱财的处理上,股份公司的董事为他人尽力,而私人合伙的合伙人,则纯为自己打算。所以,想要股份公司董事们视钱财用途,像私人合伙公司合伙人那样用意周到,那是很难做到的。"①从斯密的论述中可以看出,在当时股份公司两权分离的情况下,公司的董事不可能像委托人股东维护自身利益那样去维护所有者的利益。虽然斯密点中了股份公司的两权分离的根本特征,但他对股份公司的两权分离的分析和论证是持悲观态度的,而这种悲观的认识是由当时历史发展的局限性所造成的。

　　到20世纪30年代初,随着西方经济社会的飞速发展,现代企业规模日益扩大,股权日益分散和多元化,在公司中股东对公司财产经营的控制逐步减弱,从而导致企业的控制权逐渐转到了经营者手里,这说明企业的所有权与经营权进一步分离,这种状况在当时的美国更是如此。经济学家贝利和米恩斯对这一现象进行了详细的论证和研究,在他们合著的《现代公司与私有产权》一书中,两位学者系统地对现代公司的所有权与控制权分离现象以及产生的问题进行了分析和研究,他们的研究结论是:到本世纪20年代末,现代大企业的控制权已经不可避免地从私人资产所有者手中转移到了经营者手中。②

　　20世纪60年代,西方国家主要以美国为主的股份制公司的股权进一步分散和多元化,进一步加剧了两权分离,职业的经理人队伍基本掌握了大公司的控制权,美国企业史学家钱德勒在其管理史学名著《看得见的手——美

---

① 亚当·斯密:《国民财富的性质和原因的研究》下卷,中译本,商务印书馆,1981年版,第303页。
② 吴冬梅:《公司治理结构运行与模式》,经济管理出版社,2001年版,第16页。

国企业的管理革命》中对两权分离现象进行了充分的分析和研究。钱德勒认为："到本世纪六十年代时，在美国经济的一些主要部门中经理式的公司已经成为现代工商企业的标准形式。"①这里所讲的"经理式的公司"，即指已经实现两权分离、控制权已从股东手中转到职业经理手中的现代公司。钱德勒的研究表明，到20世纪60年代，现代企业的经营控制权从所有者向经营者的转移过程已经基本完成。两权分离的最大的矛盾是所有者与经营管理者的利益目标的不统一，企业的成本加大，所有者的利益受损。

二、委托代理理论

现代企业是建立在所有权与经营权相互分离的基础上，因此就产生了委托代理关系。其中包含两层委托代理关系，其一是作为公司所有者的股东（委托人）委托董事会（代理人）监督控制企业的运营；其二是董事会（委托人）委托经理层（代理人）经营管理企业的日常运作。

委托代理制是指所有者将其拥有的资产根据预先达成的条件委托给经营者经营，所有权仍归出资者所有，出资人按出资额享有剩余索取权和剩余控制权。经营者在委托人授权范围内，按企业法人制度的规则对企业财产行使占有、支配、使用和处置的权力。所有者是委托人，经营者是代理人。所有者与经营者之间通过预先达成的契约将双方的责、权、利作出明确界定，从而形成相互制约、相互激励的机制。

委托代理理论（Agency Theory），强调企业的契约性、契约的不完全性及由此导致的企业所有权的重要性，侧重于分析企业内部组织、结构及企业成员之间的代理关系。

经济学家威廉姆森（Williamson）首创委托代理理论，根据经济学的委托代理理论，在委托代理关系下，委托人和代理人由于其自身的经济利益目标所致，在履行委托代理契约过程中，会有各自不同的利益追求目标，由于客观上存在不同的利益趋向，委托人和代理人对风险所持的态度也不相同。从利益和责任的角度出发，代理人由于没有相应的利益而不愿冒风险去承担责任，而委托人由于有着较大的利益，而愿意让代理人冒风险并承担责任

---

① 钱德勒：《看得见的手——美国企业的管理革命》，中译本，商务印书馆，1987年版，第581页。

去从事一定的经济行为,以实现其自身利益最大化的目标。因此,在公司这种委托代理关系中始终贯穿着利益趋向不一致的矛盾。在委托代理活动中,在委托方和代理方之间始终存在着信息不对称(Information Asymmetry)和契约不完全的矛盾,因为代理方掌握的许多信息同时并不被委托方所知晓。又由于签订委托代理契约时,由于各种原因所致,不可能将委托代理双方所关心的全部事项及权利义务都列在契约中。在代理过程中代理人自始至终存在着"道德风险"(Moral Hazard),所以对委托人来讲,风险是随时可能出现的。[①]

经济学家认为这个"道德风险"主要表现在两个方面:一是偷懒(Shirking)行为,即代理人获得的报酬大而付出的劳动少;二是机会主义(Opportunism)行为,即代理人是为了其自身的利益增长而去付出努力,并不是出自为股东的利益最大化而去付出努力。在存在信息不对称、契约不完全和道德风险的情况下,股东为了使自己的利益最大化而去监督和控制代理人所从事的一切行为所产生的成本被称之为代理成本。这种代理成本的实质是在现代企业制度的条件下,所有权与经营权两权分离,所有权人即委托人在监督和控制代理人的经营行为,使公司的经营目标朝着自己利益最大化的方向贴近过程中所付出的费用。在现代企业中,股权的多元化和分散化已经成为一种趋势,而股权的分散又使经营权与所有权更趋于分离,其导致的后果即是增加更高的代理成本。股权越分散,所有权和经营权的分离程度就越大,委托人的监督费用也就越大。委托代理的层次越多,代理的成本也就越高。

委托代理理论同时也被称为契约理论。现代契约理论主要就是研究如何降低代理成本的理论。因为契约是不完全的,在委托人与被委托人签订代理契约时,有许多因素未被写进契约之中,而现代契约理论就是要研究和解决委托代理双方一直困惑的问题,即如何设计完善有效的契约以解决所有权与控制权分离而引起的委托人与代理人之间的利益冲突;如何让企业所有者(委托人)与企业经理(代理人)签订契约避免道德风险和逆向选择。

---

① 陈文:《股权激励与公司治理法律实务》,法律出版社,2006年版,第28页。

在委托代理活动中,克服和防止代理人的道德风险即偷懒和机会主义的关键在于处理信息不对称问题。因信息不对称而产生的"道德风险"使得企业建立健全激励和约束机制显得十分必要。根据经济学家詹森(Jesen)和梅克林(Meckling)的观点,委托人必须给予代理人适当的激励来减少他们之间的利益差距,并花费一定的监控成本来限制代理人偏离正道的行为。针对代理人的偷懒行为,委托人通过与其分享剩余索取权建立起长期激励机制;针对机会主义行为,委托人通过信息交流建立监控约束机制。①

国外的理论和实践均表明,实施股权激励可将公司高管人员的个人利益同公司股东的长远利益紧密联系起来,鼓励公司高管更多地关注公司的长远发展,而不是将注意力集中在短期财务指标上。委托代理理论从原理上揭示了为什么代理人在代理过程中会出现道德风险,而现代契约理论解决了如何避免出现代理中的道德风险、信息不对称和契约不完全的问题,股票期权制度则是根据现代契约的理论产生出来从而解决了现代企业由于两权分离而产生的矛盾。

三、委托代理下的公司治理理论

针对现代企业两权分离的特征以及由两权分离所导致的所有者与经营者利益不一致的现象,公司法人治理结构理论应运而生。日本著名经济学家青木昌彦认为,现代公司的规模扩大,股权分散,导致所有权与经营权分离,所有权与经营权的分离是公司治理产生的根源。公司的控制问题是公司股东和经理层之间斗争的焦点,董事会成为斗争的舞台和场所。董事会在公司治理中作为缓冲层,既为管理阶层的利益服务,又抑制所有股东们的需要,所以在公司治理结构中董事会是中心。因此,公司治理结构应该是指公司的股东、债权人、公司员工及管理人员等利害关系人之间有关公司经营及权利配置的制度性安排。② 完善的公司治理结构应该是一个剩余控制权与剩余索取权最相对应的结构,也是权力和权利、义务和利益均衡的结构。

---

① 陈文:《股权激励与公司治理法律实务》,法律出版社,2006 年版,第 29 页。
② [日]青木昌彦等著:《经济体制的比较制度分析》,魏加宁等译,中国发展出版社,1999 年版,第 175 页。

在这个结构里,股东、董事会可以监督经理层的行为,经理人员可以有足够的自由去经营管理企业,监事会监督董事会和经理层的行为,其中董事会对公司有最终的控制权。

在公司法人治理结构中,股东作为公司财产的出资人,对公司的财产享有剩余收益权。在现实公司的管理监督中,依靠单个股东的力量去监督经理层的行为成本很高且不现实,因此股东大会委托董事会代其行使控制权去监督经理人员。所以,股东的控制权由股东大会转到了董事会。因为现代企业的经营管理日趋复杂,现代科学技术使得公司的有效经营决策只能由具有特殊专业知识的董事和经理来决定,所以,许多股东逐渐形成了"搭便车"的心理和"关心公司不如关心股市"的想法,这种情形导致了董事会权力的扩大和股东大会流于形式。虽然在公司理论上董事会应该为全体股东履行忠实义务和注意义务,但由于公司控制权掌握在董事会手中和部分落在经理人员手中,致使在现实中股东的利益时有损失。董事会是公司治理结构的中心,受股东大会的委托并代表股东大会去监督和指导经营管理人员的行为,并同时受到股东大会的监督和监事会的监督。董事会是防止经理人滥用职权的第一道防线,对于董事会的期望亚当·斯密曾说过:"也不能过分地期望他们像私人企业的合伙人焦虑地关注自己的财产那样去关注公司的财产。"这说明非股东的董事绝对不可能像股东那样百分之百地关注公司的财产,所以对董事会也应该给予激励,以鼓励他们善尽积极的监督作用,这就是要对对董事会采取薪酬制度改革,即股权激励。

公司的经理人员接受董事会的委托,作为实际的代理人代理股东具体负责公司的日常经营活动,因此经理人员发自内心希望享受较大的控制权。公司的股东总希望经理人员使利益创造最大化,从而分得更多股利,这种想法出自股东的自利性的本能,而经理人员却从自身利益最大化的角度出发,与股东的预期盈利目标相背离,具体的表现行为体现在逆向选择和道德风险两个方面,例如扩大在职消费和躲避风险。为遏制经理人员的逆向选择和道德风险,股东大会授权董事会和监事会加强对经理人员的监督与约束。传统的公司法人治理结构都试图通过股东大会、董事会和监事会对经理层的监督和责权划分形成相互制衡的关系,以体现物质资本所有者对公司财产的最后控制权,但在实践中,这种治理结构难以遏制公司的控制权从公司股东的手中逐渐移到经营者手中,因为传统的法人治理结构忽视了经理层在法人治理结构中的主体作用,只强调了经理层的被监督状态而忽略了经理层作为公司经营创造财富中最重要主体的作用,并且忽视了经理层的非物质资本即人力资本、知识资本的投入的作用。换言之,强调了监督和约束,忽视了长期激励的作用。

现代公司治理理论认为,要减少经理人员的逆向选择和道德风险问题带给公司股东的利益损失,对经理人员实施长期激励显得非常重要。经理人员的报酬应该与公司业绩的边际变化相关联。美国哈佛大学经济学教授奥德雷通过实证分析证明,当经理人员拥有公司的股份比重在 5% ~20% 时,公司的盈利能力最强:过少的持股比例导致激励不足,过多的持股比例会削弱股东的利益和股东对经理人员监督任免的控制权。股权激励制度的实施解决了对经理人员的激励问题,因为股权激励使得经理人员获得了长期的预期收益,从而使经理人员与股东们的所有者利益目标一致起来,克服了经理人员的逆向选择和道德风险的冲动。股权激励由此成为有效平衡股东利益和管理者利益的机制,在某种意义上,衡量法人治理结构是否完善的标准之一,便是是否对经理层实施了长期激励——股权激励。在一个公司里由于经理们享有了所有权,使得他们感觉到自己就是所有者,所以股票期权的实施就提高了经理层的道德水准,同时也提高了生产率。

第二节 人力资本、管理职业化与经理人市场

一、人力资本理论

人力资本理论产生于现代企业理论中,知识经济的发展为人力资本理论的产生奠定了基础。人力资本就是指企业经营者个人所具有的与其人身不可分离的知识、技能、管理经验以及管理方法等的总称,它反映和代表着经理人员的综合能力和基本素质。

"人力资本是增长的发动机"。20 世纪 50 年代,美国一些经济学家在解释美国经济成长时,发现在考虑了物质资本和劳动力增长后,仍有很大一部分经济成长无法解释,西奥多·W·舒尔茨、雅克·明塞以及后来的加利·S

·贝克尔等人把这一无法解释的部分归功于人力资本,从而掀起了人力资本的"革命",这是对资本理论和产权理论的创新,舒尔茨和贝克尔也因此分别荣获 1979 年和 1992 年诺贝尔经济学奖。据荷兰经济学家丁伯根考证,雅克·明塞可能是首先使用"人力资本"这一概念的人。舒尔茨曾在他的研究中指出,人力资本无疑是最大的生产要素,他们对生产的贡献大约是所有其他要素总和的 3 倍那么大(在美国,自然资源对国民收入的贡献率接近于 5% ,可再生资源的贡献是 20% ,而劳动的贡献则是 75%)。

现代企业理论的创始人科斯(Ronald H. Coase)认为,企业是一个人力资本与非人力资本共同订立的特殊市场合约。在工业化时代,决定企业生存与发展的主导要素是企业拥有的物质资本,所以,在企业中,物质资本的所有者就占据着统治地位:出资人的利益高于其他要素所有者的利益;企业经营决策的最终决定权也掌握在股东手中。但是在倡导知识经济的今天,物质资本与人力资本的地位发生了重大变化:物质资本的地位相对下降,而人力资本的地位相对上升,特别是企业经营者的知识、经验、技能等,在企业中占据了越来越重要的地位。既然承认人力是一种资本,那么就必须承认劳动者拥有人力资本的产权。

20 世纪的 50 和 60 年代,人们对人力资本的提法抱有敌意,认为人力资本概念本身是堕落性的,因为它把人作为机器处理。就是贝克尔本人在书中使用"人力资本"这一概念时,也无例外地犹豫了很长时间,并用一个很长的副题作解释,以防风险。贝克尔对人力资本理论的最大贡献在于他构造了这项理论的微观经济基础,并使之数量化。他把人力资本观点发展为确定劳动收入分配的一般理论。这项理论对工资结构的预测被写成所谓人力资本收入函数,规定了收入和人力资本之间的关系。这些贡献在 20 世纪的 60 年代初首先在他的一些论文中提出,后来集中体现在 1964 年他所著的《人力资本》一书中,使之在理论和经验两方面得到进一步发展。

长期以来,物质资本与人力资本之间的关系一直是经济学家、社会学家关注和争论的话题。在现代企业制度里,所有权和经营权的分离,使得职业的经理人队伍产生。职业的经理人掌握现代企业的经营权,知识经济在职业经理人队伍中产生和发展起来,知识经济的发展必然使企业家成为企业的主要资源。在知识经济时代,公司经营者不仅要配置各种自然资源,而且要使自己作为一种资源参与配置。知识资源可以具体量化为企业的产权。对企业而言,知识资源是指人力资本、人力资源和结构资源的总和,在知识资源中,人力资本是核心。[①] 人力资源理论创始人舒尔茨指出:"劳动者成为资本拥有者,不是公司股票所有权扩散到民间,而是由于劳动者掌握了具有经济价值的知识和技能,这种技能在很大程度上是投资的结果。"[②]

二、经营管理的专业化与经理人的人力资本

与传统的企业相比,现代企业一方面是所有权与经营权分离,另一方面是经营管理的专业化。在古典企业中,由于企业所有权人和经营者属于同一权利主体,故不存在委托代理关系,而只有在现代企业中,在所有权与经营权分离的情况下才产生委托代理这种现象。在现代企业中,公司由于股东的投资而独立存在,由于股权分散和管理的专业化,股东并不直接经营管理公司的财产,因为拥有少数股权的个别股东直接参与管理公司不但成本过高而且没有必要。在这种情况下,聘用职业经理管理公司成为可能和必要。

经营管理的高度专业化和复杂化,使得管理者的管理经验、管理能力、管理程序与方法以及各种技能与公司的正常运营密不可分,如果将这些人力资本从现代企业中分离出去,只让一般劳动力在现代企业中劳动,现代企业就会瘫痪。这就说明仅靠货币资本而没有人力资本,现代企业就无法经营,人力资本与货币资本一样是企业中不可或缺的最基本生产要素。货币资本所有者在企业的分配中享有剩余索取权,人力资本所有者也应当享有相当的剩余索取权,只有这样才能符合市场经济规律。如果人力资本的投入没有及时地获得承认,人力资本所有者便会采取机会主义行为。

经理人员对企业的贡献早在经典经济学家马歇尔(1890)的著作中就有分析,熊彼特(1912)更是看重企业创新过程中的经理人员才能。经理人员才能就是指经理人员人力资本,主要是指经营者在以往的经营中磨炼、显示出来的信息处理、经营管理和创新解决经济不确定性的特殊能力,是经营者

①　文宗瑜、唐俊:《公司股份期权与员工持股计划》,中国金融出版社,2000年版,第8页。
②　陈文:《股权激励与公司治理法律实务》,法律出版社,2006年版,第30页。

知识、能力的凝聚和结晶。经理人员与普通员工的区别在于经理人员拥有的人力资本,是一种极为稀缺的资源,而且是现代经济增长中最具能动性的因素,它完全依附于经理人员个人,而与经理人员不可分离。因此,经理人员剩余索取权是经理人员人力资本产权化的内在要求。经理人员人力资本只有产权化才能使其人力资本的贡献完全发挥出来,如果人力资本产权不能落实到位,经理人员将"关闭"其人力资本,其人力资本的经济价值立刻降低,甚至会趋于零。随着知识经济浪潮的兴起,以及企业之间竞争的不断增强,经理人员人力资本和技术创新在企业经营中的重要性日益突出。在此背景下,传统的股东享有公司的剩余索取权,管理者不享有剩余索取权的格局开始动摇,人力资本的回报形式逐渐向剩余索取权转变,股权激励等收益分享机制日益受到重视。

三、人力资本价值与股权激励

在现代企业中,人力资本价值是企业最主要的无形资产,人力资本作为要素投入,应该同其他资本一样参与企业的利润分配。人力资本与其所有者不可分离的特征决定了对人力资本要进行充分的激励。[①] 现代企业理论认为,人力资本由于分工而存在专用性风险,并且这种专用性风险呈日益加大的趋势。作为企业风险的承担者之一,人力资本可以与物质资本分享企业的剩余索取权。股权激励就是这样一种制度安排,它将人力资本所有者的预期收益"抵押"在企业之中,是人力资本参与企业所有权的一种方式。[②]在知识经济时代,由于创新的速度加快,人力资本所有者与传统意义上的劳动力所承受的风险已经不大一样了。

公司经理人员对公司投入的人力资本和所发挥的作用根据市场价值规律一定要得到相应的回报,股权激励作为企业对价回报的一种方式,不但是对管理人员的长期激励,而且也是对经理人员可能的机会主义行为的内部约束。一方面,人力资本所有者由于其对公司的人力资本的投入而参与分享公司的剩余索取权,使他们感到与物质资本所有者一样享受投资者的权

---

① 刘园、李志群:《股票期权制度分析》,对外经济贸易大学出版社,2002 年版,第 290 页。

② 程俊杰等:"股票期权现象的一种制度解释",载《上海财经大学学报》第 2 卷第 4 期,2000 年 8 月,第 29 页。

利,由此而获得激励;另一方面,由于股权激励的实现是要经过一段时间的,也就是说人力资本所有者不可能一下子就获得期权的收益,而是在 10 年内分期分批获益,他们的预期收益在一定的期间"抵押"给了企业,以这种方式降低了人力资本所有者的道德风险,在一定程度上解决了企业中人力资本价值承认与资产专用性问题。

股权激励等收益分享机制的实行使企业的所有权结构发生了重要变化,经营者通过获取部分剩余索取权而逐渐成为企业的重要股东,从而,经营者将自身的利益与股东的利益紧密地联系起来,有效地进行自我激励,能最大限度地发现企业获利机会,最大限度地规避损害企业的不利情况,更多地关注股东价值和公司的长远发展。

股权激励之所以对企业的经营管理人员和科技人员有长期激励作用,其实质就在于承认管理和技术要素是企业的资本,期权的存在是以现代人力资本理论为基础的。由于"人力资本已如此不可争辩",发现各种人力资本的实现形式也就成为顺理成章的事情。因此,人力资本理论正好可以阐释期权分配的合理性,也就正好为期权分配找到了一种存在的理论根据。不仅如此,期权分配反过来又为人力资本理论提供了理想的实验载体:一方面,期权的存在使得资本从存在形式上进一步分工,分成为物质资本和人力资本两大类别,而且在资本的收益形式上期权人力资本与物质资本取得了完全一致,都采取了一种剩余收益的形式;另一方面,期权的存在又使得人力资本与不享受期权的普通人力(非资本)区别开来,后者依然采取传统的报酬形式。根据期权的概念,人力资本仅限于获取期权剩余收益的那部分人力,是指对于管理要素和技术要素带来的剩余收益的分享,而不是指普通的人力,不包括一般的工资报酬。期权的存在使得人力资本不再仅仅满足于作为一个理论上的范畴,而是已经作为一种制度安排进入现实经济运行过程。期权的存在,使得股东与企业经理人员、技术人员之间的长期激励问题,转化成物质资本所有者与拥有期权的人力资本所有者之间如何分割利润的关系问题。从资本的角度上讲,企业的绩效最终取决于物质资本与期权人力资本两类资本的有机组合,所谓企业绩效的帕累托最优,就成为两种资本共同利益的最大化。

第三节　产权理论、剩余控制权与利润共享

一、产权论

早在 19 世纪 60 年代,约翰·穆勒在他的巨著《政治经济学原理》中,就对产权下了明确的定义。所谓产权,即是按契约取得财产的自由,是每个人对自身才能、对利用自身才能所能生产的物品、对用它们在公平交易中换得的物品所享有的权利以及他自愿将这些物品给予他人和他人接受并享用它们的权利。

以罗纳德·科斯(Ronald H. Coase)为代表的产权学派,通过生产的制度结构分析,得出一个核心论点:产权明晰是企业绩效的关键或决定性因素。这里的产权明晰主要包括两层含义:产权法律归属上的明确界定与产权的有效率配置或产权结构上的优化配置。由此,产权决定论可分为产权归属决定论与产权结构决定论。

(一)产权归属决定论

产权归属决定论以科斯创立的交易成本为基本分析工具,以企业降低交易费用并带有权威特征的契约结构为分析的逻辑起点,着力探讨产权归属、激励机制与企业绩效之间的关系。产权归属论认为,产权是排他地使用资产并获取收益的权利,产权就是剩余索取权,谁获取剩余,谁就拥有资产。因此,所谓企业产权明晰就是要明确界定企业资产与剩余索取权的归属。他们强调产权私有和剩余索取权对于企业绩效是至关重要的,认为产权归属是企业绩效的决定因素。这一论点主要基于产权论的三个基本理论:

1. 剩余利润占有理论

该理论认为,剩余利润的占有是企业拥有者追求效益的基本激励动机,企业家对剩余利润占有的份额越多,企业提高效益的动机也越强。当企业所有剩余都归企业家所有时,企业的经营者就成为企业的拥有人,这种"自然人"私有企业的激励机制是最完善的。现代工业企业中的经营权与所有

权一般是分离的,这种分离导致现代工业企业的激励机制永远不会完善。然而,现代企业的经营者不但受利润收益的激励,同时还要受控制权收益的激励。控制权收益是指非利润外经营者的所有收入及从企业开支的消费。控制权收益越高,经营者就越珍惜他的控制权。当存在市场竞争时,控制权的稳定就会受到威胁。企业一旦在竞争中失手,经营者就会丧失控制权。由此,面对市场竞争,经营者最理性的选择是努力工作,提高绩效。市场竞争越激烈,经营者的努力投入就越高。所以,即使在利润占有率不变的情况下,经营者也会提高努力程度。很显然,应用剩余利润占有理论来解释经营者的努力投入程度与效益改善,其假设前提必然是"给定市场竞争与控制权收益"。

2. 资产拥有理论

该理论认为资产被私人拥有后,资产便有了排他性,这种排他性保证了拥有者的资产以及使用资产带来的收益不被他人所侵占,使企业拥有者产生了一种对资产的关切。相反,资产一旦被公共所有,便具有了非排他性,这种非排他性意味着每个人都期望别人去关心资产,自己"搭便车"去享有资产,从而最终导致没人去关切公共资产,使公共资产过度使用,甚至流失毁损。

这个理论似乎为我们解释了为什么资产私有才能被处置好的原因。但是它对解释下列现象却不那么具有理论与实际的内在逻辑性:英国有 2,000 多座被政府列为文化遗产的房屋,这些房屋大多数归私人所有。按产权论推断,私人总有积极性去维护好自己的资产。但事实却是,这些资产大多数缺乏护养,陷于塌毁的边缘,使英国文化遗产局不得不决定拨巨款去抢修这些房屋。这个例子表明了私有资产的排他性并不保证就一定会产生对资产关切爱护的激励。因为在道德风险(Morral Hazard)存在的情况下,任何人都有可能产生反向选择爱护自己资产的行为。也就是说,假如一座房屋价值10 万英镑,要卖到这个价,房主需投入 2 万英镑护养。如果保险商已对此房承保 10 万英镑,则房主收益最大化的选择就是不做任何投入,住到要搬走时,一把火把房屋烧掉,然后去索赔 10 万英镑保险费。由此可见,商业交易激励机制往往可以改变资产拥有者对自己资产的处置行为。所以,资产论的应用前提只能是:不存在道德风险产生的条件。

3. 私有化论

私有化论认为国有企业通常存在三个主要的弊端:一是企业目标多元化,企业要承担社会福利、就业等社会义务,并不唯一追求利润;二是对经理激励不足,由于企业目标多元化,所以企业绩效无法准确评价;三是财务软约束。私有化理论认为,国有企业私有化能够改变及强化企业的利润激励机制,赋予企业利润最大化的目标,把政府的手从企业经营中彻底抽离出来,并引入财务硬约束,使企业承担所有的商业风险。

企业私有化论给企业改革指出了一条捷径,即通过变换产权的方式改变企业治理机制。但是,产权变换并不保证企业治理机制就一定变得有效率,竞争才是保证治理机制改善的根本条件。由于私有化论忽略了竞争因素,所以这个理论始终没有很好地解释为什么在市场竞争的局面下,国有企业不能引入商业治理机制,提高效益,发展企业的问题,尤其是私有化论对一些现实中所出现的现象不能予以很有说服力的解释。泰腾郎(Tittenbrun,1996)所分析的85篇有关产权与效益的经济文献里,15篇发现国有企业效益比私有企业高,15篇认为无差异。根据统计理论,100个观测值里,只要有10个以上的观测值不接受命题假说,也就是私有企业效率比国有企业高,那么这个命题就不能从实证意义上说是成立的。所以,在忽略竞争因素的前提下去考察哪种产权归属对提高其效率更有优越性,很显然会产生一些带有偏见或局限性的论点。

(二)产权结构决定论

产权结构决定论以契约关系为基本分析工具,以企业是一系列"契约关系的连结"为分析的逻辑起点,着力分析企业产权结构、治理机制(包括约束机制和激励机制)与企业绩效之间的关系。产权结构决定论侧重从行为权力角度定义产权,认为产权是剩余控制权形式的资产使用权力,企业所有权主要表现为剩余控制权,而企业绩效的关键在于产权结构的优化配置。

产权结构决定论主要有三种理论表现:

1. 管理经济学中的企业所有权理论

这种理论的中心论点是:企业效率问题的根源,在于所有权与控制权分离下所有者与经营者目标函数的背离,在于由经营者努力程度的不可观察性与不可证实性而引发的代理成本,因此,要提高企业效率,必须优化企业的产权结构,对经营者设计周详的激励报酬合同,把由所有权与控制权分离所带来的代理成本降低到最低水平。

2. 交易成本经济学中的契约治理理论

这种理论在定义资产专用性、不确定性和交易频率等影响交易成本性质和水平的三个特征性变量的基础上,认为任何交易都是通过契约关系进行和完成的,而不同性质的交易需要搭配不同类型的契约关系,形成不同的治理结构,并认为要节约交易成本,实现最大的效率收益,必须用差别的方式将不同的契约类型、治理结构或产权结构和不同的交易特征进行有效率的匹配。

3. 不完全合同理论中的产权配置或搭配理论

这种理论认为,由于世界和未来事件的复杂性和不确定性,以及交易人行为的有限理性和机会主义,致使在实际交易过程中所制订和执行的合同总是不完全的,即总是存在一定的遗漏和缺口;在合同不完全的情况下,对资产有控制权的一方便行使权力,由此便引出权力和控制权的配置问题,并且这一配置问题将影响企业绩效;提高企业绩效的产权配置一般应把剩余控制权和剩余索取权放到同一方手中,或使掌握控制权的一方明晰化,因为把剩余控制权和剩余索取权结合在一起,就可以让决策者承担决策的全部财务后果,这样他的自利动机将驱使他尽可能地作出效用最大化的决策。

二、超产权论

虽然产权变动可以生成、启动企业内部利益激励机制,从而有可能提高企业经营者的努力水平与企业绩效,但是私有化的实践表明,产权变动只是企业内部治理结构优化的必要条件而不是充分条件,由此可知,变动产权并不必然带来企业治理结构的优化和企业绩效的提高。为此,泰腾郎(1996)、马丁和帕克(1997)等学者以竞争理论为基础,提出了超产权论,进一步发展和丰富了产权论的基本观点。

超产权论认为:利润激励只有在市场竞争的前提条件下才能发挥其刺激经营者增加努力与投入的作用。换言之,企业绩效与产权归属变化之间没有必然的正向关系,它主要取决于市场竞争程度:市场竞争越激烈,企业提高效率的努力程度就越高;而在完全没有竞争的市场中,企业产品无替代性,经营者完全可以通过抬价的方式来增加利润收益,这种"坐收地租"的方式不会刺激经营者增加努力与投入。

(一)超产权论的主要论点

超产权论认为,竞争充分是企业绩效的决定性因素,其主要论点包括以下三点:

一是竞争具有激励、完善信息、发展企业和净化市场的功能,它是改善企业机制、提高企业效益的最根本的保证,因此,要改善企业治理结构,最基本的问题就是引入竞争,而变动产权只是优化企业治理结构的一种手段。

二是产权激励(实践中表现为利润激励)只有在市场竞争的前提下才能有效地刺激经营者提高努力与投入,增进企业的绩效;市场竞争对于产权激励或利润激励,具有放大器的功能。没有市场竞争,只有"坐地收租"式的产权利润激励,是不能激励经营者增加努力、提高企业绩效的。

三是变动产权在短期内对于改善企业治理结构是具有积极意义的,但是,只有由市场竞争所推动的企业治理机制(主要包括经营利润收益激励机制、经理聘选机制和企业资本财务机制),才是决定企业绩效的最基本因素。一个企业能否获得持久的成功取决于其治理机制能否不断地适应市场竞争的变化。

(二)超产权论的模式

与传统产权论模式的不同之处在于,超产权论认为靠利润激励去驱动经营者的努力必须要以市场竞争为前提。给定利润激励,市场竞争就像一个放大的控制器,竞争越激烈,利润刺激经理努力工作的作用也就越大。同时,竞争还影响企业治理机制的改善(见图2.1)。市场竞争不仅对利润激励与经理的努力之间的关系有影响,而且对企业治理机制的改善也有影响。除此之外,超产权论还认为企业治理机制是决定企业长期绩效的一个基本因素,在图2.1中,我们把企业治理机制简化为经理利润收益激励机制、经理聘用机制以及企业资本财务机制。经理聘用机制直接影响着经理的选用及其如何上岗。上岗竞争机制越激烈,经理的上岗激励也就越高,这样他的努力就会被上岗激励所驱动。上岗激励同时也隐含了控制权收益激励,因为经理只有在岗上,他才有控制权。企业绩效规模除了受经理的努力程度所决定外,还受经理能力及经理所掌握的资源所影响。在努力程度相同的情况下,绩效规模与经理所掌握的资源(企业资源)成正比。所以,在经理努力与绩效规模之间得再加一个放大器——企业资源。在图2.1中我们只考虑资本作为企业资源,而资本供给又受企业资本财务机制的影响与制约。例如,公共财务机制决定了企业能否去资本市场融资,以便获得更多的企业资源。

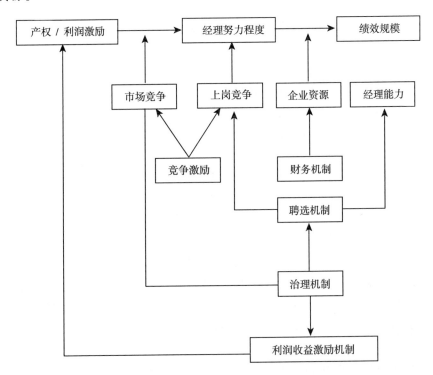

资料来源:《股票期权制度分析》,刘园、李志群,对外经济贸易大学出版社,2002年版。

图2.1 产权机制、治理机制和企业绩效关系

三、核心竞争力论

在20世纪80年代早期,一批管理学家以解释被新古典经济学视为"生产函数"的企业和探寻企业竞争优势的根源所在为目标,反叛主流企业理论和以梅森—贝恩范式为基础的企业竞争优势外生论。鲁梅尔特(R. P. Rument)还通过实证研究证明,企业表现为超额利润的竞争优势并非来自外部市场力量,而是来自于企业自身的某种因素,即企业绩效的决定因素或竞争优势是内生于企业的。在此背景下,管理学界提出了一种既不同于新古典经济学也有别于新制度经济学的全新的企业理论,并以此为基础提出了企业竞争优势内生论,即企业核心竞争力论。

这种从管理学角度提出的企业理论,根据其内容的演变,可以分成三个发展阶段:

(一)以资源为基础的企业观,即资源依赖论

该理论把企业看作具有不同适用性的各种资源和能力的集合,企业绩效的决定性因素或竞争优势源于企业的特有资源和能力,而竞争对手很难模仿或购得它们,可见,成功的企业战略依赖于积累专门化的资源,并通过创造业务单位来开发、利用资源,使资源与市场机会相匹配。

(二)以能力为基础的企业观,即企业能力论

该理论认为,企业本质上是一个能力系统,企业所拥有的资源并非都可以成为企业绩效或竞争优势的源泉,因为在竞争充分的市场上,资源是可以通过市场交易获取的,真正成为企业绩效与竞争优势决定性因素的是能够有效地利用、开发企业内部资源的能力,因此,企业之间的能力差异是企业之间绩效差异的根本原因,要提高企业的绩效,关键在于培养、扩散、整合、发挥和更新企业内部所特有的、高价值的和难以模拟的能力。

(三)以知识为基础的企业观,即企业知识论

1990年帕汉拉德和哈默在企业能力理论的基础上,提出了企业核心能力概念,即组织中的积累性知识,特别是关于如何协调不同的生产技能和有机结合多种技术流的学识。受此概念的启发与知识经济和新经济模式的影响,管理学界将企业能力理论推进到以知识为基础的企业理论,即企业知识理论的新阶段。企业知识理论认为,企业理论的核心概念是知识,企业本质

上是一个获取、共享与利用知识的学习性系统,企业这一学习性系统所拥有的知识存量与知识结构,尤其是所拥有的难以被竞争对手所模仿的缄默知识决定了企业发现未来机会、配置资源的方法,决定了企业配置、开发与保护资源的能力,从而决定了企业内各种资源效能发挥作用的程度。因此,企业内的知识存量与知识结构是企业绩效的最深层的决定性因素,是形成企业的核心竞争力的根本。要提高企业绩效与核心竞争力,则必须在企业内部构建一个能够有效地吸收、保持、共享和转移知识活动的微观机理。总而言之,管理学中的企业核心竞争论的中心观点就是,企业绩效与竞争优势的决定性因素是企业内部的资源和能力,尤其是以知识为基础的核心能力。①

根据以上对产权理论的回顾,对产权理论作为期权分配和长期激励的理论支持可以做出以下归纳和评述:期权是经理人员人力资本的一种产权,这种产权具有稀缺性,它反映的是经理人员对其人力资本剩余收益的占有关系。经理人员有对期权按照契约规定获取剩余收益的自由,以及对这种剩余收益的处置的权利,期权应当归属于经理人员所有,而且应当用法律形式对其进行规定,对期权的运用要符合法律程序。期权获取收益是以效率为前提条件的,如果企业没有绩效,期权自然也就不能获取收益。期权带来的效率,使期权所有者经理人员和相关的生产要素都会增加收益。长期有效率的经济组织才会带来长期经济效益的增长,而作为长期有效率的组织,就要在制度上明确安排和确立期权,以便对经理人员造成一种刺激,将自己的工作努力变成个人收益率接近股东收益率的活动。应当设计出期权这种机制使股东收益率与经理人员收益率近乎相等,受激励的驱使经理人员必然去从事合乎企业需要的活动。当期权没有确定或没有付诸实施时,经理人员与股东的长期收益或长期成本就会不一致,如果经理人员的长期成本超过了其长期收益,即使对社会有利,经理人员通常也不愿意去从事增加企业长期绩效的活动。政府应当通过立法等手段积极推动和保护企业期权制度的实施。正像保密、报酬、奖金、版权和专利法等制度的发明提高了相应的效率一样,期权制度的发明必然能极大地提高企业长期绩效,因为当期权得到较充分的界定,可以在提高创新收益率的同时,降低股东监督成本,降

---

① 刘园、李志群:《股票期权制度分析》,对外经济贸易大学出版社,2002年版,第23~33页。

低管理过程中的成本,减少决策失误,从而使创新成本得到根本性的降低。期权不仅应当赠予经理人员,同时应当赠予技术创新人员,以推动创新、提高效率,而不断提高效率是一个国家强盛的根本保障。

企业的全部资本等于企业的货币资本与经理人员的人力资本之和,企业的全部产权等于企业物的所有权与期权之和,企业的剩余收益成为股东和经理人员的共同收益。从货币总量上看,期权的存在使得企业的货币资本额没有增大,但从期权的激励作用所能产生的增强资本增值能力以及同时所能产生的降低监督成本上看,又相当于扩大了资本总额(这里是从总体意义上说明因激励力度的增强,企业盈利能力也会增强,但并不否定在市场经济的大洋中,企业虽然实施了期权,但是却有亏损倒闭的情况存在)。因此,在新的企业制度安排中,从整个企业的资本看,不再是货币资本的出资人对企业拥有全部产权,而是经理人员也同样对企业拥有部分产权,货币资本在获取其资本收益的同时,经理人员的人力资本也要相应获取其资本的收益。不能简单地把人力资本收益理解为劳动的收益,并用传统的做法,用工资、奖金来解决人力资本的剩余收益问题。

第四节　股权激励对传统收入分配理论的突破

一、我国收入分配制度的演变

改革开放前后,我国经历了从传统的集中计划体制中的收入分配机制向现代市场经济体制的收入分配机制的转换,这是一个渐进的改革过程。

(一)我国传统分配制度的特征和弊端

1. 传统收入分配制度的基本特征

我国传统收入分配制度的基本特征主要表现在以下四个方面:

第一,传统的收入分配是一种按单一要素,即个人的劳动贡献来决定个人收入分配的机制;第二,传统的收入分配是一种按照个人投入劳动的数量与质量来分配报酬的机制;第三,传统的收入分配是一种根据个人的劳动差异分配基本生活消费品为主要内容的分配方式;第四,传统的收入分配是一种城乡割裂式的二元按劳分配。

传统社会主义经济中的收入分配机制,基本上是根据马克思恩格斯当时的设想而推广、扩展的。至于中国的传统体制的收入分配机制,又是参照苏联模式、结合中国的实际情况而设计的。因此,从总体上来说,这种分配机制是力求实现马克思恩格斯当时设想的原则、思路。然而,由于社会生产力水平不高,人们的劳动能力差异很大,以及无法直接、准确测度个人在实际生产中的劳动贡献率或个人边际产品产出份额,由统一的计划中心来实施按劳分配的单一原则,能抑制多元分配方式的生成,但却无法实现按劳动的实际贡献率进行收入分配,以至于城镇的八级工资制最终是平均主义的收入分配和不同层级差别很大的福利供给的组合,而农村的工分制最终是生产队之间相对差距拉大下的"大呼隆"平均主义的内部分配体制。

2. 传统收入分配制度的弊端

随着时间的推移,传统的收入分配机制也越来越暴露出一系列弊端,严重阻碍了中国经济的持续、稳定、有效增长。从微观企业的角度来看,这种收入分配机制逐渐强化了平均主义效应。在初期阶段,收入分配更多具有平等效应,随着收入差别(名义工资收入)逐渐缩小,最后化为八级制,其平等效应化为平均效应。传统的收入分配机制必然导致个人收入水平和收入增长极其缓慢,人们之间的收入差距又逐渐缩小,收入的激励功能逐步弱化,并逐渐形成一种"干好干坏一个样"的心态与"出工不出力"搭便车行为滋长蔓延。从个人角度来看,这种收入分配机制从收入源头上限制了个人对自身与家庭的人力资本投资。因为收入水平低,缺乏大规模、多样化人力资本投资的能力,加上教育的福利化,等级制供给绝非个人所能左右。同时,这种收入分配机制也从导向上抑制了个人、家庭的人力资本投资。既然每个人能力大小、知识高低、技术差异等对人们的收入高低没有多大影响,那么,在从事工作之前,自己花钱、费神、进行人力资本培育就得不偿失。因此,这种收入分配机制,抑制了人力资源的开发,造成企业劳动者素质下降,对经济发展有严重的负面影响。从国民经济增长角度来看,这种收入分配机制造成居民消费水平增长极缓,消费需求结构长期凝固不变,难以拉动国民经济持续、协调、稳定增长,经济增长只能依靠重化工业、军事工业的封闭循环拉动,周期性国民经济比例失调,大起大落的经济震荡不断冲击中国经济增长。

（二）单一的按劳分配向多种分配制度的转型

按劳分配是社会主义经济制度的基本特征之一，社会主义必须实行按劳分配。但是，由于我们还处于社会主义初级阶段，市场还是配置资源的一种主要手段，所以社会主义经济在相当长的时间内必须同时实行多种分配方式并存。单一的按劳分配向按劳分配和按生产要素分配并存的制度转换，是社会主义经济体制改革的重要环节。

1. 按劳分配机制的转变

改革开放以来，中国收入分配方式的变化，首先是按劳分配机制本身的改变。传统的集中计划经济体制中的按劳分配，随着放权让利的市场取向改革，转变为市场经济作用日渐强化条件下的按劳分配。

传统的按劳分配机制，在农村是通过以生产队为基础的工分制实现的；在城镇是以国有经济组织（含集体经济组织的"二国营"）为依托的工资制来实现的。随着市场机制的引入和市场制度的生成、发展，中国的按劳分配逐渐摆脱了按照传统集中计划体制模式而设置的机制，转向市场经济型的按劳分配机制，市场的力量在解决分配问题中起着举足轻重的作用。总体而言，改革开放以来的按劳分配与传统体制中的按劳分配有几个重要差别：一是传统模式中的按劳分配的劳动贡献率的度量，主要是事先由计划中心根据全国情况，按计划配置要求而设定好的，工资等级、差别都是国家统一制定、调整的。改革开放以来的按劳分配的劳动贡献率的度量，逐渐是由市场机制根据市场变动来确定的，劳动者付出的劳动努力应获多少收入，是由市场事后调节的。二是传统模式中的按劳分配中个人按劳分配份额，是由统一的计划中心（国家计划、劳动工资等部门）直接规定的，各企业、各基层经济组织只能参照执行。改革开放以来，按劳分配逐渐溢出国家单一层次的决策轨道，更多地由企业、基层组织自主分配，形成两层分配、企业为主体的分配格局。三是传统模式中的按劳分配，国家通过集中的指令性计划和利润全额上交的办法，可以尽可能减少生产要素或资源占有差别以及需求变动对按劳分配的影响。改革开放以来，随着集中计划体制松动、企业与个人自由支配的剩余扩大、按劳分配同按生产要素分配逐渐交织在一起，不同地区、部门、企业占有生产要素或资源的差异,对按劳分配的份额有相当影响。

2. 通过按劳动力产权分配实现按劳分配与按生产要素分配的有机结合

马克思告诉我们,"分配关系和分配方式只是表现为生产要素的背面"。生产成果的分配,不过是生产要素本身分配的结果。生产要素分配即占有的格局,决定着生产成果分配的格局。正面是生产要素的贡献,背面就是对生产成果的分配。但是,长期以来,我国在理论和实践上一直排斥按生产要素分配。由此造成的后果首先是,使资金、土地、设备等生产条件由个别企业无偿占有和使用,闲置或低效使用的生产要素得不到合理的流动,造成社会资源的巨大浪费。其次,也使劳动者产生了"收入幻觉",也就是一切个人收入仅表现为狭义劳动(即活劳动)的收入,极易造成收入扩张和消费膨胀。而且,随着改革的深入、利益主体的多元化发展,产权关系也呈现多样性,从而收入分配的依据也出现多元化趋势。再者,从经济运行的实际过程看,除劳动以外的其他生产要素投入的数量、质量以及它们配置和使用的优化程度,也极大地影响着劳动生产率的高低、社会财富的多寡。因此,从提高资源配置效率和使用效率的角度,必须承认并允许除劳动外的其他生产要素参与分配。按劳分配与按生产要素分配的有机结合,可以理顺劳动与其他生产要素之间的关系;能够遏止生产资源的闲置和浪费,引导社会资源的有效配置和合理使用;可以消除劳动者的"收入幻觉",有助于抑制收入扩张和消费膨胀。在公有制企业或有公有制成分参与的混合所有的企业中,还可以较好地处理调动劳动者积极性与公有资产保值增值之间的关系。

在市场经济体制下,劳动力产权的界定和实现应通过劳动力市场。在保障了劳动力产权的各项权利之后,让劳动力市场来界定并实现劳动力产权。劳动者能够分享剩余的比例也应该根据劳动力产权和物质资本产权(物质财产权,即生产资料所有者所拥有的受益或受损的权利)的相对大小、劳动力市场的供求关系等因素由市场来确定。同样地,在市场经济条件下,按生产要素分配也应由市场机制来规范。在统一、开放、竞争、有序的市场中,市场在配置资源时,通过生产要素的充分流动、平等竞争和供求关系(主要取决于要素的成本和稀缺性)的调节,可以对投入要素的比例和贡献大小做出客观的评价。通过实行按生产要素分配,可以优化整体资源配置。

随着新技术革命的进展,知识经济时代的到来,人力资源存量的不断增大,劳动者在生产总过程中发挥着越来越重要的作用。虽然劳动力产权和物质财产权同是生产总过程中两种不可或缺的行为权,但劳动力产权相对于物质财产权的地位一直在而且将来还会不断提高,劳动者的相对权益也会随之增加。可以预见,在中国按劳动力产权分配将是一种越来越重要的形式,并以按劳动力创造的价值分配为其趋势。

二、西方个人收入分配制度的变迁

西方个人收入分配制度的变革主要经历了工资集体谈判、分享制、职工持股计划和股票期权计划的推行四个阶段。

(一)工资集体谈判制

工资集体谈判制产生于 18 世纪末的美国,是协调劳资冲突的产物。工资集体谈判制是指通过企业(雇主)与工会(工人)之间的谈判来决定工人工资的一种工资决定方式。这一分配制度到 20 世纪 30 年代最终确立,确立的标志是美国政府制定了最低工资法及有关劳资关系法,工资集体谈判受到国家法律的保护和约束。

第二次世界大战后,西方国家的企业都推行劳资谈判工资制,并由政府法律确定,使之成为当代西方通行的初次收入分配决定制度。工资集体谈判制的实质在于通过相对平等的劳资集体谈判,使工人能够分享到劳动效益提高和利润增长的成果。这一制度创新印证了劳动力作为人力资本对收入分配的要求,反映了分享经济理论揭示的经济效应。其意义在于:从企业来说,有利于增进工人的劳动积极性,从而有利于提高企业的劳动生产率,同时有利于使雇主和工人之间的利益冲突得到协调;从社会来说,集体谈判以"协议"方式规范了劳资双方的行为,使劳资矛盾这一资本主义社会的根本矛盾的激化程度下降到最低点,从而减少了社会震荡;从分配本身来说,工资由劳动力市场上供求双方即劳资双方共同决定,这符合市场经济的客观要求,使分配相对合理。

(二)分享制

实施分享制的理论指导是分享经济理论。分享经济是美国经济学家

M·L·威茨曼在 20 世纪 70 年代西方经济进入滞胀阶段提出的由劳资共享收益分配的一种经济理论。经济停滞、通货膨胀给西方社会特别是劳动者带来了深重的苦难。威茨曼认为停滞膨胀的根本原因在于西方国家现存工资制度的不合理,应通过改变劳动报酬及其性质来触及现代资本主义经济运行方式的缺陷,用分享制度对付经济滞胀。威茨曼分析了传统工资制度和分享制度不同的特点:在工资制度中工资与企业的经济效益之间没有直接联系;而在分享制度中,工人的工资与企业经济效益相关的指数挂钩,并能自动按照这些指数的变动而调整。在分享制下,是通过劳资协调确定工人和雇主在企业收入中各占多少分享比率。其优点是:具有无限扩大就业和产量的倾向;有利于解决通货膨胀问题;有利于形成激励效应与劳资相融效应。威茨曼建议政府要用减税立法等形式来促成分享经济的实施。分享制最典型的形式是利润分享制和收益分享制。在利润分享制中,工人在固定工资以外,按照事先决定的比例奖金的形式分配利润的一部分;在收益分享制中,工人不再有固定工资,其全部工资收入来自企业净收入中给定比率的那部分。

（三）职工持股计划

这是 20 世纪 70 年代西方经济进入滞胀阶段而产生的一种新的产权组织形式和新的收入分配制度形式。职工持股计划包括企业职工拥有该企业部分产权或全部产权。尽管职工股份制是通过产权的重新分配来达到企业收入的重新分配,分享制是在原所有制不变的前提下实现劳动报酬的重新分配,两者有区别,但是在职工股份制企业中职工以股息形式分享部分利润,有的西方经济学家从"分享利润"的意义上,把职工股份制归为分享制的一种形式。20 世纪 70 年代西方经济进入滞胀阶段,职工持股计划在发达资本主义国家发展很快,并成为一种普遍现象。各国政府通过一系列法案的制定,为职工的利润分享收入和职工持股提供减税待遇,以鼓励这一分配制度的推行。

（四）经理股票期权计划

20 世纪 70、80 年代,美国公司高级管理人员的薪酬由基本工资、奖金和福利组成;90年代以来,股权计划这一长期激励机制在经理薪酬结构中日益扮演着重要的角色。股票期权是公司给予经营者在某一时期、某一固定价格购买本公司股票的权利。若公司经营状况良好,股价上涨,经营者行使购股权便能获得可观的资本收益;反之,则只能放弃这一权利。这种机制有利于激励经理人努力改进公司的经营管理。从1952年美国辉瑞制药公司推出第一个股票期权计划至今,美国已有50%以上的公司制企业使用长期激励计划,向管理层发放股票期权,在《财富》1,000家大公司中已有99%的公司推行了经理股票期权,而在高科技公司中,经理股票期权的应用则更为普遍。20世纪90年代以来,股票期权计划的授予范围也从传统的高级管理层向一般员工扩展;公司雇员也可以通过执行期权获得公司股份,从而进一步使员工和企业形成利益共同体,这一趋势在高科技企业中尤为普遍。同时,经理期权计划也从美国公司扩散到其他西方国家企业。在欧洲许多企业通过引入这一计划,以灵活的薪酬分配机制吸引了优秀人才。日本企业也开始引入股票期权计划,开始向高级管理人员提供股票期权,以试图解决企业长期崇尚均等薪酬而导致的企业低效益问题。

三、期权分配对传统收入分配理论的突破

期权分配制度是对传统收入分配理论的突破,是对收入分配的一次重大变革。这种突破和变革主要表现在以下几方面:

一是期权分配与以前的收入分配相比,是不易感觉到的、未来的、难以度量和不确定的收入分配形式。与其恰成对照的是,员工以往的收入分配都是能够感觉到的、当期的、能具体度量和确定的分配形式,如工资、奖金、实物分配、奖励股份、销售提成、承包收入等等。期权的价格之所以难以直接度量和确定,是因为它要依赖于许多其他变量来确定,如股价波动率、行权价格、到期日的确定、企业利润率、股市增长率、行权条件、可行权时间等等,期权的价格是所有这些变量的函数。换言之,其中任何一个变量发生变化,期权的价格就必然发生变化。而基本工资和奖金水平是可以直接确定和判断的,根本不需要考虑这么多的基础变量,如不需要考虑股价波动率、行权价格、到期日的确定、行权条件、可行权时间等等,而仅仅与企业利润、工作时间等挂钩。

二是期权分配的技术性更强。在股票（期权的标的物）波动的概率分布既定的情况下，股票的期望价格是稳定的，股票的市场价格是波动的随机价格，从而决定了期权的期望价格是稳定的，也决定了期权的市场价格是波动的随机价格。根据确定期权的可能收益、期权赠予数量、期权的赠予成本，考虑期权的激励程度、期权的现期交易以及现期公司财务处理的需要，我们应该用到的是期权的未来期望价格和期望价格的贴现价格。根据期权的实际交易和行权情况，我们用到的是期权的随机价格。所以，正确地理解期权的价格，科学地确定期权的期望价格，以及注意适当地选择运用期权的期望价格与随机价格，对于实施期权分配非常关键，所有这些都要比以往任何形式的收入分配更为复杂。

三是从分配的依据和对象上看有根本的不同。期权分配的依据是对经理和技术人员的长期激励的需要，是对经理和技术人员的长期努力、责任贡献以及使企业取得长期绩效的报酬。与之相对，工资分配的依据却是对所有企业员工的短期激励的需要，是对所有企业员工当期劳动成果、责任贡献的报酬。

四是从收入的时间上看，期权的存在使收入分配从现期或短期收入分配变为长期收入分配，持续的时间长，着眼于长期收益；而工资收入是短期激励收入，着眼于短期收益。过去的收入分配是小时工资、日工资、月工资、年薪、月度奖、季度奖、半年奖、年度奖，一般都是在一个会计年度之内，即使跨了年度（如承包工资）也都用预支等办法分解成上述的工资形式。而期权收益一般都是在 3 ~ 10 年才到期，才有收益，有的时间会更长，远远超过了一个会计年度。

五是从收益的确定性和不确定性上看，期权收入受股票市场价格波动的影响很大，具有很大的不确定性；而工资的不确定性相对很小。期权收入最主要的不确定性是来自股票市场，在整个股票市场的股票价格大起大落时，行权某种股票的期权就难以逃脱受整个股票市场波动的命运，会给享有期权的人带来畸高或畸低的收入，而与企业的绩效没有多大的关系，也就与个人的努力没有多大关系，这是与期权所想达到的对经理人员和技术人员的长期激励的目的背道而驰的。由于信息的不对称性，经理人员也可能在行权期权时大做手脚，让期权所依附的股票价格大幅度攀升，以获取暴利。

尽管在期权设计中,通过种种措施对期权收益的不确定性进行限制,以达到长期激励的效果,如规定行权期必须在"窗口时期"①内行权,以增强信息的对称性,使股票价格回归到物有所值;尽管从总体上看,股票价格总是围绕着企业的盈利率上下波动,也尽管股票市场的价格总体上是呈增长趋势,但是,不可否认股票收益的不确定性仍然要大于其他形式收入的不确定性。而工资的收入一般是确定的,是企业必须支付和不能拖欠的。如果说工资也有不稳定性,与期权相比也是非常小的。

六是在风险共担的形式上也有不同。赠予期权对于股东的风险是其股票的全部价格,对经理人员期权的最大货币收入风险是零收入。由于期权行权收入是未来的货币收入,因此,经理人员的期权收入风险是与企业的长期发展有关的长期收入风险。而工资支付中缺乏股东与经理人员风险共担的作用。工资中的基本工资部分没有风险,必须依法支付;效益工资部分有一定的风险,是即期的货币收入风险,只与企业当前的经营绩效有关。

七是从现金收益渠道上看,期权收入不属于企业内部分配,不记入成本;而工资属于企业内部分配,记入成本。期权不是由公司直接给期权享有人员发报酬,而是在股市上通过股票价格与行权价格的差额获取报酬,是向社会索取报酬,是一种社会价格。当然,期权的收益并非与企业没有一点关系,因为在期权赠予的过程中,企业要按照行权价格预备股票,以备期权的享有人员在行权时用。这实际上是一笔投资,它的机会成本正好是期权的收益。但是股东们也不吃亏,他们以期权收益的机会成本获得了企业长期业绩的增长。

八是从收入的性质上看,期权收入不是劳动收入,而是人力资本的投资性收入;期权分配不是工资分配,而是一种资本收益分配。经理和技术人员拥有期权的过程意味着他们进行人力资本投资的过程,期权的行权意味着相应的那一部分人力资本投资的终止。一般来讲,经理人员并非只获取期权收益,他们还有年薪、各种福利,特别是有一般职工所不具备或不能相提并论的职位消费。这些收益通常也不比普通员工的劳动收入低。应该说,经理人员的工资性收入应当在这部分非期权收入中体现。又根据前面的分

---

① 这里的"窗口时期"是指信息较为对称的时期,如发布公司年报以后的一段时期之内。

析,期权收益是股东们让渡给经理和技术人员的一部分投资的机会成本,所以,期权收益便直接表现为人力资本的收益。此外,国家对待期权收益,也应该是按照企业所得税率纳税。

九是从收入水平上看,期权收入一般远远高于工资分配标准。期权的施行,形成了一种新的经理和技术人员的人力资本市场价格,这个价格与普通意义的劳动力市场价格相分离。正如彼特·德鲁克所指出的:"物质报酬这根胡萝卜不像恐惧的大棒那样已失去了效力。恰恰相反,它仍是强有力的,在使用它时必须备加小心。它已成为一种非常强有力的可靠的工具。正是由于物质期望水平的日益增长,使得作为一种激励力和一种管理工具的物质报酬——胡萝卜的效力愈来愈小。能激励人们进行工作的物质报酬必然愈来愈大。当人们所得到的已日益增多时,他们对于只增加一点点就感到不能满足了,更不用说减少了。他们期望的是更多得多。"①

十是从与金融市场的联系情况来看,期权使企业的分配直接与金融证券紧密联系在一起,是一种金融衍生产品,是人力资本投资于股票市场的表现形式,使大幅度增加个人收入体现人力资本的价格成为现实的可能。②

第五节　交易费用理论

在现代企业理论中,交易费用理论与委托代理理论是两个主要分支。交易费用理论的重点在于研究企业与市场的关系。

一、科斯的交易费用理论

科斯(R.H.Coase)是交易费用理论的代表人物之一。科斯的交易费用理论的形成与确立大致可分为两个阶段:

第一个阶段是30年代科斯对正统微观经济学进行的批判性思考。科斯

① ［美］彼特·德鲁克:《管理——任务、责任和实践》,孙耀君译,中国社会科学出版社,1987年版,第305页。
② 徐振斌:《期权激励与公司长期绩效通论》,中国劳动社会保障出版社2003年版,第134～138页。

于 1937 年在伦敦经济学院学报《经济学家》上发表了著名的论文《企业的性质》。他在文中指出,市场机制在运行中存在磨擦,导致这种磨擦的主要因素是产权构造上的缺陷,克服磨擦的根本途径在于界定企业产权。

第二个阶段是在 50 年代末至 60 年代,科斯系统地论述了产权的经济作用,分析了产权的功能,特别是考察了产权结构对于降低社会成本,克服诸如外在性等市场失灵的关键性作用,从而使产权制度作为保障资源配置有效性的必要条件。这一阶段的代表作是科斯于 1960 年发表于《法与经济学杂志》上的《社会成本问题》,这一阶段最突出的成就是"科斯定理"的思想。

科斯在《企业的性质》中指出:交易成本是运用价格机制的成本。它至少包含两项内容:第一,发现相关价格的成本,即获得可靠市场信息的成本;第二,谈判与履约的成本。

《企业的性质》提出"交易成本"范畴,直接的目的是论证企业存在的必要性。如果无企业制度,每一要素所有者都直接参加市场交易,那么市场交易者数量将非常大,交易磨擦将极为剧烈,解决磨擦的费用极高,因而交易成本高昂,企业作为一种组织,以内部交易替代外部市场交易,在企业制度下,把若干要素所有者组织为企业,以企业为单位进入市场,从而减少市场交易者数目,减轻交易磨擦,降低交易费用。但科斯交易成本范畴中包含了另外一个更为深刻的思想,即交易成本背后的产权界定问题。

科斯于 1960 年发表的论文《社会成本问题》中将交易成本范畴与社会资源配置的有效性联系起来,将交易成本进一步拓展为社会成本范畴,而社会成本范畴研究的核心恰恰在于市场机制失灵所导致的运用市场机制的成本(交易成本)升高,这种市场机制失灵的根本原因恰恰又是产权界区含混。因此,如果交易成本为零,定义清晰的产权关系和自愿交易,就是资源配置有效性的充分条件。

科斯提出了有别于正统经济学分析的达到资源配置帕累托有效的条件:交易成本为零,产权界区明确,交易自愿。也就是说,在交易成本为零的条件下,定义清晰的产权关系下的自愿交易是资源配置有效性的充要条件。这就是所谓"科斯定理"。

在科斯看来,社会资源的配置,不论采取企业制度,还是市场制度,或是政府管制方式,最重要的根据在于产权清晰程度。科斯的这一思想为产权理论奠定了坚实的基础。但科斯的思想在很长时间内一直被理论界所忽视,直到60年代才引起经济学家的广泛重视。

二、交易费用理论的进一步发展

有相当数量的学者在科斯开辟的产权研究领域,补充、发展了新的产权思想,甚至包括库特(Robert D. Cooter)等人在内的否定科斯定理的学者,通过对科斯理论的批判,对产权理论的进展也做出了贡献。

(一)对交易成本概念的补充和修正

一是把交易成本区分为广义和狭义两类。广义的交易成本是指谈判、履行合同和获得信息所需运用的全部资源,狭义的交易成本则是指单纯履行契约所付出的时间和努力。这种划分,以库特等的表述最为准确。

二是把交易成本区分为事先的和事后的两类。事先的交易成本是指起草、谈判、保证落实某种协议的成本;事后的交易成本是交易之后发生的成本,它可以有许多形式。

三是进一步强调交易成本是运用经济制度的成本,强调交易成本是由于制度摩擦所导致的费用,特别是由于产权不清必然导致各类摩擦发生。肯尼斯·阿罗明确定义交易成本是"经济制度操作的成本"。

四是强调信息成本是交易成本的核心,突出真实信息的表现及其获得和识别所必须付出的代价,而信息成本的高低,即市场价格信号的真假以及对其识别的敏感性,根本取决于产权制度所规定的市场交易当事人的权利及责任、风险界区是否明确,价格归根到底是产权的市场运动形式。

五是强调交易成本是人们发生普遍社会交换关系中发生的费用,其发生的前提是人们的利益分歧,这种分歧的克服和协调发生的成本本质上是制度成本,包括信息成本、监督管理的成本和制度结构变化的成本等等。

(二)资产专用性、不完全合约及所导致的纵向一体化理论

另一批学者,沿着资产专用性、不完全合约、纵向一体化理论,解释之所以发生企业制度的原因,认为企业是连结生产过程之间的不完全合约所要求的纵向一体化的结果,进而发展了科斯的企业产权理论。

一是威廉森、克莱因等人的模型。威廉森和克莱因继承了科斯关于企业是用来节约交易费用的制度模式,不同的是,他们将资产专用性及由此而来的机会主义作为决定交易成本的主要因素。

二是格罗斯曼、哈特等人的模型。他们认为就降低交易费用而言,关键不在于比较市场交易和企业一体化内部交易的成本高低,而应比较不同产权结构安排的不同类型的一体化之间交易费用孰高孰低。

三是费茨罗、穆勒等人的模型。费茨罗和穆勒(Fitzroy,Mueller)对由于资产专用性产生的企业内部权利结构不对称性做出了有意义的分析,他们应用威廉姆森等人的方法,对企业内部横向不对称值做出了新的解释。他们认为:"非流动性"是决定企业权利结构的主要因素,权利将集中在非流动性强的要素所有者手中。

四是瑞奥登等人的模型。瑞奥登(Riordan)模型的特点是强调了由于信息受损而形成的市场交易中的交易费用与由于权利结构激励乏力造成的企业内部成本之间的比较和替代。

三、交易费用理论对股权激励制度的支持

根据交易费用理论,企业和市场是相互替代的两种资源配置方式,企业替代市场会降低利用市场机制的交易费用,但同时又会带来企业内部管理费用的上升。所有的交易费用也都是组织成本。组织的实质是不同的契约安排。如果以企业的经营管理者作为企业并购的对象,通过股权与期权的激励,使企业的经营管理人员内部化,成为企业的有机组成部分,必然会降低交易成本,提高资本收益率。

第六节　博弈论

一、博弈论的起源和发展

19 世纪 30 年代,法国经济学家奥古斯汀·古诺(Augustin Coumot)提出的古诺双寡头竞争模型(Coumot game),可以说是纳什均衡最早的版本,比

纳什(1950年、1951年)本人的定义早了100多年,被公认为是博弈论的先驱。古诺双寡头竞争模型,由两个厂商相互竞争的模型开始。假设两个厂商生产同样的产品并都知道市场需求。每个厂商必须决定生产多少,并且两厂商是同时做出决策。在做出产量决策时,每个厂商必须考虑到它的竞争者。它知道它的竞争者也正在决定生产多少,而它能得到的价格将取决于两厂商的总产量。古诺模型的本质是每个厂商将它的竞争者的产量水平当做固定的,然后决定自己生产多少。

20世纪初期是博弈论的萌芽阶段。其研究对象主要是从竞赛与游戏中引申出来的严格竞争博弈,即二人零和博弈。在此阶段提出了博弈扩展性策略、混合策略等重要概念。这一阶段最重要的成果就是诺伊曼的最小最大定理(1928),他为二人零和博弈提供了解法,同时对博弈论的发展产生了重大影响。

40年代前后是博弈论学科的建立时期。博弈论领域第一本重要著作是诺伊曼与奥斯卡·摩根斯坦(Oskar Morgenstern)出版的《博弈论与经济行为》(The Theory of Games and Economic Behavior)(1944)。该书汇集了博弈论的研究成果,将其框架首次完整而清晰地表达出来,使之成为一门科学。还详尽地讨论了二人零和博弈,并对合作博弈作了探讨,开辟了一些新的研究领域,并在经济学上广泛应用。

50年代是博弈论的成长期。纳什为非合作博弈的一般理论奠定了基础,他提出了博弈论中最重要的概念——纳什均衡,开辟了博弈研究的一个全新领域。他规定了非合作博弈的形式,定义了著名的"纳什均衡点"。此后四十余年里,大量学者致力于研究博弈的结构,发展"纳什均衡点"理论,探讨其实际应用的可能性。与此同时,合作博弈理论在这个阶段也得到发展。由于二战硝烟散去不久,以及美苏的对立,博弈论的重要应用领域是军事问题及冷战策略。此后,经济学成为博弈论最重要的应用领域。

60年代是博弈论的成熟期。不完全信息的扩充使博弈理论变得更具广泛应用性,基本概念也得到了系统阐述与澄清,博弈论成了完整而系统的体系,并在经济理论的"逻辑范畴"与相应的"博弈重要解"之间找到了对应关系。特别是博弈论与数理经济理论间建立了内在的牢固的关系。海萨尼与塞尔腾正是在这一时期开始他们的工作,海萨尼提出了不完全信息理论,开始均衡选择问题的研究。

70年代是博弈论的进一步丰富。博弈论本身在若干领域获得重大突破,并开始对其他学科的研究产生强有力的影响。计算机技术的飞速发展使得研究复杂与涉及大规模计算的博弈模型发展起来。经济模型有了更深入的研究,特别是非合作博弈理论被应用到若干特殊的经济模型中,使一些复杂的经济问题得到博弈解。博弈论还应用到生物学、计算机科学、哲学等领域。博弈论逐渐成为人们分析、认识、解决许多领域的决策问题的工具。

英国的雷特·哈丁在《公用地的悲剧》(1968)中成功地将"囚徒的困境"和资源耗竭结合起来,提出了"公用地悲剧",描述了理性地追求最大化利益的个体行为是如何导致公共利益受损的恶果。哈丁说:"在信奉公用地自由化的社会中,每个人都追求各自最大的利益。这是灾难所在……毁灭是所有人都奔向的目的地"。哈丁的"公用地悲剧"现象说明了在以追求最大化利益的个体之间为实现公共利益而采取合作的集体行动是极其困难的。

80年代以后,博弈理论研究大多属于应用性研究。美国艾望克·拉斯缪森(Eric Rasmusen)(1989)从信息的角度对博弈论提出了对称信息动态博弈、对称信息重复博弈以及不对称信息动态博弈的理论。美国 Russell W. Cooper(2002)提出了宏观经济学中的协调博弈理论,并提出了政府在解决协调问题中的角色,既可以保持经济的稳定性,又可能导致政策的不确定性,其主要原因是"时间不一致性","在一些情况下,私人行为主体与政府之间不同的目标会导致时间一致性问题的出现。在另外一些情况下,私人行为主体无法将外部性问题内部化也会导致时间一致性问题。这些外部性的存在既为政府干预提出了理由也同时成为时间一致性问题的基础";"从直觉上来说,政府可以选择一个行动来实现自己的目标去影响私人行为主体的选择。然而,一旦选择了,政府就无法影响私人行为主体,所以政府必然想采取一个不同的行动"。

二、博弈论的基本内容

博弈论(对策论)是关于理性的参与主体在冲突与合作的情况下的战略决策(Strategic Decision Making)行为以及决策的均衡结果的理论。在市场参与者数量有限,存在不完全竞争和信息不对称的情况下,人们之间的行为是直接相互影响的,为追求自身利益的最大化,主体在决策时必须考虑对方的反应,并对对方的反应做出反应,以采取优势战略。在博弈论里,个人效用函数不仅依赖于他自己的选择,而且依赖于他人的选择;个人的最优选择是其他人选择的函数。而在传统的微观经济学里,个人的决策是在给定价格参数和收入的条件下,使其效用最大化;个人效用函数只依赖于他自己的选择;个人的最优选择只是价格和收入的函数。1994 年,由于对非合作(Non-cooperative)博弈论的重要贡献,约翰·F·纳什(Nash)、海萨尼(Harsanyi)和泽尔腾(Selten)同时荣获诺贝尔经济学奖。博弈论强调个人理性,在给定的约束条件下或给出个人的支付函数及战略空间,每个当事人都选择其最优战略以追求效用(支付函数)最大化。最优战略决策的关键是怎样正确判断对手的处境和立场,并正确地判断出作为理性的对手对于你的行为所做出的反应。认识到个人理性与集体理性的冲突对于认识期权制度安排是非常重要的,解决个人理性和集体理性的矛盾与冲突的办法并不是像传统经济学主张的那样通过政府干预来避免市场失灵所导致的无效状态,而是如果一种制度安排不能满足个人理性,就不实行下去,应当设计一种机制,在满足个人理性的前提下达到集体理性。这种解决办法看来是对亚当·斯密关于"看不见的手"的学说的回归,强化了"追求自身利益的个人理性"对于经济社会的作用,"通过追逐自身利益,个人常常会比其实际上想做的那样更有效地促进社会利益。"换言之,即使每个人都采用非协同性的方式行动,其经济效果也会对社会有效。保罗·萨缪尔森、威廉·诺德豪斯将这一原理转换成博弈论的语言就是,"在完全竞争的世界里,非协同性行为造成了社会所期望的那种经济的效率状态"。但这仅仅是赞同了问题的一个方面,因为他们又立刻举出反例:"在许多情况下,非合作的行为导致经济无效或社会不幸。一个重要的经济例子是污染博弈:污染博弈是看不见的手这一竞争机制失败的例证。在这种情况下,非合作或纳什均衡是无效率的。当市场或非集中均衡达到危险的无效率地步,政府就应该介入。通过设置有效的规章制度或排放收费,政府可以诱导企业向降低污染方面努力,进入'低污染'世界。在这种均衡下,企业获得在高污染世界同样的利润。"这种反例并不与我们前面提出的博弈论强调个人理性有任何矛盾,相反,该举例恰恰是博弈中个人理性行为的又一例证,至于污染博弈导致经济无效或社会不幸,那是博弈的局外的事情,需要由政府对博弈的环境条件通过法律的和经济的手段加以限制来解决。

博弈论从大的方面可以划分为合作博弈(Cooperative game,对称信息博弈)和非合作博弈(Non-cooperative Game,非对称信息博弈、委托—代理博弈)两大类别。合作博弈如:纳什(1950)和夏普里(Shapley,1953)的"讨价还价"模型,Gillies 和 shapley(1953)关于合作博弈中的"核"(core)的概念。非合作博弈如:克瑞普斯(Kreps)和威尔逊(Wilson,1982)合作发表的关于动态不完全信息博弈,克瑞普斯、米尔格罗姆(Milgrom)、罗伯茨(Roberts)和威尔逊(1982)关于信誉(Reputation)问题的非常有名的"四人帮模型(Game of Four Model)"。合作博弈与非合作博弈,二者之间的主要区别在于人们的行为相互作用时,当事人能否通过谈判达成一个具有约束力的协议(Binding Agreement)并执行这个协议。当协议具有约束力,而且参与人遵从该协议时,就是合作博弈;否则,是非合作博弈。例如,两个寡头企业达成一个协议,各自按这个协议生产,联合实现最大化垄断利润,就是合作博弈。它们面临的问题就是如何分享合作带来的剩余。但是如果这两个企业间的协议不具有约束力,没有哪一方能够强制另一方遵守这个协议,每个企业只选择自己的最优产量(或价格),则是非合作博弈。合作博弈强调的是团体理性(Collective Rationality)和效率(Efficiency)、公正(Fairness)、公平(Equality);非合作博弈强调的是个人理性、个人最优决策、个人效率的最大化。

三、博弈论对股权激励制度的支持

根据博弈论,在经理人员与股东之间以及在经理人员之间,参与人都是理性的经济人,他们之间都存在着博弈关系,他们的行为都取决于自身的效用函数,最终目标都是在一定的约束条件下实现个人利益最大化。公司经营剩余索取权的分配形式是经理人员效用函数中一个极其重要的变量,分配体制直接影响经理人的决策安排。因此,在分配制度的安排中,为使股东与经理人员达到共同的效率,就应该采取期权这样的激励措施以达到"激励相容"①,使经理人员的支付函数与股东的支付函数相接近,即收益率相等。这里,经理人员的支付函数(收益)等于收入减去成本,其中收入包括货币的和实物的收入以及工作内外的闲暇,成本包括人力资本的投资、以劳动和责任为主的贡献以及疾病、安全、心理伤害、维持健康、生命状况的成本。

以下的举例说明,博弈论一些主要的基本原理可以解释期权分配中关于期权分配的必要性、期权分配的主要对象、期权分配的数量、期权收入水平、期权的兑现条款的规定等问题。例如,根据博弈论对公共物品的私人自愿供给模型(Personal Voluntory Supply for Public Commodity),如果经理人员在长期激励方面没有收益,企业的长期绩效相当于公共产品,经理人员对企业长期绩效的成本支付只能趋于零(捐赠为零),他们不会花费时间和精力考虑企业的长期业绩问题。换言之,如果没有期权,则作为"囚徒"的经理人员和技术人员的最优战略就是不为企业的长期业绩而努力。所以要想使企业的长期绩效得到提高,必须对经理人员通过期权等办法进行长期激励。

根据混合战略博弈原理(Mixed Strategies),可以估计在一定的期权激励下股东和经理人员的期望收益(Expected Profit/Payoff)。同时可以解释以固定工资为主的报酬形式,必然养成经理人员和技术人员的"流浪汉"博弈行为,因而必须实施期权长期激励。根据道德风险博弈原理(Moralhazard)②,如果没有长期激励,经理人员因不能分享剩余收益,可能会利用手中的权力通过增加职位消费等使企业面临道德风险。

根据博弈的逆向选择博弈原理(Adverse Selection)③,可以解释如果经理

---

① "激励相容"是指:在市场经济中,每个理性经济人都会有自利的一面,其个人行为会按自利的规则行动;如果能有一种制度安排,使行为人追求个人利益的行为,正好与企业实现集体价值最大化的目标相吻合,这一制度安排,就是"激励相容"。

② 研究事后非对称信息博弈的模型,签约时信息是对称的,行动也是对称的,签约后信息和行动都会出现不对称情况。委托人的任务是怎样设计出一个激励合同以诱使代理人从自身利益出发选择对委托人最有利的行动。马尔科森(Malcomson,1984)证明,类似锦标制度的合同可能是解决委托人道德风险问题的一个有效办法,即对给定比例的表现较好的工人支付较高的报酬。在保险市场上,道德风险来自保险公司不能观察到投保人在投保后的防范措施(如是否把车停在安全的地方),从而投保人的防范措施偏离没有保险时的防范措施。

③ 研究事前非对称信息博弈的模型,卖者(代理人)对产品的质量比买者(委托人)有更多的信息,买者只根据平均质量支付价格,结果出现优质产品退出市场的一种交易现象。在保险市场上,逆向选择来自保险公司事前不知道投保人的风险程度(与是否参加保险无关),从而保险水平不能达到对称信息情况下的最优水平,即高风险的消费者把低风险的消费者赶出保险市场。

人员的长期激励不足会导致高素质人才退出机制,因为企业的经理人员和技术人员都会因长期激励不足而有短期行为,或者说高素质人才不愿意努力工作。特别是在外在因素影响下,必然导致高素质人才外流,我国国有企业存在长期激励不足和人才流失现象也正好可以说明这一点。

根据博弈的市场进入遏制博弈原理(Entry Deterrence)[1],经理人员岗位和高技术岗位在一定意义上又是垄断性岗位,获得这种岗位的人员要获取垄断性高收入,股东博弈的最优战略是被赠予期权的经理人数不宜过多。如果企业中参与期权分配的人数盲目地增多,激励的对象过于普遍,就会产生新的"大锅饭",激励的效果就会降低。同时,对于股东来说,激励的成本过高,最终会导致资本转移到低人工成本地区。所以,参与期权激励的人数不宜过多,不能把期权搞成像职工持股那样,人人都有。如果人人都有,也必须拉开一定的差距,而且还要考虑投入产出,不可使期权成本过大。

根据囚徒困境(Prisoners' dilemma)个人理性博弈原理[2],期权激励机制产生个人理性竞争,经理人员努力工作使企业的长期业绩实现帕累托最优是经理人员的最优战略,理性的竞争则必然使企业产生长期的效率。根据囚徒困境定价博弈原理,一般情况下,股东将会在期权激励方面进行经常性的"价格战",不断增加期权赠予数量。因此,可以断定,经理人员和技术人员的期权收益将会以高于经济和工资收入增长的速度迅速提高,将会形成一种新的人力资本期权市场价格,这个价格将与劳动力工资市场价格相分离。

根据最优反应函数博弈原理(Best Response/Reaction Function),每个企业的最优战略是另一个企业战略的反应函数。因此,每个企业的期权激励的最优战略方案是另一个企业的期权激励的战略方案的反应函数。如果某

---

[1] 厂商,像国家和政治家一样,都会设法遏制进入者侵犯其领地。为了阻止进入,已有厂商必须使任何潜在的竞争者确信进入是无利可图的。另一方面,如果进入一旦发生了,接纳并保持高价是符合你的利益的。

[2] 两个囚徒被指控是一宗罪案的同案犯,他们被分别关在不同的牢房且无法互通信息。各囚徒都被要求坦白罪行。如果两个囚徒都坦白,各将被判入狱 5 年;如果两人都不坦白,则很难对他们提起刑事诉讼,因而两囚徒可以期望被从轻发落为入狱 2 年;另一方面,如果一个囚徒坦白而另一个囚徒不坦白,坦白的这个囚徒就只需入狱 1 年,而另一个将被判入狱 10 年。对于两个囚徒来说,他们应该做出哪种选择呢?结论是:两囚徒大概都会坦白并入狱 5 年。

公司实施了期权激励,其他公司也会相应做出反应,实施自己最佳的期权激励方案。所以,每个企业在实施期权激励时,都要看看周围的相关企业的期权激励情况(当然,如果每个企业都不设计期权,而且都存在于一个无私奉献的全社会的文化氛围之中,对于企业的长期绩效来说,无私奉献作为一种收益预期在一定时期内也是经理人员的最优战略,即经理人员都比着不计较报酬的多少,更不愿意获取剩余收益)。

根据承诺博弈原理(Commitment)①,企业对承诺的期权赠予条件和兑现条件一定要履行,以取信于经理人员和技术人员,这样,经理人员和技术人员不断努力工作即是他们在博弈中的最优战略。

根据限制性定价博弈原理(Price-restricted Game)②,为了吸引和激励最优秀的经理人员和技术人员,在企业的承受能力范围之内,应该尽可能地增加期权的赠予数量,以保持最大的激励效果。

根据先动占优博弈原理(First-mover/Best-advantage Dominant Strategy),股东应当率先承诺对其经理人员和技术人员进行期权长期激励或率先承诺赠予最多的期权是其博弈的占优战略,因为这样做能率先对经理人员和技术人员进行长期激励,率先吸引最优秀的经理人员和技术人员,率先实现企业的长期业绩的增长,国内企业近两年来纷纷承诺对经理人员实施期权激励也可以证明这一点。有的公司从其开始筹建时起即同时设计期权激励计划,从而可能使企业长期处于统治(垄断)地位。后来的企业将可能长期受到占优战略的威胁,其激励力度将总是小于占优者,因为占优者要继续保持其占优地位,而且因其长期业绩的率先显现,占优者也有能力保持占优的地位,即用更多的期权不断地激励更优秀的经理人员和技术人员。

根据威胁可信与不可信的博弈原理(Creadible/In-creadible Threat)③,经

① 如果一个厂商能够使其竞争对手相信它将对某一特殊的策略举措进行明确的承诺,则它们就不会实施报复,因为它们确信它们从漫长的价格战中所损失的将大于所获得的。如果一种承诺具有约束力而且毫不含糊,则该承诺就更有说服力。为使承诺更为可信,一个厂商的承诺必须取得实现该承诺所需要的资产和专家鉴定的支持。
② 就是遏制和防止进入的定价策略。为了给潜在进入者发出它是非常低成本的生产商的信号,厂商可能会发现制定一个相对较低水平的价格是非常值得和有效的。在这种情况下,潜在的进入者选择进入是不明智的。
③ 厂商经常会给其他厂商发出某种信号以显示他们的打算、动机、目标。有些信号实际上是威胁。并非所有威胁都是可信的。

理人员如果自己购买期权和期权的标的物股票,而不仅仅是获得赠予的期权,则经理人员的行为构成一种真实可信的"威胁",因为当股票价格跌至执行价格以下时经理人员不仅是因不执行期权而无收益,而且还要蒙受其所购买的股票的价格损失。此时,股东的最优战略就是赠予这些经理人员更多的期权。

根据多重复博弈(Repeated Games)的"以牙还牙"原理①,企业与企业之间可以设计出你增加期权赠予数量我也增加期权赠予数量,你减少期权赠予数量我也减少期权赠予数量的最优战略,来对经理人员和技术人员进行激励。

根据讨价还价博弈原理(Bargaining Game)②,在期权的赠予数量上,股东与经理人员和技术人员之间有一个博弈,博弈的结果取决于双方谈判力量的对比。

在经理人员之间,也有多个博弈原理可应用于期权分配。例如,根据纳什均衡博弈原理(Nash Equilibrium)③,当经理人员的一组期权分配方案一定时,这些经理人员就会根据期权的期望收益(支付),在期权的有效期内对各自的工作做出努力,以使所有经理人员的努力实现纳什均衡。用通俗的话说,赠予多少期权就办多少事,谁被赠予期权谁就为自己拥有的权力负责。

根据智猪博弈原理(Boxed Pigs Game)④,就需要对经理人员中的个别主要成员赠予更多的期权,以克服多劳不多得,少劳不少得的"大锅饭,搭便车"弊端。

---

① 是指同样结构的博弈重复多次,其中的每次博弈为"阶段博弈"(Stage game)。重复博弈有三项基本特征:一是前一阶段博弈不改变后一阶段博弈的结构;二是所有参与人都观测到博弈过去的历史;三是参与人的总支付是所有阶段博弈支付的贴现值之和或加权平均值。影响重复博弈均衡结果的主要因素是博弈重复的次数和信息的完备性。多重复博弈最简单的例子是"以牙还牙":我从一个高价开始,只要你继续"合作",也定高价,我就会一直保持下去;一旦你降低你的价格,我马上也会降低我的价格;如果你以后决定合作并再提高价格,我马上也会提高我的价格。

② 通常是一个不断的"讨价—还价"(Offer-counteroffer)过程。罗宾斯泰英(Rubinstein,1982)的轮流出价模型(Alternating Offers)试图模型化这样一个过程。讨价还价的结果取决于双方采取改变他们相对谈判地位的策略性行动的能力的大小。

③ 纳什均衡就是一组策略,在这种策略下,给定其他局中人的策略,每个局中人都确信他正在做的是他所能做的最好的。纳什均衡是指,若其对手们的行为给定,则每个厂商都将倾力而为。

④ 智猪博弈的结果是大股东担当起搜集信息、监督经理的责任,小股东则搭大股东的便车。

根据胜者全得博弈原理(Winner-take-all Games),获利者不是依据绝对价值,而是相对价格。这种情况虽然会造成贫富差距的一面,但它的积极作用仍然是主要的方面,如果在适度运用的情况下,对于经理和技术人员期权分配具有指导作用,能有条件地极大地提高企业效率。这里的条件分直接条件和间接条件。直接条件是指,期权分配是否已经可以被企业和职工接受,如果可以接受,没有多大阻力,就可以极大地调动经理人员和技术人员的工作积极性和创造性,一般职工至少可以不降低积极性,企业就会提高效率;如果不可以接受,实施中阻力大,即使能调动经理人员和技术人员的积极性和创造性,但一般职工却没有了积极性,处处抵制,与之对立,企业就不会提高效率。间接条件是指,一是期权是否可以吸引更多的人努力工作,求得获取期权收益的机会,如果能,则可以间接地提高企业效率;如果不能则无法从此方面提高企业效率。二是期权收益使收入差距会更快更大地拉开,会对社会消费带来既有正面的、也有负面的影响,如果正面影响大于负面影响,社会稳定,不同水平的社会购买力使社会需求保持旺盛,可以为企业提供更宽广的市场和商机,因此,可以间接地提高企业效率;否则,企业不会因此而提高效率。三是期权收益使收入差距更加拉开以后,如果国内的相对购买力降低,企业的效率又取决于对外出口情况,如果出口相对增加,企业仍然可以保持效率;否则,企业不会因此而提高效率,等等。①

① 徐振斌:《期权激励与公司长期绩效通论》,中国劳动社会保障出版社,2003 年版,第 145 ~ 153 页。

第二章 股权激励的理论基础

第三章

股权激励与公司治理结构

第一节 激励是公司治理结构中的重要内容

一、激励制度是公司治理结构的重要特征之一

（一）公司治理结构的涵义

公司治理结构有广义和狭义之分。狭义的公司治理结构又叫法人治理结构，它是以实现公司最佳利益为目的，由股东大会、董事会、经理和监事会构成，通过指挥、控制和激励等活动来协调股东、债权人、职工、政府、顾客、供应商以及社会公众等利益相关者之间关系的一种制度安排。与之相对，广义的公司治理结构则是指有关公司控制权和剩余索取权分配的一整套法律、文化和制度性安排，这些安排决定公司的目标，解决谁在什么状态下实施控制、如何控制、风险和收益如何在不同企业成员之间分配等问题。可见，广义的公司治理结构与企业所有权安排几乎是同一个意思，或者更准确地讲，公司治理结构只是企业所有权安排的具体化，而企业所有权则是公司治理结构的一个抽象概括。

对公司治理的需求是伴随着市场经济中现代企业所有权与控制权的分离而产生的。公司治理结构包括以下方面：公司的目的与行为；董事与管理人员的功能与权力；大型上市公司中审计委员会的作用；对董事会和监察委员会安排的原则建议、他们的谨慎义务与经营评价准则；公平交易的义务；控制权交易中董事与股东及出价者的作用等等。

（二）公司治理结构的特征

公司治理结构具有如下基本特征：

1. 权责明确，各司其职

公司内部的领导体制包括权力机构、决策机构、监督机构和执行机构。股东大会是公司的最高权力机构，它代表产权的所有者，对所属公司拥有最终的控制权和决策权；董事会是公司的决策机构，它对股东大会负责，执行股东大会的决议；监事会是公司的自我监督机构，它对股东大会负责，依法对董事会和经理担任职务时的行为进行监督；经理是公司决策的执行机构，对董事会负责，在公司章程和董事会授权的范围内行使职权，开展公司的日常经营活动。这四个机构的权力与职责都是明确的。它们各司其职，相互配合，相互制衡，相互协调。

2. 委托代理，纵向授权

公司中有两种最主要的委托代理关系。股东大会和董事会之间存在委托代理关系：股东大会将其财产委托董事会代理，并委托监事会进行监督；董事会与经理层之间也存在委托代理关系：董事会将公司财产委托给经理层管理。此外，公司的经理层和公司的基本员工之间还存在着若干中间层次。公司治理结构由上而下以授权的方式在公司的各层次之间分配权力。上下级之间是以劳动契约为界限的命令和协调的关系，最高层拥有进行决策控制的主动权。

3. 激励与制衡机制并存

企业委托代理关系中存在代理人的动力、信息的不对称等问题，因此必须对代理者进行激励，并建立制衡机制。激励主要是指委托人如何建立一套激励机制，以促使代理人采取适当的行为，最大限度地实现委托所预期达到的目标；而制衡关系则主要存在于股东大会与董事会之间、董事会与高级经理人员之间、监事会与董事会和高级经理人员之间。所有者与经营者之间的制衡，主要表现在其对经理人员的聘任、解聘上。

可见激励制度是公司治理结构的重要特征之一，需要强调的是激励制度必须与约束机制相对应，激励制度才能发挥应有的效应。

二、激励是公司治理结构的重要功能之一

（一）公司治理结构的本质

公司治理结构的本质是一种合约关系。合约分为完全合约和不完全合约。其中，完全合约是指能够事前预期各种发生的情况，并对各种情况下缔约方的行为、利益、违约处罚情况都作出明确规定的合约；而不完全合约则是指合约各方不对行为的详细内容达成协议，而是对行为的目标、总原则、遇到情况时的决策规则、谁享有决策权以及解决可能出现的争议所适用的机制等达成协议。不完全合约常常采取关系合约的形式。从合约论、交易费用论或产权理论的观点来看，公司是一组合约的联结体。公司章程甚至公司法，实际上就是一种关系合约。公司的劳动合同也是一种关系合约。而公司治理结构是以公司法和公司章程为依据的，在本质上也属于这种关系合约。它以简约的方式规范公司各利益相关者之间的关系，治理他们之间的交易，从而实现公司节约交易费用的比较优势。

（二）公司治理结构的功能

1. 权力配置功能

公司治理结构的首要功能就是配置剩余控制权，即拥有对法律或合约未作规定的资产使用方式作出决策的权力。我们知道，广义的公司治理结构是指有关公司控制权和剩余索取权分配的一整套法律、文化和制度性安排。从这个意义上讲，控制权配置和公司治理结构的制度安排实际上是一回事。公司通过治理结构在股东、董事和经理层之间进行各种权力的配置。

2. 制衡功能

公司治理结构明确了股东大会、董事会和经理层各自的权力、责任和利益，三者之间形成了权力制衡关系，从而保证了公司制度的有效运行。首先，股东作为资产所有者掌握公司的最终控制权，他们可以决定并有权推选或不推选直至罢免某位董事。其次，董事会作为公司的法人代表，全权负责公司的经营，拥有支配公司法人财产的权力，并有任命和指挥经理的职权。董事会对股东大会负责，两者之间存在制约与均衡的关系。最后，经理受聘

于董事会,作为公司的代理人统管企业日常经营事务。而且在董事会授权的范围之内,经理有权决策,而其他人不得随意干涉。同时,经理经营业绩的优劣受董事会的监督和评判。

3. 激励功能

激励功能是指公司治理结构力求在代理人追求个人利益的同时,使其客观效果更好地实现委托人想要达到的目的。激励机制的主要内容包括两个方面:货币激励和非货币激励。其中,货币激励主要有基本工资、奖金、津贴和福利、股票期权和社会保险等;而非货币激励则主要指名誉激励和职位消费等。

4. 约束功能

约束之于激励,如同惩罚之于奖励,能够起到奖优罚劣的作用。公司治理结构提供了合理有效的监督与惩罚机制,能够尽可能地防止代理人的机会主义行为。约束机制主要包括以下几个方面:所有权约束、监督机制和对渎职行为的惩罚等。其中,所有权约束又包括财产所有权约束和公司所有权约束。财产所有权约束要求经济当事人必须对自己投入公司的要素拥有明确的财产所有权,否则就无权签约。而公司所有权包括剩余索取权和剩余控制权,公司所有权约束则意味着剩余索取权和剩余控制权应相互对应,这是实现效率最大化的要求。如果一个拥有剩余控制权的人没有任何的剩余索取权,或无法真正承担风险,他就不可能有积极性作出好的决策。

5. 协调功能

公司治理结构的协调功能是指公司治理结构能够协调股东及其他利益相关者之间的利益关系,从而使公司上下齐心,共同为实现公司的最佳利益而努力。事实上,公司中存在的主要矛盾是股东利益与经理利益的冲突。首先,在现代企业中,经理最直接的追求目标是高薪收入,而股东所追求的则是高股息分配。其次,经理比一般的股东更关心公司的长远发展和稳定,因此他们更倾向于把利润用作再投资,从而与股东所追求的利益目标发生偏离。第三,经理所追求的职位消费及其为交际所作的投资增加了公司的预算开支。在公司利润份额一定的条件下,增加的开支部分就冲减了一部分股东利益,从而减少了对股东的现实回报。

三、公司治理结构的基本构成

（一）股东及股东大会

股东是出资设立公司并对公司债务负责的人。股东由于向公司投资，从而持有公司股票，并且凭持有的股票行使其权力，享受法定的经济利益，并承担应尽的义务。股东的权力主要包括表决权、选举权、检查权（主要指对公司业务状况的检查）、红利分配权、剩余资产分配权、股份转让权、其他合法权力（如控诉权、知情权、优先认股权）等。

股东大会是全体股东聚集在一起决定公司投资计划、经营方针、选举董事与监事的非常设机关。它是股份公司的最高权力机构，由全体股东参加。股东大会一般有如下三种形式：法定大会、股东年会和临时大会。股东大会主要拥有以下五大权力：

一是要案决定权，如变更公司的章程、增加或减少公司资本的方案及公司合并、分离、解散的方案等；

二是人事任免权，即选任和解任董事的权力；

三是报告听取权，主要是听取董事会、监事会的报告并予以批准；

四是行使确认权，即审查董事会提出的营业报告书、资产负债表及其他表册；

五是财务处理权，即决定红利的分派方案、提取公积金的比例、发行新股的方法等等。

股东大会的决议因股东大会召集程序或其决议方法违反法令或章程时，可由股东起诉，予以撤销。

（二）董事及董事会

董事是由股东大会选举产生的。董事按照他们与公司的关系来划分，可分为内部董事和外部董事①；按照他们是否有股权划分，可分为股权董事

---

① 外部董事又分为独立董事和关联外部董事两类。独立董事和关联外部董事虽然均是指本人目前不是公司雇员的董事，但只有那些满足独立董事条件的外部董事才属于独立董事；而关联外部董事虽然不是公司雇员，但与公司存在着这样或那样不符合独立性的关系，例如他们可能是本公司的大股东、供货商和经销商的代表、退休不久的高级管理人员、董事长或总经理的亲戚和至交等。

和非股权董事;从董事会组成成员看,可分为董事长和一般董事。

董事长的权力不是由股东大会授予,而是由公司法直接规定的。与过去的《公司法》相比,2006 年开始正式实施的现行《公司法》对董事长的角色与作用有了重新的定位。为消除董事长滥用权力的根源,避免在董事会形成"一言堂"局面,现行《公司法》削弱了董事长的决策权,规定在公司内部宏观的决策权归股东会所有,只有微观的决策权才归董事长所有。同时免除了董事长在董事会闭会期间代表董事会行使决策权的权利。倘若董事长怠于履行职权或没有能力履行职权,副董事长或者由半数以上董事共同推举的一名董事可自动代行董事长职责,而无需董事长的授权或者指定。一般董事的权力一般包括:出席董事会并行使表决权、报酬请求权和代表公司提起诉讼权等。

董事会由股东大会选举产生,由全体董事组成,并行使公司经营管理权。它对股东大会负责,是股东大会闭幕期间公司常设的权力机构。董事会有常设和临时两种。

董事会的权限包括了股东大会权限以外的有关公司业务事项的决定权,《公司法》规定,董事会的职权主要包括以下内容:召集股东大会会议,并向股东大会报告工作;决定公司的经营计划和投资方案;制订公司的年度财务预算方案、决算方案;制订公司的利润分配方案和弥补亏损方案;制订公司增加或者减少注册资本以及发行公司债券的方案;制订公司合并、分立、解散或者变更公司形式的方案;决定公司内部管理机构的设置;决定聘任或者解聘公司经理及其报酬的事项,并根据经理的提名决定聘任或者解聘公司副经理、财务负责人及其报酬事项;制定公司的基本管理制度;公司章程规定的其他职权。

现代公司面临的复杂市场环境使各国董事会需要越来越专业化的运作,对于上市公司这种规模较大的股份制企业来说,仅靠每年几次的董事会会议是不够的。因此,为更好地行使职能,在成熟资本市场的国家,尤其是英美国家,纷纷通过在董事会设立若干专门委员会来应对这种专业化运作的需求,这些常设的委员会一般有:审计委员会、提名(任免)委员会、薪酬委员会、预算委员会、公司治理委员会、战略发展委员会及执行委员会等。其中,审计委员会、提名(任免)委员会和薪酬委员会比较重要。审计委员会主要负责有关审计师的雇佣,审计会计程序、审计和传递会计数据,加强董事会的审计工作,负责对公司的活动进行监督,审查公司内部的财务活动等。提名(任免)委员会主要负责提名执行董事、独立董事、首席执行官的人选,保证董事会的独立性。薪酬委员会由具备专业知识的独立董事组成,承担建立具有竞争性的公司激励机制、发展激励原则的职能,负责高级管理人员的薪酬制定和核准以及公司股权计划的审议和批准等。

(三)经理

经理是负责股份公司日常经营管理工作的行政首脑。总经理由董事会聘任并对董事会负责,是公司法定代表和代理人。公司实行董事会领导下的经理负责制。根据《公司法》,总经理的职责和权限包括:主持公司的生产经营管理工作,组织实施董事会决议;组织实施公司年度经营计划和投资方案;拟订公司内部管理机构设置方案;拟订公司的基本管理制度;制定公司的具体规章;提请聘任或者解聘公司副经理、财务负责人;决定聘任或者解聘除应由董事会决定聘任或者解聘以外的负责管理人员;董事会授予的其他职权。现行《公司法》尤其突出了公司自治的立法精神,规定"公司章程对经理职权另有规定的,从其规定"。因此,《公司法》对经理职权的规定并非强制性的。

副总经理由总经理提名,董事会审核。副总经理的职责和权限一般包括:遵照总经理的意志协助总经理办理公司对内对外的一切事项;督导所属各部门职员一切职责的执行;对于本公司对内与对外的一切事项,随时贡献个人意见,以便使各项事务办理得更加完善等。

(四)监事及监事会

监事是由股东大会选举产生的,是监督业务执行状况和检查公司财务状况的有行为能力者。监事会由股东代表和适当比例的公司职工代表组成,具体比例由公司章程规定。监事会主要负责对公司的经营管理实施全面的监督,对董事长、董事、董事会以及总经理的工作有监督权。世界各国对监事会权限的规定差别较大,按照我国《公司法》的规定,监事会的职权包括:检查公司财务;对董事、高级管理人员执行公司职务的行为进行监督,对违反法律、行政法规、公司章程或者股东会决议的董事、高级管理人员提出罢免的建议；当董事、高级管理人员的行为损害公司的利益时，要求董事、高级管理人员予以纠正；提议召开临时股东大会，在董事会不履行《公司法》规定的召集和主持股东会会议职责时召集和主持股东大会会议；向股东大会会议提出提案；根据《公司法》规定的情形，可以对董事、高级管理人员提起诉讼；公司章程规定的其他职权等。根据《公司法》，监事可以列席董事会会议，并对董事会决议事项提出质询或者建议；发现公司经营情况异常的，监事会可以进行调查，必要时可以聘请会计师事务所等协助其工作，费用由公司承担。

从德、法、日等国家的规定来看，监事会还拥有董事会成员的任免权、审核（稽查）公司表册与文件的权力、公司行为代表权（监事会以监督权为原则，代表权为例外）以及业务拘束权（可影响董事会的业务执行）。

（五）股东大会、董事会及总经理权限的划分

股东大会是公司的最高权力机构。董事会是股东大会闭幕期间行使职权的常设权力机构。总经理是负责公司日常经营管理等具体工作的行政负责人。他们之间的具体权限划分如下：

首先，在公司业务发展方面，大政方针只能由股东大会来决定，而董事会负责具体决策，总经理负责执行。股东大会负责决定一些要案，如变更公司章程、增减公司资本的方案等；董事会在股东大会决定后执行决议，并作出具体的安排和决策；总经理负责具体执行和督导工作。

其次，在人事权方面，只有股东大会有选任和解任董事会和监事会成员的权力；董事会不能选任和解任董事会和监事会成员，但董事会可以选任和解任总经理；总经理则有任命公司内部各职能部门负责人的权力。

最后，在红利分配方面，董事会负责提出红利分配草案，交由股东大会批准，经股东大会作出决议后，由公司将应发金额按股东出资的多寡分配给股东。只有股东大会有权批准红利分配方案。总经理只是负责向董事会报告盈利情况，经股东大会通过之后，负责具体执行。

股东大会、董事会、总经理之间权限的明确划分，有利于发挥股份公司的优势，推动公司经营运作，从而落实股东权益。①

---

① 刘园、李志群：《股票期权制度分析》，对外经济贸易大学出版社，2002年版，第6～15页。

第二节　国外公司治理结构的几种主要模式

不同的公司治理结构会影响公司对激励制度的选择和实施效果,因此必须首先对国际上主要的几种公司治理结构有所了解。由于经济、社会和文化等方面的差异以及历史演进轨迹的不同,不同国家和地区的公司治理结构有很大差异。从主要市场经济国家的实践来看,公司治理结构主要有外部监控型、内部监控型和家族监控型三种模式。总体来说,企业所处外部制度环境对融资模式选择的影响和制约,决定了企业的融资结构(或资本结构)和公司治理结构的模式:若以直接融资(特别是股权融资)为主,则公司治理结构表现为所有者控制的外部监控型模式;若以间接融资为主,公司控制权集中在债权人手中,则公司治理结构表现为债权人控制的内部监控型模式;若融资结构以家族资本为主导,则公司治理结构表现为家族监控型模式。上述三种公司治理模式都在一定程度上推动了现代企业制度的发展,但它们在表现形式与内在运行机制上存在着较大的差别。

一、外部监控型公司治理模式

外部监控型公司治理模式,又称为市场导向型治理模式。这种公司治理源自于"盎格鲁—美利坚"式资本主义,以高度分散的股权结构、高流通性的资本市场和活跃的公司控制权市场为存在基础与基本特征。美国、英国、加拿大和澳大利亚等国是这种公司治理模式的典型代表。

英美是典型的市场经济体制国家,企业融资完全是市场化行为,并形成了完善的高度发达的资本市场。在此制度背景下,英美企业形成了以资本市场为主导的融资结构以及与之相应的市场导向型公司治理结构。这种公司治理模式有以下几大特点:

(一)企业融资以直接融资和股权融资为主,资产负债率较低

英美企业融资以直接融资和股权融资为主,资产负债率较低。在美国绝大多数企业中,由股东持股的股份公司占公司总数达95%以上,资产负债

率一般在 35% ~40% 之间。企业长期资金的筹集一般遵循"留存收益—发行债券—发行股票"的次序。同时,受相关法律制度的限制,银行不能成为企业的股东,银企之间的产权制约较弱,银行在融资与公司治理中的作用极其有限。青木昌彦(Masahiko Aoki,1999)将这种银行与企业之间的融资关系称作为"保持距离型融资"。

(二)在股权结构中,机构投资者占主体,股权高度分散化

在股权结构中,英美企业的股权高度分散化,机构投资者占主体。在英美,个人股东虽在整体上股权比重高,但相对于机构投资者来说所持有的股权比重却较小。机构持股者中退休基金的规模最大,信托机构次之,到 90 年代机构投资者持股比重已超过个人股东而居优势。在 20 世纪 90 年代初的美国,机构投资者控制了美国大中型企业 40% 的普通股,拥有较大型企业 40% 的中长期债权。20 家最大的养老基金持有上市公司约 10% 的普通股。不过,尽管这些机构投资者持股总量很大,一些持股机构本身也很庞大,资产甚至达到了几十亿美元的规模,但是他们在一个特定公司中往往最多持有 1% 的股票,这样的低份额使他们在公司中只有非常有限的发言权。同时,由于存在监督成本与"搭便车"问题,机构投资者对公司的联合控制也很困难,其理性选择便是"用脚投票"。

(三)股权的流动性很高

与公司融资的股权资本为主和股权高度分散化相适应,以美英高度发达的证券市场及其股票的高度流动性为背景,公司治理表现为由外部控制来实现。这种外部控制模式的主要特征是:重视所有权的约束力,股东对经理的激励与约束占支配地位,这种激励约束机制的作用是借助市场机制来发挥的。由于以股东价值最大化为目标,因此,其对公司及经理的评价以利润为主。股东的投资回报来自公司的股息和红利分配,在证券市场上股价升值中获得的资本增值收益。投资回报的多少和所有者权益是评价经理业绩的重要指标,因此,经营者就必须尽职尽责,通过提高公司业绩来回报股东。然而,由于投资者的持股短期性,使得股票交易十分频繁,并造成公司接管与兼并事件频频发生,这使得经理人员面对主要股东的分红压力只能

偏重于追求短期盈利,对资本投资、研究与开发则不太重视。近年来,美国实业界采取了一些力图改进公司治理的措施。例如,美国证券交易委员会1992年规定要求增加关于公司执行人员的报酬与津贴的披露程度,要求董事会薪酬委员会在其年度代理声明中,公开说明怎样确定以及为什么这样确定执行人员的报酬水平,并要求强化机构股东的作用;同时,尝试加强商业银行的作用,允许商业银行从事证券交易活动。

(四)以股东价值最大化为治理目标

由于英美企业融资结构以股权资本为主,其公司治理就必须遵循"股东至上"的逻辑,以股东控制为主,债权人一般不参与公司治理。这是因为美英法律禁止银行持有公司股份,银行对公司治理的参与主要表现为通过相机治理机制来运行,即当公司破产时可以接管公司,将债权转为股权,从而由银行对公司进行整顿。当公司经营好转时银行则及时退出,无法好转时才进入破产程序。

二、内部监控型公司治理模式

内部监控型公司治理模式,又称为网络导向型公司治理模式,因股东(法人股东)和内部经理人员的流动在公司治理中起着主要作用而得名。这种公司治理源自于"日耳曼"式资本主义,以后起的工业化国家(如日本、德国和其他欧洲大陆国家)为代表。内部监控型公司治理模式以股权的相对集中和主银行(或全能银行)在公司监控方面的实质性参与为存在基础与基本特征。

二战后,为较好地解决市场缺陷与信息不完全等问题,实现金融资源的充分动员和促进资本的有效形成与经济的高速增长,日本、德国政府实施了以产融结合为基本特征的融资政策,并以法律限制企业在银行以外的金融市场进行融资,从而使企业在融资上高度依赖于银行体系。

这种以银行间接融资为基础的金融制度,使日本、德国企业形成了独特的融资结构以及与此相应的网络导向型公司治理结构,主要有以下几大特点:

（一）企业融资以股权与债权相结合并以间接融资为主，资产负债率偏高

日本、德国企业的融资以股权与债权相结合并以间接融资为主，资产负债率偏高，普遍高达 60％左右。因此，在公司治理中强调平等对待股东和雇员，一般侧重于寻求内部治理，较少依赖证券市场的"用脚投票"的外部治理机制。

（二）股权结构以法人持股和法人相互交叉持股为特征

在股权结构上，日本和德国的企业以法人持股和法人相互交叉持股为特征，股权集中程度较高，且相对稳定。因此，投资者和企业之间是一种"干预性治理"，其目的在于降低代理成本。

（三）银行在融资和公司治理中发挥着主导性作用

在日本、德国，银行与企业之间通过融资与相互持股的方式建立了一种长期稳定的耦合关系，并且这种银企关系有着特定的制度安排，如日本的主银行制、德国的全能银行制。伯格洛夫（E. Berglof, 1995）、青木昌彦（1999）将这种银企之间的融资关系称为"控制导向型融资"。同时，在公司治理结构中形成了以主银行（或全能银行）为中心的相机治理机制。

三、家族监控型公司治理模式

家族监控型公司治理模式，是指公司所有权与经营权没有实现分离，公司与家族合一，公司的主控制权在家族成员中进行配置的一种治理模式。所有权与经营权合一是家族企业和家族监控型治理模式存在的基础与基本特征。韩国以及马来西亚、泰国、新加坡、印度尼西亚等东南亚国家是这种治理模式的典型代表。

与发达资本主义国家相比，韩国和东南亚各国由于没有经历与西方国家相同的资本原始积累过程，以及原有的不完全的自然市场体系的客观存在，因而采取政府主导型经济发展模式，政府在经济发展中发挥了非常重要的作用。同时，这些国家深受儒家文化的影响，在用人制度上特别强调家族观念和重视血缘关系。因此，韩国和东南亚各国企业具有与西方国家公司

完全不同的发展路径依赖性,即在市场体系不完善的情况下,家族成为监控公司的可行选择,由此形成了以家族为主导的资本结构以及与之相应的公司治理结构。在家族公司中,公司所有权和经营管理权主要由以血缘、亲缘和姻缘为纽带的家族成员控制,公司决策纳入家族内部序列进行。在这种情况下,控制性家族通常通过其在相关产业内的影响来限制竞争,并从政府手中获取优惠的资金来源和产业政策支持。企业在投资项目上存在"软预算约束","裙带资本主义"从而成为一种较为普遍的现象。由此可见,家族监控型公司治理模式采用了"保持距离型融资"和"控制导向型融资"相结合的融资形式,即一方面有中小股东提供外部资金来源,另一方面又有一个较大的外部资金提供者在公司中具有控制性利益或直接影响投资决策。

在家族监控型治理模式中,公司控制权市场在很大程度上是不活跃的。部分原因是政府的有关政策安排,同时也表明在股权高度集中的情况下进行敌意收购是相当困难的。相关国别研究也表明东亚国家的产业集中度很高,公司通常是多样化经营集团或大公司的一部分,这些集团的内部资本市场以及交叉补贴的体制,阻碍了市场竞争成为公司治理的工具。在东南亚国家,许多家族企业都涉足银行业,作为家族系列企业之一的银行与家族其他系列企业一样,都是实现家族利益的工具。因此,银行必须服从于家族的整体利益,并为家族的其他系列企业服务,从而银行对同属于家族的系列企业基本上是软约束。而不涉足银行业的家族企业,一般都采取由下属的系列企业之间相互提供担保的形式从银行融资,这种情况使银行对家族企业的监督力度受到了削弱。

第三节　公司绩效、市值管理与公司治理结构

一、公司治理和公司绩效

从具体形式来看,公司治理结构一般指股东大会与董事会、监事会、经理层等构成的公司内部控制和监督机制,其目的在于控制公司的经营活动不偏离企业的长远规划和最终目标,提高企业绩效。此外,企业的生存还依赖于内外部环境中其他相关利益者的支持和约束,包括企业雇员、债权人、

工会、社会组织、国家行政机关等等。公司治理结构与公司绩效之间的关系主要体现在上述四个相关的利益主体在权力上的分配和利益的协调,以及相应的激励与约束体制的建立。

(一)股东与公司绩效的关系

股东是公司治理结构中拥有最高权力的利益相关主体,董事会与经理层的所有决策都应该以维护股东的利益为标准和目的,企业中所有的治理机制也都应该以维护股东利益为目标。在公司治理结构中,股东除了利用股东大会和监事会或者独立董事对董事会和经理层进行监督以外,还可以利用企业外部的公司控制市场对其进行制约和影响,或者加入公司董事会亲自参与公司治理。[①]

一般认为,小股东是广泛分散且不干预公司运营的缺位所有者的同质集团(张红军,2000)。因此,在其他情况相同的条件下,公司的股权结构越分散,委托人对代理人的有效监督程度越低,对公司绩效可能越有不利的影响。从总体上来说,股东对提升企业绩效和价值的影响力相对于董事会和经理层来说更加趋于宏观和间接。考虑到成本与效益的匹配,股东中持有较大比例股份的大股东和机构股东会比小股东更有动机去监督管理者作出有利于企业价值最大化的决策,从而对公司的绩效实现过程施加影响。可以看到,积极的大股东和机构投资者愿意而且能够通过多种方式对公司的经营管理施加影响,并最终影响公司的绩效。

同时,大股东和机构投资者对公司绩效的影响也存在负面作用。大股东的利益和外部小股东的利益常常并不一致,两者之间存在着严重的利益冲突。在缺乏外部控制威胁,或者外部股东类型比较多元化的情况下,大股东可能以小股东的利益为代价来追求自身利益,通过追求自利目标而不是公司价值目标来实现自身利益最大化。这可以从以下几方面的事实得到验证:首先,大股东可能更多地考虑自身的利益,将股份公司作为自己的"提款机",从而损害众多小股东的利益;大股东过多的干预使股份公司的管理层名存实亡,影响股份公司战略目标和绩效的实现。其次,投资者并不是真正

---

① 一般只有大股东才能做到这一点。

的所有者,而是机构性的代理人。作为"被动的投资者",一部分机构投资者会把主要的注意力放在公司能付给他们多少红利上,而不在乎企业经营管理的绩效好坏;另外,机构投资者出于保护投资者利益的目的,往往会制定投资组合策略,分散投资,同时持有多家公司的股份,分散风险的同时也分散了机构投资者对于其中某一家公司经营管理绩效的关注程度。

综合以上论述可知:大股东和机构投资者对公司绩效的实现起着不容忽视的作用,虽然有一些消极因素的影响,但是总体上他们能够对公司经理层的机会主义行为进行约束,同时他们投资的稳定性和长期性使得他们可以和公司结成战略联盟,增强公司的长期竞争能力和发展能力。

(二)董事会与公司绩效的关系

目前世界各国所实行的公司治理结构制度的依据是委托代理理论,即股东按所拥有股份的多少选举出董事会,将其资产委托给董事会管理;董事会再选择总经理,将资产委托给总经理负责。

股份公司实际上是"资合"公司,这就决定了资产及其拥有者在股份公司及其董事会中的地位,资产的大小决定了其所有者拥有权利的大小。因此,公司治理结构所追求的目标自然而然地就是股东利益的最大化,实际上也就是追求资本增值的最大化。

在实际操作中,董事会对公司绩效的影响主要通过为经理层提供建议、顾问和积极参与公司经营管理战略方针的制定过程来实现。从微观管理角度讲,董事会对公司绩效的影响手段还包括对公司战略实施过程的控制。这可以通过董事会对于公司经营管理的事前控制体现出来,例如对重大经营决策(如重大投资、兼并、收购等)进行参与、审查和批准,决定经理人员的聘用等等;或者是事中控制,例如参与公司经营管理的战略实施;最后还体现在事后控制上,例如根据公司绩效的实现情况决定经理人员的替换与奖励等等。

随着现代公司制度的发展以及对公司治理结构的深入认识,董事会在制定公司长期发展战略以及经营管理决策的作用也越来越大,已经由股东大会的附属机构转变为股东大会无法干预的独立权力机关。

由于董事会在公司治理结构中所处的中心地位,因而提高董事会的质量就成了建立有效公司治理结构的核心任务,也是影响公司绩效的重要因素之一。

当然,董事会也可能对公司绩效产生消极的影响。根据委托代理理论,董事会是股东的代理人,代表股东利益,要尽到信义、注意和忠实三项义务,是降低经理层代理成本的重要机构。但是,这种代理关系使得董事会与其委托人——股东之间也出现了代理成本。董事会成员的机会主义倾向使他们不可能完全按照股东利益最大化的目标进行决策。另一方面,在现实经济生活中,经理层往往采用各种手段控制董事会。这样,董事会对经理层的约束机制就会被破坏,甚至出现董事与经理"合作"的情况,损害公司与股东的利益,结果就是公司的经营决策与公司的绩效和长期战略相背离。

(三)经理层与公司绩效的关系

按照企业契约理论的观点,传统公司内部治理模式是股东拥有最终控制权,董事拥有授予剩余控制权,经理拥有实际剩余控制权。经理层承担着通过对企业拥有的资源的合理开发和利用,维持并发展企业,实现资源使用效率的最大化和相关主体的利益最大化的责任。

在公司的经营管理实践中,经理层作为公司治理结构链条上的中心环节,其特殊地位决定了他们是公司内外部信息的接收中心和过滤、发送中心,经理层比其他任何环节都更了解公司整体的资源使用情况、经营业绩情况。而且董事会构成中一般包括经理董事。因此,虽然在大多数国家的《公司法》里董事会是公司真正的战略决策制定者,经理层只是战略的执行人,但是由于上述特点的存在,很多具体的经营战略决策最终要由经理层来做出,一些重大的决策也是董事会与经理层协商并共同制定的。

除了进行经营管理决策之外,公司经理层还是所有决策具体的实施者以及风险控制者。现在的职业经理人,不仅是公司的经营者、管理者,同时还是公司文化、道德、价值观的代表者和领导者,经理层的风格往往会左右公司的发展目标和战略方向。由此可以看到经理层在公司经营管理和绩效实现过程中的重要地位。

不过,根据委托代理理论,经理层对公司绩效也可能产生消极的作用。根据委托代理理论,由于两权分离的特点,企业股东是以获得最大的投资回报——即最大的正现金流为投资目标,而经理人员在进行企业经营决策时还要考虑个人权力、个人经济利益、社会地位、个人成就感以及个人的工作保障程度等因素。在委托代理理论有限理性和经济人自利的假设前提下,经理层在进行经营决策时可能并不是围绕股东利益最大化的目标,而是选择有利于实现个人目标的战略,因此有可能损害股东和其他利益相关者的利益,影响企业绩效和长期发展。例如,经理人员为实现自身利益过度增加自己的报酬;为提高个人社会地位、权力和工作成就感而盲目进行购并以扩大企业规模;为保障自己的工作而拒绝实施有风险的经营决策等。在委托代理理论的假设前提下,经理层的机会主义倾向几乎不可避免。因此,公司治理的主要内容就是构架对经理层的激励和约束机制,最大限度地减少经理层的机会主义行为。

(四)其他利益相关者与公司绩效的关系

一个企业在生产经营中存在众多的利益相关者。利益相关者指与企业拥有利益关系的个体或群体,包括股东、员工、客户、供应商、合作者,政府和社区等。现代企业成功的关键因素在于是否能够适应内外部环境的变化,形成与所有利益相关者的协同效应。实践表明,企业的每一个利益相关者都会直接或间接地影响企业绩效,忽视任何一个利益相关者都有可能导致企业经营的失败。

20世纪80年代,西方出现了"利益相关者管理"的思想,指出经理层应该系统考虑那些能够影响并且受到公司影响的集团的利益。随着经济的全球化和信息化,企业的价值链逐渐被拉长,以战略联盟形式为代表的协作型竞争成为20世纪末企业获取竞争优势的重要手段和途径。企业与所有利益相关者的协作关系成为企业重要的资源之一,对企业绩效的实现起着至关重要的作用。如今,很多企业已经认识到,仅仅将股东利益最大化作为公司治理的原则是不够的,需要更加着重考虑企业所有相关者的利益最大化,这样有利于公司对于环境的适应能力、公司的绩效实现和长远发展。

二、市值管理和公司治理

股票市场市值是衡量一国直接融资活跃程度和资本市场发达程度的重

要指标。对于单个上市公司来说，股票市值则是该公司市场规模和业绩水平的重要"参照系"，是公司治理结构、市场竞争能力等关系到公司发展的一系列因素的综合反映，是公司重要的市场评价和社会评价指标。

上市公司市值管理，准确地说应该叫做"上市公司价值管理"。这是国外一直使用的概念。上市公司价值最大化，应该是所有公司利益相关者利益的最大化。如果上市公司不能正确对待股东以外的其他利益相关者的利益，就无法使公司的价值特别是公司的长期价值充分放大，就不是一家充分履行社会责任的公众公司。从理论和实践的结合上考察，上市公司实施价值管理对公司治理的意义主要表现在以下几个方面：

（一）促进上市公司经营理念和经营目标的转型

价值管理使市值成为衡量上市公司实力和经营绩效的新标杆。这将促使上市公司的经营目标，由追求利润的最大化向追求企业价值的最大化转变。而企业价值并不是按照企业资产的账面价格来估算的，而是以企业未来的盈利能力及预期的现金流来预计的。这必然将促使上市公司在经营理念上和绩效考核体系上发生重要变化，上市公司将更关心自身价值的提升和长期增值，即更着眼于企业的长远发展，从而会自觉地把企业的长期发展和短期目标紧密结合起来。

（二）为公司管理层提供了有效的市场激励和约束机制

公司市值的增加，是以其内在价值的提升为前提的。公司市值是一面镜子，不仅透视着公司的质地、公司的核心竞争力和公司的发展前景，而且是公司管理层管理水平和经营能力的现实反映。

如果一家公司的股价长期低迷不振，表明该公司管理层的管理水平肯定是低下的。同一行业内生产或经营同类产品的不同上市公司之间的股价差异，实际上是不同公司管理层管理水平差别的折射。上市公司实行价值管理，把市值作为衡量公司管理层管理水平和经营能力的一个重要标尺，将使公司管理层实实在在地感受到来自市场的股价变动压力。一方面，由于公司股价变化会影响大股东的利益，因此，大股东会把股票价格的市场表现与管理层的薪酬直接挂钩。特别是在实行股权激励的情况下，股票价格的涨跌,更是直接关系到管理层自身的经济利益。

另一方面,一家公司的股价长期低迷,往往会成为被收购兼并的目标,从而大大增加了公司被并购的风险,而收购方收购兼并成功后就可以改组董事会,更换经理人员。一般来说,并购的频率和公司经理更换的频率是紧密联系的。可以说,并购是一种非常有效的外部公司治理机制,其通过公司控制权转移而对公司经理人施加了一种强制性市场约束力量。很显然,上市公司实施价值管理,将造就一种有效的对公司管理层的市场激励与约束机制。

(三)有利于上市公司维护良好的投资者关系

上市公司实行市值管理有利于维护投资者的利益,为投资者带来直接的财富增长,从而有利于上市公司维护良好的投资者关系。公司市值的增长与公司治理的完善程度息息相关。麦肯锡公司 2001 年对 200 个代表了3.25亿美元资产的国际投资人的调查表明,大多数投资者都认为,为公司治理完善程度较高的企业支付溢价,可以在较长期间内获得丰厚的投资回报。因为公司治理的成果会在很大程度上体现在股价上。而公司的市值增长,一方面会使公司股票投资者的资本利得增加,另一方面则预示着公司有较强的股利支付能力。这两者归结到一起,都会给投资者带来直接的经济利益,促进投资者财富的增加。

股权分置改革基本完成后,上市公司的大股东和中小股东的利益趋于一致化,制约公司治理结构完善的制度性障碍得以消除,公司治理水平日益提高。在新的公司治理结构框架下,大股东也和中小股东一样,高度关注公司市值的变化,因为在全流通的市场制度环境下,公司市值的变化与其经济利益息息相关。

与此同时,随着市场规范化水平和股票定价能力的提高,公司股价波动越来越能真实地反映公司的内在价值。上市公司实施价值管理并将其作为公司治理体系的核心内容,就可以使其不仅在经营目标的确定上,而且在经营理念和经营决策的选择上,也会以投资者利益为依归,将促进投资者财富增长作为自身的出发点和落脚点。

（四）有利于增强上市公司自主创新能力

上市公司作为我国企业的核心部分,自主创新意识和品牌意识不强,是一个不争的事实。我国长期以来把净资产作为衡量企业财务成果的重要指标,是导致这种情况出现的一个重要原因。

企业财务报表仅仅反映了企业有形资产的投资收益,而没有将技术专利、品牌价值等无形资产对企业经营和财务成果的贡献反映出来,亦即企业的净资产指标很难反映无形资产的获利情况。这样一种财务评价机制,使公司管理层不愿在财务成果中无从反映的无形资产上下功夫,缺乏自主创新的动力和强烈的品牌意识。

上市公司实施价值管理,就是要构建一个熔公司有形资产价值与无形资产价值为一炉的价值衡量体系,用更全面的价值指标来评价经营管理层的业绩。这在客观上会增强公司的自主创新意识和品牌意识,促进公司加大这方面的投入,从而提升公司的自主创新能力,加快我国科技创新体系的建设。

第四节　股权激励是公司内部激励机制的一个有效形式

一、公司治理结构中的内部激励机制

从微观经济学的基本原理我们知道,如果一个人的选择只影响自己的利益的话(即没有外部性),那么个人的最优选择也就是社会的最优选择。这是帕累托最优的一个基本涵义。在企业里,由于契约是不完备的,每个人的行动都具有一定的外部性,因而个人最优的选择一般不等于从企业总价值角度考虑的最优选择。但是,从微观经济学的基本原理中我们可以得到一个基本的逻辑推理,这就是:一个最大化企业总价值的所有权安排一定是使每个参与人的行动的外部效应最小化的所有权安排。在企业理论里,这个原则表现为"剩余索取权和剩余控制权的对应",或者说是"风险承担者和风险制造者的对应"。如果说有什么私有制的逻辑的话,这种对应就是私有制的逻辑。如果拥有控制权的人没有剩余索取权,或没有真正地承担风险,作为理性人他就不可能有积极性作出好的决策。当然,契约的不完备性本身就意味着完全的对应是不可能的。如果是完全对应的,每个人将只对自己的行为负责,就没有所谓的代理问题,也就无所谓企业了。从这个意义上讲,至少在企业这个层次上,私有制的逻辑从来就没有完全实现过。

企业所有权安排本身不是目的,而只是实现剩余索取权和控制权最好对应的一种手段。如果剩余索取权和控制权在所有企业成员之间平均分配可以达到二者最好的对应,那么这样的"合伙制"无疑是最优的。尽管在现实中,在某些行业里,这样的最优的合伙制确实存在,但企业的分工性质和生产要素的特点决定了在绝大部分行业中,这样的合伙制不可能是最优的。你可以让一个一无所有的人索取剩余并拥有对企业的控制权,从而实现形式上的对应,但因为这个人不可能真正地承担风险(只能负盈不能负亏,从而不可能是真正意义上的剩余索取者),也就不可能有积极性去实施控制权,所以这样的安排不可能是最优的。

让我们先来看看企业中不同人力资本所有者之间的关系。人力资本与其所有者的不可分离性意味着激励问题是一个永恒的主题。但是,因为企业是由多个人力资本所有者所组成的,所以当契约不可能完备时,要让每个人选择帕累托最优努力水平是不可能的。因此,企业所有权安排必须在不同成员的积极性之间做出取舍。企业中的人力资本所有者可以分为两类,一类是负责经营决策的人力资本所有者,简称为"经营者";另一类是负责执行决策的人力资本所有者,简称为"生产者"(员工)。撇开物质资本的所有者不讲,企业的剩余索取权和控制权应该如何在经营者与生产者(员工)之间分配呢?可以设想有三种安排:一是剩余索取权和控制权归生产者(员工)所有;二是剩余索取权和控制权归经营者所有;三是剩余索取权的控制权由生产者(员工)和经营者共同拥有。由于最优安排决定于每类成员在企业中的相对重要性和对其监督的相对难易程度,所以如果生产者更重要、更难监督,那么第一种安排就是最优的;相反,如果经营者更为重要、更难监督,则第二种安排就是最优的;当然,如果生产者和经营者同等重要、同样难以监督,那么第三种安排就是最优的;另外,如果两类成员同等重要、同样容易监督,那么第一种安排和第二种安排将是等价的。这一结论背后的逻辑是,给定契约的不可能完备性(从而不可能让每个成员对自己的行为完全负责),让最重要、最难监督的成员拥有所有权,可以使剩余索取权和控制权达到最大程度的对应,由此所带来的"外部性"将是最小的,从而使企业的总价值达到最大化。

企业的内部激励可具体地分为两个层面:第一,对具有经营决策权的经理层的激励;第二,对普通员工的激励。

(一)对经理层的激励——股权激励

对经理层最有效的激励是"股票期权激励",即只有经营"剩余"索取权,或"财产是自己的",或至少"有自己的一份",经理层才可能自觉地维护财产的安全,并捍卫它的价值。

"股票期权"是指一定时间内,以特定价格购买一定数量公司股份的权利。股票期权制度实际上就是委托人将剩余索取权部分地转让给代理人的制度安排。美、加等国的公司采用股票期权(Stock Options),意在一定期限内(例如5年)逐步让员工以特定的价格买进公司股票;在员工执行期权的时候,再将卖出股票的价格与买进价格之间的差价列为"员工福利支出",作为公司损益表的人事费用支出。

股票期权在公司上市前没有什么价值,但只要未来公司股票上市,股票具有了市场交易价格,员工就可以用很低的成本购买公司的股票,再在股票市场上卖出,从而获取较大的利益。在西方,股票期权主要是对管理人员的一种激励机制,即经理股票期权制度。但是,股票期权的一个潜在缺点就是其价值受股票市场波动的影响异常明显。在业绩相同的情况下,风险和股票市场价格波动比较大的公司所发行的股票期权,与相对来说风险和股票市价变化较小的公司发行的股票期权相比,前者的价值要高于后者的价值。因此,这一工具在那些高成长、低股息的公司中最有效率。虽然从理论上讲,通过执行经理股票期权制度,经理人员的利益与其他股东的利益保持了一致,但在实际情况中,这种一致性只存在于公司股票价格上涨之时,而当股价下跌时,这种一致性就消失了。采用这一工具的目的其实有两个:激励和挽留人才。因此,为了达到第一个目的,许多公司采用了所谓的"掉期期权"(Swapping Options)的制度。例如当股票市价从50美元一股下跌到25

美元一股时,公司就收回所发行的旧期权而代之以新的期权,新期权的授予价将是 25 美元一股。在这种"掉期期权"工具的安排下,当股票市价下跌时,其他股东遭受损失,而经理人员却仍然能够获利。为了达到第二个目的,许多公司对经理股票期权附加了限制条件。一般的做法是规定在期权授予后一年之内,经理人员不得执行该期权,第二年至第四年(期权持续期通常为 10 年)可部分行权。这样,当经理人员在上述限制期间内离开公司时,他将会丧失剩余的期权。这就是所谓的"金手铐"(Golden Handcuffs)。

(二)对普通员工的激励

因为员工在企业中仅执行经营决策,他们每份工作绩效的叠加构成经营决策的预期目标,所以,对员工的激励应主要考虑"绩效与奖惩的挂钩"。这主要涉及以下三方面的问题:

1. 绩效与奖惩的挂钩

激励机制的建立是为了达到企业利润最大化的目标,因此企业激励机制的核心必然是使绩效与奖惩相挂钩,而奖惩又应如何与绩效相挂钩? 现代期望理论认为:"一种行为倾向的强度取决于个体对于这种行为可能带来的结果的期望强度以及这种结果对行为者的吸引力。"由于期望结果和期望值各人可能不同,因此期望理论认为,不存在一种普遍的原则能够解释所有人的激励机制,另外,一个人希望获得满足的需要并不能保证这个人自己认为高绩效必然带来这些需要的满足。因此,绩效必须是可衡量的,奖惩依不同的对象最好是多元的。而货币化奖惩和非货币化奖惩应并行,对中层经理人、专业技术人员、普通岗位操作员应实行有差别的激励机制,不仅奖惩的力度不同,奖惩的方法也应不同。当然,货币作为一般等价物,能在相当程度上满足多元的物质需求,因此仍会是一种主要的奖惩工具。

在管理实践中,要对企业中的个人实施有效的激励,首先是以对人的认识为基础的。从一般意义上说,凡是能够促进人们工作或调动人们工作积极性的因素,都可称为激励因素。通过对不同类型人的分析,找到他们的激励因素,有针对性地进行激励,这种激励措施将最有效。同时,要注意控制激励的成本,必须分析激励的成本收益比,追求最大限度的利益。最常用的激励方法包括实物激励和精神激励。其中,实物激励又可分为即期激励和预期激励。即期实物激励的优点在于实效性强,发放的是一般等价物——现金,对公司员工来说比较乐于接受。适当的即期实物激励是必需的,因为它可以对员工的工作表现及时地进行鼓励,从而提高员工的生活品质,稳定员工队伍。但如果即期奖励过多,也容易导致员工行为的短期化,这不符合股东利益长期化的要求。因此,公司员工激励机制的设置一般都在采取即期激励的同时,加重预期激励的作用,也就是说,委托人(股东)应该选择最优的预期实物激励方式,使得代理人(公司员工)行为的外部效用内在化,在追求个人效益的同时也达到公司利益的最大化。另外,在实物激励的同时,也需要配合采取一定的非实物的精神激励。毕竟,员工工作的动机并不是仅限于物质生活的保障和提高,还在于社会认知、自我实现等更高层次需求的实现和满足。

2. 程序的公平与公开

有一个分蛋糕的故事,说的是分蛋糕的人应该是最后一个拿蛋糕的,那么这个蛋糕一定会分得比较公平。这个故事说明了合理的程序设计可以导致公平的结果,同时也强调了程序的重要性。可见,激励机制除了内容本身以外,其程序也是十分必要的。对一种至少会使一部分人的利益受到有利或不利影响的活动或决定做出评价时,不能仅仅关注其结果的正当性,而且还要看这种结果的形成过程或者结果据以形成的程序本身是否符合一些客观的正当性、合理性标准。程序对于实体具有优先地位,这种优先是指一定的实体问题的处理必须在程序的框架内进行,无程序则无实体之处理。当然,不是所有的问题都可以有正确的程序予以解决;程序太复杂也会牺牲效率和提高成本。但在设计考评程序时,公司要尽可能地关注其结果的公平,并且将程序和内容完全公开。员工一旦清楚地了解了整个考评程序和激励制度,并相信在组织内部报酬是公正公平的,将会对公司更加忠诚。因此,让员工们清楚地理解激励制度是十分重要的,如果都是深奥费解或者模棱两可的语言,员工就不能认识到对他们的考评奖惩的真正价值。考评最积极的目的,是使员工了解绩效目标与公司期望之间的关系。员工有权知道自己究竟做得如何,考评回馈给员工并使其了解自己的潜力和努力方向,就能使员工知道如何更好地发展自我。而且回馈可以使员工了解努力和奖酬的关系,从而更好地发挥激励效果。但是,公司如果在激励制度方面缺乏沟通,首先就会使在职员工认为公司的激励政策含糊不清,没有体贴入微的政策在位,员工对公司的忠诚度也将大打折扣;其次,公司的内部员工况且如此,局外人肯定更是如坠雾中,公司对外部人才的吸引力也将大受影响。

3. 认识绩效工资的利弊

一些公司付给员工的薪金由固定工资和浮动工资两部分组成,其中,浮动工资随员工的绩效水平上下波动。这种薪金体制实质上是一种员工参与利润分配的绩效工资。而公司完善绩效工资必须做到以下几点:

(1)必须有精确测量业绩的方法和手段;

(2)至少从理论上能证明所采取的绩效工资方案将对员工产生举足轻重的影响;

(3)必须清晰地表述绩效工资与业绩间的函数关系;

(4)对绩优员工能提供提升的机会。

绩效工资通过调节绩优与绩劣员工的收入,对员工的心理行为进行相互调控,以刺激员工的行为,从而达到发挥其潜力的目的。然而,我们必须看到影响绩效工资的因素很多,因而在使用过程中,特别是在"技术面"上有许多操作性的困难。归纳起来,大致有如下一些因素:

(1)绩效工资可能会对员工产生负面影响

有时候,绩效工资的使用会影响"暂时性"绩劣员工的情绪,甚至会将其淘汰,而这种淘汰有可能引发企业管理成本的大幅上扬。

(2)绩效工资的效果受到外界诸多因素的制约

例如,某中央银行大幅提高利率,紧缩银根,就必然会影响证券市场,这种因素是难以事先预料的。如果外界环境对业绩不利,而公司仍按照预先的绩效标准考核员工,那么被考核者就会产生"公司不近人情"的感觉。

(3)绩效工资的评判标准必须得到劳资双方的认可

要得到劳资双方的共同认可,并非轻而易举。假如未被员工认可,绩效工资就不能起到奖优罚劣的作用,更不用说其激励作用了。

(4)员工对绩效工资具体方案的真正满意度

许多时候,员工对绩效工资的目标可能存有不同的见解,这就会影响到员工潜力的发挥和绩效工资激励作用的发挥。

(5)社会及竞争对手的影响

例如,当一家企业辛辛苦苦地构筑起企业的内部绩效工资体制时,很可能一夜之间就被竞争对手的"反击竞争策略"所击垮,而且面对对手所提供的更优厚的条件,企业为留住人才只能被迫地做出让步。

必须指出的是,成功的企业不仅要善于用薪资策略吸引人才,还必须在竞争激烈的劳动市场中合理地控制日益上涨的工资成本,以避免"过度激励"。

二、股票期权是薪酬激励的有效方式

(一)建立完善的薪酬机制的重点是创建有效的企业经理人员薪酬结构

1. 企业经理人员的薪酬结构

企业经理人员的报酬方案与其他类型雇员的报酬方案有所区别,但对于雇主的目标而言,两种报酬方案的基本目的都是为了吸引优秀的雇员并使他们保持对企业的忠诚感。对于管理职位来说,不能简单地以职位评价来确定付酬标准,这是因为高级管理人员的职位在若干方面不同于生产性职位和事务性职位。首先,高级管理人员的职位更倾向于强调非数量因素(如判断能力和解决问题的能力);其次,企业倾向于根据高级管理人员的个人能力和工作对组织的价值,以及个人履行职责或绩效表现来确定其薪酬水平,而不是在"统计"特定职位要求的基础上确定其薪水。

目前,在管理人员的一揽子薪酬方案中主要有五个要素:薪资、福利、短期奖金、长期奖金和额外供应品或服务。在薪酬组合中,每一个要素都有很强的针对性。其中,基本工资是保障普通员工的基本生活的;奖金是对员工绩效的直接回报;福利计划则是解决员工后顾之忧、弥补现金激励不足的;短期奖金是对管理人员完成短期(通常是年度)目标的奖励;而长期奖金则是奖励为企业长期绩效(诸如市场份额增加、顾客满意度提高之类的绩效)做出贡献的管理人员的奖金,是解决所有者与经营者利益的一致性的薪酬制度,其主要形式——股票期权对鼓励经理人员在任职期间的努力工作可以起到很好的作用;额外所得(短期津贴)是对福利的一种补充,只发给少数挑选出来的高级管理人员,这种福利包括使用公司的汽车、游艇和管理人员专门餐厅等等。

由于高层管理人员在决定个人和团队的利益中所起的重要作用,多数雇主会为其提供某种形式的红利或奖金。调查显示,约90%的大公司为中高层管理人员提供年度(短期)红利;约50%以上的美国企业使用长期激励计划(如股票期权)来激励管理人员,以促进和维护公司的长期发展与利益最大化。在高级管理人员的报酬中,奖金所占比例之高可用美国几个报酬最高的公司企业经理人员的例子加以说明。其中,联合技术公司总裁的年薪为545,000美元,年终奖为48,000美元,作为长期激励的购股优先权又使他获得1,946,000美元。而国际Rockwell公司董事会主席的年薪为460,000美元,红利为650,000美元,长期收入为1,050,000美元,总报酬为2,170,000美元。Levi Strauss公司总裁的年薪为276,000美元,年终奖为125,000美元,长期收入为1,256,000美元。总之,对于许多国家的高级管理人员来说,红利所得达到了基本工资的25%,甚至更多。

2. 决定高级管理人员高报酬的因素

一般认为,决定企业经理人员收入的因素主要有总资产、总销售额、公司股份总数、股份总价值和经营利润等指标,但研究显示,这些因素并不是决定高层管理者报酬水平的重要因素。他们所处的行业和公司权力机构,才是决定薪酬的关键因素,这主要是因为参加所在企业董事会的高层管理者在很大程度上可以决定自己的命运(也就是自己给自己定薪酬)。

以高层管理人员获得的红利奖励为例。其红利奖励是将高层管理人员的个人绩效和组织绩效联系起来的,即将其红利分为两部分:一是以个人业绩为依据的,二是以组织整体绩效为依据的。例如,一位管理人员可能有资格获取最高金额为10,000美元的个人绩效红利,但根据对其实际绩效的评价,他在年底实际只拿到8,000美元。另外,他也可能依据公司的年度利润获得第二种金额为8,000美元的红利。这样,即使没有公司利润分红,高绩效的管理者仍可获得个人绩效红利。而对于绩效平庸的管理者而言,虽然无法拿到个人绩效奖,但只要公司所处行业是整体向上发展的,公司盈利状况比较好,就可获取高额的公司绩效红利。这也就是为什么有些个人绩效平庸者仍拿着高薪的原因所在。

除红利奖励以外,对高层管理者实施股票期权制度,更是造就了众多亿万富豪,如苹果公司企业经理人员乔布斯、通用电气企业经理人员杰克·韦尔奇、新惠普女掌门人卡莉女士等等,正是股票期权为他们打开了财富之门,使他们可以跻身于世界富豪的行列。股票期权制度也因此而焕发出夺目的光彩。

(二)股票期权激励的作用

股票期权制度作为公司薪酬制度的一个组成部分,其功能的多样性和作用的重要性正日益凸现出来。

首先,在创新不断、竞争加剧的生存环境下,公司健康、快速的发展离不开其治理结构的建立和完善,而完善的公司治理结构是由有效的约束机制和有效的激励机制这两个支柱搭建起来的。其中,约束机制的作用在于保证公司规范化运营,降低公司运营的显性和隐性成本。无论是公司的各个部门还是各级员工,都不得不从公司的利益出发,有效的约束机制不会给予他们任何以公谋私、徇私枉法的机会。而激励机制的作用则在于从根本上解决员工与公司之间的利益冲突,激发员工的创造性,从而为公司的快速发展提供智力和技术的支持。股票期权制度是激励机制领域的重要创新。一方面,股票期权制度通过授予高层管理者公司股票,解决了所有权和经营权分离的代理问题,这并不是一个权宜之计,而是一个标本兼治的制度创新;另一方面,股票期权制度通过授予普通员工,甚至外部人员公司股票,而起到了普通薪金所无法达到的激励作用。主人翁的企业文化从此不再是一句空谈,而是通过切实的股东权利和直接的金钱利益得以保障。

其次,股票期权制度使得各级员工获得了从公司发展中分享收益的便利渠道。一方面,公司可以将股票期权的授予规模与员工的绩效紧密联系起来,进而鼓励员工努力工作、积极创新,从而使公司获得较快的发展;另一方面,员工的努力意味着更多的股票或者股票期权的获得,而公司的成功则意味着股票价值更大幅度的增值,两者的良性互动对员工而言反映出的是巨额的金钱收益。而且,特定的股票期权形式,例如美国的激励型股票期权(ISO),会享受到会计、税收等方面的政策优惠,这对公司和员工而言,体现出来的是实实在在的税收好处。股票期权制度促成了公司和员工之间关系的良性循环,实现了新型的、双赢的薪酬模式。

再次,通过在授予、授权、行权等环节的技术处理,股票期权可以是对过去业绩的回报,也可以是对将来行为的酬金。在绝大多数情况下,股票期权发挥的是后一个作用,即作为一种长期激励制度,在较长时间跨度内发挥出吸引、挽留和激励员工的作用。

另外,由于股票期权是公司以股票作为基础资产来授予员工的一种选择权,即员工可以在未来的某一时期,按照事先约定好的行权价格,购买一定数量的公司股票,当然员工也可以选择放弃这一权利,因此对公司而言,这一薪酬制度的成本就是可能会以低价售出股票,即有一定的稀释作用,但公司在当前无需给予现金回报,而且在员工行权时,公司还会得到价值等于行权价格的现金流入,可见股票期权制度有助于公司改善自身的现金流状况,这也就是为什么广大的高新技术初创企业会积极采用这一薪酬制度的原因。

事实上,股票期权制度及其衍生形式所能发挥出的职能和作用,远远超出了以上列举的几点,这是由该制度本身的灵活性所决定的。公司应当根据薪酬制度自身的目标、公司的战略和资源、外部政策约束和市场环境以及竞争对手的策略等,积极利用股票期权制度本身的灵活性,设计出适合于本公司的、个性化的股票期权计划。

(三)绩效考评与薪酬激励

企业所有者对经营者的激励措施是通过薪酬来体现的。近年来,由于美国许多公司的经理报酬水平呈现指数级增长,因此引起了人们的广泛关注。一些经济学家和管理学者开始考察经理报酬与公司长期绩效之间的联系。如果两者的相关性足够强,比如一个获得高报酬的企业经理,能支持公司股票价格的不断上扬,没有人会质疑经理报酬增长过快。但是,如果公司业绩与经理报酬的相关性很小,甚至零相关,那么,经理的高报酬事实上就损害了股东的权益。

过去评价经理业绩的标杆,主要是公司现时财务业绩。将经理薪酬和公司绩效联系在一起的传统方法,是应用财务会计指标体系。现在,人们意识到仅仅依据财务指标评价经理的业绩是远远不够全面和客观的。正如卡普兰和诺顿教授在其著作《平衡计分卡》中所述,一个公司的现时财务业绩仅仅是全面业绩评价方程的一部分。高效的管理和良好的长期财务业绩主要来自于公司管理当局对经营、顾客、新产品发展的关注以及各种促进当前盈利增长的因素。简言之,经理必须关注广泛的业务活动;同时,经理在这些方面付出的努力应当被合理地评价。最有效的激励计划应当是财务和非财务指标的混合体,因为非财务指标同样能推进股东价值最大化目标的实现。当前在公司中最广泛应用的非财务指标包括:①顾客满意度;②产品和服务的质量;③战略目标,如完成一项并购或项目的关键部分,公司重组和管理层交接;④公司潜在的发展能力,如员工满意度和保持力、员工培训、团队精神、管理有效性等;⑤创新能力,如研发投资及其结果、新产品的开发能力等;⑥技术目标;⑦市场份额。尽管上述指标目前还远不如传统的财务指标流行,但其发展之势却如燎原之星火。

人们普遍认为,财务指标能准确地反映公司经营结果,是财务绩效和股东价值创造的标志。事实上,将财务指标和非财务指标相结合才能更好地反映公司股东长期价值的增长情况。在非财务指标与财务指标之间建立数量联系,可以为评价经理业绩提供科学依据。[①]

第五节　激励与约束制衡机制

股票期权作为对公司经理人员的一种长期激励机制固然重要,但是激励仅是该机制的一个侧面,激励不是无条件的和无限制的,激励必须在一定的环境和条件及约束下实施才能达到其真正的效果。所以,在激励的过程中,要配有相应的约束才能达到制衡的作用。

一、激励设置的必要性

对激励问题的研究与探讨一直是企业界与学术界热衷的话题。20 世纪30 年代,当美国学者柏利和明斯在其代表作《现代公司与私有资产》中从经济与法律两方面深刻地剖析了现代公司中的股权结构与权力构造,通过对200 家股份公司进行实证研究,发现了现代公司中所有权与控制权分离这种

---

① 刘园、李志群:《股票期权制度分析》,对外经济贸易大学出版社,2002 年版,第 33～44 页。

严重的社会与经济现象，就主张对日益扩张的控制权进行扼制。以后在第二次世界大战之后，全球范围内的公司治理运动推广起来，如何构建激励与约束相结合的制衡机制成为现代公司制度中被广为关注的话题。

传统的激励理论在第二次世界大战后到 70 年代发展得较为迅速。在这一时期曾出现过几种重要的理论观点，它们对以后的激励机制的设立提供了早期的理论依据。

（一）需要层次理论（Hierarchy of Needs Theory）

管理学中最著名的激励理论应首推美国心理学家马斯洛（Maslow）的需要层次理论，他假设人有五个层次的需要：第一个层次是对生理的需要；第二个层次是对生活安全的需要；第三个层次是归属和爱的需要；第四个层次是获得他人和社会尊重的需要；第五个层次是自我价值实现的需要。马斯洛认为人的需求是根据每个人所处的不同的位置而决定和变化的。人们的需要是逐层次上升的，从激励的角度看，没有一种需要会得到完全满足。按照马斯洛的观点，如果要对一个人进行激励，首先要了解该人目前所处的需要层次，然后尽量满足这一层次或这一层次之上的需求。

（二）双因素理论（Motivation-Hygiene Theory）

该理论是美国心理学家弗雷德里克·赫茨伯格（Frederick Herzberg）提出来的。该理论认为对员工的激励不能仅仅局限于对其提供物质方面的奖励，赫茨伯格认为物质奖励只是双因素理论中的保健因素，如果没有保健因素，员工工作就缺乏动力与积极性，因为员工感到有后顾之忧。目前企业采用的薪酬结构如基本工资、奖金、提成和各种福利事业构成了双因素理论中的保健因素。根据赫茨伯格的理论，仅有保健因素远没有达到激励的效果，因为没有激励因素。处在这样的情况下，员工就会没有动力去做更多的工作。因为上述保健因素使他们在生活和工作上有了保障，无论工作好坏都无太大区别。分析起来，这就是人们的自私性和懒惰性。所以，赫茨伯格认为只有激励因素才能使员工投身于工作的热情不减，而这种因素只能源于工作本身所产生的激励，包括从工作中获得的成就感、领导的授权、职位提升、工作所要求的责任感和工作本身对个人职业发展的贡献等。

（三）期望理论（Expectancy Theory）

现代企业中激励是以期望理论为基础的。企业所需从事的所有激励措施与方法都是基于这样一种假设，即企业里的每一位员工都有一个最基本的期望值和期望值的递增，企业通过满足员工的期望值，从而获得对员工人力资源的支配权和使用权，鼓励员工努力履行自己的职责和完成企业指定的工作目标。期望理论认为，所有人做任何事都有一种预期，期望其行为产生结果，而这个结果对个人来说又是具有吸引力的。

上述几个理论从不同的角度，以不同的方式阐述了人需要激励和企业应当给予员工以不同形式的激励的必要性。激励是公司经理层主动积极工作的动力，激励会使经理层感到其人生价值得到具体实现，使他们体会到在工作中不仅只是作为雇员在工作，而是以一种主人翁的身份参与其中，恰如其分的激励会使得经理们忘我地工作。在现代企业制度里，一般的、传统的激励方式已经不能够解决所有者与经营者的利益不统一的矛盾，而只有股票期权这种长期激励的方法才能真正解决这一对立的矛盾，股票期权的价值在运用其解决这一矛盾过程中得到充分体现。

二、监督约束机制的必要性

根据委托代理理论，作为企业经营者的经理人员的行为并不完全与委托人股东们的期望相一致，经营者们往往会在代理的过程中偏离委托人的利益期望轨道，他们会倾向于在工作中获得闲暇以使得他们的效用最大化。由此在委托代理关系中就出现了道德风险、代理行为的不可观察性和风险回避。所谓的道德风险是指经理人员的偷懒行为或其他以牺牲股东利益和公司整体利益为代价的谋私利行为。例如经理利用自己手中的权力将公司的资源提供给与自己有利益关系的人或机构，或以牺牲公司利益为代价与和自己有利害关系的人或机构签订合同等。

代理人行为的不可观察性是指在现代企业中，委托人往往会雇用一群经理人员从事经营管理与生产工作，生产的团队性使得委托人对他们进行观察增加了难度，委托人对代理人的具体工作情况很难有真实的了解。在风险回避方面，由于人人有回避风险的本能，当代理人遇到那些有可能为企业和股东们带来收益而同时却可能同时给代理人和企业带来风险的商业机会时,代理人往往为了回避风险而宁愿放弃能给企业和股东带来的收益的机会,他们往往会把个人的安危与既得利益放在第一位。由于代理人在获得了委托人的委托授权后,企业的控制权实际上已全部或大部分掌握在他们手中,如果只有激励而没有监督约束机制,最后代理人的行为就会偏离轨道。所以,在给予代理人以长期激励的同时,又要给予适当的监督约束予以制衡,正如孟德斯鸠曾说过的那样:"一切有权力的人都容易滥用权力。有权力的人们使用权力,一直到需要有界限的地方才休止。"这正恰如其分地说明了一个道理,即"不受约束的权力易产生腐败"。①

(一)法律约束

法律约束是最根本的约束,法律规定对有渎职行为的经营者不但要追究其法律责任,而且还规定经营者在破产后一定的时间内不准再从事经理工作或担任董事职务。除此之外,奖惩应该分明,对于那些对公司利益造成重大经济损失者,除承担法律责任之外,还应承担相应的经济赔偿责任。

(二)所有权对经营权的约束

如果企业的经营者经营状况不好,通常情况下,小股东会抛售股票,而大股东就会依据合同和章程行使权力,撤销不称职的经理。在有机构投资者投资的股份公司中,由于机构投资者的相对较高的股权比例,机构投资者对于任何一个经营业绩不好的公司不会像小股东那样简单地采用抛售该公司股票的方法来处理问题,而会采取相应的主动措施来调整经理人员的构成。

(三)加强公司的法人治理结构

现代公司内部管理机制的基本结构是董事会、经理层和监事会分别在其职权范围内实行决策、执行和监督的分权制衡,董事会和监事会应加强对经理层的控制和监督,防止经理层滥用权利。

---

① 李健:《公司治理论》,经济科学出版社,1999 年版,第 77 页。

（四）职业经理人才市场

只有建立公开和公平的职业经理人市场,才能对现有的企业经理人队伍形成强有力的竞争压力,在这样的压力下,经营者就必须努力进取,不断鞭策自己,否则就会被更优秀的经理人员所取代。

（五）诉讼机制的约束

在没有股东最终行使司法救济权作保障的情况下,仍不能对经理层的约束产生强有力的威慑作用。在经理层侵犯公司或股东的利益时,股东可以对董事和经理层的不法行为提起诉讼,这实际上是在法律上鼓励股东行使诉讼救济权以实现对经理层的有效制约。

（六）信息披露机制的约束

对公司的财务事项及投资决策、债权债务等重大事项必须坚持定期披露制度,只有使经理层的实际运营操作在公开透明的情况下进行,才能够对他们进行有效的监督。定期的信息披露,使得经理层不得不注重自己的行为和由其行为产生的后果。①

三、激励约束机制在法人治理中的作用

在现代企业制度里法人治理尤为重要。在法人治理结构中,公司的股东大会、董事会、监事会和经理层按照各自在公司中的位置,依据公司法和公司合同与章程的规定在公司的日常运营中发挥各自的作用。在这种权力分配制衡结构中,董事会代表股东大会在公司中对经理层行使监督指导权;监事会代表股东大会对董事会和经理层的行为进行监督,对公司的财务及重大决策进行监督;经理层在董事会与监事会的双重监督与指导下从事公司的经营管理工作。在公司的法人治理结构中,真正承担起为股东们创造价值和财富重担的是经理层,经理层站在生产、科研、经营管理和市场的第一线,经理层不但要对达到股东的财富最大化和利益最大化的这一目标负

---

① 陈文:《股权激励与公司治理法律实务》,法律出版社,2006年版,第45～50页。

责,还要对债权人的利益及其他与公司有相关利益关系各方的利益及公司的整体利益负责,应该说在现代公司法人治理结构中经理层起着最为重要的作用。

要进一步完善公司法人治理结构,就要理清公司法人治理结构中哪些部分存在问题,权力的分布是否合理,监督力是否得当,利益的分配是否与控制权相对应。只有使法人治理结构中各部分权力和义务、利益与责任合理恰当地得以配置,才可以说完善了法人治理,否则完善法人治理只能是空想。分析目前我国公司法人治理结构,我们发现在这一权利和利益及义务和责任配置图中,存在一些不尽合理的地方。权利和权力严重向一边倾斜,而风险和责任相应地推向了另一边。这种严重的责任与义务、权利和利益的失衡无疑会使法人治理结构的均衡遭到破坏,从而使公司的正常的经营运转成为不可能。利益均衡无论对个人或是公司都显得尤为重要。利益失衡就会产生严重的后果,而在公司的法人治理结构中,董事会、监事会、经理层、股东大会、债权人及相关利益者的利益的均衡才是对公司正常运转的最基本的保证。

不是所有者的经理人员在公司的管理中承担了生产、经营、市场开拓、技术开发和管理方面的风险,如果在尽心尽力地工作之后,所获得的仅是董事会的监督、谴责和监事会的重复监督与指导,经理层就会产生一种逆反心理,这种心态会促使经理层本来就潜伏的道德风险释放出来。同时在生产和经营管理中监督也不可能随时随地的到位。有许多时间和空间的部分成为监督的死角,这时最有效的完善公司治理的方法不再是监督而是相反的手段,这就是激励机制。

激励对于经理人员不仅是对他们在经济上予以补偿,更重要的是对他们的自身价值的肯定。合适的激励会给没有活力的经理层注入新鲜血液,作为法人治理结构重要组成部分的经理层在获得了恰如其分的激励后,会对法人治理的完善起到积极推动的作用。在现代公司中,经理人的利益最大化与股东利益最大化是矛盾的。利益的不统一使得公司法人治理始终不能有效。在法人治理中对经理人予以激励,可以使经理人员的心理和利益都得到平衡,从而使法人治理结构在整体上得到平衡。因为激励使经理人员的长期利益与股东的长远利益趋于一致,这一主要矛盾的解决会促使法人治理向着完善的方向发展。

　　除了对经理人员进行长期激励外,对于董事会和监事会这两个机构的人员也应给予适当激励。董事会在法人治理结构中处在一个十分微妙的环境中。一方面,董事会要代表股东们的利益去行使监督经理人员的职权,另一方面,他们还要受到股东们的监督和监事会的监督。如果只付出而无回报或付出多而回报少,久而久之董事们的监督职能也会流于形式,因此对于董事和监事也应当给予激励。美国的做法是董事会成员也能得到公司授予的股票期权,尤其是独立董事。所以在法人治理中,权利与义务应该对等,这种权利与义务的对等和权力与利益的均衡不仅表现在董事会、监事会和经理层之间,同时也体现在他们各自本身利益当中。不管是在个人本身还是在各个机构相互之间,只要存在利益失衡,就打破了法人治理结构的平衡。要保持这种平衡,仅靠各方的自制力和相互约束远远不够,必须有相应的法律制度保障这种利益均衡才能持久。

海外篇

HAI WAI PIAN

第四章

股权激励在海外的实施情况

第一节　海外股权激励的主要方式

在欧美国家,股票期权的实施形式是多种多样的。以美国为例,股票期权的基本类型包括限制性股票期权、法定股票期权、非法定股票期权、激励型股票期权、可转让股票期权、股票增值权、员工持股计划和其他类别的一些股权激励计划等。

一、限制性股票期权

限制性股票期权一般是指公司以奖励的形式直接向管理者赠送股份,而管理人员并不需要向公司支付什么,以作为激励其成为公司的成员或继续在公司工作的手段。所谓的限制性股票期权,实质上是一种股票奖励制度,并不是真正的期权制度。而限制性则反映在其限制条件上,其限制条件在于当行权者在奖励规定的时限到期前离开公司时,公司将会收回这些奖励股份。

二、法定股票期权

法定股票期权一般享有税收方面的优惠,而这种税收优惠是税法直接规定的。当行权者以低于市场价的价格购买公司股票时,他不需要对差价部分所享有的利益确认收入缴纳税款;当行权者出售股票时,他所得的"超额利润"(购买价与市场价之差加上因股票升值所获利之和)只需按长期资本收益交税,而在欧美这种税率最高不超过20%。当然,只有符合了税法相

99

关条款的具体规定后,一项计划才能成为法定股票期权计划,并享有以上税收优惠。

三、非法定股票期权

非法定股票期权与法定股票期权的区别在于,它不受税法有关法定股票期权计划条款的约束,但它要对购买价与市场价之差的部分在当期按当时的税率缴纳所得税,因此将不再享有法定股票期权计划的税收优惠。

由于不受税法相关条款的约束,公司可以灵活地设计非法定股票期权,以适应其具体的要求,满足不同的目的,例如适用于包括供应商在内的更广阔的激励范围,规定低于股票市价的更优惠的行权价格,一次性授予大量股票期权等等。以下我们将具体介绍涉及非法定股票期权的几个关键问题。

(一)第83(b)条选择权

如果要通过对非法定股票期权行权来购买未授权的股票(即受限股票),员工就必须在行权日后的30天内向国内税务署提出83(b)款选择权。如上所述,未授权股票是指员工未实际获得的股票,此股票不可转让,且存在极大的失效风险(Substantial Risk of Forfeiture)。例如,回购权允许公司以成本价购回股票。行权日和授予日期间的任何股票增值所带来的收入,可因83(b)款选择权的提出而免于缴纳普通收入税,但行权日公平市场价格超出行权价格的部分要缴纳普通收入税。纳税人应向其利润汇集地的税务机关提交原始申请,公司文件中应留存申请复印件,纳税人亦应在其应税利润汇集时附贴申请复印件。

向期权获得者分发的材料应当详细地介绍公司在选择权提出中的作用。公司有责任提醒期权获得者在行权日或其后30天内向其私人税收顾问咨询,以决定是否有必要提出83(b)款选择权。30天期限过后仍未提出申请者,将不可再提出该项选择权,这将对期权获得者产生极为不利的税收影响。

(二)授予董事和独立合同方的非法定股票期权

与法定股票期权不同,非法定股票期权可以授予非公司员工的外部董事和独立合同方。其行权价格可与授予日股票的公平市场价格不等,联邦所得税法对此种形式的期权没有作出特殊要求。然而,如果作为受益人的董事是 1934 年法案第 16 款项下的公开上市公司的内部人士,那么对此期权行权将受到联邦证券法的约束。

（三）非法定期权的行权价格

联邦所得税法对非法定股票期权的行权价格没有任何限制。其行权价格通常等于期权授予日的股票公平市场价格,但也可以高于或低于授予当日股票的市价。一般来讲,公司会选择授予日股票的公平市场价格作为期权的行权价格。由于证券法中的一些相关规定,公司经常不愿以股票公平市场价格 85% 以下的价格授予期权。

而计划受益者应该以期权行权价格和期权行权当日股票的实际公平市场价格间的差额为基础,缴纳个人所得税。如果受益者长期持有期权股票,就要对所有的额外收益缴纳资本利得税,即按行权日股票的实际公平市场价格和股票最终的抛售价格间的差额为基础缴纳税款。但更常见的是,非法定股票期权计划的行权日与股票的最终抛售日发生在同一天,因此受益者只须以行权价格与股票抛售价格间的差额为基础缴纳个人所得税即可。此外,授予公司可以将受益者确认的收入作为费用支出,从其应纳税所得额中扣除行权价格与行权日股票公平市场价格间的差额。

（四）非法定股票期权的授权时间表

一般而言,期权的授权要经过 3 到 5 年的期限,从受益者的角度来讲是获权,而从公司的角度来讲,即为授权。公司可以集中进行授权,即一次性授权全部期权,也可以逐渐增加授权数量。公司一般每年都会授予新的期权,而所授予的期权应从当年开始计算其授权期。例如,如果授权期为 5 年,那么 1998 年授予的非法定股票期权要到 2003 年才可以真正授权,受益者才可以在不提请 83（b）选择权的情况下执行期权,而 1999 年授予的非法定股票期权要等到 2004 年才可以授权,并以此类推。

（五）非法定股票期权的有效期

通常,期权计划的有效期最长为 10 年,期权计划的受益者必须在期权授予后 10 年内对期权行权,否则此项期权将失效。另外,许多公司甚至将这一有效期限限定在 5 ~ 7 年甚至更短。

(六)非法定股票期权的行权方式

员工可以用现金购买股票,也可以通过一些非现金替代性的行权方式对非法定股票期权行权,以完成交易。其中,非现金替代性的行权方式通常包括股票互换(即员工可以将其已经拥有的股票作为行权价款来执行期权),本票行权,"以售还款"(即员工可以对一部分期权行权,并卖出所得的股票,用这部分收入来支付全部期权的行权价款),或者当日出售(即由经纪人协助在同一天对期权行权并卖出所得股票)等。在采用非法定股票期权计划的情况下,员工在执行期权时,必须对行权价格与回购价格之间的溢价收入按一定比例纳税。如果员工在执行期权后继续持有股份,其出售股票所得溢价收入应按个人资本利得收入纳税。

四、激励型股票期权

满足税法第 422 条规定的股票期权计划就是激励型股票期权计划(Incentive Stock Option,ISO),它是法定股票期权计划的一种,因而享有税收优惠。以下我们将具体分析激励型股票期权计划的几个关键问题。

(一)必须正确地设计和实施激励型股票期权计划

要成为一项合格的激励型股票期权计划,计划本身必须满足税法第 422 条的具体规定。例如,激励型股票期权计划必须经公司董事会批准、采纳,并且在计划采用之前或之后的 12 个月内由股东表决通过后方可生效。其中,股东表决通过必须具有充分性,而有关充分性的规定可参照各公司所适用的州法律中对于公司股票或股权发售所要求的股东确认的充分性要求。

(二)激励型股票期权计划的修正必须获得充分确认

公司有时会希望增加激励型股票期权计划项下已授权的可发售股票数目,或以某种形式改变可参与激励型股票期权计划的员工的资格。如果公司要对激励型股票期权计划进行上述重大条款的修改,那么就必须得到董事会和公司股东的确认。其中,对激励型股票期权计划的任何修改,只要不影响计划项下可发行的股票数目,或受益人资格,则只要由董事会独立确认即可。

(三)激励型股票期权必须被正确授予

激励型股票期权(以及公司所有的其他股票期权)只能由董事会或董事会授权的下属委员会授予。期权必须由董事会正式授予,并在正式会议上或以书面形式予以确认(与州法律保持一致)。通常,在董事会(或授权的董事会下属委员会)决定授予期权的当日,即认为此期权已被授予,也就是说,董事会确认并采纳之日,即为期权的授予日。在授予时,计划必须满足税法第422条规定的所有条件,否则激励型股票期权将被视作非法定股票期权,继而丧失法定的税收优惠待遇。

(四)激励型股票期权只适用于公司员工

与非法定股票期权计划不同,激励型股票期权只能授予向公司提供服务的本公司员工(或母公司或子公司的员工)。其中,"员工"的界定通常参照普通法中对员工的定义。因此,激励型股票期权通常不能授予独立合同方、顾问或公司的外部董事等。

另外,如果要享受激励型股票期权的特殊税收待遇,期权受益者必须符合以下三种情况之一:一是在对激励型股票期权行权时是公司的员工;二是在对激励型股票期权行权前3个月内才终止与公司的雇佣关系;三是如果雇佣关系的终止是由税法22(e)条定义的永久性和完全性残疾所导致的,那么受益者必须在行权前12个月内是公司的员工。

由此看出,已与公司终止雇佣关系的员工只能在以上限期内对激励型股票期权行权,否则逾期失效;而且,公司可以通过契约协议来缩短这一限期。

(五)激励型股票期权对行权价格的限定

税法第422条规定,合格的激励型股票期权的行权价格不得低于期权授予时股票的公平市场价格。另外,如果某位员工所拥有的股票投票权超过本公司（或母公司或子公司）所有股票投票权的10%，那么授予该员工的激励型股票期权的行权价格就不能低于期权授予日公司股票的公平市场价格的110%，即需溢价10%。

其中，股票的公平市场价格应当如何确认呢？对于私人控股公司而言，只要董事会是以最大诚信原则来确定股票公平市场价格的，那么，即使日后国内税务署认为公司确定的期权授予日的股票公平市场价格不正确，已授予期权计划的激励型股票期权的性质也不会因此而受到影响。从另一个角度来看，董事会如果授予了可购买普通股票的激励型股票期权，就有责任以最大诚信原则来确定期权授予日公司普通股票的公平市场价格，进而确定不低于此价格的期权的行权价格。当然，对于公开上市公司而言，毫无疑问，股票的公平市场价格就是它的交易价格。

（六）激励型股票期权对授予规模的限制

在任何一个公历年，首次行权的激励型股票期权的股票价值不能超过100,000美元，其中，股票价值是由期权授予当天的股票价格决定的。然而，税法第422（d）条规定，仅因为股票价值超过100,000美元的限制并不能导致激励型股票期权完全失效，相反，超过100,000美元限制部分的激励型股票期权将被自动转为非法定股票期权。

因而，事实上税法对授予的激励型股票期权计划所涉及的总体股票价值并无限制。例如，员工可以接受股票总价值为500,000美元的激励型股票期权，但是，每年增加的可首次行权的期权所对应的股票额度不得超过100,000美元。当然，可首次行权原则并不要求期权受益者一定要对一年中可首次行权的期权进行实际的、全部的行权。在此例子中，员工也可以等待整个激励型股票期权均可行权后，才对股票价值为500,000美元的期权进行一次性行权。

（七）激励型股票期权对有效期限的限制

税法第422（b）（3）条要求，一项激励型股票期权的可行权期限不得超过10年。然而，如果某员工拥有的股票投票权超过了公司所有股票投票权的10%，那么第422（b）（6）条就要求将激励型股票期权的有效期限限制在5

年或 5 年以内。

（八）激励型股票期权对行权方式的限制

员工通常需用现金方式对激励型股票期权行权。除非激励型股票期权计划或董事会决议或期权协议书中特别指出,允许使用特定的非现金形式对激励型股票期权行权,否则,员工不可以用本票、公司股票或其他非现金形式执行期权。因此,在授予激励型股票期权时,董事会应该明确、全面地列明员工可以采用的行权方式。如果董事会和适用的州公司法允许员工用本票对激励型股票期权行权,那么公司还应该仔细设计本票的有效期,以免对员工或公司造成任何不利的税收后果。

五、可转让股票期权(Transferable Stock Option,TSO)

在 20 世纪 90 年代后期,可转让股票期权(TSO)引起了公众广泛的兴趣,尤其在财产设计者当中更受关注。可转让股票期权最主要的吸引力来自其在财产税中的作用。在 1996 年的 SEC 规则出台以前,税法和 1934 年法案均不允许期权的受益者在其有生之年内转让期权。然而,这一点随着1996 年 SEC 规则的出台而发生了改变,而且现在可转让股票期权亦有资格享受法案项下的短期利润返还规则中的豁免权。

由于证券法现在对期权转让不再予以惩罚,可转让股票期权使主管人员可以在死亡之前将高值期权从他或她的财产中转移出去。此种转让有两个好处:一是可以降低财产的总价值,二是可以用已从财产转出的已税现金收入支付财产税。

然而,主管人员不应该误认为可转让股票期权是包治百病的灵丹妙药。首先,税法规定法定期权是绝对不可转让的;其次,典型的员工股票期权计划的用途可以概括为酬劳员工过去提供的服务,激励现期提供的服务和鼓励将来继续提供服务,因此,股票期权计划有理由继续对可获得期权好处的受益者施加转让限制条件。

尽管可转让股票期权的优点极具吸引力,但有很多因素限制了它的使用。这些限制因素包括以下几个方面:

（一）合适的受让人

1934 年法案没有对可转让股票期权的受让人资格加以限定，然而，从实际角度出发，公司不可能允许将不可流通的期权转让给第三方。相反，大多数的具体执行者建议公司用此作为财产计划的工具，通过具体的合同将期权转让限制在对家庭成员的赠予、转让或信托范围之内。事实上，公司希望进一步限制受让人的身份，以便更加有效地对期权的行权进行管理。

（二）法定股票期权的不可转让性

依照税法规定，激励型股票期权和依照员工股票购买计划授予的期权，在期权获得者一生当中均不可转让。在期权获得者死亡时，可以用其遗产对期权行权。在期权获得者死亡之前，从税收角度来讲，任何转让都会使期权无效。由此可以推断，只有非法定股票期权才可能是可转让股票期权。

（三）赠予税的估价

如果把可转让股票期权作为礼物转让给他人，那么无论是个人，还是受托人，均要缴纳赠予税。出于此目的，在转让之前要对可转让股票期权进行估价。由于员工股票期权通常是不可流通的，所以在有关怎样对此种期权进行估价方面还存在着许多争论。如果可转让股票期权是针对未授权股票的，那么此问题就会变得更加复杂。

（四）所得税问题

在可转让股票期权的转让中，既不向赠予者也不向被赠予者征收所得税。员工或赠予者将会因受让者对期权行权而产生收入，而所有与期权和所得税预扣相关的普通税则均将适用于赠予者和公司。

（五）计划的内容

大多数的股票期权计划都要求所有期权均不可转让，因此在授予可转让股票期权之前，应该重新审查计划的内容，必要的话，应对其加以适当的修改。州证券法或公司法对不可转让性也有相关要求，因而为了保险起见，应该对计划的内容仔细审查。出于转让的目的而对计划所作的修改不需要股东投票通过,但是,出于税法、会计或证券法的目的而作的修改则应提请股东大会进行表决予以批准。另外,从财务会计角度来讲,此种修改是否会导致新计算日的产生,还要依实际情况而定。

(六)可转让股票期权的流通性

在 SEC 有关注册表格 S-8 规则的最近一次修改之前,可转让股票期权项下的转让给家庭成员或受托人的股票属于受限股票,要受 144 规则再次销售限制的约束。截止到本书动笔之时,新的表格 S-8 规则规定,如果公司员工的家属通过赠予或家庭亲属关系而获得期权,那么规则允许此家属对期权行权进行注册。然而发售公司应该注意到股票交易所仍有不可转让性要求。

可转让股票期权的持有者必须理解计划或法规对行权和流通性的限制。另外,公司必须确保行权日非员工期权的受益者有机会获悉实质性信息。总之,可转让股票期权为薪酬计划的设计提供了更大的灵活性,而公司如果为了此可转让性目的采用这一期权形式,尤其是在对原计划加以修改时,应该认真研究考虑,以便更好地运用可转让股票期权,达到预先设定的目标。

六、股票增值权(SAR)

(一)股票增值权的基本含义

在 1996 年 SEC 准则出台之前,内部人士如果要在行权日以非现金方式对期权行权,那么并行期权(Tandem Option)或股票增值权将是唯一的选择。自从放宽了 16b-3 规则后,此种融资工具因其不利的会计影响而不再被经常采用,但在另一方面,随着股票期权会计准则的不断变化,股票增值权又一次盛行起来。

股票增值权是一种契约权,它允诺赋予持有者授予日和行权日期间的股票增值部分。尽管股票增值权的收益可以以现金、股票或两者并用(以授予书中的规定为准)的方式支付,但只有与期权一同发售时,股票增值权作为融资工具的最大优点才会显现出来。

在典型的并行期权或股票增值权中,对一种权利行权将导致其他补充权利的丧失。例如,将 2,000 份并行股票增值权或非法定股票期权授予员工,员工可能选择用对适当数量的股票增值权行权所得的现金作为支付手段,对部分期权行权以获得股票。在精心的设计下,员工可以利用股票增值权投资股票,而无需从口袋里掏一分钱,同时还可以在手头留存一部分现金来支付所得溢酬的应纳税金。

(二)涉及股票增值权的关键问题

1. 员工所面临的税收问题

国内税务署认为,以现金支付的股票增值权是一种延期薪酬,相应地要依照税法第 61(a)款对员工进行征税。同时,在股票增值权被行权或失效之前,它不会带来任何收入。

2. 公司面临的税收问题

依照税法第 162(a)款规定,在员工对增值权行权的那一年,公司可以获得一项薪酬费用抵减。如果对增值权行权的目的是为了获得现金,国内税务署认为抵减的时间表应遵从于税法第 404(a)(5)款中的相关规定。其中,税法第 404(a)(5)款规定,公司可根据员工应纳税年度结束时其所处的纳税年度,将其作为抵减项。依照法案 3402 款,在增值权被行权时公司必须预扣税款。

3. 会计问题

采用增值权的缺点是其对公司财务报表将产生不利影响。从会计角度来看,增值权被视为其整个在外流通期间所得收入的薪酬费用(与激励型股票期权或非法定股票期权不同,它们通常把授予日作为计算日)。另外,出于会计方面的考虑,在并行增值权或期权中,通常会假设员工将对增值权而非期权行权,这就意味着,即使最终员工以期权的方式执行了整个授予计划,出于会计方面的考虑,整个授予计划仍将被认作是股票增值权。

七、员工持股计划

员工持股计划(Employee Stock Ownership Plans,ESOP)由美国律师 Louis

Kelso 最早提出。二战后，ESOP 在西方企业得到普遍推行。员工持股计划是一种面向广大员工的退休福利计划，税法第 401（a）和 4975（e）（7）对此进行了规定。采用此计划，公司将向员工账户注入资金，此账户资金用于在员工退休或离职时购买公司股票。员工持股计划能够为公司和员工提供税收优惠：公司注入员工账户的资金将免税；而且，就此账户资金及其收益而言，在退休日或离职日之前，员工均无需纳税。

但是，员工持股计划要求必须以非歧视的、平等的规则确定受益者名单，因此，此计划可用于建立企业所有权文化。

对员工持股计划内涵的理解可以从具体内容和思想本质两部分入手。首先，员工持股计划是指由公司内部员工个人出资认购本公司的部分股份，并委托公司工会的持股会进行集中管理的产权组织形式。通常做法有两种：一种是通过信托基金组织，用计划实施免税的那部分利润回购现有股东手中的股票，然后再把信托基金组织买回的股票重新分配给员工；另一种方法是一次性购买原股东的股票，即企业建立工人信托基金组织并回购原股东手中的股票。回购后的原股票将作废，企业会逐渐地按制定的员工持股计划向员工出售股票。其次，就员工持股计划的思想本质而言，它综合体现了现代企业的两种经营观念：一是以股东至上原则为基础，强调股东主权的企业治理结构；二是以"人力资本"为基础，强调员工主权的企业治理结构。

八、其他计划

（一）虚拟股票计划（Phantom Stock）

此计划赋予员工股票收益权。虚拟股票计划与股票增值权相似，但它所赋予的收益权既包括股票增值部分（这一点与股票增值权相同），也包括股息收入部分。

（二）非受限股票赠予计划（Non-restrictive Stock Bonus）

此计划是赋予关键人员的、基于绩效的、以股票为奖励物的薪酬计划。

（三）受限股票赠予计划（Restricted Stock Bonus）

此计划是赋予员工的股票奖赏计划，但是，此计划的授权要以特定条件的满足为前提。其中,特定条件包括员工的继续留任或达到预定的业绩水平等等。[①]

第二节　美国股权激励制度的实施情况

股票期权是一种激励制度,也是分配制度的一部分,既然是一种制度,就需要法律予以规范和保障。股票期权制度最先在美国实施,所以美国关于股票期权的法律相对来说比较完善,在公司法、税法和会计法等相关法律上对股票期权给予了十分完善的保护。英国对股票期权的实施与美国比较起来有较大的差距,并且英国对期权的法律保护是在不断地调整的。日本由于其公司的股权结构与英美有较大的差异,所以日本的股票期权激励也不如英美实施得那样广泛和深入。但进入了 21 世纪,日本已经充分认识到股票期权激励对现代公司治理的重要性,日本的商业法典和税法也针对股票期权的实施作了相应的调整。

一、美国的股票期权法律制度

对股票期权的法律规定较为完善的应属美国,美国的法律对于保护期权的实施,打击舞弊和反欺诈行为都有严格的规定。美国股票期权制度涉及公司治理的法规有公司法、税法、证券法、会计准则及上市规则。公司法包括对各州法有指导意义的标准公司法和各州的公司法;证券法里有关于信息公开和披露及提案的规定;会计法涉及财务会计准则委员会的规则及建议;交易所规则涉及纽约交易所和纳斯达克的规则。另外还有美国律师协会、董事协会、美国薪酬协会的各种指南、规则、建议及公司自己制定的自律性的规定与声明等。法律规范的对象不但包括企业而且还包括券商、律师、会计师和投资顾问等相关的中介服务机构。

美国联邦证券法和各州的公司法都对公司的证券发行在不同程度予以管制,对于向 500 人以上的员工实施股票期权计划而发行股票的,便要由证

---

① 刘园、李志群:《股票期权制度分析》,对外经济贸易大学出版社,2002 年版,第 61~72 页。

券交易委员会当作公众公司来管制。美国的税法及证券交易所的上市规则对于股票期权等项目的实施,均有要求公司股东批准的刚性规定,所以上市公司或股份公司的董事会对是否实施股票期权计划有着很大的权利。美国的税收法律体系非常复杂,税务准则是规范公司治理中的重要法律。税法中对非执行董事和股票期权激励等问题均有规定。为了使公司经理的薪酬能够有效地与公司绩效挂起钩来,税法通过加强公司股东对经理股票期权计划的批准力度,以达到制约公司管理层采用提高薪酬以实现少纳税的企图。税法采用税收抵扣薪酬上限的控制,以制约既是公司股东而同时又是公司经理的那一类人。因为由美国税务机关认可的薪酬支出仅只缴纳个人所得税,但红利则不同,红利不仅要缴纳公司所得税而且还要再交个人所得税。通过对薪酬上限的税收抵扣的控制,税务机关就可以限制股东通过给自己提高薪酬而少分红利从而达到逃税的目的。

根据美国税务准则422(IRC422)项下公司赠予的激励性期权(Incentice Stock Options)需由公司董事会批准。税法要求向列名执行官员(Named Executive Officers)赠予股票期权要获准税务准则162(m)条规定的与"绩效挂钩"资格时需经股东批准。不是对公司全部成员实施股票期权计划而是对公司的经理和董事赠予股票期权时需经股东批准。何种股票薪酬计划需经股东批准,何种股票薪酬计划无需股东批准,不同交易所的规定有所不同。在 NASDAQ 上市的公司,如果其股票薪酬计划不是全员或大多数员工参与的,并且赠予股份数量超过下述三个限制中的任何一个时必须经过股东批准:①流通在外普通股数的 1%;②流通在外普通股投票权的 1%;③或25,000 股。在 NASDAQ 上市的公司,在下述条件下股票薪酬项目不需要经过股东的批准:不是在税务准则 422 项下赠予的激励性股票期权;不需要为"列名执行官员"获准突破税法"百万美元封顶"的"与绩效挂钩"资格;不是单独向经理和董事赠予期权,而是作为"全员或大多数员工参与"计划的一部分;该计划或协议下赠予的股票不超过流通在外普通股数的 1%,流通在外普通股投票权的 1%,或 25,000 股。[①]

---

① 陈清泰、吴敬琏主编:《股票期权激励制度法规政策研究报告》,中国财政经济出版社,2001 年版,第 279 页。

（一）股票期权与证券法

美国的证券法有两个层次，即联邦证券法和州证券法。州与州的证券法有许多相似，尽管如此，各州都有自己的证券法。美国的证券法的体系庞大而复杂，但其中最重要的两个关键因素是注册和信息披露。注册是指公司或股东需要销售股票时，要按照州和联邦证券法的规定填写证券机构所要求填写的文件。注册所需要的法律服务费根据股票发行的额度大小而不同。发行额在 100 万至 500 万美元的股票法律费用在 1 万美元，而大规模地发行股票需要处理大量的法律文件，所需要的法律费用则要超过 10 万美元。证券法要求注册申请人提供财务报表并同时向证券委员会和相应的州证券机构进行报告。

信息披露要求公司向投资者提供信息，向投资者描述目前公司所处的财务状态以及公司未来的经营发展状况和预期收益。同时也应向投资者公布未来的财务及经营风险和公司高层管理者和董事们的薪酬等方面的信息。按照美国联邦法律，拥有 500 人以上股东的公司属于上市公司，需要遵守 1934 年的证券法，根据证券法的规定，任何时间股票的发行或销售都必须有充分的财务信息披露，以符合证券法中的反欺诈条例的规定。[①]

在美国发行证券，证券法要求对发行的证券进行注册，如果符合有关豁免条款则可以免于注册。1934 年的证券法条例 16（a）规定，公司的董事和执行经理报告股票所有权情况，要受到 1934 年证券法第 12 款关于报告的各项规定的约束。根据条例 16（a）的要求，负有报告责任的人，其从公司股票交易中获取的"短期"利润，1934 年的证券法条例 166 又做了规定：在 6 个月内，如果他购买并随后销售或者销售随后购买公司的证券，从交易中获得的利润，按照规定必须将获得的利润返还给公司。如果购买人隐瞒利润，公司可以对其起诉。如果公司不起诉，相应证券的持有者也可以起诉。以后美国证券交易委员会对于这种情况有了新的认识。证券交易委员会认为股权激励计划对于公司的员工，包括公司的经理和董事是一种长期重要的激励

---

① ［美］国家员工所有权中心编：《股票期权的理论设计与实践》，张志强译，上海远东出版社，2001 年版，第 63 页。

手段。所以为经理股票期权收益适用了特殊交易条例,这些条款体现在美国证券交易委员会条例 166 - 3 中。该条例规定,在一定条件下,公司与其经理或董事之间的股票收购和出让所获得的利润不做为短期利润对待,包括由于衍生证券的执行和转换所发生的利润。

1. 各州的证券法规制

美国各州的证券法要求所有的公司在发行和销售证券时必须由各州企业部和秘书处审定,或者通过各种认定要求获得豁免。以美国加州证券法为例,该州证券法规定,任何公司在该州发行或销售证券,必须由该州企业部批准,或者符合其证券法关于豁免的规定。股票期权是一种证券,公司在向经理人员授予股票期权时,就视为发行证券。所以,如果公司在加州安排实施股票期权计划,不但要符合联邦法的要求,而且还要符合加州的证券法的规定。证券法所规定的豁免会使得发行人省去大笔的费用、时间与精力,所以在实施股票期权计划时,公司都要努力去达到证券法规定的豁免标准。

2. 加州关于豁免的资格

在加州,要向企业高层经理授予股票期权,公司可以根据加州公司法 25102 款(f)获得豁免。根据该豁免条例,豁免仅向企业发行限额在 35 人以下的计划实行。由于该条例豁免的条件较为严格,加州立法机关于 1996 年修改了原豁免条款,加州公司法第 25102 款(o)对于与股票购买计划、股票期权计划的发行与销售给予豁免,不再有人数限额的规定,涉及的证券同时可以豁免 1933 年联邦证券 701 款关于注册的要求。除此之外还必须符合该州公司专员颁布的其他要求。这些要求是:①期权不得转让其他人,除非期权持有人去世由其法定继承人继承或通过遗嘱方式或按照法律规定的继承程序。②期权计划必须通过公司股东大会批准,期权计划在股东大会通过后 10 年之内有效。③依照所有发行在外的股票期权计划,需要发行的股票数量不得超过当时公司发行在外股票总数的 30%。④公司必须向所有股票期权持有人提供公司每年的财务报表。⑤股票期权授予后在等待期过后,每年应不少于 20% 的期权可以执行。如期权持有人与公司终止雇佣关系,期权持有人有权在雇佣关系终止之日行权,也可以在终止之日后 30 天内行权。同时,公司在终止雇佣关系时,也可以向期权持有人回购股票。⑥股票期权计划应说明可以用于发行的股票数量以及有资格获得股票期权的人员。⑦股票期权的行权价格不得低于授权时公司股票公允市场价值的85%,如果期权被授予人已经拥有 10% 以上有投票权的股票,则其执行价格应该为公司股票公允市场价值的 110%。

3. 关于反欺诈条款

在实施股票期权计划时,公司要遵守联邦证券法的反欺诈条款,要定期向期权被授予者披露有关公司的相应信息。信息披露可以依据 1933 年证券法关于法定的报表披露标准,披露所涉及的主要内容为:关于公司业务的叙述;关于公司财产的说明;有关法律程序的介绍;公司股票的价格与红利;当期的财务报表;相关的财务信息;经理部门对公司财务情况和经营状况的分析与预测;在会计核算及财务信息披露方面与会计人员不一致的地方及有关调整;公司董事及经理人员的姓名;执行经理的薪酬;主要的业务关系与相关交易;公司未来的发展方案;特定受益股东与经理人员拥有股票的情况等。

从美国证券法和加州证券法的演变过程看,对股票期权的法律保护是有一个时间过程的,由原来的严格限制到现在的宽松环境与豁免条款,表现出美国证券立法机构对期权的激励作用和期权在美国企业中的价值有个逐渐认识的过程,从这一立法过程来看,我们可以更清楚地认识到生产力决定生产关系,经济基础决定上层建筑,上层建筑必须为经济基础服务这一经济规律。美国证券法对股票期权的立法保护过程,也足以供我国将来对类似情况立法时予以借鉴。

(二)股票期权会计处理与价值评估

对于股票期权的会计处理,美国有 25 号和 123 号两套准则,25 号按内在价值法计量股票期权的价值,123 号按公允价值法计量股票期权的价值。

公允价值 = 内在价值 + 时间价值。

——按内在价值法行权价等于赠予日公允市价的股票期权的价值为零。

——按公允价值法行权价等于赠予日公允市价的股票期权仍有价值。

在美国公司初始实施股票期权激励机制时,并没有法规要求把这种激励所发生的成本反映在公司的会计报表里。以后随着股票期权的广为实施,经济学家们开始认识到实施期权应该列出成本。因为实际情况是如果期权持有人要行权时,公司必须准备相应的股票。如果公司在证券二级市场回购股票,只能以当时的市场价格购买,而期权持有人购买时则要用低于市价的行权价购买,这时就产生出一个价差,这便是公司实施期权计划发生的成本。如果公司通过发行新股供期权持有人行权,股东们的股票就会得到稀释。无论是发行新股还是回购股票,可能发生的成本不是在当前而是在未来。但有些经济学家认为应该折算成当前成本。美国财务会计准则委员会提出应该把这些成本的公允市场价值包括在公司的损益表中。但美国企业界对财务会计委员会的提议反响极为强烈,尤其是那些大规模实施股票期权计划的大公司。因为如果把期权成本列入损益表并将此财务信息对外公布,便会对公司的财务状况和形象及业绩产生相当大的负面影响。由于持不同意见的企业较多,由此引起的争论较大,最后美国财务会计准则委员会不得不作出妥协,建议企业把期权成本列入损益表中,但并不是要求公司必须这样做,而公司可以将该成本简单列在报表中并予以注释。许多年来,美国股票期权最使人敏感的问题之一便是会计处理的问题。在 20 世纪 60 年代和 70 年代,公司报告采用股票期权而发生报酬的费用主要依据美国会计原则委员会第 25 号准则建议(Accounting Principle Board,APB25),这一准则在 1972 年实施。第 25 号准则要求,公司必须按照内在价值方法确定报酬成本。公司实施股票期权计划,在授予股票期权时,要测定其实际价值,因为股票期权的价值是股票价格与约定价格之间的差额,如果行权价格是依据股票公平市场价格确定的,期权就没有价值。所以在通常情况下,公司实施股票期权计划并不记录报酬成本。按照第 25 号准则的建议的确会发生相应的会计费用。当公司提供股票期权时,的确会发生成本,尽管这一成本在未来才会发生。1993 年美国财务会计准则委员会(Financial Accounting Standing Board,FASB)提议,改变会计处理规则,要求公司在损益表中将期权成本作为一种报酬费用加以报告,FASB 的这一提议,在许多公司中引起强烈反响,因为这样公司的股票价格将会由于在损益表中股票期权成本的列入受到极大的影响。由于许多公司的广泛性的反对和许多企业组织的坚持,财务会计准则委员会在 1995 年 10 月 23 日声明中作出了妥协性的 123 号准则建议,即公司可采用"公允价值方法"计算公司股票期权未来的成本。

尽管 123 号准则只是建议公司可以使用这样的会计处理方法,允许公司继续采用第 25 号准则建议的总方法处理,但采用 25 号准则建议处理的公司必须在损益表的注释中讲明,如果采用新的会计处理方法,公司的每股收益变为多少。

依据 123 号准则,公司应综合考虑能够影响股票期权价值的因素,应用期权定价模型,估算股票期权的公允市场价值。影响股票期权价值的因素包括:①期权的执行价格;②相应股票的当前市场价值;③股票期权的有效期;④无风险利率;⑤相应股票的期望波动率以及在股票期权有效期内的红利情况。综合考虑这些因素的期权共同定价法包括 B－S 模型(Black-Scholes)和二叉树模型。

在美国很少有公司采用 123 号准则建议介绍的详细会计方法,几乎所有的公司都仍继续采用 25 号准则所建议的内在价值方法,而仅在损益表注释中说明公司股票的公允市场价值。无论采用什么方式,按照 123 号准则的规定,就表明股票期权计划的设计和管理又增加了一层复杂性。尽管公司继续按照 25 号准则的建议,而仅在损益表中注释股票期权价值的估计值,这意味着公司必须估算股票期权的价值。

长期以来,美国公司均依据会计原则委员会(APB)第 25 号准则披露股票期权方案与计划。第 25 号准则规定测算股票期权的成本要依照“内在价值法”。1995 年由会计准则委员会出台的 123 号准则对已有的 25 号准则提出大量的批评,并指责 25 号准则的不规范性。123 号准则认为内在价值仅是期权公允市场价值的一部分,而只计算内在价值会产生不确定的结果。因此在大量批评 25 号准则的基础上,123 号准则坚持股票期权有其固有的价值,亦即“公允价值方法”。公允价值方法的要点在于即使在股票期权授予之初,股票期权的内在价值为零,但是股票期权还是具有公允价值。这是因为股票还具有将来升值的可能性。在整个股票期权的有效期内,期权的价值还有希望能达到实值的状态。所以,财务会计准则委员会提出建议,对公司披露时所采用的期权成本会计成本方法可以进行调整,因此给了公司可以保留原会计处理方法的空间,公司在采用会计成本计算方法时就有了选择的余地。但是,123 号准则要求在 1995 年 12 月 15 日开始的财务年度,如果公司对其股票期权的会计成本进行处理时仍按照 25 号准则,就要同时在其损益表中注释,如果按照 123 号准则的情况下,公司预计净收益和每股净收益是多少。从整个形势来看,不论是按照原来的 25 号准则或是依据 123 号新准则来处理股票期权的会计成本问题,公司需要对内对外的信息披露都要求更详细了。

(三)美国股票期权的税收

美国的税收制度是由联邦、州和地方税收三级政府税收构成的。联邦与各州有独立的税收立法权,地方没有税收立法权,各州根据自己的情况制定各地方(市、县)的税收立法。但州的税收立法权不得与联邦的税法或是联邦的利益有冲突。美国实行的是彻底的分税制,50 个州的税收法律有较大差异,但联邦的税法在全国统一执行。美国的税法比较完善,现行的主要税种有公司所得税、个人所得税、社会保障税、财产税、资本或净财富税、销售税、遗产税和赠予税、累积盈余税、环境税、奢侈消费税。美国是实行分税制的国家,实行联邦税制和地方税制。联邦以个人所得税、社会保障税为主,以公司所得税、消费税、遗产税、赠予税和关税为辅;各州则以销售税为主,所得税次之;而地方(市县)则以财产税为主。

美国法律保护和鼓励股票期权激励制度,税法按资本利得税率对股票期权所得予以课税。对于出售或交易持有 12 个月以上的资本性资产而产生的利得或亏损,即被视为长期资本利得或亏损来对待。而对于出售或交易少于 12 个月的资本性资产而产生的利得或亏损,则被视为短期资本利得或亏损来对待。在纳税时,净长期资本利得扣除净短期资本亏损的部分被视为净资本利得。资本亏损可以用来抵销资本利得。由于股票期权是雇主给予雇员的一种福利或激励,股票期权课税政策的关键是如何对雇员获得的这种福利课税,即按什么性质的所得课税。如果因股价波动造成损失,如何处理,对雇主实施股票期权计划的开支是否允许税前扣除,或者如果允许税前扣除,其条件是什么。

1. 激励性股票期权的税收优惠

美国国内税收法典第 422 条对于激励性股票期权计划(也称法定股票期权 Statutory Options)(Incentive Stock Option,简称 ISO)给予界定。如果股票期权计划能够符合第 422 条所设定的法定要求,期权持有人将享受税收优

惠。根据第 422 条,激励性股票期权必须符合下列要求:

(1)股票期权计划必须得到公司董事会的书面批准;

(2)实施股票期权计划的公司应当制作书面的计划,并明确列明授予期权资格候选人的名单及授予股票的数量;

(3)所列股票期权的行权价格,不能低于期权授予日公司股票的公允市场价格;

(4)股票期权的被授予人必须是授予公司的员工,不包括公司的非公司员工如外部董事、顾问或供应商等;

(5)经董事会批准的期权计划,必须在 10 年之内授予被授予人;

(6)如果期权计划的受益人拥有本公司、或母公司、或子公司的 10% 以上的股权,那么,期权必须在授予日后的 5 年内行权,否则逾期无效;

(7)如果期权持有人拥有本公司、或母公司、或子公司 10% 以上的股权,那么行权价格不得低于授予日公司股票公平价值的 110%;

(8)期权计划所授予的期权,应在员工终止与公司之间的雇佣关系后的 3 个月内行权;

(9)股票期权不得转让,只能由期权持有人在有效期内行权,但可以通过遗嘱进行转让,或通过法定继承进行转让。[①]

按照激励性股票期权的规定,当受益人持有股票期满出让,或期权执行之后至少 1 年,或者授权后 2 年之后出让股票,那么所获得的收益按作资本收益对待。在激励性股票期权行权时,在股票未出售之前,没有税收问题。如果按照法定的程序出让股票,所有收益将按照资本收益处理,而不按个人所得税纳税。一般所得税率与资本收益税率有较大差别,在一般所得税率为 28% 到 39.6% 的人群中,一般所得最高税率为 39.6%,而资本收益税率为 20%;而在一般所得税率为 15% 的人群中,资本收益税率为 10%。因此,激励性股票期权一般不适合作为广泛的员工股票期权计划,因为大部分的非经理层人员只有普通收入,其一般所得税率与资本收益税非常接近。

美国税法对激励性股票期权持有人的优惠主要表现在两个方面:第一

---

① 陈清泰、吴敬琏主编:《美国企业的股票期权计划》,中国财政经济出版社,2001 年版,第 15 页。

是在行权时,只要不是立即售出所得到的股票,就不必立即纳税;第二是在出售后应纳税时,可以有资格获得课以 20% 的长期资本所得税率。

2. 员工持股计划的税收优惠

根据税务法典,第二种可以获得税收优惠的股票期权是在员工股票购买计划(Employee Stock Ownership Plan,简称 ESOP)下提供的股票期权(也称为"第 423 款计划")。这是一种面向广大普通员工的退休福利计划,采用此计划公司将向员工的账户注入资金,此账户资金用于在员工退休或离职时购买公司股票。员工持股计划,能够为公司和员工提供税收优惠,对于公司注入员工账户的资金税法给予免税,员工在此账户的资金及其收益在其离退休日前也不用纳税。对员工持股计划,规定必须无歧视和平等地确定受权人名单。

在税法第 421 条(a)款(说明在期权授予当时没有税收问题,而在出让的情况下,可以按照资本收益纳税)之后,税务法第 423 条提供了享受税收优惠的员工股票购买计划的标准。像激励性股票期权一样,购买计划期权给予员工可以分享公司股票增长的收益,通常情况下公司实施购买计划期权作为员工购买股票的一种方法,具体方法是从员工的工资中扣除购买股票的费用。根据公司的具体财务情况和公司的股票价格情况,公司与员工约定好股票期权的价格和授予时间。员工股票购买计划主要是面向公司的一般员工,不像激励性股票期权主要面向经理人员和公司的关键员工。

根据第 423 条的规定,员工股票购买计划期权所具有的许多税收优势与激励性股票期权相类似。所以这两种期权在期权授予时都不存在纳税的问题,而只是在满足税法第 423、422 条的前提下出售股票时,其所得才按资本收益纳税。与激励性股票期权相比,税法对员工股票购买计划的要求更为宽松。两种期权相比最关键之处在于,员工股票购买计划期权是提供期权的约定价格可以为公司股票在期权授予或执行之日公允市场价值的 85% ~ 100%,而激励性股票期权的行权价至少必须等于相应股票的公允市场价值。美国共享数据在 1991 年的调查表明,在第 423 条计划下,几乎所有的公司都为员工购买公司股票提供 15% 的折扣。

根据美国国内税收法典第 401(a)和 4975(e)(7)及 423 条,只有当员工股票购买计划满足下列条件时,员工方可享受税务法典第 421 条(a)款所列的税收优惠：

（1）受权人不得拥有超过 5% 的公司有投票权的股票，或不得拥有超过公司所有股票的 5%，否则不得享受税收优惠待遇；

（2）股票购买计划必须在被采用之前或之后 12 个月之内，由公司股东审议通过；

（3）公司的所有员工都必须无歧视地、平等地包括在该股票购买计划中。但在公司工作不满 2 年的员工，每周在公司工作不足 20 小时的员工，每年在公司工作不超过 5 个月的员工，以及按照税务法第 414 条（q）款所定义的高工资报酬的员工，可以不包括在股票购买计划之内，这些资格原则上与退休计划相似；

（4）对所有员工来说，期权的执行价格、支付条款以及其他条款的规定都必须一致，但可以有以下的例外：

①在员工股票购买计划中，可以限定期权执行的最大数量；

②员工股票购买计划可以根据总报酬，或者总报酬的某个比例，限定授予全体员工的期权总量。

（5）员工股票购买计划提供的期权必须是购买公司股本的期权，这种股票可以是任何类型的，包括有投票权的和无投票权的，普通股和优先股，也可以是库存股票或原始发行的股票，专门针对股票购买计划而向员工合法发行的股票亦是符合要求的；

（6）只有经过公司董事会批准认可，并且所有参加股票购买计划的员工都必须是公司的、母公司或子公司的员工才具有资格；

（7）员工股票购买计划所授予的期权除了通过遗嘱或合法继承之外，不能私自出让。在员工生命周期内，只有他本人才能执行期权；

（8）对于执行价格至少为公司股票公允市场价值的 85% 的期权，最长的期权执行时间是从期权授予之日起 5 年。如果期权的执行价格由其他方式来确定，例如，按照不低于期权执行时相应股票价格的 85% 来确定，那么期权必须在授予之日起 27 个月之内执行；

（9）在员工股票购买计划下，期权的执行价格不得低于期权授予当时公司股票公允市场价值的 85%，或者在期权计划中规定，不能低于期权执行时公司股票公允市场价值的 85%；

（10）股票购买计划必须规定,在任何一个有期权未执行的日历年份中,任何员工推迟期权的公允市场价值都不能超过 25,000 美元。[①]

3. 非法定股票期权

非法定股票期权(Non-Qualified Stock Options,简称 NSO)是指不符合美国国内税收法典第 422 条和第 423 条中有关规定的股票期权。与激励性股票期权相比较,非法定股票具有更多的灵活性,但同时也失去了激励性股票期权在税收上所享受的优惠待遇。公司可以不受第 422 条的限制,也不受股票数量上的限制。非法定股票期权可以授予公司员工之外的人,包括外部董事、独立董事和独立合同方。同时联邦所得税法对非法定股票期权的行权价格没有任何限制,NSO 的行权价格通常等于期权授予日的股票公平市场价格,但也可以高于或低于授予当日股票的公平市场价格。

当纳税人行权时,行权价与市场价之间的差额通常被作为该年的普通所得课税,当纳税人行权后,纳税人拥有股票,并以行权日的市场价作为新的税基。行权后,纳税人可以选择,如果纳税人在行权后持有 1 年以上再售出,所得当作资本利得课税。如果没有持有 1 年,则当作普通所得课税。如果纳税人售出时低于行权价,则可以抵销其所得。

4. 可转让股票期权

可转让股票期权(Transferable Stock Option,简称 TSO)在 1996 年证券交易委员会的规则出台之前,美国税法和 1934 年法案均不允许期权的受益人在其有生之年内转让期权。但是 1996 年 SEC 的规则出台后,可转让股票期权有资格享受法案项下短期利润返还规则中的豁免权。但是税法规定,法定期权是绝对不可转让的。所以只有非法定股票期权可以转让。因为转让是需要交纳赠予税的,所以在转让之前要对非法定股票期权进行估价,以方便交纳赠予税。

根据美国税务法典对激励性股票期权和员工股票购买计划期权所采取的税收优惠规定来看,美国政府是积极提倡并保护股票期权制度的,由制定法律对现存制度予以保护和规制,充分体现了期权激励在美国经济中所起

---

① ［美］国家员工所有权中心编:《股票期权的理论、设计与实践》,张志强译,上海远东出版社,2001年版,第 45 页。

的重要作用。税收优惠和法律保护促进了美国的激励性股票期权制度和员工股票期权计划的蓬勃发展。相比起来,我国在试行股票期权制度时,并没有辅助给予相应的税收优惠。我们应当根据我国的国情,有借鉴地吸收美国的税法方面的经验。[①]

二、美国股票期权的快速发展

20世纪70年代,为了解决企业"委托—代理"矛盾,期权作为长期激励计划首先在美国公司中传播开来。保护和增大股东的利益是股票期权设计的基点,股东的收益来自股票增值和分红。如果公司分红增加,就意味着公司经营绩效良好,盈利能力增强,股价就会上涨,反之就会下降。所以股东的利益与公司股票价格的涨跌密切相关。如果让经理人员在今后的某个时期,一般是5~10年,以期权赠予时的市场价格购买公司股票,同时又以到期日或到期日以前的任意某个日期执行期权,在这期间,如果公司股票价格上涨,经理人员就能赚得行权价格与市场价格之间的溢价。当经理人员为赚取溢价而长期不懈地努力工作时,即达到了对他们的长期激励的效果。在对经营人员达到长期激励效果使其获取相应收益的同时,公司也因股票价格的上涨而增大了资本。[②]

美国经济学家柏利(Berle)和明斯(Means)在《现代公司与私有资产》中首次强调,对于股权分散的公司,管理人员拥有少量股权将会激励他们追求自己的利益,随着这些经理人员在公司中所持股权份额的增长,他们在公司中的收益与长期利益渐与股东们的长远利益趋于一致,由此管理人员自然偏离股东利益最大化的倾向将会逐渐减轻。哈佛大学商学院的副教授白思安·贺尔与哈佛大学肯尼迪学院的副教授杰佛利·利比曼合作,采用期权估价方式对美国20世纪80年代以及20世纪90年代初期企业总经理的补偿情况与478家大型股份公司股价之间的相互关系进行测试分析,结果发现股票与股票期权的赠予与股东权益关系紧密,大大超出了传统工资、奖金的薪酬形式与股东权益之间的关系。贺尔的解释是:一般说来,如果一个公司

---

① 陈文:《股权激励与公司治理法律实务》,法律出版社,2006年版,第71~80页。
② 徐振斌:《期权激励与公司长期绩效通论》,中国劳动社会保障出版社,第154页。

市值增加 10%,那么工资、奖金将增长 2.4%左右,这对一个年薪、奖金 100 万美元的总经理来说则意味着增加年薪 2.4 万美元。但如果将总经理持有的公司股票及股票期权考虑在内,那么补偿金将增加 50 倍左右。也就是说,同样是股东权益增加 10%,但这时却会使总经理的报酬增加 125 万美金。贺尔进一步指出,如果对总经理的收入与公司经营业绩间的关系作一番研究,那么在报酬变化中的 98%是因持有的股票与股票期权价值发生变化而引起的,仅有 2%是由于工资、奖金的变化而引起的,加上股票期权对股价波动要比股票敏感,因此为了让总经理能积极地为股东谋利,公司向总经理赠予股票期权将是一个极为有效的方法。[①]

在美国,股票期权这种激励方式已被众多企业所接受。美国企业界普遍认为企业家的人力资本的价值要高于普通劳动力和技术的价值。所以美国企业中的经理人员的高额收入大部分来自于公司的股票期权。美国的企业家和公司的股东们都赞同用股票期权作为对经理们的长期激励。许多专家学者对股票期权制度也作了深入的研究并在理论上给予支持。这些学者认为,对上市公司的高级管理人员来说,基本工资和年度奖金并非有效的激励机制。采用以股票期权计划为主的长期激励机制,可将高级管理人员的薪酬与企业经营业绩及企业发展联系得更为密切,从而激励高级管理人员去合理配置资源,最大限度地提升企业价值。[②]

根据《美国薪酬协会》杂志提供的数据,1976 年股票期权还占不到首席执行官薪酬的 20%,到 2000 年已超过了 50%。特别是 1976 年实施股票期权赠予的公司年赠予量还占不到 0.5%,而 2000 年达到了 1.5% ~ 2.0%(在高技术领域达到了 4.5% ~ 5.5%)。

美国《福布斯》杂志披露,1990 年对 800 家大公司的高层管理人员进行调查,高层管理人员年均收入达 163.5 万美元,其中 43%的收入来自以期权为主要形式的长期业绩的报酬。1994 年美国有 10%的上市公司使用了股票期权计划,到 1997 年底,有 45%的上市公司采用。1989—1997 年,全美最大的 200 家上市公司股票期权的数量占其上市股票数量的比例从 6.9%上升

---

① 黄钟苏、高晓博:《经理激励与股票期权》,中华工商联合出版社,2001 年版,第 127 页。
② 陈文:《股权激励与公司治理法律实务》,法律出版社,2006 年版,第 41 ~ 42 页。

到 13.2%。1996 年,从对美国部分公司首席执行官的报酬统计中可以看到,英特尔公司首席执行官以期权为主的长期报酬占全年报酬总额的 97%;亨氏公司 96%;康柏电脑公司 85%;美国有线公司 99%。在 1997 年美国收入最高的首席执行官的收入中,长期服务补偿(其中主要是股票期权收入)占总收入的比重基本都在 96% 以上,比重最高的是卡特斯设计系统公司的首席执行官约瑟夫·科斯伯特为 99.1%,金额最高的为旅行者集团首席执行官的 2.23 亿美元。1998 年美国运通、美国电报电话公司、波音、雪佛莱、花旗集团、可口可乐、迪斯尼、通用电气、强生、莫克等 10 家大公司总裁的平均期权收益占平均报酬总额的 95%。据对全美 200 家最大公司的调查,通常首席执行官的报酬构成是:以股票为基础的酬劳以及长期激励占 52%,短期(年度)激励占 27%,工资占 21%。在美国 500 家大企业中,有 80% 的企业选择了"股票期权"方式。

《福布斯》杂志 2000 年 4 月载文《不拿现金的报酬》指出,美国首席执行官的报酬越来越多地被固定在股票期权和限制性赠送上,而工资和奖金却越来越少。因此,首席执行官们看起来更像股东。首席执行官的全部报酬的结构变动为:1965 年,工资占 64%,奖金占 16%,期权或长期激励报酬占20%;1999 年,工资占 12%,奖金占 18%,期权或长期激励报酬占 70%。[1]

据美国《财富》杂志公布的数据,20 世纪末,在美国排名前 1,000 位的公司中,有 90% 向其高级管理人员采取了期权报酬制度。2000 年 10 月 11 日美国劳工部劳工统计局公布了对 1999 年美国企业期权实施情况的调查结果,该调查涉及全美 50 个州和华盛顿特区的除农业和家庭生产之外的所有产业,共涉及企业 670 万个,员工 1.058 亿人,其中被调查企业中有 10% 是上市公司。调查结果表明,有 2.4% 的企业向雇员赠予了期权;有 1.7% 的雇员获得了股票期权。在上市公司中,有 22.1% 的企业向其雇员赠予了期权;有 5.3% 的雇员和 19.6% 的经理人员拥有股票期权。[2]

据美国人力资源顾问公司翰威特公司提供的资料表明,公司规模愈大,股票期权长期激励所占比重愈高。股票期权适用范围从以高层人员为主逐

---

[1] Forbes April 3, 2000:*Cash Not Taken Here.*
[2] 说明非上市公司也实施期权分配。

步推广到普通员工,从高新技术产业推广到传统产业;传统产业股票期权赠予以高中层为主,而 IT 高科技企业,如微软甚至对全员实行股票期权制度。2000 年,年收入 100 亿美元以上的公司经营层的长期激励占全部薪酬的比重,最高经营层为 65%,高级管理人员 43%,中层管理人员 27%,一般专业人员为 6%,而 1985 年最高经营层长期激励占全部薪酬的比重仅为 19%。2000 年,收入 10 亿美元以下公司最高经营层薪酬中长期激励部分比重也已达到 30% ~40%。1999 年美国最大的 100 家大公司的 79% 对经营层使用了股票期权奖励,其价值占全部奖励股票价值的 70%。1999 年美国 41% 的大公司至少向半数以上的员工提供了股票期权。

　　实施股票期权计划的结果是企业对管理者的激励动态化、长期化,并能够强化管理层的稳定性。为了使股票期权激励的效果更加突出,有些企业规定经营者必须以高于市场价格的价格购买一定数量的企业股票。股票期权的实行,使长期报酬在经营者全部收入中所占的比例迅速提高,直至成为一些经营者主要的收入方式。从美国企业实施期权激励和分配的实际情况看,积极实施期权计划的企业主要是那些发展前景良好而又有较大风险的企业,如高技术企业。在这些企业经营者的报酬中,以期权为主要形式的长期激励性报酬所占的比重一般都比较高。[1]

　　美国《商业周刊》曾称赞美国的企业家说,当传统的欧洲企业试图通过加快企业私有化步伐来提高盈利,负债累累的日本企业泥足深陷无法自拔,新兴市场在金融风暴的阴影下苦苦挣扎的时候,美国企业的总裁们却在提高现有企业效率的基础上,不断创新新型企业,正是由于这些优秀企业家们不懈的努力,美国的经济才由工业经济逐渐转变为以高科技为基础的服务型经济,而这些企业家们的努力则通过股票期权这种激励形式体现出来。我们可以看到,股票期权制度的实施实际上反映了公司的部分权益从原来的由股东所有向企业经理们转移,其最终的结果是将企业经理们置于与企业股东们相同的所有者的地位,这种股东地位的转换显然有助于吸引优秀人才并稳定经营管理层。[2]

①　徐振斌:《期权激励与公司长期绩效通论》,中国劳动社会保障出版社,2003 年版,第 155 ~ 159 页。
②　陈文:《股权激励与公司治理法律实务》,法律出版社,2006 年版,第 44 页。

三、美国有关股票期权的争论

当然,在美国对股票期权也有反对意见,综合起来有以下几个方面:

一是认为期权使经理人员的收入增长过快,与公司业绩的增长和获赠期权经理人员的贡献关系不大。近几年来美国经济持续走强,利率持续走低,通货膨胀压力几乎不存在,消费者信心高涨,但所有这些并非在企业经理的控制范围之内,或者说不是其单方面努力的结果,因此很难说企业效率的提高究竟是取决于经理个人,还是全体员工共同的努力。① 美国公司经理人员的实际报酬很少与公司绩效相关联,其增长远远超过了经济和工业产出的增长,超过了公司利润或股东收入的增长。② 有迹象表明,施行期权激励的企业,存在夸大企业利润的倾向。③ 20世纪80年代以来,股票期权制度一直是支配经理报酬超速增长的主要引擎。得到股票期权者并没有投入资本,因而不存在风险,如果股价上涨,他们固然能够得到大量收入,但如果公司经营绩效差,股价下跌,他们也没有受到什么损失,这是一个无本生意。经理们的业绩指标往往定得很低或者不明确,结果使得许多业绩平平甚至不佳的经理也从中受益,高级雇员的报酬相对于其业绩并不都是对等的。经理人员比一般投资者拥有更多的内部信息,能够充分利用自己的地位获悉未公开的财务状况、证券市场状况以及其他能够影响股市行情的信息,可以发起短期突击,哄抬股价,操纵股市并通过期权渔利。1985年,美国工业中一个一般的首席执行官的长期激励部分(主要是期权)的价值估计是5.8万美元,而到1991年,这一数字达到52.7万美元。1996年,美国标准普尔500家股票指数增长了23%,公司利润增长了11%,但与此同时,首席执行官的平均报酬却跃升了54%,达到578.13万美元。亨氏公司的安东尼·奥赖利1996年挣了6,420万美元,而其公司股票仅上涨了11%,落在了标准普尔所统计的公司和其他食品公司之后。《商业周刊》对美国365家最大公

---

① 这种因果关系推理很难让人信服。在这里,究竟谁是因谁是果,恐怕谁也说不清。只能说二者有联系,而这种联系必然是正面的。

② 这里有一个期权赠予数量的适当或不适当的问题,也是激励力度到底怎样确定的问题。解决这一问题的关键是期权如何定价。

③ 这种情况可能存在。解决办法是加强和完善配套措施,杜绝这种现象;但不是因噎废食式地取消期权,放弃期权内在的长期激励作用。

司中酬劳最高的两位首席执行官的报酬作了调查,发现微软公司的比尔·盖茨和雅芳公司的詹姆斯·普雷斯顿表现最佳,1994—1996 年,前者报酬总额 143.6 万美元而股东收益率达 310%,后者报酬总额 790.7 万美元而股东平均收益率达 141%;与此相对照,康塞科公司的斯蒂芬·希尔伯特则是表现最差的首席执行官,1994—1996 年间,其报酬总额 16,522.3 万美元,而股东收益率却仅为 133%。伦敦的一家研究机构经过对期权成本的计算得出了令人吃惊的结论:在 1998 年的会计年度中,美国企业的利润大约高估了 50%,慷慨奉送期权的高科技企业情况尤其严重。一项对 1871～1979 年间美国公司的一种主要股票指数标准普尔混合指数与红利之间的关系的实证研究表明,股票价格的波动太大,很难反映企业的真实业绩和盈利水平,说明公司绩效与股票价格可能没有太大联系。[1]

　　二是认为由于实行了股票期权制度,造成高级雇员与一般雇员的报酬差距过大,公司员工收入悬殊,并呈现出恶化趋势。1980 年美国企业领导人的平均报酬是普通雇员的 42 倍;1991 年达到 104 倍;1996 年上升到 209 倍;2000 年,美国大公司总经理的平均工资要高出普通员工 419 倍。据一家经理报酬咨询机构统计,1989 年当年支出的股票期权仅占企业全部流通在外股票的 1%,全部累计数也不过 6.9%。而 1998 年仅上半年,美国最大的 200家企业所支出的股票和股票期权就占同期流通在外总股份的 2%。加上前些年已兑付的股票和股票期权,截至 1998 年底,其总额占企业股份的 13.2%,约合 1.1 万亿美元。目前几乎每个大企业都将股票期权制作为提高管理效率的手段,而 10 年前只有一半企业这样做。尽管给予低层员工的股票期权也在增加,但是绝大多数还是流进了少数高级经理的腰包。"超级期权"的诞生更为高级经理的收入锦上添花,一般这种期权价值起码在 1,000万美元以上。1996 年在美国 200 家大企业经理中,有 34 人领取了"超级期权";1998 年,这一人数达到 92 人。其平均价值估计在 3,100 万美元左右。个人收入的悬殊差异直接打击了一般员工的工作积极性,加大了高层经理管理企业的难度。

　　三是认为股票期权是公司的机会成本,如果给予高级雇员巨额期权报

---

[1]　这种思路实质上是怎样正确看待和处理股票的波动与股票的稳定增长趋势之间的关系问题。

酬,就会大大减少公司收入,①应当推行 EVA 期权模式。② 1996 年由于给予高级雇员优先认股权,百事可乐收入减少 6,800 万美元,即减少 6% 的收入。同年,报酬最高的首席执行官绿树金融公司的劳伦斯·乎斯收入 1.024 亿美元,使公司当年盈利减少了 16%,为 3.087 亿美元。几乎所有的美国企业都实行传统的股票期权,即管理人员在一定时期后就可以兑现期权,而合理的股票期权应当是 EVA 模式。一位专门从事经理报酬研究的经济学家研究了1995—1998 年间标准普尔 500 家企业中所有实施两种不同期权报酬制的企业,结果发现,实施传统期权方案的企业中,86% 的总经理在此期间每人平均得到了 800 万美元的报酬。而在实施 EVA 式期权制度的企业中,只有32% 的总经理得到了这样丰厚的报酬。③

四是认为期权分配会造成股市泡沫现象。公司不考虑期权成本,使公司利润指标持续高速上升,股价随之节节上升,股票期权则进一步增加,于是进入一种人为的股价轮番持续上升的状况,致使股价出现泡沫。企业为兑付股票期权要从市场上回购股票,加速了股票价格的上涨。1991 年美国企业回购的股票价值总额仅为 200 亿美元,1998 年已达到了 2,200 亿美元。加之管理层甚至于蓄意安排信息使股价发生异常变动而牟利,这些都必然会对泡沫现象的出现进一步推波助澜。④

五是认为在股价低迷时,某些企业采用重新确定行权价格的办法,使期权失去了约束性和严肃性。这种做法给管理层安排了事实上的退路,降低了收入风险,削弱了激励效果。1998 年夏天,在美国股价大跌之际,许多企业随即降低了期权的行权价格,后来的股票市场价格的反弹让经理们狠赚了一笔。据一家证券公司对 17 家金融服务企业降低期权行权价格的统计,平均降幅达 1/3,在之后的股价反弹中,平均价格上涨了 3 倍。企业对管理

---

① 如果不考虑激励因素,并把收入看成是静态的,即不因激励作用而增大,这种说法就是对的。但是,恰恰相反,期权的存在及其生命力就在于它能产生激励作用,能使收入扩大,所以单纯地看企业损失了机会成本是片面的。在市场经济中,期权能对企业效益产生作用,但是决定企业盈亏的并不仅仅是期权。只要大多数企业因实施期权而使效益增加就是可取的。
② 即在企业增长超出行业平均水平时,才有权兑现股票期权的模式。
③ 这恰恰说明了用缩小激励范围的办法来降低激励成本的直接后果(机会成本)是减少了激励范围和由此而带来的应有效益的丧失。
④ 需要通过加强对期权运作的规范来规避这些问题。

层股票期权行权价格重新定价的做法,实际上使管理层可以轻松地转嫁股价下跌的收入风险,并大大降低了期权的激励力度。

此外,也有人认为股权激励增加了企业债权人的风险。很多企业采用借款回购股票,以满足实施股票期权的需要,使原企业债权人的风险随之增加。

不过,持反对意见的人也不得不承认现实,用他们的话说,给予高级雇员天文数字般的报酬,是无奈或者说必要的选择。目前,美国的高级雇员市场是一个卖方市场,主动权掌握在高级雇员手中。因此,公司必须用丰厚的报酬才能得到所需要的经理人员。如果公司给予其高级雇员的报酬低于同行的水平,那么就会流失人才。所以,期权分配仍将是对高层管理人员和技术人员进行长期激励的主要方式。这是市场竞争激烈,高素质人才稀缺,以及没有更好的长期激励方式情况下的必然结果。美国的翰威特公司和一些专业人士则指出:最近,虽然美国股市下跌引致对股票期权的诸多批评,但是,由于美国的经理人市场发育得还不够充分,市场竞争激烈,高素质的高层管理人员稀缺,又没有其他更好的长期激励方式,所以,股票期权仍将是对高层管理人员长期激励的主要方式。[①]

第三节　欧洲和亚洲国家的股权激励制度

一、欧洲和亚洲国家纷纷引入股权激励制度

与美国相比较而言,欧洲国家的公司治理水平发展相对较低,经理工资水平也较低,激励的成分比例也不高,但在当前企业对人才激励展开竞争的情况下,许多欧洲企业也纷纷开始引入股票期权制度。1980 年,英国政府推出了一项"储蓄和股票期权计划",允许员工以低于赠予日公司股票公平市场价值的行权价格购买公司股票,并提供一种税收优惠的储蓄工具。在1984 年,"管理层股票期权计划"获得税务署通过,从而进一步促进了股票期

---

①　徐振斌:《期权激励与公司长期绩效通论》,中国劳动社会保障出版社,2003 年版,第 160 ~ 164 页。

权计划的发展。股权激励很快在德国和法国也得到了快速的发展。

日本的公司文化有其独自特征,由于日本公司股权构成的不同和公司治理结构的不同,长期以来日本企业界坚持认为平等薪酬是稳定员工人心的基础。由于此种企业文化的原因,日本许多大公司总裁的年薪水平大约平均在 33.80 万美元左右,薪酬水平要远远落后于美国同行。在日本公司里公司经理与职员的收入水平差距并不太明显。从表面上看平等的原则在日本企业里似乎得到认同,但由于平等而产生的效果却是长期以来日本企业的低效率。自 1995 年以来,日本企业连续经历了长达 4 年的普遍亏损,1998 年盈利降幅高达 20%。这时的日本企业才开始发现,如果不对经理层施行期权激励将不会调动他们的积极性,企业的经济效益也不会得到提高。在美国的期权激励制度的影响下,丰田汽车株式会社在 1997 财政年度首次引进股票发放权,每年向 55 位经理人发放几千股的丰田股票,以后索尼公司、日本电气公司、世嘉公司等在内的 160 家上市公司相继学习美国同行,开始向其经理层实施股票期权。

股票期权激励这种方式很快在韩国也得到普及。韩国 LG 集团 1996 年在国际互联网上招聘经理人时,就把股票购买权作为一个重要的条件。我国香港地区也推行了股票期权计划,香港称之为认股期权计划(Stock Option Scheme,简称 SOS),参加认股权计划的主要有汇丰银行、香港电讯等一些大型上市公司。

二、英国的股票期权制度调整

在 20 世纪 70 年代,英国政府对股票期权并无兴趣,因而对股票期权计划并没有给予更多的法律保护,这与当时整个欧洲国家对股票期权所持的态度大体一致。英国的税法对于公司员工持股以及经理股票激励都没有予以保护,所以当时英国公司的经理或员工通过股票期权计划所获得的收益,无论是资本利得还是个人利润所得,都被视为个人所得按个人所得纳税。并且无论在行权日是否出售都要按行权价与股票价之差进行纳税,由此可见当时的英国的税法确实阻碍了股票期权制度的正常发展。

由于受美国的影响,80 年代初英国开始重视公司治理中的股票期权激励的作用,英国政府于 1980 年制定并实施了"储蓄及股票计划"。英国的公司员工可以依据该计划以低于股票公平市场价值20%的水平确定行权价。公司经理获准可以开立特殊储蓄账户以配合公司的股票期权计划的执行。进入该特殊储蓄账户的用于购买股票期权的资金所产生的利息无须向国家交纳利息税,该账户资金专门用于经理股票期权行权使用。如果在行权期间经理未出售股票便可以不纳税,在股票出售之时经理只需缴纳售出价与行权价之间的差额所产生的资本利得税。英国这种"储蓄及股票计划"不但对公司经理人员的股票期权计划适用,并且对大多数公司员工持股的股票期权计划也适用。英国税务署在1984年又通过了"经营管理层股票期权计划"。公司管理层根据该计划而实施的股票期权的收入可以记为资本利得。资本利得税率与个人所得税率差别较大。在1984年,英国的资本利得税率最高为30%,个人所得税率最高为60%,所以税法上的优惠迅速使公司经理层的股票期权计划蓬勃发展起来。

1988年英国政府在税收法律方面进行了较大幅度的调整,个人所得税率和资本利得税率之间较大的差距被大大地缩小。并且股票期权激励制度在许多公司的广大员工中间推广起来。税法不断调整是英国政府在实施股票期权制度时的一个特点。在1996年英国政府对税收优惠进行了限制,其具体表现为调整了税法,3万英镑为税收优惠的最高限额。对于公司的一般职员来说3万英镑限额的税收优惠限制并不受影响,但对大公司的高层经理人员来讲影响就较为显著。和税法调整之前相比较,现在3万英镑以上的金额就不再享有以前的税收优惠了。英国政府在1999年又制定了两个新的股票期权计划。其中一个是创业企业管理层股票期权激励计划,另一个是公司员工股票期权激励计划。股权激励计划按规定只适用于管理层中的15人之内,期权获得者在售出股票时才确认资本利得并缴纳资本利得税。公司员工股票期权计划的重点在于培养他们的企业文化,目的是让员工具有主人翁意识。对于员工授予股票期权的价值规定了上限,一般限定在3,000英镑之内。并且在实施该计划时要求不能带有歧视,要求平等对待。但个人的工作业绩和具体的授予数量也要有密切的关系。

纵观英国的股票期权的发展历程和税法调整过程我们可以看出,英国的期权制度是在不断调整之中,由原来不重视期权,到对上层经理人员给予较高的税收优惠,再到最近降低给予高层经理人员的过高的税收优惠和给予公司普通员工更为广泛的股票期权优惠。可以看出,英国政府利用税法的杠杆有力地调整着股票期权制度的发展方向和激励的尺度。[①]

三、日本的股票期权制度调整

股票期权制度在 20 世纪 90 年代开始在亚洲国家得以发展,尤其在日本最近的 10 年有比较令人注目的情况。日本公司的股权结构与美国公司的股权结构相比有许多不同。美国关于股票期权的理论和实践及公司治理不断地影响着日本。在日本的公司里,并不是像美国的公司里股东那样多元化而是主要由法人构成,即股东主要由金融机构和实业法人构成。而且法人持股的比例呈逐年上升趋势,1960 年为 40.9%,1984 年为 64.4%,1998 年则上升至 72%。法人持股主要是企业法人相互持股。金融机构在公司里举足轻重的地位是日本公司治理结构里的一个重要特征。日本的公司投资以间接融资为主,如果公司想扩大生产规模便主要向股东银行申请融资,除此之外银行或金融机构持上市公司股票的情况也较为常见,银行并没有兴趣去持那些与自己没有借贷关系的股份公司的股票。

日本的公司治理模式为共同治理模式,主要指股权与债权共同治理。日本公司的资产负债率高,一般高达 60% 以上,主要债权人银行不仅是公司贷款的主要提供者,而且也是公司的主要股东,银行兼债权人和股东为一身。日本的公司由于其股权构成集中的特点,长期以来并不重视对其公司经理人员的期权激励。但由于公司长期的低效率和连续几年的亏损,使众多日本大公司开始注意到股票期权的激励作用。为激励创业企业的发展,面对激烈竞争的国内及国际市场,日本企业界在 20 世纪 90 年代初开始研究如何学习并引入股票期权制度。1995 年 9 月,日本索尼公司通过采用公司可转换债权模拟股票期权这种方式规避了法律限制,从而成为日本首家引入股票期权制度的公司。随后日本软件银行采用公司大股东转让股权的方式引入股票期权制度。1995 年 11 月日本通过《特定新事业法》,1997 年 5

---

① 陈清泰、吴敬琏主编:《美国企业的股票期权的计划》,中国财政经济出版社,2001 年版,第 373 页。

月修改公司法,日本特定新事业企业和一般上市公司有了引入股票期权制度的法律依据。修改后的公司法生效后仅1个月,日本已有35家公司引入股票期权制度,其中7家是营业额超过1,000亿日元的大公司。在引入股票期权制度的同时,日本各界强调要从完善独立监事和股东代表诉讼制度强化公司自律等方面,进一步完善公司治理,防止内幕交易。[①] 日本政府也相应调整其商业法典和税法及证券法,开始从法律上对股票期权制度予以规制与保护。日立公司于2000年4月28日宣布,公司董事会已决定向公司董事和部分员工授予股票期权。这一股票期权计划是以激励董事和员工最大化公司价值为宗旨的,并根据日本商业法典280～319条款设计的。[②] 日本公司在20世纪末和21世纪初,已有近200家公司相继实施股票期权。在税法方面规定,员工在行权日确认收入,就溢价部分纳税,如果员工是永久性本国公民,则在售出股票日承担纳税义务。日本证券法规定公司有信息披露的义务和注册的义务,而履行这些义务则取决于期权持有人持有期权的数量和涉及股票的价值。如果受权人超过50名,价值超过1亿美元,则公司必须完全地、严格地履行其披露和登记义务。在外汇管制方面规定,如果期权持有人行权时,一笔外汇交易超过1亿日元,则员工需向大藏省提交相关报告。

第四节　中国香港股权激励制度的实施情况

从香港股票市场的情形来看,虽然香港早就引入了股票期权,但就香港上市公司实施认股期权的背景来说:一方面,香港大约九成上市公司是由家族持有四分之一或以上的股权,且家族式企业所有者即为经营者的情形亦较普遍,企业对认股期权的需求并不大;另一方面,最需要股权奖励的高科技上市公司在香港数量并不多,因而股票期权主要是在几家大型上市公司如汇丰银行、香港电讯等实行,推广的面不是很宽。

---

① 陈清泰、吴敬琏主编:《股票期权激励制度法规政策研究报告》,中国财政经济出版社,2001年版,第12页。

② 刘园、李志群:《股票期权制度分析》,对外经济贸易大学出版社,2002年版,第197页。

我国香港地区的股票期权计划,被称为认股期权计划(Stock Option Scheme,简称SOS),主要涉及的内容如下:

一、股票期权的赠予

香港地区规定,董事会决定向雇员赠予期权时须以信函形式通知获赠人,获赠人自赠予之日起有28天的时间以确定是否接受赠予,如果是在有效期失效或方案终止之后接受,则不予受理。期权是否被获赠人接纳以获赠人在通知单上签字为证。获赠人可在期权允许的限额内自行决定行使数量,获赠人有权决定是长期拥有还是在市场上抛售以期权所认购的股票。

上市规则规定每名参与人在任何12个月内获授予或将获授予的认股权不得超过已发行证券的1%。向关联人士或其联系人授予股权之前,必须获得独立非执行董事批准。如向主要股东或独立非执行董事或其联系人授予认股权,会导致该等人士在任何12个月内获授予的认股权超过已发行证券的0.1%,或合计价值超过500万港元,则须经股东以投票表决方式批准,所有关联人士必须放弃投票权,除非这些该关联人士会投票反对有关决议,并已在通函中表明此意向。

二、股票期权的赠予时机和数量

香港上市规则列明,授出股权可认购的股份数目不得超过该公司已发行股份的10%;个人参与期权计划,最多不能超过该计划所涉及的证券总数的25%,否则不可再向该人士授出股票期权;可随时在获得股东批准和发出通函后更新计划授权限额,但在任何时侯均不得超过已发行证券的30%。期权为获赠人所私有,不得转让,除非通过遗嘱转让给继承人,获赠人不得以任何形式出售、交换、记账、抵押、偿还债务或以利息支付给与期权有关或无关的第三方。

三、股票期权行权价的确定

香港有关法律条款中规定,认股价由董事会决定,但价格不能低于股票期权授予日的收市价、授出日前5个交易日的平均收市价的80%或股份的面值(三者中以较高者为准)。至于采用何种方式,则由公司自己决定。

四、股票期权的行使

香港地区规定,期权可在方案给定的期间内由获赠人部分或全部行使,行使前需以书面形式通知公司表示期权行使及行使的股份数量,通知单必须附有按行使价计的相应股份认购汇款单。公司在接到附有审计员确认书的通知单及汇款单 28 日内,将把相应的股份全部划拨到获赠人(或其个人合法私人代表)的账户上。

五、权利变更及丧失

香港地区规定,如果被赠予人在全面行使期权前,因身故、疾病或根据雇佣合约退休以外的任何原因,如严重失职、因破产或失去偿债能力而被判定任何刑事责任终止雇佣关系时,其拥有的未行使的期权将于终止日作废,且在任何情况下均不得行使。一旦公司被并购,公司将使用一切合理努力促使该收购建议以相同的条款提呈所有获赠人,如该收购建议成为或宣布无条件,获赠人可在收购建议或任何收购建议截止前全面行使其期权(以尚未行使者为限)或行使获赠人给予公司通知上所指定的期权。在上述情况规定下,期权(以尚未行使者为限)于该收购建议(或视情况而定,经修订的收购建议)截止时自动作废。香港规定,在所有适用法津条文规定下,期权获赠人可以在公司自动清盘有效决议案通过之日前的任何时间以书面形式通知公司行使其全部或按该通知指定限额(以尚未行使的为上限)的期权,获赠人因此与该决议案日期前一日已发股份持有人享有同等权益,清盘时有权分享公司资产。

六、香港期权的税收和社会保障金的提取

香港地区规定,在行权日,员工须就溢价部分纳税;在售出日,员工无纳税义务。在当地分支机构与其母公司签有书面的薪酬费用偿付协议的情况下,当地公司可进行税收抵减。对于期权收入不提取社会保障金。

七、防止操控认股权的规定

为防止操控认股权,香港上市规则规定:授出认股权的价格是授出日的

收市价、授出日前 5 个交易日的平均收市价及股票面值三个价格中的最高者,这也可防止高管不劳而获;公布中期业绩及全年业绩前 1 个月内不得授出认购权,以免高管在得知有好业绩前授出认股权获利;认股权的有效期限最长为 10 年期,但员工离职后 1 个月内须行使,因为持股权计划的目的在于激励高管,高管离职后,业绩的好坏对其而言已是无责无权了。例如,一个持股权计划授给某行政总裁是 3 年至 10 年内行使的,但由于某些原因,行政总裁于授出认股权后 2 年内已离职,这位行政总裁就无法从认股权拿到什么好处;同时,这一条款亦可防止高管收到认股权后,很快就离职,或行使认股权后离职。

第五章
海外股权激励计划实施的要素和管理

第一节　股权激励计划实施的主要要素

股票期权计划是一种长期激励机制,在实施期权计划的企业中,依股票期权所获的收入占经理全部收入的比例最大,制度安排也最复杂,因而是收入方案设计的重点和难点。股票期权计划主要涉及期权的授予、授权、行权和期权股票的处置等四个环节。通过对这四个环节的精细设计,使股票期权计划不仅可以发挥激励作用,还可以起到节约现金、替代支付、合理避税、塑造所有权文化等作用。

一、授予

授予是股票期权计划实施的第一个环节。授予行为发生的日期被称为授予日。在授予日,公司将明确公布以下几点:①股票期权计划的宗旨;②股票期权计划的激励范围,即哪些员工将有资格成为计划的受益人;③激励额度,即计划赋予每位员工多少股票期权。各个公司通过对股票期权计划细节的不同规定,可以达到其各自的宗旨和目标。

(一)计划宗旨

股票期权计划的实施可以达到处于不同行业的不同公司的不同宗旨:既可能作为吸引、挽留人才的薪酬战略,也可能作为节约现金支出的一种方法;既可能用于塑造公司所有权文化,也可能用于改善与供应商的长期关系。公司应当根据宗旨和目标的不同,选择适当的股票期权激励形式。

1. 激励型股票期权计划

在股票期权制度非常发达的美国,税法、证券法、会计制度等法律法规对股票期权进行了一些界定。其中,符合税法相关规定的期权计划被称为法定股票期权,法定股票期权又可以分为激励型股票期权(Incentive Stock Option)和员工股票购买计划(Employee Stock Purchasing Plan)。这些股票期权计划由于受到法律的限制,在设计和实施的灵活性上略显不足,但是能获得纳税上的优惠,为员工等受益人提供真正的税收好处。

属于法定股票期权的激励型股票期权计划,随着《1981 年经济复兴税收法案》的颁布而产生,随着《1986 年国内税收法典》的修订而日臻完善。其中,《1986 年国内税收法典》的第 421 条、第 422 条和第 424 条分别对法定股票期权和激励型股票期权应当满足的条件进行了规定,规定的约束条件可以概括如下:

(1)形式约束

激励型股票期权计划必须采取书面形式,明确规定本计划的激励范围、激励额度以及其他条款,同时必须冠名为某某激励型股票期权计划或者某某法定股票期权计划。

(2)效力约束

激励型股票期权计划必须在经公司董事会认可并采纳之前的 12 个月或者之后的 12 个月内,获得股东大会的批准通过。

(3)激励范围约束

激励型股票期权计划的激励范围(即受益人)必须局限在当前的公司员工范围内,既不能赋予非公司员工的独立董事、顾问以及供应商等,也不能赋予退休或离职的前员工。

(4)行权价格约束

激励型股票期权计划的行权价格,必须等于或者高于授予日公司股票的公允价值,如果公司是公开上市的话,则行权价格不得低于行权日公司股票的市场价格,但是,如果受益人拥有本公司(或母公司或子公司)10% 以上的股权,那么行权价格至少应该高于授予日公司股票公允价值的 10%。

(5)激励期限约束

激励型股票期权计划的授予期不得超过 10 年,从董事会采纳此计划之日起计算。同时,其行权期也不得超过 10 年,从授予之日起计算。但是,如果受益人拥有公司(或母公司或子公司)10% 以上的股权,那么行权期不得超过 5 年。

（6）3 个月期限约束

激励型股票期权计划规定,作为受益人的员工必须在终止与公司之间雇佣关系后的 3 个月之内行权,逾期无效,当然此 3 个月期限约束允许两种例外情形:一是如果员工是由于残疾才被迫终止了与公司之间的雇佣关系,那么员工可在自离职之日起 1 年时间内行权,行权有效;另一种情形是如果员工是由于死亡才自动离职,那么此计划的受益人不需受此 3 个月期限约束,也没有其他额外的期限约束。

（7）转让约束

激励型股票期权计划所赋予的期权不得转让,只能由受益人本人行权;但是,受益人可以通过遗嘱或者法定继承来实现转让。

（8）行权方式约束

激励型股票期权计划默示的行权方式是现金行权,如果公司允许员工采取其他的行权方式,或者将为员工提供行权融资服务,那么必须在期权计划中明确说明员工可使用的行权方式。

（9）法定持有期要求

激励型股票期权计划的受益人必须在满足法定持有期要求的情况下,才能够享受到法定期权计划的税收优惠。法定持有期要求员工在行权日后 1 年内和授予日后 2 年内持有从期权计划所获得的公司股票,不得售出。而员工所能获得的税收优惠主要体现在递延纳税和优惠税率上。

激励型股票期权计划在设计实施中尽管会受到多重约束,但仍然是具有一定灵活性的,它可以增设其他不与法定约束相矛盾的条款,例如授予公司股票优先回购权,允许员工采取股票互换的方式行权,附加复载条款、常青条款等等。

当然,激励型股票期权计划最大的好处还是在于税收处理上的优惠,而这种税收上的好处主要是针对员工的,也就是期权计划的受益人。在公司实施激励型股票期权计划后,作为受益人的员工不需在授予日获得股票期权之时纳税,不需在授权日获得期权的行权资格之时纳税,也不需在行权日以行权价格购入股票之时纳税,可见此法定期权计划的递延纳税的好处非常突出。当然,递延纳税并不代表可以免于纳税,员工的纳税义务还是要履行的。员工在满足了1年和2年的法定持有期要求后,在处置股票之时发生纳税义务,但是员工可以按资本利得税率这一优惠税率纳税,而不用以一般收入所得税率纳税,而且应纳税所得额是以股票售出收入与行权价格之间的差额来计算的。但是,如果员工没有满足法定持有期的要求,在授权日1年内或者授予日2年内售出或转让了股票,那么这种交易行为将被视为不当处置,又称为失资者处置。"不当处置"的不当之处,就在于员工将因此而丧失激励型股票期权计划的税收优惠,也就是在执行期权之时就实现当期收入,而应纳税所得额为行权日股票价格与行权价格之间的溢价,并按照一般收入所得纳税,另外,在行权日之后的股票升值将被视作资本利得,并依资本利得税率缴纳税款。

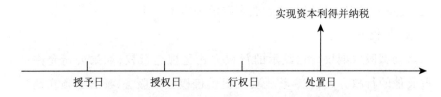

资料来源:《股票期权制度分析》,刘园、李志群,对外经济贸易大学出版社,2002年版。

图5.1 激励型股票期权计划在满足法定持有期时的员工纳税流程图

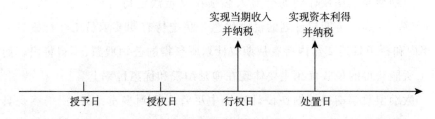

资料来源:《股票期权制度分析》,刘园、李志群,对外经济贸易大学出版社2002年版。

图5.2 非法定股票期权计划和不当处置的激励型股票期权计划的员工纳税流程图

受益人限定在公司当前员工的范围内,因此激励型股票期权计划是一种单纯的激励机制。激励型股票期权计划不能作为支付给独立董事和外部顾问的薪金,也不能作为针对长期的或特殊的供应商和分销商的支付手段,而只能用于挽留和激励现有员工,使其从公司的发展和股价的攀升中受益。

行权价格大于或等于授予日当天的股价,因此员工只有通过努力为公司创造价值,进而提高公司股价,才能从此期权计划中获得金钱收益。从金融原理出发展开分析,一份期权的价值可以分解为内在价值和时间价值。

期权价值(C) = 内在价值(IV) + 时间价值(TV)

内在价值(IV) = 期权股票的当前价格(Sn) − 期权的行权价格(E)

可见,激励型股票期权计划赋予员工的股票期权的内在价值为零,而股票期权本身的价值完全取决于时间价值的大小,也就是说取决于公司价值在未来的增值潜力,即股价的增值大小。这样的薪酬安排就将员工的收益与公司的股价线性地联系起来,从而激励员工为自身的收益而努力工作。否则,公司股价走弱,员工所获得的股票期权也将成为一纸空文,没有任何价值。

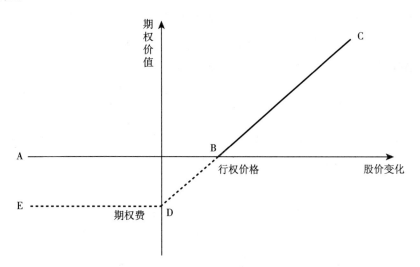

资料来源:《股票期权制度分析》,刘园、李志群,对外经济贸易大学出版社,2002 年版。

图5.3　期权价值图

如果员工在没有承担任何潜在薪金损失的情况下,就获得了股票期权,那么其价值如图5.3折线 ABC 所示;如果员工承担了潜在薪金损失,例如没有按常规要求增加薪水或者出让了其他形式的福利,那么期权的价值如折线 EDBC 所示。

法定持有期的要求,强化了激励型股票期权制度的长期激励性质。只有满足了 1 年和 2 年两个持有期要求后,员工才能享有税收优惠。因此,激励型股票期权计划的实施在客观上降低了员工流动,可以用于稳定人员配置,建立企业所有权文化,以助于实现公司发展的长期战略。

特有的税收优惠,使得激励型股票期权计划尤其适于经理层管理人员。满足了法定要求,受益人就可以避免在行权日实现收入缴纳税款,同时将一般收入转化为资本利得,在处置日(多数是在股票售出时)就溢价部分缴纳资本利得税。对于某一受益人,如果其所面临的边际所得税税率与资本利得税率有较大差别,那么激励型股票期权计划就会带给他很明显的税收好处,因而这一薪酬模式也就变得非常有吸引力了。但是,根据美国现行税法规定中收入所得税率阶梯递增法则,普通员工的收入所得税率与资本利得税率之间差别并不大,这也就是说激励型股票期权计划带给普通员工的好处并不明显,而这一计划的管理成本又不低,因此一般而言,公司在以普通员工为受益者时,往往不会采用激励型股票期权计划这一模式。与此相反,高层管理人员所面临的所得税税率要高得多,所得税与资本利得税之间的税率差异也很大,因而此法定股票期权计划带给他们的税收好处是显而易见的。可以说激励型股票期权计划是构造经理人员薪酬制度的一个重要组成部分。

激励型股票期权计划管理上的复杂性,也要求其受益人的数量应限制在一个小的范围内。此计划不仅要满足众多法律规定的要求,在设计上缺乏灵活性,而且还要提交大量的报告文件、管理琐碎的交易记录、协调公司内部各相关部门、给予员工及时的行权通知、帮助员工清晰地认识此计划赋予的潜在收益等,可见计划的管理任务是比较繁重的,因此,激励型股票期权计划不适于以广大普通员工为受益人,而仅适于以少数高层管理人员或者技术人员等为受益人。

因此,激励型股票期权计划适于少数高收入的管理人员或者技术人员,尤以初创公司的实践最为成功。其成功的原因可以归纳为以下几点:初创公司有巨大的发展潜力和升值潜力,其股票期权价值连城;在公司发展中,现金和人才都是紧缺资源,而股票期权可以在一定程度上缓解两者之间的矛盾,即采用股票期权这一非现金形式的薪酬制度来吸引人才,同时将现金投入最能使公司价值增加的领域。根据美国薪酬委员会研究,处在不同成长期的企业其薪酬制度会呈现出不同的特点,如图5.4所示。

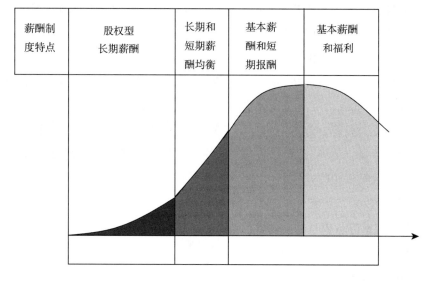

薪酬制 度特点	股权型 长期薪酬	长期和 短期薪 酬均衡	基本薪 酬和短 期报酬	基本薪酬 和福利

资料来源:美国薪酬协会(ACA),转引自野村综研《财界观察》1997,No.8 第 45 页。

图 5.4　企业薪酬制度的变迁

2. 员工股票购买计划

与激励型股票期权计划同属于法定股票期权的是员工股票购买计划,又简称为 423 计划,这一名称源于美国《国内税收法典》,其中的第 423 条对此进行了清楚的界定。在一项员工股票购买计划下,员工可以按照股票现价的某个折扣价格购买一定数量的公司股票,而股票购买的对价可以是现金、本票或者工资抵扣。第 423 条所列的具体约束如下:

(1)效力约束

423 计划必须在经公司董事会认可并采纳之前的 12 个月或者之后的 12 个月内,获得股东大会的批准通过。

(2)激励范围约束

423 计划的受益人仅仅局限于本公司(或母公司或子公司)的员工。此要求同激励型股票期权计划相一致,但是与之不同的是,423 计划必须是面向全体员工的。

(3)无歧视性约束

423 计划必须以全体员工为受益人,而且每位员工享有的权利应该平等。当然,平等并不代表着绝对的相等。就员工可以购买的股票数量而言,计划本身可以对此作出细致入微的规定,或者简单地规定其与个人总薪酬呈线性关系,只要计划的设计规则不违背公平性,就是被法律所允许的。

(4)最高额度约束

在授予日拥有本公司(或母公司或子公司)投票权或者收益权在5%以上的员工,不能成为423计划的受益人。而且,在每个公历年度里,员工从此计划所获得的股票价值不得超过2.5万美元,其中股票价值以授予日公司股价为衡量标准。另外,公司还可以对某一423计划所授予的股票的最高数量或者最高数额作出特殊限制。

(5)行权价格约束

423计划的行权价格应当高于授予日或者行权日公司股价的85%,也就是说折价的幅度不能大于15%。

(6)激励期限约束

如果423计划的行权价格仅由行权日当天公司的股价来确定,则此计划的有效期在5年期内;如果行权价格的确定依据可以在行权日和授予日中进行选择,以较低的为准,则计划的有效期不得超过27个月。

(7)转让约束

423计划所赋予的期权也不能转让,只能由受益人本人行权;但是,受益人可以通过遗嘱或者法定继承来实现转让。

从以上分析中,我们可以看到,同激励型股票期权一致,423计划也能够使受益人享受到递延纳税、优惠税率等税收好处。一般而言,如果满足了法定持有期要求,员工在授予日和行权日也不需确认应纳税所得,但在售出日(或处置日)需确认一般收入所得,应纳税收入以 min(授予日股价 – 行权价格,售出日股价 – 行权价格)为准,而实际收入与应税收入之间的差额记为长期资本利得并缴纳相关税款。

除了税收优惠以外,由于行权价格的折价性质,423计划使得在行权后立即售出股票、而不是持有等待升值的员工也能够获得相当可观的资本收益。423计划允许员工以授予日或者行权日股价85%的价格购入公司股票,这实际上暗含着一个非常大的潜在收益。举例说明,假设授予日公司股价是1美元,公司运营良好,无论在规模扩张上还是在效率提高上都取得了很大的成功,3年后的行权日公司股价已经攀升到了3美元,这实际上代表着

44%的复利回报：

$$1 \times (1 + \gamma)^3 = 3, \gamma = 44\%$$

而享受到 423 计划的员工可以在行权日按照 $1 \times 85\% = 85$ 美分的价格买入公司股票,同时以 3 美元的价格卖出,则真正的折价为 71.67%,而收益为 253%：

$$(3 - 0.85)/3 = 71.67\%$$
$$(3 - 0.85)/0.85 = 253\%$$

经过以上分析,同样可以对 423 计划作出如下的判断：

受益人为全体员工以及无歧视性原则,使 423 计划可以用于建立企业所有权文化。423 计划对激励范围的严格约束以及最高额度约束,使得此计划不能用于高层管理人员激励,而只能用于广基股权激励。全体员工在公平的原则下都可以获得公司股份,进而分享公司成功的收益。

423 计划管理复杂,一般不被私人控股公司采用,但在大公司应用广泛。属于法定股票期权的 423 计划,也同样涉及繁杂的法律规定,其管理工作也相当繁杂,因而私人控股公司一般不采用此计划。但是,大公司运用此计划却相当普遍,据统计,423 计划在大公司薪酬支出中的平均比例高于 10%。这主要是基于两个原因：一是此计划的广基性,即面向所有员工,二是此计划的程序性。所谓程序性,是指公司公布其 423 计划,由员工自行决定是否参加,如果员工选择参加,公司可在计划开始时按一定比例抵扣员工工资,并存入专设账户,在行权日此账户将自动以行权价格按规定数量购入公司股票,从而完成行权,使员工成为真正的所有者。

3. 非法定股票期权

与以上介绍的激励型股票期权计划和员工股票购买计划不同,非法定股票期权在法律上没有那么严格的界定,其设计的灵活性非常大,可以发挥多种功能,当然也不再具有法定股票期权的税收优惠。

(1)激励范围没有限制

从理论上来说,非法定股票期权可以授予任何人,可以是公司内部的普通员工,也可以是高层管理人员或者关键的技术人员,可以是公司外部的独立董事和顾问,也可以是长期供应商和分销商,可以是全职人员,也可以是兼职人员,可以是员工的配偶子女,也可以是其他关联或者即将发生关系的人员。

虽然在理论上股票期权的激励范围不受任何约束,但在实践中并非如此。股票期权的基础资产是股票,而股票在公司的所有资本中是成本最高的一种,那么基于公司价值最大化的目标,公司的平均加权资本成本也应该相应地达到最低,这就要求股票期权计划的实施规模要受到一定的约束。另外,股票期权计划的实施对于现有股东而言,也存在股权稀释的问题,因此会受到现有股东一定的约束,从而限制了此类薪酬方式的无限膨胀。究竟选择哪些人员作为股票期权计划的受益人,公司应当综合考虑包括财务成本、管理成本等在内的各种成本(显性的和隐性的),同时确定实施股票期权的主要目标究竟是为了能对未来起激励作用,还是作为对过去业绩的奖励,还是以在外包情况下将供应商和分包商紧密团结在公司共同的利益下充当结算途径。

(2)行权价格没有限制

非法定股票期权计划的行权价格,不像激励型期权计划那样受到授予日公司股价的限制,也不像423计划那样受到行权日和授予日价格85%的限制,它不受任何税法的约束,可以低于、等于或高于授予日公司股票的市场价值。

如果行权价格等于或者高于授予日公司股价,则公司不会确认相关的薪酬费用支出;但是,如果行权价格低于授予日股价,则此期权的内在价值等于两者之差,即折价部分,对于这一部分公司可以确认为资本化薪酬费用支出,在期权计划的有效期内进行逐年摊销。

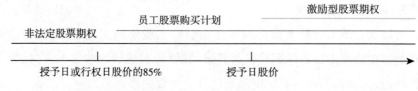

资料来源:《股票期权制度分析》,刘园、李志群,对外经济贸易大学出版社,2002年版。

图5.5　不同股票期权模式的行权价格区域比较

(3)行权方式多种多样

非法定股票期权可以使用多种行权方式,如现金行权、当日出售、股票互换、贷款行权等,因而员工拥有更多选择权。其中,采用当日出售的行权方式,员工可用出售期权股票所获得的资本收益来支付各种佣金、税费和行权价格,而剩余部分则为员工的净收益。

(4)不再享有延期纳税和优惠税率等税收好处

非法定股票期权的受益人在行权日执行期权,以行权价格获得公司股票时确认收入,其中,应纳税收入等于行权价格与行权日股价之间的溢价部分,而面临的税率就是所得税的边际税率。另外,在受益人售出期权股票时,也应就售价超出行权日股价的部分确认资本利得,缴纳资本利得税。

可见,非法定股票期权计划在设计上拥有很大的灵活性,各个公司可以通过精巧的设计,以较小的成本达到不同的目的。但是,正是这种灵活性,使我们很难对其进行穷尽的描述。同时,由于没有税法严格的约束,此类期权管理起来比较简便,不必像法定期权计划那样,跟踪记录大量的交易行为,以便及时使员工获得递延纳税和优惠税率的好处,或者使公司获得薪酬费用列支的好处。设计的灵活和管理的简便,为公司应用非法定的股票期权计划留下了广阔的创造空间。

表 5.1 法定和非法定股票期权计划的比较

比较项目	法定股票期权计划		非法定期权计划
	激励型股票期权计划	员工股票购买计划	非附条件型股票期权计划
法律界定	国内税收法典第 422 条	国内税收法典第 423 条	无限制
行权价格	不低于授予日公司股价	折价不能大于 15%	无限制
受益人资格	仅限于公司当前员工	所有员工(普惠制)	无限制
限制条件	首次可行权的 10 万美元限额	每年不能超过 2.5 万美元	无限制
最长有效期	10 年	5 年或 27 个月	无限制
公司税收抵减	法定持有:无 不当处置:溢价部分	员工确认一般收入 所得部分	员工确认一般收入 所得部分
公司预扣税	无	无	行权日

资料来源:《股票期权制度分析》,刘圆、李志群,对外经济贸易大学出版社,2002 年版。

4. 虚拟股票和股票增值权

以上介绍了三种股票期权模式,事实上在实践过程中,各个公司所拥有的具体资源不尽相同,所处的政策环境和市场环境也是大相径庭的,所以围绕着标准的期权计划,又衍生出众多有形无质或者有质无形的长期薪酬模式。其中,虚拟股票和股票增值权就是特点鲜明的两种衍生物。

虚拟股票是一种有质无形的金融衍生物,虽然名为股票,但实际并不涉及真正的股票,而只是具有股票的影子,仅仅赋予股票的收益权,而不赋予普通股股东的其他权利。事实上,虚拟股票是公司对受益人的一种未来支付承诺,而支付的数额将取决于公司股票的走势,由两个部分组成,一部分是股利派发,另一部分是资本利得。虚拟股票计划的受益人在收益方面完全等同于公司股东,其对于员工的激励作用,从金钱收益的角度来说与普通的股票期权计划是一致的。

表 5.2 法定和非法定股票期权计划的比较

比较项目	股票期权	虚拟股票
受益人身份	行权后成为股东	实质上相当于债权人
受益人权利	行权后将拥有股东的收益权、投票权、资产清算权等	仅仅拥有与股东等值的收益权
股权稀释	若所有股票为新发行股票则有稀释作用;若来源于回购,则无稀释作用	无
融资	支付行权价格	无
价值	与公司整体业绩,即与股价相挂钩	可以与公司整体或部分挂钩,更具绩效补偿的性质
税收处理	复杂	简单。在实际给付时,缴纳收入所得税,公司可将此作为费用支出抵减纳税
受益人风险	投入行权价格,因而股价跌破行权价格,受益人将导致损失	无投入,无风险,更接近于纯粹的薪金给付

资料来源:《股票期权制度分析》,刘园、李志群,对外经济贸易大学出版社,2002 年版。

从表 5.2 的比较中可以看出,虚拟股票计划具有以下几个主要的优势:

(1)不会造成股权稀释,此种长期薪酬激励模式易于受到现有股东的支持。虚拟股票计划将员工收益与股价相挂钩,起到了统一公司与员工利益的作用,同时这种关联仅限于股票收益权,而并不涉及真正的股票转让,因此不会改变公司的股权结构,对现有股东的控制权没有影响。

(2)不涉及股票来源问题。虚拟股票不需新发行股票,不需预留股票,也不需从公开市场上回购股票,因此既不用占用公司的现金,也有效地解决了像我国这样股票期权制度缺乏股票来源的问题。在我国,实收资本制以及对股票回购的限制,严重阻碍了股票期权制度的发展,进而影响了公司有效的激励机制的建立。在现有的政策背景和法律环境下,此计划对实现员工与公司利益的一致性,具有很强的现实意义。

(3)灵活性和目标性更强。一般的股票期权计划带给员工的收益完全取决于股价的走势,而虚拟股票计划则不然,它的设计具有很大的灵活性,可以针对某一部门的业绩进行薪酬给付,针对某一项目的运行进行分红,针对某一产品线的竞争力进行薪金分配,也可以根据整个公司的某一个或某几个财务指标,或者仅仅根据股价来进行薪金的派送。因此,公司可以根据其激励的范围,设计出个性化的虚拟股票计划,更好地发挥激励作用。

但是,由于虚拟股票几乎不需员工支付行权价格这样的对价,因此其对员工的约束力就没有股票期权那样大。

另外,由于虚拟股票具有现金给付的性质,因而公司可以将其与股票期权计划搭配使用,使得员工可以使用虚拟股票的收益来支付执行股票期权的行权价格和相应的预扣税款。

股票增值权和虚拟股票计划非常接近。两者的唯一差别仅在于股票增值权的受益人不拥有股利所得,只拥有资本利得收益权。

表 5.3 各种薪酬模式的收益比较

薪酬模式	行权后受益人拥有的股票权益
股票增值权	股票的资本增值
虚拟股票	股票的资本增值 + 股利所得 + 股票期权股票的资本增值
股票期权	股票的资本增值 + 股利所得 + 投票权等其他股东权益

资料来源:《股票期权制度分析》,刘园、李志群,对外经济贸易大学出版社,2002 年版。

5. 员工持股计划

员工持股计划(ESOP),同 423 计划一样,是面向广大员工的长期激励计划,它并不属于严格意义上的股票期权制度,而是一种退休福利计划。美国税法第 401(a)和 4975(e)(7)款对员工持股计划进行了规定。具体而言,如果公司实施了员工持股计划,那么它将向所有员工的账户中注入资金,此账户资金用于员工在退休时或离职时购买公司股票。其中,公司投入此账户的资金可以通过借款的方式融通,而员工在最后退休时获得的可以是股票,也可以是等值的现金。

员工持股计划能够为公司和员工提供税收优惠。公司注入此账户的自有资金将不必确认为应税收入,不需缴纳所得税,而且此计划的受益人——员工在退休前或者离职前也无需对此账户的资金和收益缴纳税款,从而享受到递延纳税的好处,而且这个递延期是非常长的。

员工持股计划是以所有员工为受益人的,而且在实行的过程中必须遵守非歧视性规则,因此此计划可用于建立企业所有权文化。另外,由于此计划能够为公司和员工带来很明显的税收好处,因而它的发展非常迅速,应用也相当普遍。在美国自《1974 年员工退休收入保障法案》颁布以来,应用此计划的公司已从 20 世纪 70 年代的几百家激增到了 90 年代的上万家。此计划在员工薪酬框架中所占的比重也在 10% ～ 15% 之间,有的甚至达到了 25%。

但是,这种鼓励员工持股的做法也引起了一定的争议。尤其是在安然公司破产导致大量购入公司股票的退休员工老无所养时,这种反对员工持股的声音异常响亮。安然事件,给我们带来如下经验教训:

一是推行股票期权计划,尤其是面向广大员工的股票期权计划,相关的法律法规必须严格约束公司进行必要的披露。否则,如果相当多的公司像安然公司一样,掩盖其在金融市场上大量高风险的交易,而广大的员工在不知情的情况下还大量购入公司股票,则公司经营风险对社会的负面影响不仅会广化,而且也将进一步深化。广化是指其波及面扩大到了全体员工以及他们的家庭;深化是指对员工的影响不仅仅限于工作岗位的安全性受到威胁,还在于其存量财富投资的损失。因此在推广员工普遍持股的同时,应当保证公司严格履行披露义务,而且应当对员工进行培训教育,使他们对于投资公司股票的风险和收益有一个更为全面且深入的认识。

二是应当支持员工分散投资,以规避个股风险。从美国目前的税法和退休法案来看,员工只投资自己公司股票的行为是受到鼓励的,而且传统的企业所有权文化理念也支持员工的这种行为。但是,任何事物都是过犹不及的。员工将自己的大部分财富都孤注一掷地投资于公司股票,是一种非常危险的做法。因此,在当前的美国,修改现有税法和退休法案的呼声非常高。

三是根据美国现行的税法,公司可以就给予管理人员和员工的股票期权计划进行一定的税收抵减,从而减少纳税金额。但是,这种规定造成了公司在会计和税收两个系统的一个重大分歧,因为绝大多数公司在申报纳税时,都将股票期权计划的税收抵减考虑在内,但同时,在计算利润时却有意回避股票期权计划的成本。据统计,在标准普尔 500 的指数股票中,只有波音公司和 Winn-Dixie 两家公司在缴纳税款和计算利润时同时考虑了股票期权计划,其余的公司则都是在纳税时考虑,而在计算利润时回避。以安然公司为例,在 1996 年到 2000 年的几年间,公司从股票期权计划中共获得了 6.25 亿美元的税收抵减,同时也合法地虚增了 6.25 亿美元的利润,这在一定程度上也帮助公司掩盖了在经营上存在的问题。如果股票期权被作为费用处理,那么 2000 年度,标准普尔 500 的公司所上报的利润额度将平均下降 9 个百分点,而像雅虎这样的互联网企业,其经营利润也会由正转负。可见,如果要求将股票期权记作费用处理,公司的财务状况将恶化。安然的破产促使学术界呼吁实现这一转变,当然,这一提议受到了企业界的抗议。有关争论的结果和法律的修改值得我们给予关注,因为在税收处理上的细微变动,都将直接影响股票期权作为一种薪酬工具的成本,继而影响其在现实中的应用。

(二)激励范围的确定

在前面对不同类型的薪酬模式进行介绍时,对激励范围的问题已有所涉及,并且明确了不同的薪酬制度有着不同的激励范围限制,而非法定股票期权从理论上来讲没有激励范围约束,可以授予公司内部员工和外部人士,更多时候是公司的高中低层员工以及董事等,偶尔也可能是外部的供应商、分包商等。

从理论高度而言,股票期权制度被认为是一场产权革命,因为它解决了经理人代理问题。自工业化后,家族企业被职业经理领导的公众公司取代,公司的规模越来越大,经理们的权限也越来越膨胀,代理问题日益突出出来,尤以 20 世纪 60 年代的混合兼并浪潮为顶峰。在那场兼并浪潮中,公司经理们一味地将公司做大,而不考虑企业的消化能力,致使大企业病成了折磨众多企业的恶疾。之后,一场致力于完善公司治理结构的产权革命悄然发生,期权制度则应运而生。期权制度通过使外部经理持股,变经营者为所有者,从而使得经理与股东的利益统一起来,经理所做的不再是仅仅注重短期收益的权宜之举,而是开始真正为公司的长远发展制定战略,代理问题从而得到了根本的解决。而20世纪80年代的杠杆收购浪潮,对患有大企业病的企业进行了一次彻底的改造。非相关多元化的大企业开始重新回归自身的核心业务,并将边缘业务拆分出去,同时以债务压力作为公司短期内提高管理效率的硬约束。产权制度的革命和公司治理的完善,为20世纪90年代的新技术革命和经济繁荣奠定了良好的微观基础。

与理论的发展相伴随的是实践的应用。从历史的发展来看,向前回溯40年,股票期权最初被公司用于解决代理问题,因此其受益人以管理层经理人员为主。同时,股票期权制度还是在理论上相当完善的长期激励机制的一种,因此它也被用于吸引、挽留和激励高层管理人员、专业技术人员和关键专业人才等。并且,随着这一薪酬模式应用的普及,以及其相关立法的完善,诸如税法给予的优惠等等,更多的公司将股票期权计划的受益人由最初的少数高层职员推广到广大的中层职员、一般职员甚至是兼职人员。例如,423计划以及员工持股计划等等都是面向全体员工的,这在一定程度上有助于缓解贫富差距的扩大,有助于塑造企业的所有权文化。

对于一家公司来说,确定股票期权计划的激励范围,除了要考虑制度本身的宗旨、成本、现有股东的承受力等公司内部因素之外,还应该参考税法、会计法规等法律和政策方面的规定。另外,行业惯例、主要竞争对手的策略以及劳动力市场的供求状况等因素也需要考虑在内。例如,对于一家软件公司而言,由于所处的软件行业普遍采用股票期权奖励制度,而且软件工程师是供不应求的,所以这家公司肯定也会采取长期激励机制,否则就无法吸引高科技人才,继而公司生存和发展的根基也就不复存在了。

确定股票期权计划的激励范围并没有必然的约束条件。一般而言,在规定激励范围时会有以下约束条款,可供参考:

1. 所处职位限制

股票期权计划是仅适用于高层管理者,还是中层管理人员以上均可参加,是包括所有员工,还是适于董事。员工所处的职位,是一个很好的划分方式,不同的职位,对应着不同的收入阶层、不同的教育背景和不同的马斯洛需求层次,这就决定了对不同职位的员工应当使用不同的激励方式。

2. 工龄长短限制

股票期权计划及其衍生物都是长期激励制度。除了制度本身对授权、行权、售出的限制以外,计划本身往往还会对以下方面作出另外规定,例如计划的受益人应当至少在公司工作了半年、1年、2年,或者公司认为合适的其他工龄长度。另外,受益人还需留在公司,继续工作10年、15年甚至更长。这种对工龄的限制是合理的,毕竟股票期权计划对公司而言成本是很大的,正所谓肥水不流外人田,公司发展的巨大收益可以被股东和员工共同分享,但是也仅仅限于两者之间的分享,外人是无法获得的。

传统观念认为,股票期权制度是长期薪酬制度,只有忠诚的员工才能够成为受益者,而如果期权计划也授予频繁跳槽的员工,那么无谓的薪酬费用支出将给公司带来很大的损失。也就是说,员工只有自愿长期留在公司里,才能够享受到股票期权计划的好处。但是,这种传统观念正日益受到挑战。以星巴克咖啡为例,它的股票期权计划是面向所有员工的,而所有员工的界定不仅包括所有全职的正式员工,还包括兼职人员、季节性短工、临时工等等。星巴克咖啡的薪酬理念是服务至上,而服务质量的好坏取决于员工的工作,因而每位员工都是公司潜在的财富。到底是传统的观念正确,还是最新的做法正确,到底是只有忠诚的员工才能享有期权,还是享有了期权能够使员工忠诚,这是一个蛋生鸡、鸡生蛋的难题,每个公司都会有自己的答案。

(三)激励额度

所谓激励额度,是指计划受益人在完全行权后,可以获得的股票的最高额。股票期权计划中对激励额度的设计也是很有艺术性的。如果授予员工过少的股票期权,那么计划将无法起到预期的激励作用;如果授予过多,公司将承担过高的成本,而且公司现有股东也不会通过此计划。最终激励额度的大小将取决于股东、员工和管理者之间博弈的结果。

股票期权计划在规定激励额度时往往采取以下几种方法中的一种:

1. 规定股票期权计划中期权股票的最大额度

这个额度是管理人员从现有股东那里可以争取到的最大数量,也就是现有股东为了实现激励员工的目的而愿意忍受的最大的稀释程度。这一额度一经确定将保持稳定,现有股东在短时期内将不会批准新的类似的股权计划。此类计划管理起来非常容易,公司只需按照此额度从公开市场上回购或者发行一定股票,将其预留在专有账户上,并按照计划来划拨和使用这些股票就可以了。

但是,这种简单的方法也蕴含着大量的问题。计划的管理者往往无法在一定时间内合理地分配使用这些额度,而是先松后紧,在计划获得批准不久后就将额度用完,致使新员工无法获得同老员工等值的股票期权,从而损害了计划本身的公平性,也会妨碍计划对新员工的激励作用。

2. 规定期权股票以员工薪金为基础并呈线性关系

这样的规定使得计划的激励额度与员工其他的薪金相对应,呈百分比关系或者是倍数关系。其中,薪金可以是基础工资、年薪或者其他薪金。这样的规定有一定的现实意义,因为据统计,随着员工在一家公司工作年限的增加,其薪酬框架中的公司股票与年薪两部分的比例是呈线性关系的。

采用这种方法,计划的激励额度将随着员工薪金的增加而增加,因此只是相对值的限制,而不是绝对值的限制,这也就避免了前一种方法的弊端。但是,这种方法仍然有待于公司进一步确定跟踪哪一种薪金,以及具体的比例关系如何等等。要做到既能以最低的成本、在最大程度上起到激励作用,又能保证计划本身的公允性,公司在运用此种方法设计计划的激励额度时,就必须充分考虑受益人薪酬框架的特点以及竞争对手所采取的策略等等。

3. 规定期权股票的授予规模以公司业绩为参照系

如果员工在规定的考察期内达到了某一个绩效指标,那么计划将赋予员工一定的期权股票。其中,作为参照系的绩效指标应当准确地反映出员工对于公司价值的贡献度。绩效指标作为中介桥梁,将员工与公司发展联系起来,而有效的绩效指标应当具备以下两个特点:①员工工作的努力程度对于绩效指标的实现起到了关键作用;②绩效指标的实现与公司的发展和价值的提高是一致的。公司对于绩效指标的选取,随着认识的不断深入,在历史上也经历了一个演变过程,详见表5.4。

表 5.4　　　　　　　　　　　　绩效指标的演化

时间	绩效指标	评价
20 世纪 60 年代	公司股价	简便明晰,且与公司的价值一一对应;但是市场等外部因素对其有相当的影响,经理人员以及一般员工对其控制力有限;代表公司总体平均的绩效水平,很难准确地衡量某个部门或者项目员工的努力水平
20 世纪 70 年代	每股收益	属于财务指标,易于计算,而且公司通过对资产、费用等的有效管理,可以将其控制在一个目标水平上;但是,这一指标与公司价值的关联并不紧密,公司的价值取决于未来现金流,而不是会计利润
20 世纪 80 年代	资产回报率或权宜回报率	是直接与投资人相关的回报率指标,在资本成本率不变的情况下,这一指标越大则公司的价值增值也就越大;但是,没有考虑资本成本率以及资本总量
20 世纪 90 年代	经济价值增加值	直接反映公司价值增值;能够分部门、分项目地单独计算其各自的价值增值;员工可以通过对资产的有效使用和对费用的合理节约,实现价值较大的增值

资料来源:《股票期权制度分析》,刘园、李志群,对外经济贸易大学出版社,2002 年版。

　　当然,除了以上所列示的业绩指标以外,公司还可以根据具体情况,选择其他财务和非财务指标,例如销售收入、营业利润、市场占有率、成本节约等,以更好地实现公司激励员工的目标。

4. 综合使用以上各种方法

　　公司当然可以既规定激励的最大额度,以防止股权的过度稀释,从而获得现有股东的必要支持,又在最大额度范围内规定,股权的授予与一定的绩效指标挂钩,如果达不到指标要求,员工将不能获得行权资格,从而激励员工努力工作,以在自身实现收益的同时,也使公司价值有一个较大提高。

　　另外,对于私人控股公司而言,一项广基股票期权计划使得全体员工都有机会持有本公司股票,公司的股东人数也将大幅增加。但是,如果股东人数超过了一定限度,私人控股公司将转变为公众公司,对公众公司监督控制的众多法律法规也将适用于此公司。因此,公司在推行股票期权计划,尤其是广基股票期权计划时,应当注意计划的行权是否会引致公司额外的成本支出。

（四）常青条款

除了以上所介绍的激励额度的规定办法以外，还有一种比较极端的方法，这就是在计划中列示常青条款。常青条款的列示可以保证用于期权计划的股票源源不断，以使计划本身常青，永不衰竭。所谓常青条款就是在预先约定的时点，公司股票期权计划预留的期权股票将按约定额度自动增加，而此额度的增加不需公司股东大会批准就可以自动生效。因此，一次性地援用常青条款，就保证了期权计划不会因为缺少股票而搁浅，也避免了公司一次一次地提请股东大会通过有关扩大激励额度的议案。常青条款的列示方法可以归纳如下：

1. 规定预留股票每年按固定额度增加

例如，一项股票期权计划规定，预留的期权股票为 10 万股，而且在今后的 5 年每年将自动增加预留股票 1 万股。经过简单计算，公司为此计划总共要预留的期权股票是 15 万股。当然，固定额度不仅指绝对值上的固定，如前面例子所示的每年 1 万股，也可以指相对值的固定，例如每年增加在外流通股数的一个百分比。具体而言，一项计划可以规定，计划之初将预留期权票 10 万股，随后的每年将自动增加在外流通普通股总股数的 1%。可见，这种固定额度增加法非常简单直观，易于理解，但是也同样存在一个问题，即公司每年在外流通的普通股总数是动态变化的。因此，采用此种方法，公司在期权计划实施之初无法准确地计算计划将要授予的最大额度，这违背了法定股票期权计划的要求。法定股票期权计划规定，只有期权计划在实施之初就明确说明了最大额度，此计划的受益人才能够享受税收优惠。这种不利影响，公司可以通过附加其他条款进行有效的规避。

2. 附加期权股票的最大增加额

计划通过附加此条款，可以将期权股票限制在一定范围内，这也就符合了法定股票期权的规定。举例说明，股票期权计划在实施之初预留股票 10 万股，随后的每年将自动增加在外流通普通股总股数的 1%，但是增加总额达到 5 万股时将停止增加。通过这样的规定，公司就将预留股票限定在了 15 万股的水平上，既符合了法定股票期权计划的要求，又防止了股票期权计划的过度扩张。但是，对这个最大增加额的规定也有一定的艺术性，过低则常青条款起不到任何作用,过高则现有股东不会批准。因此,公司应当综合考虑各方面因素,准确估计未来 10 年所需的期权股票的总额,以确定最大增加额。

3. 附加董事会裁度权

公司在使用常青条款时还可以附加另一个选择权条款,即董事会裁度权,以提高计划的灵活度。董事会裁度权就是赋予董事会权力,以根据实际情况决定适宜的股票增加额度。举例说明,股票期权计划在实施之初预留股票 10 万股,随后的每年将自动增加在外流通普通股总股数的 1%,或者按照董事会认为合理的额度增加,但是增加总额达到 5 万股时将停止增加。这样,公司董事会就对新增预留股票额度有了一定的控制力。如果董事会认为 1% 的增幅过高,可自行裁减,以保证现有股东的利益;相反,如果其认为 1% 的增幅不足以满足激励需求,它可以在 5 万股的上限范围内适度加大增幅。

以上我们对常青条款做了具体介绍,它在理论上是非常完美的,但是在实践应用中要注意它是否能够被现有股东所接受。我们已经知道,股票期权计划按照行权价格将公司股票转让给员工,这个行权价格往往是优惠价格,只有在低于行权日股票市价时员工才会执行期权,因此在行权的过程中就存在利益由现有股东向员工转移的问题。同时,员工通过行权持有公司股票,也就获得了与现有股东一样的权利,如投票权、剩余资产索偿权等,这使得现有股东的权利有所稀释。股票的低价转让和股权的稀释都是公司实施股票期权计划要承担的成本。而常青条款的应用,使得期权计划在不经股东大会复议的情况下就可以自动扩大,对现有股东而言,当然也就意味着利益的持续受损,因此,此条款要获得股东大会的批准就必须设计得非常合理,以使现有股东认识到预期收益会大于成本。但是毕竟在常青条款下,从激励计划的实施到产生效果会有一定的时滞,而且这种预期的收益是不确定的,而计划实施所引致的成本却是在最初就要确定下来的,因此这种不同往往导致被股东大会通过的常青条款具有很强的折中性质。例如自动增加额减小,增加时间变短,由最初的 5 年每年增加 1 万股变成 3 年每年增加 5,000 股。这样的折中会大大降低常青条款的有用性,但也只有这样才能获得股东大会的通过。

（五）股票来源

实行股票期权计划的一个前提就是，公司应当有专门的股票预留账户，用于在员工行权后向其交付股票。一般而言，期权股票的来源可以分为两种：

1. 从公开市场回购

在公司董事会通过股票期权计划后，公司将按照计划的激励额度，从交易市场上以市场价格购买一定的股票，并存入专门的账户进行管理。这种获取股票的方法，对公司而言是直接的现金支出，其成本是非常明显的。

2. 发行时预留股票

公司也可以在新发行股票时，将一定比例的股票作为定向的激励股票预留下来，以备日后使用。这种方法虽然没有直接使用公司的现金，但是因为公司少发行了股票，所筹集的资金将有所减少，而且日后员工行权时公司获得的也仅是行权价格，而不是增值后的市价。

二、授权

一项股票期权计划在授予员工之后，员工并不是马上就能够行权获得相应的期权股票的，而是必须等到授权日，才能够真正获得这一执行权利，进而完全自由地选择是否行使期权，按照行权价格购入公司股票。公司之所以安排授权日，而不是在授予后就允许员工立即行权，主要是出于以下考虑：

一是挽留员工。从授予日到授权日，员工不能跳槽，否则将丧失已被授予的股票期权。

二是激励员工。有些公司规定，只有员工达到了一定的绩效指标以后才能获得行权资格。这种规定向员工发出了信号，公司已经准备向员工发放期权奖励，对员工而言，获得此奖励已有了一半的把握，剩下的就是自身努力了。因此这一规定对员工而言起到了激励作用。

在授权这一环节主要会涉及到两个问题，一个就是授权日的选择，另一个是授权规模的确定。

（一）授权日的选择

1. 以授予日为基准

授权日可以在授予日后 1 年、2 年或者更长时间，或者就是授予日当天，具体的时间跨度由公司根据需要确定。如果跨度时间短，即授予后不久员工即可获得行权资格，则此计划能够使员工很快从中受益，具有很强的奖励性和回报性，而激励性和挽留作用不明显；相反，如果时间跨度长，员工必须在长时间内留在公司工作，才能够最终兑现期权收益，则此类计划的激励和挽留作用明显，但是对员工欠缺吸引力。另外，以授予日为标准来确定授权日，使得整个计划更具有整体性，易于被员工接受。

2. 以工龄为标准

授权日可以确定在员工工作了 2 年、3 年或者更长时间以后。其中，工龄可以根据正式雇佣合同的签订为起始点计算。这样，员工在进入公司工作后就会形成一定的预期，即工作足够长后就可以得到期权奖励，而频繁的跳槽将会使他们丧失这部分收益。而且，这种授权日的确定方法是符合非歧视性原则的，易于被广大员工接受，从而可以被用于建立企业所有权文化。

3. 以其他特殊日期为授权日

公司可以选择某个纪念日作为授权日，例如公司成立的周年纪念日、公司上市纪念日、公司股价突破某一水平纪念日、销售收入达到某一水平纪念日等等。公司选择这样具有纪念意义的日期作为授权日，可以为员工送上一份殷实的礼物，使员工不仅获得精神上的成功感，也获得物质上的收益。这份礼物使员工深刻地体会到，公司的成功与自身的利益是紧密相关的，一荣俱荣，一损俱损，更加强化了员工的主人翁意识。

4. 以绩效指标的实现为基准

正如前面已经提到的，公司可以将绩效指标的实现作为授权的前提条件，从而激励员工努力工作，以达到公司发展和员工收益的双赢结果。其中，绩效指标的选择与文中激励额度部分的介绍相类似，这里就不再赘述。

5. 综合基准

当然，公司还可以将多种标准结合起来，只有在员工都满足了这些标准之后,才能够授予员工行权资格。例如,一项股票期权计划规定,如果员工在公司连续工作 2 年以上,并且其所在部门对公司贡献的经济价值超过了预设基准,那么员工将获得已授予股票期权的行权资格。但是需要注意的是,公司在采取多重标准时,一定要清晰地将此标准传达给员工,以免造成误会,从而挫伤员工的工作热情。

授权日的一个极端规定就是与授予日重合,而且员工将一次性地获得行权资格。这种做法简单明确,便于管理。另外,如果计划规定的行权价格低于授予日股票市价,那么员工马上就可以行权并售出股票,从而套现收益。因此,这样的规定带有明显的回报性质。但是,在大多数情况下,授权日的安排与这种极端的做法相去甚远。一般而言,公司都会选择授予日之后的一段时间,比如 2 年甚至 5 年,逐步地授权给员工,这就会涉及到每次授权规模的问题。

(二)授权规模

公司可以通过精心设计授权的时间分配表,有力地控制期权计划的实施进程。如果员工希望短期就有回报,公司希望激励作用立竿见影,计划就应该在短期内将全部或者大部分的行权资格授予员工。相反,如果公司希望建立长期的激励机制,并且挽留住稀有人才,则计划可以在授予日后相当长的一段时期后再将股票期权主体部分的行权资格授予员工。一般而言,授权规模可以抽象为以下几种:

1. 等额授权

等额授权就是在一段时间内确定若干个授权日,每次授权的规模相等。授权的时间可以以年为单位,也可以以半年、季度甚至是月为单位,究竟细化到哪一层次取决于管理成本和公司对行权控制的要求。这种方法有助于员工在一段时间内均匀地、稳定地获得股票期权,从而使收益平滑化。

2. 递增式授权

递增式授权就是指每次授权的规模按一定的数量递增。这种方法使得员工随着工作时间的增长可以获取越来越多的行权资格。同样,也有递减式的授权。

3. 机动授权

这种授权方法更为复杂,如按公司业绩来决定授权时间和授权规模。只有员工实现了预定的绩效指标,才能够获得行权资格,而且获得的行权规模也是与业绩呈正相关的。公司可以根据具体目标,对此加以设计。

总之,公司对授权时间和授权规模的设计取决于自身对计划的控制要求和管理成本,而员工在获得行权资格后是否会行权、行权的时间以及以何种方式行权则是下面要分析的问题。

三、行权

这个环节主要会涉及到行权价格的确定、行权方式的确定、行权有效期的限制等问题。在这个环节,员工已经获得了股票期权以及行权资格,接下来是否会执行这一期权将取决于此期权的价值和员工自身对风险的态度。

(一)行权价格

公司在设计股票期权计划的行权价格时,应当兼顾计划本身的吸引力和现有员工的承受力。从布莱克—舒尔斯模型可以看到,随着行权价格的提高,期权的价值将下降,对于员工的吸引力也将下降。如果行权价格过高,股票期权将没有任何价值。与之相反,如果行权价格过低,则员工得到的股权价值很高,对现有股东而言则意味着过高的成本。

在行权价格为零时,股票期权计划就演变成了股票奖励计划,是公司对员工过去工作的回报。

一般而言,行权价格根据授予日当天的市价来确定,等于、低于或者高于这个市价,但是差幅并不是很大,正常的应当在 15% 范围内。否则,过高的行权价格难以被员工接受,过低的行权价格难以被现有股东接受。

(二)重新定价

股票期权计划是看涨期权,因此它有效地发挥激励作用有一个前提假设,即公司的股价将呈上涨态势。但是,股票价格由多重因素影响,除了公司基本面以外,还受宏观经济环境、市场供求、市场预期等影响。因此,有可能公司运营得很好,但是受大市拖累,公司股票不升反降,甚至跌破了行权价格。在这种情况下,股票期权计划本身不再有任何价值,更谈不到发挥吸引、挽留、激励员工的作用了。

如果股价的下降确实是由外部因素引起的,而且这种不利因素会最终消失,那么员工就不应该对此负责,也不应该因此而损失应该属于自己的股票期权收益。如果不利因素的影响只是短暂的,不会影响到员工的行权,那么公司只需重申自身坚实的基本面和乐观的发展前景就可以了,以避免在员工中产生不必要的误解。但是,如果这些外部因素会影响公司相当长的时间,以致于使员工认为在短期内期权没有价值,从而放弃行权,那么公司就应当积极采取措施,防止期权计划失败,避免员工的士气受到影响。以下是几种常用的措施:

1. 给予其他形式的补偿

公司可以适当地增加员工薪金或者福利,以减轻股票期权计划失败对员工的不利影响。

2. 重新设计新的股票期权计划

公司如果坚持以股票期权作为奖励和激励模式,则可以考虑根据新情况,以现有低段的股价为基准,设计实施新的股票期权计划,以更好地适应新出现的情况。但是,新计划的设计和实施往往会有一个时滞,从认识到设计、从股东大会批准到董事会最终实施要花去比较长的时间。远水不解近渴,更何况很可能在新计划实施时市场情况又发生了变化,以至于新的计划也不再适应更新的环境了。在这种情况下,重新定价条款的作用就凸现了出来。

3. 对行权价格重新定价

即在股票期权计划中标示,当公司股票价格跌破某一底线而且员工又达到了预期的绩效指标时,公司可以对行权价格重新定价,一般是下调行权价格,以使股票期权重获价值。

最一般的重新定价条款规定,新的行权价格将等于重新定价当天公司股票市场价格。重新定价条款使员工所获得的股票期权由无价值的在价外期权转化为有价值的在价内期权,这是有利于员工的规定。但是,有学者坚持认为,股票期权计划作为一种激励机制,本身就有一定的不确定性,员工,而不是现有股东,应当承担这种风险,因此重新定价条款遭到了一些反对意见。即使支持此条款的学者也认为,员工应该为所获得的重新定价的好处支付对价。这些对价主要是指重新等待获得行权资格,即与其他条款完全相同,只是行权价格改变了,就相当于重新实施了这一计划,因此员工应当重新等待公司按授权时间分配表给予员工行权的权利。

重新定价条款在美国曾经被广泛应用,它保证了股票期权计划能够适应新环境的变化,灵活发挥出激励作用。但是,由于美国税法和证券法对重新定价作出了不利规定,使重新定价的使用明显减少。但是,如果其他国家并没有对重新定价作出诸如税收惩罚的不利规定,那么重新定价就仍然是保障股票期权计划顺利实施的有效措施。

(三)行权方式

在员工决定执行期权后,他们要向公司支付行权价格。根据行权价格筹集方式的不同,我们又可以设计出不同的行权方式。公司可以根据自身目的、员工情况、竞争对手策略等,最终确定自身的股票期权计划将采取哪一种或者哪几种行权方式。

1. 现金行权方式

这是最为普通的行权方式,员工用自有现金支付行权价格,并持有购入的期权股票。当然,如果在行权时要确认应税收入,员工需要一并缴纳相关税费。对于税费和行权价格的管理,不同的公司有不同的规定。最常见的做法是要求员工将税费和行权价格合并或者分别以支票的方式汇给公司。

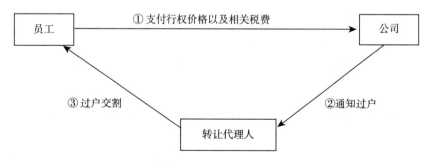

资料来源:《股票期权制度分析》,刘园、李志群,对外经济贸易大学出版社,2002 年版。

图 5.6 现金行权流程图

这种方式需要员工有充足的现金用于行权,而且行权后持有公司股票,员工将承担股票价格下降的风险。事实上,这种方式正是理论上所期望的:一方面,员工支付了行权价格,相当于对公司股票进行了投资,因此将切身利益与公司联系起来;另一方面,作为公司的一员,员工通过自身的努力工作和创新(无论是技术创新还是管理创新)可以为公司创造价值,从而增大自身收益,降低股价下降的风险。但是,在股票期权计划的实践应用中,员工财产形式的多样性以及对风险承担能力的差异性,促使其他的行权方式发展起来。

2. 股票互换行权

这是一种较为复杂的行权方式,是使用已经拥有的公司股票作为支付手段,来购买期权股票。其中,互换比率要按照股票现价与行权价格之间的关系来确定。这种行权方式多被高层管理人员采用。首先,高层管理人员往往拥有一定的公司股票,可用于互换;其次,经理股票期权计划授予经理的期权数量比较大,用现金行权可行性不高。因此,股票期权计划可以注明允许用股票互换的方式行权,以方便员工执行期权获得股票,并最终从期权计划中受益。当然,如果员工持有的股票价值低于待付的行权价格和相关税费,差额部分应当用现金补齐。举例说明,如果一项法定股票期权计划赋予员工 1,000 份股票期权,每份期权允许员工以 10 美元的行权价格获得一股公司股票,并且此计划除允许员工现金行权外,还允许股票互换行权。员工目前拥有公司股票 2,000 股,行权日市价为 15 美元。员工有两个途径来获得期权股票:一个就是采用现金行权方式,支付 $1,000 \times 10 = 10,000$ 美元现金给公司,员工持有的公司股票数量将达到 $2,000 + 1,000 = 3,000$ 股;另一个就是采用股票互换行权,使用 $1,000 \times 10/15 \approx 666$ 股现有股票,再支付 $1,000 \times 10 - 15 \times 666 = 10$ 美元现金,以获得 1,000 股股票,员工持有的股票将达到 $2,000 - 666 + 1,000 = 2,334$ 股。另外,需要注意的是,由于此计划为法定股票期权计划,因此员工在行权时不必确认收入缴纳税款,从而没有税款支出。

股票互换行权方式暗含着一个问题,就是被员工作为支付方式而交回的股票应当如何处理。公司可以将收回的股票凭证交给转让代理人注销,也可以转为库存股,留待以后使用。但是,无论如何,公司在外流通的总股票数量(指在外流通普通股和已经授予的股票期权总和)都会下降。因此,有些公司就在股票互换行权条款后面加上了复载条款,所谓复载条款就是

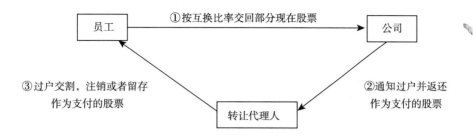

资料来源:《股票期权制度分析》,刘园、李志群,对外经济贸易大学出版社,2002 年版。

图 5.7　股票互换行权流程图

在员工以股票互换方式行权时,公司将按照其交回的股票数授予员工新的股票期权,从而使在外流通的总股票数量保持不变。

3. 经纪人当日出售

这也是一种比较常见的行权方式,是指员工在行权后立即售出期权股票,从而兑现资本收益。从理论上讲,经纪人当日出售的程序应当是员工首先支付行权价格购入期权股票,然后立即对证券经纪人发出指令,要求其售出全部或部分期权股票,并获得资本收益。但在实践操作中,两步是合而为一的,即员工对经纪人发出指令以当日出售方式行权,经纪人会用出售期权股票所获得的收入支付行权价格和应缴税费,剩余的净收益再返还给员工。在这个过程中,经纪人起到了融资或者融券的作用。如果是先行权再售出,经纪人将提供融资服务;相反如果是先售出再行权,经纪人将提供融券服务。事实上,一旦期权计划允许员工以经纪人当日出售方式行权,公司将会事先选择几家经纪人公司,签署委托协议,并存入一定的公司股票到经纪人指定的账户上,以便于经纪人融资给员工。

经纪人当日出售的行权方式,在应用于高层管理人员股票期权计划时一定要慎重。高层管理人员属于公司的内部人士,而内部人士售出公司股票会对股市有不良的信号作用。而且,在一些国家有专门的法律规范内部人士买卖公司股票的行为,例如美国的《1934 年证券交易法案》第 16 条 B 款就规定了短期利润返还规则,即公司内部人士在 6 个月时间内买卖公司股票所得的收益将被罚处。这一规则主要是为了防止内幕交易,但是公司在设计期权计划时应当注意,本国法律是否将行权行为等同于购买股票行为。如果行权被看作购买行为,而且又有类似于美国的短期利润返还规则,那么

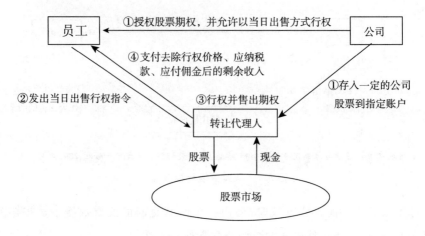

资料来源:《股票期权制度分析》,刘圆、李志群,对外经济贸易大学出版社,2002 年版。

图 5.8　经纪人当日出售行权流程图

经纪人当日出售行权就不适用于高层管理人员的股票期权计划。

4. 本票/贷款行权

这是一种公司帮助员工融通行权所需资金的方法。公司允许员工使用本票,或向公司借款的方式来筹集行权所需的资金,借款金额不仅包括行权价格,还包括相关税费。

在设计贷款行权方式时,公司应当注意对贷款利息的规定。一般而言,贷款利息不能过低,否则将会被视为是给员工的额外优惠。利息的确定可以参考外部的基准贷款利率,也可以参考公司在其他方面提供给员工的贷款的利息水平。

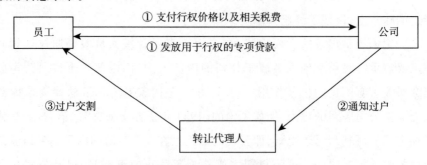

资料来源:《股票期权制度分析》,刘圆、李志群,对外经济贸易大学出版社,2002 年版。

图 5.9　贷款行权流程图

（四）行权有效期

公司在设计股票期权计划时一般都会规定员工行权的有效期。如果逾期员工仍未行权，已授权的股票期权将自动作废。如果一项期权没有到期日，那么这份期权就和它的基础资产——股票一样，有无限的生命期，它的价值也就等于股票的价值。不过，股票期权计划一般都规定了有效期，所以期权价值小于股票价值。

股票期权计划之所以会规定有效期，主要有以下几个方面的原因：

一是法律规定。法定股票期权计划，无论是激励型股票期权计划（10年）还是员工股票购买计划（5年），都有有效期的规定。

二是激励中的约束。对期权计划设置了有效期，就可以敦促员工努力工作，争取在有效期内使公司股价达到一个比较高的水平。在这里，计划的有效期就相当于一个时间硬约束。

三是出于管理的需要。为期权计划设置有效期，便于计划的管理者统筹安排，规划授权时间表，预测员工行权期，从而提高计划的实施效率，降低实施成本。相反，如果一项期权计划没有到期时间，那么公司就要长久地在这一计划上配置人力、物力等资源，这会妨碍公司的高效率发展。

一般而言，期权计划都会规定一个硬性时间作为到期日，也可以称之为失效日。这个硬性时间可以是一个绝对日期，例如×年×月×日，也可以是一个相对日期，例如自授予日起10年，或者自授权日起10年。除了硬性时间的约束以外，很多股票期权计划具有很强的排他性，即只有自己的员工，过去、现在和将来都在公司工作，才能够获得执行股票期权的资格，否则期权计划将自动作废。

鉴于现实情况的复杂性，一般实行期权计划的公司都会致力于塑造一种亲善、负责的公众形象，对于员工的被动离职也会分情况作出具体规定。以下是大多数股票期权计划对员工离职的规定：

1. 主动离职或被公司解职

在这种情况下，股票期权计划将自动失效，即公司将取消所有未行权的股票期权，包括已授予未授权的股票期权和已授权未被行权的股票期权。

2. 因退休离职

在这种情况下,限员工在离职30天内执行已授权的股票期权,否则逾期作废。

3. 因残疾离职

在这种情况下,限员工在因残疾而离职的1年内执行已授权的股票期权,否则逾期作废。

4. 因死亡离职

在这种情况下,一般没有特殊时间限制,继承人只要在计划有效期内行权就可以。

(五)复载条款

所谓复载条款,就是在员工使用本公司股票作为支付手段来执行期权时,计划将自动赋予员工一项新的股票期权,授予规模等于员工交回的股票数量。这样,在外流通的股票数量与在外流通的股票期权数量的总和将会保持不变。通过启动复载条款,公司可以将在外流通的股票数量控制在一个合理的水平上。

通过复载条款授予的新的股票期权与原有的股票期权之间有一定的联系,可总结如下:

1. 授予规模

新的股票期权所包含的期权股票数量,等于员工用于支付行权价格而交回公司的股票数量。

2. 行权价格

新的股票期权的行权价格,等于原有股票期权行权日股票的市场价值。

3. 期限安排

新的股票期权的期限安排与原有的股票期权相同,两者具有相同的授权时间分配表,相同的有效期。

另外,有的计划还规定,通过复载条款而授予的新的股票期权本身仍然包含复载条款,即如果员工执行了新的股票期权,则会再一次获得公司授予的股票期权。

值得一提的是,员工在采用股票互换方式行权时,用于支付的股票有两个来源:一个是从公开市场上购买的公司股票,另一个是通过行权将要得到的期权股票。就像经纪人当日出售一样,以尚未得到的期权股票作为支付手段来行权,员工将无需额外提供自有现金或者股票。

四、处置

股票期权计划对处置这个环节的规定,是出于防止股权流失的考虑而作出的,主要涉及对处置的方式、处置的时间和转让对象进行限制等问题。

通过股票期权计划的实施,员工在行权以后成为公司的普通股股东,享有利润分配权、投票权、剩余财产索取权等股东权利。但是,期权股票与普通股票之间还是存在差异的。其中,一个主要差异就是根据大多数股票期权计划,员工执行股票期权得到的将是受限股票。所谓受限,是指此股票在转让时受到限制。

(一)处置方式

最常见的处置方式就是售出股票,得到收益。但是此售出并非是在公开市场上询价,找到出价最高的买主,而往往是按照市价转让给公司或者公司现有股东,以防止控制权旁落。这就会涉及到回购权和优先回购权,股票期权计划一般都会赋予公司这两项权利。

1. 回购权

回购权是一项合同协议。根据此项协议,公司有权在协议规定的事件发生时,购回个人通过对员工股票期权行权而获得的股票。最常见的协议规定事件是员工与公司雇佣关系的解除。在公开上市的公司中,这种回购权适用于员工执行未授权股票期权时所获得的股票。在私人控股公司中,这种回购权适用于所有的期权股票,既包括未受权的期权股票,也包括已授权的期权股票(许多形式的回购权,在公司股票公开上市后即告失效)。回购权的规定有效地将公司期权股票控制在现有员工手中。一旦员工离职,公司有权利购回其未授权但已执行的期权股票。

其中,需要提及的是,在一项股票期权计划已授予但未授权时,员工仍然可以提前行权,例如美国的员工可以援引第83b选择权在授权日前执行期权。第83b选择权虽然可以使员工提前行权,并获得一定的税收优惠,但是对员工而言也存在着一些问题。

举例说明,一项非法定股票期权计划于 2004 年 5 月 1 日授予员工 1,000 份期权,行权价格为 $ 10。另假定授予日与行权日(2004 年 12 月 1 日)股价均保持在 $ 10,授权的时间分配表如表 5.5:

表 5.5　　　　　　　　　　假定的授权时间分配表

时间	新授权数量	累积授权数量
2004 年 5 月 1 日	500	500
2005 年 5 月 1 日	500	1,000

如果员工不利用第 83b 选择权,即待到授权以后才行权,则他实现的收入情况如表 5.6:

表 5.6　　　　　　　　　　　实现的收入情况

授权日	市场价格	溢价(市价－行权价格)	实现收入
2004 年 5 月 1 日	$ 15	$ 5	$ 2,500
2005 年 5 月 1 日	$ 20	$ 10	$ 5,000

员工在 2004 年和 2005 年两次行权,共确认应税收入为 2,500 + 5,000 = $ 7,500,并据此缴纳所得税。假设员工最终于 2006 年 5 月 1 日售出此期权股票,而员工最终出售这 1,000 股期权股票的售价(30 × 1,000 = $ 30,000)减去行权价格($ 10,000)再减去已实现收入($ 7,500)后的剩余部分($ 12,500)要确认为资本利得,并缴纳资本利得税。因此,员工纳税情况可以归纳如下:

普通收入 = $ 7,500,由此,一般收入税 = $ 7,500 × 边际所得税税率;

资本利得 = $ 12,500,由此,资本利得税 = $ 12,500 × 资本利得税税率。

如果员工利用第 83b 选择权,那么在行权日由于市价与行权价格均为 $ 10,因而无需确认收入,从而无需纳税。在售出日(2005 年 5 月 1 日),售出价格与行权价格之间的价差为资本利得,即(30 － 10)× 1,000 = $ 20,000,并据此缴纳资本利得税。与不利用选择权相比,利用选择权有两个好处:一是将 7,500 美元的普通收入转成了资本利得;二是将纳税时间由授权日递延到了售出日。

但是,选择权的应用也会给员工带来问题。问题之一就是公司的回购权。由于员工在尚未授权时就执行了期权获得了期权股票,所以这为回购权发生强制效力留下了空间。如果日后计划规定的情况发生,比方说员工离职,则公司可以强制收回这 1,000 股期权股票,员工对此非常被动。

另外员工还可能因为使用选择权而遭受税收损失。如果行权日(2004年 12 月 1 日)股票市价为 20 美元,而其他条件不变,那么员工行使选择权,将在行权日提前纳税,其确认的应税收入为 $(20 - 10) \times 1,000 = 10,000$ 美元。但是,如果在授权日公司股价与行权日股价相比,没有上涨,或甚至下跌,则员工将会因为行使 83b 选择权而多纳税。因此,83b 选择权是一把双刃剑,运用得当则可以为员工带来税收好处,运用不当也会使员工遭受税收损失。

2. 优先回购权

优先回购权是对股票的一种契约性限制。它授权公司可以以任何第三方提出的相同的条款和条件,优先购回受限股票。举例而言,员工 A 持有公司 500 股股票,现有一敌意收购者,希望吸纳此公司股票。他对员工开出的报价是每股 20 美元。员工 A 认为 20 美元这一价格很有吸引力,因此决定售出此股票。但是员工在与此敌意收购者达成股票交易之前,必须要先通知本公司。只有当本公司在约定的期限里,比如说 15 天,没有行使优先回购权时,员工 A 才能够与此收购者达成协议,以 20 美元的价格转让 500 股公司股票。当然,如果公司不希望在反收购战役中处于被动地位,它肯定会行使优先回购权。这时,同样是 20 美元的报价,员工应当首先将股票卖给公司,而不是敌意收购者。

总之,公司如果是未公开上市的,则会有比较大的灵活度来限制对公司股票的处置。通过回购权和优先回购权的设计,公司可以将期权股票的持有者严格地限制在现有员工范围内,从而既加强了公司控制权,又降低了激励机制的运作成本。

(二)处置时间

股票期权计划还可以对员工处置期权股票的时间加以限制。尤其是公开上市公司的经理人员,他们对期权股票的处置行为更应当避免内幕交易的嫌疑。例如,美国证券法对于经理股票期权计划有窗口期的限制,即只有在窗口期内高层管理人员才能够执行和出售期权股票。窗口期一般是在公司披露重大信息(例如财务报表的公布)后的一段时间。只有这样才能防止经理人员利用公司内幕消息为自己牟取私利。

除了法律上的规定以外,公司还可以从自身激励的目的出发,对员工处置股票加以限制。例如,公司授予一项股票期权计划意在挽留和激励现有员工,在这一宗旨驱动下,计划本身的授予规模应当足够大,以形成对员工的吸引力,吸引他们为获得如此诱人的收益而继续留在公司并努力工作。同时,计划可以对员工的行权和处置行为进行规定,要求员工只有在授予日后 2 年才能够行权,而且所获得的期权股票不能立即售出,必须持有 3 年以后才能够售出。另外,为了防止控制权旁落,员工必须将股票优先售给公司或者公司的大股东。这样,员工如果在要求的期限里主动离职,则将丧失巨大的股权收益。[①]

第二节　股权激励计划管理者的职责

一、股票期权计划管理所涉及的各方面关系

股票期权计划的有效实施是一个系统工程。在推行股票期权制度的同时,企业应当注意内部信息体系的构建和与其他相关部门的协调。另外,计划管理者与企业员工、现有股东、供应商、外包商等的及时沟通也相当关键。精细的设计和有效的管理是保证股票期权制度发挥激励作用、实现预定目标的必要条件。

股票期权计划作为公司薪酬制度的一个组成部分,它的实施会影响到公司内外方方面面的利益,也会涉及到公司内部众多部门的协调运作。见图 5.10 所示,股东大会是公司最高权力机构,公司董事会对股东大会负责。董事会下设薪酬委员会,专门负责公司薪酬制度的建设和薪酬政策的实施。其中,薪酬委员会的客观性和公允性是至关重要的,这主要是因为薪酬的给付会直接涉及员工的收益和公司的成本,而两者的平衡对于鼓舞员工士气、塑造公司文化、发展公司潜力有直接的影响。因此,很多公司的薪酬委员会

[①]　刘园、李志群:《股票期权制度分析》,对外经济贸易大学出版社,2002 年版,第 122～175 页。

都是百分之百地由独立董事组成的,或者至少独立董事占到了50%以上。对股票期权计划的管理当然应当由薪酬委员会负责,或者由薪酬委员会指定专门的计划管理者负责。计划管理者在计划的设计实施过程中,要协调公司内外各利益体的关系,包括:要根据公司的薪酬战略,综合各部门主管以及律师、金融师的意见,设计出符合公司利益的股票期权计划;准备必要的文件,报送监管部门;对员工进行股票期权制度的教育,使他们意识到如何操作才能获得最大的收益;与公司内部的财务部门、人力资源部门、薪酬部门等相协调,及时传递有关计划进度的信息;与证券经纪人、转让代理人、薪酬计划服务者等展开合作,以使计划实施得更为顺畅。计划管理者须及时、准确地跟踪、传递有用信息,要控制计划实施的具体进程。

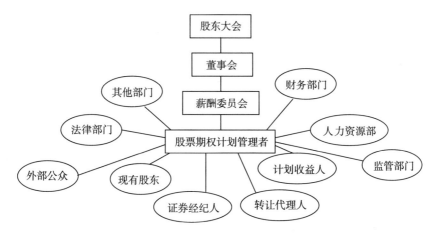

资料来源:《股票期权制度分析》,刘园、李志群,对外经济贸易大学出版社,2002年版。

图5.10 股票期权计划所涉及的各方利益关系

二、计划授予环节的管理者职责

在计划条款设计完成后,计划管理者须将计划条款上报董事会批准,董事会通过并正式采纳股票期权计划的当日也就是计划的授予日。一般而言,计划的管理者还应当将此计划上报股东大会。一方面,法律法规普遍要求公司的股票期权计划需经股东大会批准,例如公司法、证券相关法规等都有相关要求;另一方面,公司的章程或者管理文件中也有相关规定。而且,经过股东大会批准,计划将更为正式,将得到股东的支持。股东的支持对于将来扩大期权计划激励规模、修改相关条款相当重要。

在计划开始实施时,公司要正式授予员工股票期权,所谓的正式授予表现在两个方面,一个是最终确定哪些员工符合受益人资格,另一个是向符合资格的受益人寄送正式的授予文件,即"授予协议篮"。

在股票期权计划书中已经规定了受益人资格,公司各个部门的负责人可以根据此规定确定本部门的哪些员工符合资格,然后上报给计划管理者,将其纳入受益人一览表。当然,计划管理者也可以根据人力资源部门的员工档案筛选出符合资格的员工,确认为计划的受益人。计划管理者在编制完成受益人一览表后,要将其上报公司董事会或者薪酬委员会批准。

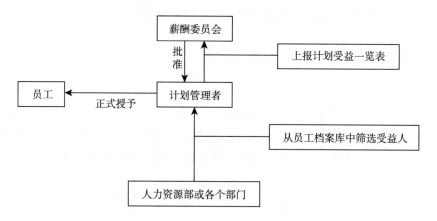

资料来源:《股票期权制度分析》,刘园、李志群,对外经济贸易大学出版社2002年版。

图 5.11　确定受益人资格的流程

确定了计划的具体受益人后,计划的管理者就可以向其寄送授予协议篮了。授予协议篮包括:"授予协议书"一式二份、"股票期权计划书"副本、"相关说明文件"、"常见问题解答"、"行权表格"和"员工薪酬概述"。其中,"授予协议书"的主要内容包括计划人的真实姓名、股票期权的类型(激励型股票期权、员工股票购买计划、非法定股票期权等)、计划的授予日、授权时间安排、激励规模(员工通过行权可以获得的股票)、行权价格、计划的有效期。除了以上必要项目以外,授予协议书一般还会标明受益人行权时所需遵循的程序安排、行权方式的选择、行权限制条件、受益人义务等等。另外,为了便于计划的管理,授予协议书中还会附有员工的通讯方式、身份证明等等。之所以要向员工寄送两份授予协议书,是因为授予协议书需由受益人签章,一份由员工保存,另一份由公司归档。授予协议书是具有法律效力的文件,要受到众多的法规、条例的约束,因而员工对其进行签章并返还文本是必要的。计划管理者要注意建立一个有效的"授予协议书"的接受、确认、返还机制,以便使计划的运行更有效率。例如,一项股票期权计划于2007年5月1日向员工A授予100份股票期权,计划管理者在同日将授予协议篮寄送给员工。为了提高管理效率,计划管理者可以要求员工必须在接到授予协议篮30天内,将一份已签章的授予协议书寄回公司,否则将视为员工自动放弃受益人资格。当然,计划管理者需要尽到提醒义务,比如说在授予日15天后电话通知员工及时寄回协议书。在授予30天后,计划管理者将整理员工寄回的协议书,将其复印多份,分别在法律部门、薪酬部门、人力资源部门归档,从而为以后的授权、行权、处置等环节的处理工作提供依据。

计划管理者在授予股票期权时,还肩负着传导信息、指导员工行权的职责,这也就是为什么授予协议篮中会随附众多的其他文件。这些文件主要是关于计划内容的解释、受益人的税收待遇以及其他具体规定的。通过股票期权计划的寄送,员工可以对公司的意图及计划的内容等有更好的理解。

简言之,在计划授予环节计划管理者的主要职责可以归结为图5.12:

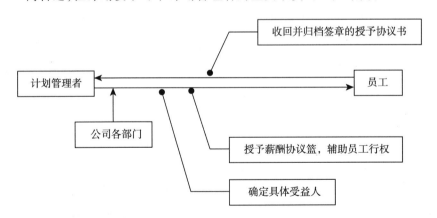

资料来源:《股票期权制度分析》,刘园、李志群,对外经济贸易大学出版社,2002年版。

图5.12　计划管理者在授予环节的职责

三、计划授权、行权和处置环节的管理者职责

在计划规定的授权日以后,计划的管理者需通知员工可以行权的日期以及可以行权的数量,同时需做好准备,对员工发出的行权通知书进行处

理。当员工决定行权时,需填写行权通知书,并将其寄送给公司。行权通知书中应当包括以下项目:受益人的真实姓名、身份证明、住址、授予日、可行权期权的数额、要行权期权的数额以及支付方式等等。行权通知书主要向公司说明两个问题:一是员工拥有股票期权的情况;二是员工准备行权的数量和方式。

可见,行权通知书明确表达了员工准备行权的意图以及如何行权的指令。一般而言,此文件以及足额支付款项送抵公司之日也就是员工行权日。

另外,计划管理者需就不同类型的股票期权设计不同的行权通知书。有些股票期权计划项下又细分了法定股票期权和非法定股票期权,由于不同类型的股票期权所受的法律约束和税收待遇相差很远,因此,为了便于管理,计划管理者设计不同的行权通知书是必要的。而且,行权通知书可以采用多种形式,如书面、电子、电话、电传等等。例如,一项在国际范围内推广的计划,它的行权通知书采用电子文本的形式比较合理,既节约了成本,又便于收集处理。当然,确定电子文本的效力是必不可少的;但是,如果公司认为电子文本效力不足,则可以要求员工以书面的形式发送确认函。

计划管理者在收到员工的行权通知书后一般会签章,并将副本返还员工。之后,计划管理者应查阅公司数据库,确认员工所提请的行权通知书内容无误。需确认的内容包括期权是否已授权、期权是否仍有效、行权价格是否正确、行权规模是否符合规定、行权方式是否被允许以及行权的程序是否合规等等。在核实无误后,计划管理者应计算员工需支付的行权价款和应缴税款。

行权价款 = 行权价格 × 准备行权的期权数

至于应缴纳税款,税法对不同类型的股票期权规定也是不同的。对于激励型股票期权,员工在行权日不需缴纳任何预扣税。而且,如果员工在授予日后的 2 年、行权日后的 1 年内持有股票,那么在最终处置股票时,员工只需按长期资本利得税纳税。对于非法定股票期权,员工则要在行权日缴纳预扣税。而且如果行权价格低于行权日股票市价,那么在行权日,员工需将折价部分确认为一般收入,缴纳一般收入所得税。

自员工行权之日起,计划管理者应当紧密跟踪员工的行权和处置行为,这主要是出于两方面的考虑:一方面,计划管理者必须确认员工按照税法规定履行了纳税义务,才能够将期权股票转入员工账下;另一方面,员工确认的一般收入对应的是公司的纳税抵免,也就是税收成本的节约。因此,公司应当把握员工的行权和处置动向,并及时准确地将相应的税收抵减反映在财务报表里。其中,尤以法定股票期权的管理最为复杂。对于法定股票期权,各个国家对其持有期都有严格缜密的规定,因此公司必须跟踪记录员工处置股票的情况。如果员工进行了不当处置,即在法定持有期内售出或转让了股票,那么员工需将溢价部分确认为收入,并缴纳税金。同时,公司可将等额部分计入薪酬费用,抵减税额。为了确保及时性和准确性,计划管理者除了跟踪员工行权和处置股票的行为以外,还会定期以电话询问或者调查问卷的形式了解员工处置股票的情况,同时要求员工将行权、处置以及与此相关的行为及时报告给公司。

计划管理者在审核完行权通知书、收讫行权款项和所纳税款之后,就会通知股票过户代理人,将股票交割给受益人。当然,如果员工采取经纪人当日出售的方式行权,则股票将交割给经纪人,员工只获得行权净收益减去佣金和税款之后的余额。

在员工行权、股票交割完成以后,计划管理者应及时更新数据库,将此股票从已授权尚未发行的预留股票库存中剔除。同时,管理者应及时将股票期权的行权情况通知公司内部的薪酬部门、人力资源部门等,以便于整个公司内部数据库保持一致。

另外,有些公司还会向员工发送行权确认书,以说明其期权计划中期权的执行状况。行权确认书一般包括以下内容:公司名称、地址、联系方式、行权员工的姓名、地址、身份证明、授予日期、行权日期、行权日公司股票的市场价值、行权的股票数量、行权股票的类型、行权股票的总成本等等。

如果员工采用经纪人当日出售方式,而不是现金方式行权,则股票期权计划书或者授予协议书中应该注明公司指定的经纪人公司的名称和联系方式等。为了实现这一行权方式,公司要事先与一家或几家证券经纪公司签署协议,建立通用的股票账户,以安排员工行权、认购及出售公司的股票。经纪人当日出售的行权方式,实际上就是将行权日和处置日合二为一了。

另外,如果期权的受益人是公司经理、董事等内部人士,则管理者应当注重窗口期、受限期的管理,并且要帮助这些内部人士采取合理的行权和处置方式,以防止内幕交易的嫌疑。

总之,在股票期权计划的实施过程中,计划管理的主要职责体现在以下几个方面:

(1)对文书的管理:保证授予协议书——行权通知书——行权确认书等文书的及时正确传送。

(2)对行权的控制:跟踪员工行权以及处置股票的行为,明确员工的纳税义务和公司的税收抵减。

(3)协调各方关系:提高受益人对股票期权计划的了解,辅助受益人行权以使其获得最大利益;说服现有股东股票期权计划是对其最佳的选择;统一公司内部各部门对期权计划的认识,组成精确、动态变动的数据库;向公众宣传公司的股票期权制度以及良好的企业文化氛围。

(4)履行信息披露和报告义务:根据法律法规以及政府政策的要求,进行必要的信息披露。[①]

第三节 公开上市公司的信息披露义务

股票期权计划由于涉及普通股这一敏感话题,不仅现有股东非常关注,而且证券监管部门和证交所等也纷纷设立法规规章,对其披露义务作了特殊规定,以规范授予股票期权的行为,并保护广大投资人的利益。美国对企业股票期权计划各阶段信息披露义务的规定较为详尽,主要包括对内部人士信息披露的规定和对公开上市公司信息披露义务的规定两方面,可供借鉴。

一、内部人士信息披露的要求

(一)内部人士的界定

根据美国《证券交易法》第 16 条的规定,公司的内部人士由管理者、董

[①] 刘园、李志群:《股票期权制度分析》,对外经济贸易大学出版社,2002 年版,第 217~232 页。

事和主要股东三类组成。其中,公司管理者是指在公司政策制定中起着举足轻重作用的人员,这一概念是以职能划分的,而不是以职位或者称呼划分的。公司管理者主要包括公司总裁、主计长、财务总监、各主要部门的副总、其他政策制定者以及附属公司代表等。其中,主要部门是指生产、销售、管理、财务等部门。属于内部人士的董事就是公司董事会的全部董事,主要股东则是指拥有 10% 以上股权的股东,这里股权是指收益权。公司履行内部人士披露义务的第一步就是正确地界定内部人士。

(二)内部人士的信息披露义务

内部人士信息披露的要求就是充分、及时地披露其持有和交易公司股票的行为。具体的披露要求如下:

表格 3 的提交:表格 3 是用以反映公开上市公司内部人士初始持有公司股票的情况的。如果公司首次成为公众公司,或者有新的内部人士产生,则会涉及到表格 3 的提交。例如,某位员工 A 新近当选为公司经理或者董事,那么他就成为了公司的内部人士。自他上任之日起 10 天内,公司需要整理他持有公司股票的情况,并填写表格 3,上报给证券交易管理委员会。而且,即使此员工 A 不持有公司股票,仍然要据实填写表格 3,并送交证券交易管理委员会备案。

表格 4 的提交:表格 4 是用以说明内部人士持股变化的文本,按月提交。其中,持股变化主要指内部人士购买、出售股票的行为,以及执行股票期权、使用认股权证、转换可转换优先股(或者可转换债券)的行为。与表格 3 不同,表格 4 只有在内部人士持股发生变化的时候才需要提交。如果员工 A 在一个月中没有买卖公司股票的行为,也没有涉及衍生产品的交易,其持有公司股票的情况将不会发生任何变化,那么员工 A 就不需提交表格 4。另外需要引起注意的就是,持有股票的变化是以过程界定的,而不是以结果界定的,也就是以股票交易行为是否发生为依据,而不是以最终股权的变动为标准。例如,如果员工 A 先买入后卖出(或者先卖出后买入)了公司股票,买卖数量相等,虽然其最终持有公司股票的数量并没有发生任何变化,但是由于在此报告期内发生了持股的变化,他仍然要填写表格 4,上报其交易行为。而且,他需要在交易行为发生当月月末的 10 天内,将表格 4 报送到证券交易委员会。另外,表格 4 的上报存在一个免责条款,即可以根据证券交易管理委员会的特殊规定,对免责于 16(b) 义务的交易行为,无需在表格 4 中予以体现,但应在表格 5 中给予披露。另外,需要在表格 5 中披露的信息,可以提前在表格 4 中给以体现。

表格 5 的提交:表格 5 也是用以说明公司内部人士股权变动情况的文本。但与表格 4 不同,表格 5 是按年提交的。表格 5 主要对表格 4 进行补充,其披露的信息主要是未在表格 4 中体现的、可以援引 16(b) 免责条款的交易行为。此类交易行为主要包括免责于 16(a) 的交易行为以及衍生证券的行权和转换等。例如,股票期权计划对内部人士的授予和授权行为就应当在表格 5 中予以披露。而且,表格 5 必须在财政年度年末的 45 天内,上报至证券交易管理委员会。

可见,对于内部人士,证券交易法做出了详细的披露要求,既有固定的披露格式,即表格 3、4、5,又有严格的时间限制,既对有披露义务的内部人士做出了界定,又对需要披露的行为做出了规定。除此之外,证券交易法还对内部人士的短期利润获得进行了限制。

由此可见,公司在向经理、董事等内部人士授予股票期权的时候,应当注意及时地履行披露义务,确保表格 3、4、5 准确、及时地报送证券监管部门。

二、公开上市公司的披露义务

披露义务是公司的隐性成本,尤其在公司首次公开上市时,披露本身以及准备披露事项所占用的人力、物力对公司而言都是一种成本支出。首先,信息披露是将公司内部有用信息公布于众,这对公司而言会在一定程度上损害自身的商业机密;而且,如果被竞争对手掌握了公司的有用信息,对公司而言将是十分危险的。其次,准备信息披露要组织大量的人力、物力,用于整理数据、搜寻信息、处理文案等,这对公司而言也将是一笔重大的费用支出。因此,在推行股票期权计划时,公开上市公司必须考虑与之相关的披露成本。

(一)内部人士持股披露

这是对公司股权情况进行的披露。关于内部人士的界定以及他们的披露义务前面已经介绍,这里不再赘述。但是,需要强调的是,股票期权计划的授予、授权、行权、处置等也属于应当披露的范畴,公司应当保证以上事项及时准确的披露。

(二)管理人员信息披露

首先需要对管理人员进行界定。管理人员包括三类人员,即上一财年担任或者曾经担任首席执行官(CEO)一职的人员、薪酬最高的4名管理人员以及薪金有潜力处于前4名的另2名管理人员。以上三类人员被称作"指定管理人员"。例如,公司某位副总的薪金(包括各种薪金,工资、年薪、受限股票、股票期权等)在公司全体员工中仅次于首席执行官,但是由于某些暂时性因素,其在2006年的薪金被挤出了前4名。但是,这一暂时性因素将不会在2007年继续存在,可以预见,此副总将重回最高薪金的行列。那么,在这种情况下,此副总就属于有潜力处于前4名的其他管理人员行列,其相关信息应当进行披露。

其次需要明确每位管理人员信息披露的义务。简言之,应当披露的内容包括表5.7所列的10项内容。

表5.7		管理人员信息披露的内容
主观性披露	1	薪酬委员会报告
	2	业绩图
	3	薪酬委员会关联方与内部人士交易报告
	4	股票期权与股票增值权重新定价报告
客观披露	5	薪酬一览表
	6	股票期权表和股票增值权表
	7	股票期权行权表和股票增值权行权表
	8	长期激励性计划赠予表
	9	薪酬给付的绩效标准
	10	薪酬支出与公司业绩的比较

资料来源:《股票期权制度分析》,刘园、李志群,对外经济贸易大学出版社,2002年版。

以上需披露的10项可以归纳为薪酬计划、绩效标准、业绩结果三个方面。客观性披露的内容具体如下:

1. 薪酬一览表

薪酬一览表是对公司管理人员薪酬支付情况全面、具体的披露。其披露的内容包括管理人员的年薪和长期薪酬。其中，年薪包括员工的工资、奖金以及其他福利。其他福利包括的内容非常多，而且各个公司给予员工福利的形式也差别很大。例如，公司给予员工的税收补贴，折价售出公司股票等等。与之相对应，长期薪金包括受限股票的赠予、股票期权计划、虚拟股票、股票增值权等长期激励性薪酬。另外，其披露的期间包括最近三个财政年度实际给付指定管理者的薪酬状况。如果公司公开上市还不足 3 年，则只需披露其公开上市之后的薪酬给付状况。但是，薪酬一览表中至少要披露上一财年薪酬支付情况。也就是说，披露的最低期间一般为 3 年，如果数据不足 3 年则为 2 年。总之，薪酬一览表是对管理者所获薪金的全面介绍，有助于投资者了解相关信息，评价公司薪酬制度，并与其他同类竞争企业进行横向比较。

2. 股票期权表和股票增值权表

股票期权表和股票增值权表是对指定管理者所获股票期权和股票增值权情况的披露。其披露的内容包括每项计划授予所包含的潜在的股票（期权股票）数目、每项计划占上一财年授予的全部股票期权计划和股票增值权计划的百分比、每项计划的行权价格、每项计划授予日公司股票的市场价格、每项计划的有效期、每项计划的潜在价值以及每项计划授予期权的定价。可见，此表的披露内容只限于股票期权和增值权两个专项的薪酬支付情况，而不是像薪酬一览表那样囊括所有的薪酬支付。另外，其披露的时限要求也与薪酬一览表不同，其只需披露上一财年的情况，不需提供 3 年的数据。对于每项股票期权计划或者股票增值权计划，公司应单独进行信息披露。当然，如果几项计划的关键条款内容一致，例如具有相同的行权价格、相同的行权标准（授权时间安排或绩效标准）、相同的有效期限，那么这几项计划可以合并进行统一披露，以减少相应的文案处理工作。还有一点需要提及：此表将披露每项计划的潜在价值，这纯粹是为了方便投资者评估此计划而进行的估算。一般公司会采用证交所要求的公允价值法计算，即使用布莱克—舒尔斯模型或者二叉树模型等通用模型进行估计。除此之外，公司还可以使用其他简单直观的办法进行预测，如采用固定增长率方法等。

无论采用何种方法,期权价值披露的目的在于给予投资者有用的信息,因此,预测结果一定不能产生误导作用。

3. 股票期权行权表和股票增值权行权表

股票期权行权表和股票增值权行权表是对指定管理人员执行股票期权情况的披露。其披露的内容主要包括行权所获得的期权股票数目、所有行权的总价值、截至上一财年末指定管理者所持有的尚未行权的期权(股票增值权)的总和,以及截至上一财年末指定管理者所持有的尚未行权的实利期权的总价值等等。另外,此表所披露的时限也仅仅包括上一财年的情况,而不必披露前 3 年的情况。

4. 长期激励性计划赠予表

长期激励性计划赠予表是对授予其他长期激励性计划(除受限股票计划、股票期权计划以及股票增值权计划以外)情况的披露。其中,长期激励性计划是指期限长于 1 年的、以激励为目的的薪酬计划。其披露的主要内容包括计划所包含的股票授予、其他薪金给付、授予或者给付的标准(如时间标准或者绩效标准等)以及授予或者给付的潜在价值等等。其披露的时限也只限于上一财年的情况,而不必披露 3 年的情况。

以上是上市公司管理层应当进行的信息披露。当然,如果以上披露涉及公司的商业机密,那么公司可以援引免责条款,对相关的信息仅做一般性描述,而不必披露细节问题。

(三)董事信息披露

需要进行披露的包括所有董事,而需要披露的内容主要包括以下几点:由于担任董事一职而获得的薪酬的类型和数额;由于担任董事一职,而且又承担了其他非常务性职责而获得的薪酬的类型和数额;为公司提供董事一职以外的其他服务而获得的薪酬的类型和数额,例如提供法律、会计、咨询等服务而获得的报酬。

(四)股票预留情况

公司在提交注册说明书时应披露预留股票数目。其中,预留股票是指为股票期权计划实施而划拨的、已授权但尚未发行的股票。公司预留股票

183

信息的披露,为投资者判断预期股权稀释的情况提供了依据。

(五)财务报表信息披露

在前面的章节中我们已经涉及到了相关内容。我们知道,无论是私人控股公司还是公开上市公司,都倾向于使用最低价值法将股票期权入账。但是,最低价值法计算的结果并非公允价值,因此公开上市公司应当采用布莱克—舒尔斯模型或者二叉树模型计算出来的公允价值入账,得到薪酬成本、息税前收益、净收益以及每股收益。当然,到目前为止,公司仍然可以沿用最低价值法,但是必须在脚注的显著位置标注公允价值法所计算的期权价值,以及相应的每股收益值。

公司一般采用"库存股票"记账法来反映股票期权、认股权证、可转换优先股等金融衍生产品的稀释作用。"库存股票"记账法操作简便,以股票期权为例,可以归结为以下几步:假设股票期权在期初即被执行,当然如果有证据证明,股票期权是在期中的某一个时期执行的,则应按照实际行权日来计算加权后的在外流通普通股股数;公司由于员工行权、支付行权价格而获得的收入,将被假设完全用于股票回购,即按照当期股票平均市场价格购买公司股票,从而减少在外流通普通股股数;由于行权而引致的新增股票的发行额度,与回购股票的额度之差,加入到当前实际在外流通普通股股数中,将得到稀释后的在外流通普通股股数;以稀释后的在外流通普通股股数为分母,以公司当期净收益减去优先股股利为分子,计算稀释后的公司每股收益。

以上主要介绍了公开上市公司的披露义务,股票期权计划的管理者必须注意履行相关的披露职责。如果披露不及时或者披露有误,公司的相关成本将会很高。因此,计划管理者(或者由公司指定的专门负责人)应当随时跟踪计划受益人的行权、出售等行为,更新公司数据库,并及时、准确地报送各种表格。[①]

---

① 刘园、李志群:《股票期权制度分析》,对外经济贸易大学出版社,2002年版,第235~238页。

第四节　股权激励计划管理方式的选择

股票期权计划管理者,既要保证股票期权计划实施的顺畅,又要尽责履行各种管理和披露义务。在这时,公司会有两个选择,一个是将计划的设计和管理工作外包给专业的薪酬机构或者金融机构;另一个则是建立自己的管理系统,委派专人进行内部控制。公司会选择哪一种方式,应该选择哪一种方式,并没有一个标准的答案,企业最终选择哪一种管理模式,将取决于成本收益分析的结果。以下将主要介绍公司在选择外包或者内控时应当注意的问题。

一、费用支出

随着金融服务业和资讯业的发展,目前越来越多的中介机构为公司量身定做包括股票期权计划在内的薪酬计划。在这些中介机构中,有的擅长于数据的收集和整理,例如软件公司和网上经纪公司等;有的擅长于证券交易和投资咨询,例如证券公司和投资银行等;有的则擅长于税务服务和薪酬管理,例如咨询公司和会计师事务所等。可以肯定地说,公司的任何需求,无论是计划的个性化设计,还是高效率管理,都可以找到服务的提供者。中介机构既可以为公司提供全面的保姆式的服务,即从计划的设计、授予、授权到行权、处置、终止的所有过程,都由中介机构全权负责管理,也可以仅仅为公司提供相关的咨询服务,例如税务咨询、法律咨询、行权咨询等等。但是,任何服务的获得都要支付一定的费用。而且,有的大型股票期权计划的管理费用是非常高的,尤其是在聘请知名的金融中介机构进行管理时更是如此。有些中介机构收取固定的费用,而另一些则按比率收取,即计划受益人人数越多,费用支出也就越高。很多公司正是因为此费用支出过高,而放弃了采用外聘专家的管理模式。

实际上,如果公司已建立了完善的数据管理系统,而且股票期权计划本身并不是很复杂,那么公司简单地指派某人或某几个人负责管理工作就可以了,而无需外聘专业机构。相反,如果公司并没有现成的数据库,也没有管理期权计划的合适人选和相关经验,那么外聘专业机构则更为合适。另外,公司在外包时,可以与有关服务商建立长期关系,即把相关工作全权委托给一家公司。这样,不仅能够在费用上得到优惠,而且能够获得服务商的其他服务。简言之,公司应当综合考虑现有资源、待管理的计划的繁简以及费用支出等问题后,再作出是外包还是内控的决策。

除了费用支出的多寡以外,关于费用问题,还有另外一点需要注意。按照成本性态划分,成本可以划分为固定成本支出和可变成本支出。公司将计划的设计和管理事项外包给其他中介机构,由此引致的成本支出属于可变成本。可变成本的意义就在于,如果公司希望降低或者取消这一部分成本支出,那么公司就可以与外包商商议,降低成本水平,或者暂停此项业务,这使得公司在成本管理上拥有了一定的灵活性。在计划中止或者终止时,在经济运营不佳时,在成本支出非常敏感时,公司可以通过与外包商及时地更改合作协议而有效地控制成本支出,避免对公司运营的负面影响。与之相对应,如果公司采用内控的方式,就需要购入相关的管理软件,搭建内部信息网,委任专门的员工进行管理,由此引致的成本是固定成本支出。固定成本支出越高,公司的经营风险也就越大。因此,公司在考虑对计划的管理是外包还是内控时,也应当注意可变成本和固定成本这一问题。如果公司的固定成本支出已经很高,对应的经营风险很大,那么选择外包则可以避免风险的进一步扩大。相反,如果公司固定成本支出很低,具有有效运用经营杠杆的空间,那么建立自己的管理机制将是一个不错的选择。

二、辅助服务

如果公司将计划的设计和管理外包给中介机构,则除了此业务本身以外,公司还可以获得很多其他的辅助服务。例如,目前软件公司已经开发出了相当成熟的管理软件,他们可以为公司提供数据记录、表格呈报、信息传递等一条龙服务。公司可以针对不同的股票期权计划,采用不同的软件;但是,最好将软件供应商固定在一家或少数几家上,因为这样大规模的合作,软件公司不仅会向公司提供所需的软件产品,而且还会提供相关的服务和技术支持。另外,软件公司还可能举行年会或信息交流会。届时,将有众多客户出席,这也为本公司提供了一个与同业进行交流的机会。其他提供计划管理服务的中介机构,例如投资银行、咨询机构等,也能够帮助公司处理相关数据,为公司提供准确及时的信息。同时,这些中介机构还可以解答员工的日常疑问,为员工提供专业化的咨询服务和证券交易服务。可见,辅助服务的获得,是公司外包此业务的一个附加好处。如果此类辅助服务对公司非常有价值,那么选择外包方式可以扩大公司与相关中介机构的合作,进而从这种合作中受益。

三、价值链的重塑

随着经济的发展、竞争的加剧以及技术的进步,企业价值链的重塑和业务外包成为越来越普遍的经济行为。在2001年达沃斯世界经济论坛年会上,众多的 CEO 纷纷预言,业务外包和寻找战略合作伙伴,将导致传统的公司运营模式的瓦解,而新的模式将是公司内部职能在外部的分工。公司应当不断地进行重新定位,找到价值增长最快的环节,从而集中公司的有限资源投入到此环节中去,而其他环节则分包给其他效率更高的外部公司去运作。这种外包行为将使整个行业效率更高,专业分工更细腻,利润空间更大。目前,公司的核心职能可以概括为三大部分,即与客户及外部的沟通、产品的生产和创造、企业的管理。新型的企业运营模式要求企业准确评价自身的比较优势,将重点转移到以上三个职能中的一个中去,并将其余的职能转包给其他厂商。这种模式虽然在表面上看来使公司组织结构过于松散,但是,由于信息技术的支持,公司的实际控制力并未削减,而且通过战略分工和联盟,最终使每个参与者均能从中获益。

经过综合考虑,如果公司决定将计划的设计和管理外包给其他中介机构,并不意味着公司将可以完全放手,只依靠中介机构进行管理。事实上,如果计划在运行中出现了问题,公司仍然是最终的责任承担者和费用支付者。因此,公司仍需指定某人或某部门来负责对外包中介机构的管理工作进行监督。此负责人要定期从外包管理机构那里索取计划运行的信息,并确保无重大偏差。尽管仍然要委派专门的人员进行监管,但是主体的管理任务已经交到了中介机构手中,对公司员工而言,与计划管理相关的工作量骤减,而且中介机构的专业服务的质量更高。

以上我们论述了外包方式的优点。任何方式的存在都有它自身的意义,内控方式也不例外。对一项大的计划采用内控方式,虽然启动成本会比较高,但是公司将因此更好地把握整个计划的实施情况以及实施效果。把对股票期权计划的管理纳入公司的管理系统中去,有助于使这一系统趋于完整和完善。总之,内控抑或外包,取决于公司的需求与资源的关系,以及成本与收益的关系。

法规篇

FA GUI PIAN

第六章
股权激励的法律基础

第一节　股权激励的法律特征
及所产生的法律关系

股权激励作为一种激励机制,是对以公司股票为标的对公司经营者进行长期激励的各种激励方式的总称,包括股票期权、限制性股票等各种具体的方式,其中尤以股票期权最为典型,它也是历史最长、运用范围最广的一种激励方式。本节以股票期权为代表来介绍其法律特征和所产生的法律关系。

一、股票期权的定义及其法律特征

一般而言,股票期权是企业资产所有者对企业经营者实行的一种长期激励的报酬制度,具体是指公司授予本公司管理人员在未来一定期限内以预先确定的价格购买本公司一定数量股份的权利。股票期权具有如下法律特征:

第一,股票期权是一种选择权。所谓期权,英文 Option 即为选择之意,在股票期权行使期限内,如股票的市价高于其行权价,即股票的价格上涨时,拥有该权利的公司人员可以通过行使这一权利取得股票,从而获得该股票的市价与行权价之间的差额。反之,如股票的市价等于或低于其行权价,行使股票期权将不能使期权持有者获得利益,持有者可以暂时不行使该权利,甚至放弃这项权利。也说是说,股票期权持有者完全有权利凭借自己的判断来决定是否行权,是否以事先约定的价格购买股票,公司不能强制其购买,对股票期权持有者来说,这是一种权利而非义务。从民法角度来讲,这种选择权的实质是形成权,即权利人可以依其单方意思表示使法律关系的效力产生、变更和消灭,而不需要合同另一方的合作,仅凭一方意志便能改变现有的法律状态。股票期权赋予持有人在行权方面的充分选择权,这也体现了对期权持有人的激励本质。

第二,股票期权是一种期待权。公司在授予激励对象股票期权时,激励对象获得了在将来一定期限内以事先约定的价格购买公司股票的权利,但这种权利的行使必须是在未来的一定期限内,而不是在授权的当时,也就是说,股票期权的获得和行使不是在同一时间进行,而具有未来性,是一种期待权。对双方当事人来讲,股票期权授予方为自己设定了义务,即在未来的一定期限内兑现被授予方所获得的权利,而被授予方获得了在规定的时间内以约定价格购买股票的权利。只有经过被授予方的努力,使公司得到发展,每股净资产提高,股票市值上涨后,被授予方选择行权,股票期权的价值才能真正体现出来。

第三,股票期权是一种具有人身性质的权利。被授予人在获得股票期权后只能由本人享有,不能以任何形式出售、交换、偿还债务或以利息支付给与本人有关或无关的第三方,唯一可以例外的是可以继承,即当被授予人在获得股票期权后至行权前的时间段内如果死亡,则其法定继承人可以继承该项权利。和其他诸如财产权、债权等类型的权利相比,股票期权的这种很强的人身性质使得它受到严格的限制,既不得有偿转让也不得无偿赠予,也正是由于这一点,才使股票期权的长期激励价值得以体现。

第四,股票期权兼具无偿和有偿双重特性。被授予方在获得股票期权时,是授予方赠予的,不需要支付任何对价,因此是无偿的;但是,当被授予方行权时,需要以事先约定的价格去购买公司股票,因此是需要支付对价的,是有偿的。股票期权划分为授予和行权两个阶段,这两个阶段分别是无偿和有偿的,共同构成了股票期权的双重性质。

第五,股票期权的主体相对确定。前已述及,股票期权是企业资产所有者对企业经营者实行的一种长期激励的报酬制度,因此,这一法律关系的双方主体都是明确的:一方是授予方,只能是企业本身;另一方是被授予方,即企业内部的特定人员,通常包括企业的管理人员和核心技术人员,不包括企业以外的其他人员。

二、股票期权与相关概念辨析

（一）股票期权与期股

经营者期股是指经营者在上任时以公司的净资产值或股票价值购入公司一定比例的股权,待其离任后再将这些股权兑现给经营者。我国从承包制开始到后来一度推崇的年薪制,都曾致力于解决企业管理者的激励与约束问题,虽然成效显著,但是其制度产生的动力很难摆脱短期化的陷阱。为了从建立经营者激励和约束机制的角度来推进制度创新的实践,上海、武汉、深圳等地区从 1996 年开始,在学习和借鉴国外股票期权制度的基础上,根据我国国情进行了一定的改造后,在不同规模、不同效益、不同层次的国有企业中实行了期股制分配方式的探索实践,并取得了较好的效果,其基本做法是:企业出资人与经营者达成书面协议,允许经营者在任期内按既定价格用各种方式获得本企业一定数量的股份,先行取得所购股份的分红权等部分权益,然后再分期支付购股款项,购股款项一般以分红所得分期支付,在既定时间内支付完购股款项后,取得股份的完全所有权,如分红所得不足以支付本期购股款项,以购股者其他资产充抵。股票期权与期股制的区别在于:

1. 性质和作用不同

期权是选择权,权利人可以在权利有效期内选择行权或弃权;而期股则是将一定时期内购买本公司股票作为义务而非权利。期权是一种激励机制,经营者可根据股价高低自行选择是否行使期权,行权后可继续持有或者转让变现。当然,期权也有约束功能,主要体现在行权期上,使经理人一旦跳槽将丧失期权,这只是挽留人才的手段。可见,即使是约束也是以利益为诱饵的。而我国长期的义务本位思想使期股多了些经营担保的味道,经营者行权必须向公司注入资本拥有股份,还要完成协议中各项考核目标,未完成者不仅不得行使权利,还要被扣除其所持实股收益或其他收入。

2. 获得收益的方式和收益来源不同

在股票期权中,经营者在行权日之前没有收益,行权之后才能获得应得的全部收益；在期股制中，经营者在获得股份之后，就相应获得分红权，但整个股份的兑现要在全部股价款支付完毕且任期届满后才能实现。在股票期权中，经营者完全靠买卖股票的价差获得收益；在期股制中，经营者是从企业利润增加部分中按一定的比例获得收益。

3. 股票来源不同

股票期权中股票通常来源于公司从二级市场回购或者向激励对象定向发行新股；而期股的股票多数来自于大股东出让的股票。

（二）股票期权与员工持股制度

员工持股制度是指由企业员工出资认购本企业部分股权，委托员工持股管理委员会（或理事会）作为社团法人集中管理，并进入董事会参与分红的一种股权形式。员工持股是激励员工积极工作的一项制度，与股票期权一样也发端于美国。由于员工持股制度在改善传统劳资对立关系、鼓励企业职工的积极性等方面功效显著，因此发展迅速，被发达国家的企业广泛采用。据资料记载，美国约有四分之一的企业实行雇员持股计划，日本的上市公司95%都是内部职工持股企业。员工持股制度中的持股员工不仅包括本企业普通职工，而且还包括企业董事长和高级经理人员，而且从一定意义上说，员工持股也是一种激励机制，因此与股票期权有相似之处。但是，二者的目的、权利性质和实现方式都有不同：

1. 目的不同

员工持股是人力资本的投入，主要目的是为了缓和劳资矛盾；而股票期权是资本所有者给经营者努力的奖励。

2. 权利性质不同

在员工持股制度中，员工取得的是实实在在的股票的所有权；而股票期权制度中经理人对特定股份的权利是期权，是未来的一种选择权，期权主体在未来可以视情况决定是否行使期权购买股票。

3. 实现方式不同

在实现方式上，员工持股主要是通过员工分红入股、公司发行新股时提取一定比例供员工认购来实现，股票期权主要是通过向管理层定向发行新股而不能通过分红入股来实现。

（三）股票期权与虚拟股票期权

虚拟股票期权（Phantom Stocks）与股票期权的激励原理相同,但公司只授予激励对象"虚拟"的股票,激励对象可以据此享受相应数量的分红和股价升值收益,但没有所有权,没有表决权,不能转让,在激励对象离开企业时自动失效。

虚拟股票期权与股票期权的差别在于,在虚拟股票期权下,激励对象不实质持有公司股票,仅享有期权对应股票的现金收益权,而不享有其他股东权利。对激励对象而言,不需要投入资金认购股票,将是毫无风险的激励方式。对公司而言,采取虚拟股票期权方式有利有弊。一方面,虚拟股票期权不涉及股票的实质发行或转让,操作程序以及会计处理相对简单易行;激励对象不享有表决权等其他股东权利,对不欲打破原有股权分布状态的公司而言,可以维持原有均衡。但另一方面,实施虚拟股票期权公司的现金压力会比较大;同时,激励对象不承担真正股票所有者的风险,也就不能体现股票期权激励与约束相容的优点。

（四）股票期权与认股权证

认股权证是上市公司或其他机构发行的,授予持证人在特定时期内以行权价认购或认沽标的资产的权利凭证,具有期权性质。在股权分置改革的大环境中,出现了诸多以认股权证进行股权分置改革的方案,也有人提出以认股权证方式来对上市公司管理层进行激励。认股权证与股票期权最大的区别在于,认股权证本身作为金融衍生产品,兼具流通性与认股机制;而股票期权则只有认股机制,不能流通。认股权证的流通性使得持有人可以随时转让,无法达到对管理层的长期激励,而且一般来说权证发行量与市值均较小,波动剧烈易于操纵,用于股权激励则滥用风险可能扩大,因此我们认为并不适宜作为激励方式。

三、股票期权所产生的法律关系

股票期权是现代企业制度的产物。现代企业制度的典型特征是两权分离,即所有权和经营权相分离,企业的所有者不再是经营者,双方之间是劳资关系。而股票期权制度的出现,使一小部分经营者成为企业的所有者,二者又成为了统一体。当然,这与传统的公司所有者和经营者合二为一的模式并不完全相同。在现代企业制度中重新出现的所有者与经营者同一的前提条件是,现代企业的股权极为分散,不集中不单一,绝大部分所有者不参与公司经营,只有一小部分所有者参与经营,也就是说只有一小部分所有者是经营者,而这正是股票期权法律关系的产物。股票期权的应用,使得公司的原所有者与经营者之间的法律关系发生了变化。

(一)未实施股票期权时,公司与经营者之间是单纯的雇用关系

在未实施股票期权时,公司股东与经营者之间的关系比较简单,就是单纯的雇用关系。股东通过公司董事会聘用经营者,与其签订聘用合同并按约定支付报酬。在这种雇用关系下,双方当事人所处的角色不一样,考虑问题的出发点当然会不同。股东主要考虑的是其利益最大化,自然会关注管理成本的压缩,包括人员管理成本;而经营者作为职业经理人,主要考虑的是自身利益的最大化,即最大地获取报酬。因此,公司股东与经营者的利益是不一致的,这正是他们之间的雇用关系所决定的。这种雇用关系通常会导致经营者的短期行为,因为他最先考虑的是如何将自己的当前劳动获得即刻兑现的报酬,而公司的长远利益会被放在次要位置。这也无可非议,因为经营者没有与股东共享公司最终收益的权利,自然也就不能要求他为公司的最终收益付出更多的义务。

(二)股票期权合同签订后行权前,经营者成为公司的准股东

股票期权合同签订后,公司股东通过董事会将股票期权授予经营者,公司承担了同意给予经营者获得权利的义务,经营者获得了在未来一定时间内以约定价格购买公司股票的权利,一定时间后如果经营者行使权利,公司就要提供足够的股票以供应其行权。

经营者在行使权利以前,实际上已经获得了将要成为股东的权利。此时,虽然他还未成为公司真正的股东,但是只要他愿意,将来一定能成为公司的股东,可以说已经是准股东了。公司与经营者之间的法律关系形式上保持未变,仍旧是雇用关系,但实质上已经与未签订股票期权合同时不完全

一样了,具有了准股东的关系。这种身份上的转换,使经营者开始从公司股东的角度出发考虑问题,开始关注公司的长远利益,避免短期行为,也就是说经营者与股东的利益开始趋同,行为上也有了较大的调整。

(三)行权后,经营者成为公司股东

经营者在行权之后,即出资购买了公司股票后,就真正成为了公司的股东,由股票期权所产生的法律关系把原来与公司处于雇用关系的经营者变成了与股东相同关系的人——公司股东,公司与经营者之间不再是雇用与被雇用的关系。股票期权在本质上使经营者具备了一定的所有者角色,拥有了一定的剩余索取权并承担相应风险。使经营者与所有者的利益取向达到相对均衡,从而降低监督成本,改善所有权与控制权分离所可能造成的经营者道德风险与机会主义倾向。

股票期权的目的在于激励经营者努力工作,并不在于公司股权结构的调整,但实施股权激励的结果是公司的股权结构也的确进行了调整,经营者变成了股东。经营者在变成股东的过程中得到了激励,在成为股东后,可以享受公司股票的分红,也可以以任何认为合适的价格出售所持有的股票获取差价,他在公司的利益分配上享有一定的优越性,而这种优越性及其所带来的经济利益均来自于股票期权。可以说,公司实施股票期权实际上就是局部地进行资源重新配置,将公司原有股东的资源和公司的资源向经营者进行合理的配置,目的就是为了经营者在得到合理配置的资源后关注公司长远利益,为公司和股东创造出更大的价值。

第二节　股权激励合同的法律实质

一、股权激励合同的主要内容

上市公司对管理层进行股权激励的实施载体是上市公司与管理层签订的股权激励合同。通过股权激励合同,上市公司与管理层确定各自的权利义务,上市公司制定的股权激励计划的内容得以落实。股权激励合同是管

理层享受股权激励的法律依据,是对其未来获得公司股权的权利的肯定。一般来说,股权激励合同应当包括以下内容:

(一)合同主体

股权激励合同的一方是上市公司,它作为最终的股权出让方,无疑是合同的当然主体。另一主体应该是上市公司的管理层或员工,即股权激励指向的对象。通常认为,激励对象应当包括上市公司的管理层,即内部董事和经理、财务总监等高级管理人员,但近年来激励对象的范围在逐步扩大,中层管理者、核心技术人员等也被纳入其中。关于激励对象最有争议的在于是否包括独立董事、监事。有人认为独立董事、监事作为股东利益,尤其是中小股东利益的代表,其职责在于监督管理层的规范经营,从股权激励的原理来讲不应成为激励对象。另外,激励对象能否延伸至上市公司的母公司、控股子公司等关联公司也值得探讨。我们认为,控股子公司对上市公司也做出了不可忽视的利润贡献,控股子公司的高管或核心技术人员也是上市公司需要激励、挽留的人才,应当包括在授权范围以内。但如何认定控股子公司,则应当设立一定的标准。

(二)合同标的

股权激励合同所指向的标的应该是上市公司的股权,合同的履行结果就是激励对象获得上市公司让渡出来的公司股权。上市公司可以通过向二级市场回购、定向发行新股等方式储备股份以供履行自身的义务。激励对象获得上市公司股份的方式也有多种,采取股票期权方式进行激励的,激励对象根据股权激励合同获得的是在未来一定期间内以合同约定的价格购买公司股份的权利。这是一种形成权,完全根据激励对象单方的意思表示就能实现,上市公司只有配合的义务,激励对象真正拿到股份要经过行权,即以约定的价格向上市公司购买。采取限制性股票方式进行激励的,激励对象可以直接以无偿或有偿方式从上市公司获得股份,当然,这种获得股份是附带条件的,以业绩要达到一定标准或工作时间达到一定期限为前提。股权激励合同应当明确上市公司实施股权激励的股份来源以及激励对象获得股份的具体方式。

（三）激励对象获得权益的数量和价格

激励对象获得权益的数量是股权激励计划中需要均衡考虑的因素：数量过多对上市公司的股本影响过大，使得股东权益被摊薄较多，不易获得股东的认可；但若激励对象获得的权益数量过少则难以起到激励作用，推行股权激励计划的目的不能实现。香港联交所《上市规则》第十七章对公司可授出和员工个人获得的认股期权数额规定为："可于所有根据计划及任何其他计划授出的期权予以行使时发行的证券总数，合计不得超过上市发行人于计划批准日已发行的有关类别证券的10%。确定这10%限额时，根据计划条款已失效的期权不予计算。""每名参与人在任何12个月内获授的期权（包括已行使或未行使的期权）予以行使时所发行及将发行的证券，不得超过上市发行人已发行的有关类别证券的1%。若向参与人再授予期权会导致上市发行人在截至并包括再授出当天的12个月内授予及将授予参与人的所有期权（包括已行使、已注销及尚未形式的期权）全部行使后所发行及将发行的证券超过已发行的有关类别证券的1%，则上市发行人必须另行召开股东大会寻求股东批准（会上参与人及其联系人必须放弃投票）。"我们认为以上规则综合考虑了股东权益摊薄和激励对象确实受到激励两方面问题，是颇为合理的。上市公司在制定股权激励计划时应当权衡股东和管理层双方的利益，确定授出权益总额和每个激励对象获授的权益数额，并在股权激励合同中予以确定。

激励对象获授权益的价格指股票期权的行权价格或限制性股票的授予价格。股票期权的行权价格即上市公司授权激励对象据以认购股票的特定价格。行权价格的确定直接关系到期权激励效力能否实现以及激励的程度。一般来说，行权价格的确定分为实值法（in the money）、平直法（at the money）和虚值法（out of the money），其行权价分别低于、等于或高于授予期权时的公平市价。各国法律均会对行权价格的确定予以规范，比如美国国内税务局规定法定股票期权不能采用实值法来确定行权价格，可享受税收优惠；非法定股票期权可以采用实值法，但不能享受税收优惠。香港联交所上市规则规定："行使价需至少为下列两者中的最高者：（i）有关证券在期权授予日期的收市价；及（ii）该等证券在期权授予日期前5个营业日的平均收市价。若发行人上市不足 5 个营业日,计算该行使价时应以新发行价作为上市前营业日的收市价。"限制性股票的授予价格一般都不予强制规定,上市公司可以根据自身情况采取赠予、市价折扣或比例配送等方式中的一种或几种方式组合搭配。

(四)激励对象获得权益的条件

股权激励计划通常附带条件,尤其是限制性股票,附带限制性条件本是题中应有之意。激励对象获得权益的条件一般包括业绩条件和时间条件。业绩条件可以为公司整体业绩的提升和激励对象个人为公司做出的业绩贡献,激励对象为公司高级管理人员时,公司大多会要求激励对象获得权益要符合一定的业绩条件,这是因为高级管理人员工作的努力程度与公司的业绩直接相关。时间条件通常是在激励对象为公司员工时设定的,比如要求核心技术员工必须在公司工作达到一定年限时才能获得相关权益。

激励对象获得权益的条件是股权激励合同中必不可少的重要内容,可以说是上市公司和激励对象双方权利义务的前提条件。如果激励对象未达到约定的条件,他将无权获得股票期权或限制性股票,上市公司也没有相应的义务,股权激励合同很可能就此终止。

(五)激励对象行使权利的程序和期限

激励对象行使权利需要履行一定的程序,比如委托公司在登记公司开设专用的股票账户、行权前向公司董事会或其授权机构申请确认、向证券交易所申请解锁等等,这些细节性的问题都需要在股权激励合同中确定下来,以便于上市公司和激励对象日后的操作。

股权激励计划涉及到诸多期限,如股票期权计划中的有效期、等待期,限制性股票中的禁售期等。股票期权的有效期即股票期权权利的持续期间,一般为 5 年至 10 年,这样规定一方面可以督促权利人行权,另一方面也有助于保护权利人的利益,避免因找不到合适的时机行权而无法兑现激励。在权利有效期内,存在两个特别时段:一是等待期。股票期权不能在授予后立即执行,否则可能导致短期套现行为,激励将蜕变为一次性福利。所以,在股票期权权利授予日与行权日之间应保证一段时间的间隔,通常为 1 年以上。二是重大信息披露前后,激励对象特别是公司的高级管理人员,出于其身份的特殊性,对公司内幕信息可谓了如指掌,极易出现内幕交易或操纵股价的行为。为避免这种情况,可以定期报告的公布和重大事件的披露为时间节点,设立限制高级管理人员行权的时期,除此之外的时间可随时自由行权。

(六)特殊情况下双方的权利义务

上述(一)到(五)项是股权激励合同在常规情况下的必备内容,缺少任何一项都将是不完整的合同,会导致无法履行。除了这些必备内容之外,股权激励合同中还应当包括特殊情况下股权激励计划的执行以及上市公司和激励对象双方的权利义务。从公司方面来说,主要应考虑行权价格在特殊情况下的调整。在上市公司出现增发、配股、送股、派息等情况下,其股票价格将会因为除权除息而调低,公司业绩提升在股价中的表现因此而受到影响。为保持激励对象的积极性,避免其为了行使期权而回避分红派息,此时应对激励对象的行权价实施同比例调整。此外,当公司出现控制权变更、分立、合并情形时,股权激励计划如何执行,是终止抑或继续执行,也是股权激励合同中应当约定的内容。

从激励对象方面来说,股权激励合同中应当约定当激励对象出现职务变更、离职、死亡等情形,或者出现不再符合双方约定的享受股权激励的条件时,股权激励计划应该如何执行,上市公司和激励对象负有何种权利和义务。

二、股权激励合同的法律性质

股权激励是公司对管理层和员工的一种长期激励,是对传统薪酬制度的补充和延伸。传统的薪酬制度是工资加奖金的定额定期发放模式,建立在单纯的雇用关系基础之上,使得劳动者缺乏主人翁精神,短期行为较为严重,不关注公司的长远发展和利益。股权激励这种长期激励制度出现后,在一定程度上改变了公司和管理层之间的纯粹的雇用关系,使管理层也成为股东,从而能够站在所有者的立场上关注公司的长远利益。在国外,股权激励这种长期激励制度已与传统的薪酬制度并驾齐驱,成为管理层薪酬组合中的重要组成部分。例如,2004 年苹果公司总裁乔布斯领取年薪 1 美元,但他兑换的公司期权价值为 7,480 万美元。

因此,股权激励合同实质上就是对管理层薪酬予以补充约定的合同,是对原有的公司与管理层之间劳动合同的补充。管理层与公司发生雇用关系之初,都会通过签订劳动合同的形式将双方的权利义务规定下来。劳动合同中一般包括劳动时间、聘用期限、劳动条件、工资待遇、资金福利、医疗保险和劳动处罚等主要条款,劳动者的薪金待遇是必备内容。在股权激励合同签订前,公司与管理层是纯粹的雇用关系,薪金待遇也是完全按照已经签订的劳动合同来执行。

股权激励合同签订后,管理层在达到合同规定的一定条件后,将获得公司股份,成为公司股东,但实质上并没有改变劳动合同的性质。因为股权激励的目的是激励,股权激励合同只是用另外一种方式把雇用关系进一步加强,从这个角度讲,股权激励合同仍是劳动合同的一部分,是对劳动合同的补充。管理层与公司签订股权激励合同后,他的薪酬结构变得复杂起来,除了定期定额的工资、资金之外,又加上了股权激励收益。在一个强有效的资本市场,股票价格会随着企业经营业绩的增长而上升,激励对象根据股权激励合同所获得的股权会逐步获利,其薪酬总水平也将不断提高。

股权激励合同是既有激励又有约束的合同,而不仅仅是只激励不约束。股权激励旨在激励,但这种激励不是无条件的,而是在一定前提条件下的激励,这便是前文中我们讨论过的业绩条件和时间条件。激励对象只有在达到了一定的业绩条件或时间条件之后才能获得相应的股票期权或股权,这些条件实际上是与激励相对应的约束。股权激励合同本身一方面体现出激励,另一方面又体现了约束,这样激励才能显现出来,否则只激励而不约束,激励的功能便无法显现。

第三节　我国股权激励的法律基础

一、《公司法》、《证券法》是我国上市公司股权激励的两大根本法

对高级管理人员的激励约束机制是法人治理结构中的重要一环,是现代公司科学高效的内部制衡机制的重要组成部分,我国的股权激励是伴随

着现代企业制度和法人治理结构的建立和完善逐步发展起来的。1993年《公司法》的发布,标志着我国现代企业制度正式以法律的形式确定了下来,二元制的法人治理结构也得以确立,股权激励自此有了生根发芽的土壤,从这个意义上来说,《公司法》是我国上市公司股权激励机制得以产生和延续的根本法。同时,股权激励的标的是上市公司股权,股权激励的实施过程中必然要涉及实施前股份的发行和实施后股份的交易,还会涉及到实施过程中的信息披露以及防范内幕交易和操纵市场等风险,这些问题都是需要《证券法》来规范和调整的,因此,《证券法》同样也是规范上市公司股权激励行为的根本大法。

1993年《公司法》、1998年《证券法》制定的时间较早,尤其《公司法》制定于我国从计划经济向市场经济的转轨时期,不可避免地会被打上计划经济的烙印,管制性规定较多;而且当时我国的资本市场刚刚起步,缺乏运行和监管经验,很多制度强调规范,发展观和前瞻性不足,因此存在很多不足之处,随着我国市场经济的发展和现代企业制度的逐步完善,这种不足显得尤其突出。具体到股权激励来说,由于《公司法》、《证券法》对股份的发行和转让存在很多限制,股权激励实施起来法律障碍重重,几乎没有一家上市公司实施真正意义上的股权激励,为数不多的名义上实施股权激励的上市公司也多是采用股票增值权、虚拟股票等现金方式的激励。直至2005年《公司法》、《证券法》修订后,才算是为股权激励彻底扫清了法律障碍,上市公司实施股权激励才有了明确的法律依据。

当然,股权激励还涉及到上市公司和激励对象之间的权利义务关系以及双方要签订的股权激励合同等行为,涉及到对股权激励如何进行会计处理、激励对象获得的收益如何缴纳个人所得税等等问题,因此,合同法、劳动法、会计法、税法也是股权激励很重要的法律依据。本节将主要对《公司法》、《证券法》中涉及股权激励的内容进行详细论述。

二、关于股份来源的法律依据

股份来源是股权激励中至关重要的组成部分,没有可供激励给激励对象的股份,股权激励便无从谈起。一般来说,股权激励的股份可从两个方面获得:一是存量股份,即上市公司设立时的预留股或者上市公司回购本公司股份而形成的库存股;二是增量股份,即上市公司专为实施股权激励而向激励对象发行的股份。

1993 年《公司法》执行的是严格的法定资本制,该法第 78 条规定:股份有限公司的注册资本为在公司登记机关登记的实收股本总额。该法第 82 条规定:以发起设立方式设立股份有限公司的,发起人以书面认足公司章程规定发行的股份后,应即缴纳全部股款。也说是说,公司在设立时,必须对公司的资本总额在公司章程中作出明确规定,并必须由股东全部实际认缴,否则公司不能成立,这使得上市公司在设立时预留部分股份作为未来股权激励的股份来源成为不可能。其次,1993 年《公司法》严格限制公司回购本公司的股份,第 149 条规定:公司不得收购本公司的股票,但为减少公司资本而注销股份或者与持有本公司股票的其他公司合并时除外。这一规定又堵塞了上市公司通过回购本公司股份库存以用来激励管理层的通道。

从增量股份角度来看,1993 年《公司法》也未留下上市公司以发行的新股来实施股权激励的空间。《公司法》不允许上市公司非公开发行股份,第 130 条确立了"股份的发行,实行公开、公平、公正的原则"。试想一下,如果上市公司通过公开发行股份来实施对管理层的股权激励,社会公众投资者出于其平等权益,在长达数年的认购期内,将有权与激励对象一样随时以发行价认购该批新股,这一方面无法突出对管理层的激励,另一方面,也可能因为社会公众的大量认购而导致激励对象欲行权时无股可认,还会造成上市公司的股本长期无法确定。因此,通过发行新股的增量方式来实施股权激励是不可能实现的。

综合以上分析可以看出,在 1993 年《公司法》所允许的法律环境下,上市公司实施股权激励的第一道关——股份来源,就无法逾越和突破。值得庆幸的是,2005 年修订《公司法》、《证券法》之时,修法者们已充分关注到了推行股权激励所面临的这些法律障碍,并均加以解决,为上市公司实施股权激励扫清了障碍,铺平了道路。

首先,修订后的《公司法》将法定资本制修改为折衷的授权资本制。第 81 条规定:股份有限公司采取发起设立方式设立的,注册资本为在公司登记的全体发起人认购的股本总额。公司全体发起人的首次出资额不得低于注册资本的百分之二十,其余部分由发起人自公司成立之日起两年内缴足;其中,投资公司可以在五年内缴足。在缴足前,不得向他人募集股份。这一规定使得上市公司在成立时预留部分股份日后激励管理层成为可能。

其次,修订后的《公司法》放宽了回购股份的限制,允许上市公司回购股份用以股权激励。第143条规定:公司不得收购本公司股份。但是,有下列情形之一的除外:(一)减少公司注册资本;(二)与持有本公司股份的其他公司合并;(三)将股份奖励给本公司职工;(四)股东因对股东大会作出的公司合并、分立决议持异议,要求公司收购其股份的。公司因前款第(一)项至第(三)项的原因收购本公司股份的,应当经股东大会决议。公司依照前款规定收购本公司股份后,属于第(一)项情形的,应当自收购之日起十日内注销。属于第(二)、(四)项情形的,应当在六个月内转让或者注销。公司依照第一款第(三)项规定收购的本公司股份,不得超过本公司已发行股份总额的百分之五;用于收购的资金应当从公司的税后利润中支出;所收购的股份应当在一年内转让给职工。该规定明确了公司可以通过回购股份对员工和管理层实施股权激励,彻底扫清了上市公司通过回购本公司股份实施股权激励的法律障碍。

再次,修订后的《公司法》、《证券法》允许非公开发行股份。《公司法》第127条规定:股份的发行,实行公平、公正的原则,同种类的每一股份应当具有同等权利。较之1993年《公司法》删除了“公开”这一原则。同时,修订后的《证券法》第13条也规定:公司公开发行新股,应当符合下列条件:(一)具备健全且运行良好的组织机构;(二)具有持续盈利能力,财务状况良好;(三)最近三年财务会计文件无虚假记载,无其他重大违法行为;(四)经国务院批准的国务院证券监督管理机构规定的其他条件。上市公司非公开发行新股,应当符合经国务院批准的国务院证券监督管理机构规定的条件,并报国务院证券监督管理机构核准。这表明,上市公司通过向激励对象定向发行股份解决激励股份来源问题已具备了法律依据。

可能有观点认为,对上市公司管理层定向增发股份,将使得原股东既不享有认购新股的权利,却还需要为增发后的除权买单,其权益未能受到充分保护。但此处的定向增发,是股东为激励公司管理层而实施的,目的在于使激励对象与股东分享公司发展的成就,并促进公司的进一步发展。因此,由股东承担激励成本也是合理的。

三、关于股份转让的法律依据

股权激励制度的内涵在于,公司给予经营者在一定期限内按照预先确定的价格购买本公司一定数量股票的权利或者附带限制性条件的本公司股票。获得期权的经营者可以在规定的时间内行权或弃权。如果经营者取得良好的经营业绩,在市场上则表现为股价上涨,则其可以以先前约定的较低价格行权购股,该价格与股票当时市价之间的差价即为经营者的激励性报酬,经营者可以通过转让其行权所获得的股票实现收益;如果经营者业绩不佳,股价下滑,则其无法从中获偿。获得限制性股票的经营者可以在预先约定的限制性条件成就时获得股票的所有权或转让权,同样的道理,其收益也是通过转让股票获得差价来实现的。因此,经营者获得股权激励的收益必然要通过股票的转让来实现,如果转让环节受到限制,股权激励的效果将会大打折扣。遗憾的是,我国 1993 年《公司法》却恰恰对公司管理层转让其所持本公司股份苛以严格限制。

1993 年《公司法》第 147 条规定:"发起人持有的本公司股份,自公司成立之日起 3 年内不得转让。公司董事、监事、经理应当向公司申报所持有的本公司的股份,并在任职期间内不得转让。"《股票发行与交易管理暂行条例》第 38 条第 1 款也规定:"股份有限公司的董事、监事、高级管理人员和持有公司 5% 以上有表决权股份的法人股东,将其所持有的公司股票在买入后 6 个月内卖出或者在卖出后 6 个月内买入,由此获得的利润归公司所有。"据此,公司高管人员因股权激励而持有的本公司股票在任职期间不能转让,其所获得的激励并不完整,激励对象获得的可能只是纸上富贵。

上述规定对股权激励的最终实现增加了难度。具体而言,造成了两个后果:第一,高管人员行权后获得的股票因缺乏流通渠道而无法变现。如上所述,股权激励作用的发挥必须通过二级市场,倘对转让股票作出限制,则股权激励方案缺乏合理的操作空间,持有人不能及时获取收益,从而使股权激励的长期激励作用受到限制。第二,易产生逆向激励效应。股权激励发挥长期激励作用的机理是,通过行权并在适当时机出售股票而获得收益来激励高管人员努力经营,而对高管人员在任职期间内转让股票作出限制,往往使其为了尽快获取利益而提早离开公司,恰恰与股票期权的激励初衷相反。

修订后的《公司法》缩短了管理层持股的限制流通时间,减轻了对管理层持股流通的限制,将大大增强股权激励的吸引力,使股权激励的效果真正落到实处。第142条规定:发起人持有的本公司股份,自公司成立之日起一年内不得转让。公司公开发行股份前已发行的股份,自公司股票在证券交易所上市交易之日起一年内不得转让。公司董事、监事、高级管理人员应当向公司申报所持有的本公司的股份及其变动情况,在任职期间每年转让的股份不得超过其所持有本公司股份总数的百分之二十五;所持本公司股份自公司股票上市交易之日起一年内不得转让。上述人员离职后半年内,不得转让其所持有的本公司股份。公司章程可以对公司董事、监事、高级管理人员转让其所持有的本公司股份作出其他限制性规定。

四、关于实施程序和信息披露的法律依据

(一)实施程序的法律依据

上市公司对管理层进行股权激励,实质上是在管理层的定期薪酬之外附加了一种长期激励,是管理层薪酬组合中的重要部分。近年来,在西方,以股票期权为主体的薪酬制度与以工资为主体的传统薪酬制度日益并驾齐驱。也就是说,长期的股权激励已越来越成为管理层薪酬中的重要组成部分。按照公司法理论,董事是受股东之托全面管理公司业务的,其薪酬事项应当由股东大会来决定;经理等管理层受聘于公司董事会,其薪酬事项由股东大会委托董事会来决定,我国《公司法》对此已有明确规定。《公司法》第38条规定了股东会的职权,其中第(二)项规定:选举和更换非由职工代表担任的董事、监事,决定有关董事、监事的报酬事项。第47条规定了董事会的职权,其中第(九)项规定:决定聘任或者解聘公司经理及其报酬事项,并根据经理的提名决定聘任或者解聘公司副经理、财务负责人及其报酬事项。

以上是单纯从管理层的薪酬角度来分析,接下来我们再从实施股权激励时的股份来源的角度来分析一下。如前所述,股份主要来源于上市公司回购股份或者向激励对象定向发行新股。根据修订后的《公司法》第143条的规定,公司因将股份奖励给本公司职工的原因而收购本公司股份的,应当

经股东大会决议。这说明如果上市公司采用回购股份的方式实施股权激励,其激励计划必须经股东大会审议通过。再来看定向发行新股。上市公司发行新股意味着其注册资本将要增加,根据修订后的《公司法》第38条和104条的规定,对公司增加或减少注册资本做出决议不仅是股东大会的职权,而且必须经出席会议股东所持表决权的三分之二以上通过。那么,如果上市公司采用定向发行新股的方式实施股权激励,其激励计划必须提交股东大会审议且要经出席会议股东所持表决权的三分之二以上通过。

从股权激励与股东利益的关系来看,上市公司实施股权激励时股东是需要承担成本的,回购股份将减少公司的税后利润,从而削减股东收益,而发行新股将使股东权益一定程度上被摊薄。当然,股权激励是股东为激励公司管理层而实施的,目的在于使激励对象与股东分享公司发展的成就,并促进公司的进一步发展,因此,由股东承担激励成本也是合理的。基于这种股权激励与股东利益的密切关系,我们认为,将股权激励计划交于股东大会审议,由股东来平衡其自身与管理层双方之间的利益也是最为恰当的。

综合以上分析,我们得出的结论是:根据《公司法》的相关规定,上市公司的股权激励计划应当由董事会或其授权的机构制定,然后提交股东大会审议,从严格要求的基点出发,还必须经由出席股东大会股东所持表决权的三分之二以上通过。

(二)信息披露的法律依据

上市公司是公众公司,投资者必须通过上市公司公开披露的公司基本情况、财务信息以及其他重大事件等基础信息来判断上市公司的经营运作状况,从而做出自己的投资决策。上市公司信息披露的规定主要见于《证券法》,该法第三章第三节专门规定了"持续信息公开",要求发行人、上市公司依法披露的信息,必须真实、准确、完整,不得有虚假记载、误导性陈述或者重大遗漏,并具体规定了上市公司的定期披露和临时披露义务。第65条要求中期报告中要公告"提交股东大会审议的重要事项";第66条要求年度报告中要公告"董事、监事、高级管理人员简介及其持股情况"。按照这些规定,股权激励计划在上市公司的定期报告中是必须要公告的。此外,第67条要求发生可能对上市公司股票交易价格产生较大影响的重大事件而投资者尚未得知时,上市公司应当立即公告,所列明的"重大事件"中虽不包括股权激励,但同时也授权国务院证券监督管理机构规定其他事项。应当说,上市公司股权激励也应归为该类重大事件。本书第七章将要讲到的中国证监会制定的《上市公司股权激励管理办法(试行)》,也对上市公司实施股权激励时的信息披露义务作了更为详尽、具体的要求,其法律依据便源于《证券法》。

此外,上市公司实施股权激励要严格防范内幕交易和操纵市场行为。激励对象多为上市公司的董事、监事和高级管理人员,他们对内幕信息了如指掌,这种特殊优势很容易滋生内幕交易。同时,他们为了获得高额收益,也可能利用公告虚假的财务信息等手段操纵股价。证券监管机构在制定相关规则以及上市公司在实施股权激励计划时,都要在《证券法》相关规定的基础上,采取措施防范内幕交易和操纵市场的违法行为。

第七章

股权激励的相关法规制度和规范性文件

从法律层面上来说,我国股权激励法规体系应当包括公司法和证券法,广义上还包括合同法、劳动法、会计法和税法等。我国的股权激励尚是一个新生事物,行政法规层面还没有出台相关规定。在部门规章层面,目前已出台了三部规章,分别是中国证监会于 2005 年 12 月 31 日发布的《上市公司股权激励管理办法(试行)》、国务院国资委和财政部于 2006 年 1 月 27 日发布的《国有控股上市公司(境外)实施股权激励试行办法》和 2006 年 9 月 30 日发布的《国有控股上市公司(境内)实施股权激励试行办法》。在规范性文件层面,目前已经出台了三份备忘录,分别是中国证监会上市公司监管部于 2008 年 5 月 6 日发布的《股权激励有关事项备忘录 1 号》和《股权激励有关事项备忘录 2 号》、中国证监会上市公司监管部于 2008 年 9 月 16 日发布的《股权激励有关事项备忘录 3 号》;以及国务院国资委和财政部于 2008 年 10 月 21 日发布的《关于规范国有控股上市公司实施股权激励制度有关问题的通知》。目前我国上市公司股权激励的操作主要依据上述三部规章和四个规范性文件。我国股权激励的法规和规范性文件体系详见表 7.1。上一章中我们已对股权激励的根本法——《公司法》和《证券法》中有关股权激励的内容进行了论述,本章将着重对这三部部门规章和四个规范性文体分别进行详细解读。

表 7.1   我国股权激励的法律法规体系

法　律	《公司法》
	《证券法》
	合同法、劳动法、会计法、税法
部门规章	《上市公司股权激励管理办法(试行)》
	《国有控股上市公司(境外)实施股权激励试行办法》
	《国有控股上市公司(境内)实施股权激励试行办法》

规范性文件	《股权激励有关事项备忘录 1 号》
	《股权激励有关事项备忘录 2 号》
	《股权激励有关事项备忘录 3 号》
	《关于规范国有控股上市公司实施股权激励制度有关问题的通知》

第一节 《上市公司股权激励管理办法(试行)》解读

2005 年 12 月 31 日,中国证监会发布了《上市公司股权激励管理办法(试行)》(以下简称《管理办法》),开创了我国以法规形式规范上市公司股权激励行为的先河。《管理办法》以促进和规范上市公司股权激励机制的发展为目的,以股票和股票期权为股权激励的主要方式,从实施程序和信息披露角度对上市公司股权激励行为予以指导和规范。

一、《管理办法》出台的背景

股权激励制度是现代企业制度的重要组成部分,是完善公司治理结构的重要一环。它是指通过以一定形式向公司经营者和员工授予或转让股权,使其能够参与公司剩余分配从而达到长期激励作用的一种制度安排。良好的股权激励机制能充分调动经营者的积极性,将股东利益、公司利益和经营者个人利益结合在一起,从而减少管理者的短期行为,降低委托代理成本,因此是企业长期稳定发展不可或缺的机制。股权激励制度产生于 20 世纪 70 年代末的美国,此后这一制度逐渐盛行,并呈现出明显的全球化趋势,欧洲、日本等国家也于 90 年代修改相关法律,引入股权激励制度。

我国上市公司普遍存在管理层报酬偏低,激励机制缺位的问题,薪酬制度不足以吸引和激励人才,高管人员短期行为严重,急需实施合理的长期激励制度,以改善高管人员报酬水平与报酬结构不合理的现象,在一定程度上解决代理人问题,避免短期行为,使公司管理层趋向以股东权益最大化为目标。

根据中国证监会 2002 年组织的上市公司建立现代企业制度情况检查的

统计,有 80 多家上市公司制定并实施或拟实施基于股权的长期激励机制;2003 年 8 月,中国证监会上市公司监管部对八个辖区的调研表明,共有 50 家公司开展了股票奖励、员工持股、虚拟股票和管理层收购等模式的激励机制,约占所调查公司总数的 9%。除上市公司以外,一些地方政府对此也持积极态度,如有些地方政府拿出其所持的部分国有股权用于上市公司高管人员及其他员工的激励。从市场反映来看,除个别上市公司因管理层收购引起市场关注以外,市场对上市公司实施激励机制的负面评论不多,已实施的公司也未引起股价的大幅波动。因此,从实践情况看,市场对上市公司实施激励机制是认可的。

但是,由于股票期权这种典型的股权激励方式在我国存在法律上的障碍,股权激励在我国上市公司中尚未全面开展起来,实践中多以虚拟股票、股票增值权等现金奖励方式对高管人员予以激励,激励效果不明显,与国际惯例也不相符。同时,因中国证监会及其他部门并未出台过有关上市公司激励机制的规定或者指引,一些公司在实施激励机制的过程中出现过度分配的倾向,相应的决策程序和信息披露也不甚规范,而更多的公司则因缺乏相关法律依据在激励机制问题上驻足不前。

1999 年以来,中国证监会一直致力于股权激励机制的研究,1999 年起草了《上市公司员工认股权实施办法(试行)》,后来由于各种原因未能发布;2000 年参加国务院发展研究中心和国务院体改委组织的相关课题组,参与了股票期权制度和国有企业分配制度改革的研究;2002 年,结合中国证监会组织的上市公司建立现代企业制度情况检查活动,重点研究了实践中存在较多的业绩股票、虚拟股票等激励方式,计划出台相关规则对股权激励的实施程序、信息披露予以规范。但是,由于各方面的原因规则一直未能成形。

2005 年 8 月,上市公司股权分置改革试点工作完成后,中国证监会和国务院国资委、财政部等五部委联合推出了《关于上市公司股权分置改革的指导意见》,指出完成股权分置改革的上市公司可以实施管理层股权激励,上市公司管理层股权激励的具体实施和考核办法,以及配套的监督制度由证券监管部门会同有关部门另行制定。国务院转发中国证监会《关于提高上市公司质量意见的通知》中也明确指出,上市公司要探索并规范激励机制,通过股权激励等多种方式,充分调动上市公司高级管理人员及员工的积极性。股权分置改革工作的全面展开,将逐步增强证券市场的有效性,为上市公司实施股权激励构筑良好的市场基础。2005年10月,《公司法》、《证券法》修订完毕,在资本制度、回购公司股票和高级管理人员任职期内转让股票等方面均有所突破,上市公司实施股权激励的法律障碍得以消除,可以说,制定上市公司股权激励规则的条件已经具备。

二、《管理办法》主要条款解读

(一)股权激励的定义[①]

上市公司股权激励是上市公司以本公司股票为标的的长期性激励机制,激励主体是上市公司,大股东以其所持有的上市公司股票奖励高管人员的行为不属于《管理办法》的规范范围。同时,《管理办法》主要对以股票为基础的激励方式予以规范,包括股票和股票期权,未包括以现金为基础的虚拟股票、股票增值权等方式,因为这些方式实质上并不涉及公司股票,只是奖金的延期支付,长期激励的效果并不明显。

股票期权是发展最为成熟和规范的股权激励方式,它始于20世纪70年代的美国,在国外得到广泛使用,我国在境外上市的新浪、搜狐等公司也实施了股票期权,但是在我国境内却一直未能实施,这主要因为两方面原因:一是我国《公司法》禁止公司回购本公司股票库存,增发新股又实行严格的法定资本制,阻断了实施期权的股票来源;二是《公司法》、《证券法》不允许高管转让其所持本公司股票,导致激励收益不能变现。目前,修订后的《公司法》已引入了折衷授权资本制,同时,在我国实行多年的可转债事实上已构成了突破公司法法定资本制的先例,股权激励的股票来源问题已不存在明显的法律障碍。因此,《管理办法》将股票期权作为股权激励的主要方式推出,规定得较为详细。

向激励对象直接授予股票也是股权激励的主要方式之一,近几年来异军突起,成为国际上颇为流行的股权激励方式。究其原因,主要是因为美国财务会计准则委员会(FASB)和国际会计准则委员会均于2004年底修订了

---

① 《上市公司股权激励管理办法(试行)》第2条。

会计准则,要求所有公众公司必须以公允价值法为基础,来计量包括股票期权在内的以股份为基础的支付,并计入费用。会计准则的变化使股票期权在成本方面的优势不复存在,当同样需要计入费用时,相较于充满变数甚至可能因市场低迷而丧失价值的股票期权,实实在在的股票更具吸引力。同时,在我国目前弱有效的市场情形下,股票激励能在一定程度上克服股票期权所带来的激励报酬的不确定性,因此,根据国际上股权激励的发展趋势和我国的现实情况,《管理办法》也对股票形式的股权激励作了详细规定。

此外,认股权证也是市场上较为关注的激励方式。认股权证是金融衍生产品,它与股票期权的本质区别在于认股权证本身具备流通性,可以转让。据我们查阅,国外尚没有用认股权证作为股权激励的例子,这是因为认股权证的价格与公司业绩关联性相对较弱,以认股权证实施激励的效果比股票期权要间接一些,而且随着不断行权,认股权证的流通量越来越小,价格易于操纵,使得股权激励滥用风险有可能扩大。因此,我们认为,如果股票期权在法律上没有明显障碍,建议采用这种最为普遍、规则相对成熟的股权激励方式,而不采用认股权证方式,故在《管理办法》中未做规定。

(二)可以实施股权激励计划的上市公司①

对拟实施股权激励计划的上市公司,《管理办法》未规定正面条件,只规定了负面条件,即,最近一个会计年度财务会计报告被注册会计师出具否定意见或无法表示意见的审计报告;最近一年内因重大违法违规行为被中国证监会予以行政处罚的;中国证监会认定的其他情形。上市公司只要具有上述任何一种情形,便不得实施股权激励计划。

(三)激励对象的范围②

美国、中国香港地区对股权激励的对象均未做任何明确的限制,公司可以将期权授予其认为必要的任何人士,实践中甚至包括供应商和客户。我国的股权激励制度尚在发展初期,初衷是激励上市公司高管人员以及其他

---

① 《上市公司股权激励管理办法(试行)》第 7 条。
② 《上市公司股权激励管理办法(试行)》第 8 条。

对公司经营有贡献的员工,以促使他们努力工作,提升公司业绩,因此,我们不宜像美国、香港那样对激励对象范围不加任何限制,以免股权激励制度被滥用,成为新的大锅饭。但是股权激励属于公司自治事宜,我们也不能限制得过细,以免影响公司自主决策。

基于此,《管理办法》作了一定程度的限制,将激励对象限制在公司正式员工范围之内,具体对象由公司根据实际需要自主确定,可以包括上市公司的董事、监事、高级管理人员、核心技术(业务)人员,以及公司认为应当激励的其他员工,但不应包括独立董事。独立董事作为股东利益,尤其是中小股东利益的代表,其职责在于监督管理层的规范经营,从股权激励的原理来讲不应成为激励对象,以充分保证其独立性。此外,最近3年内被证券交易所公开谴责或宣布为不适当人选以及因重大违法违规行为被中国证监会予以行政处罚的人员不得成为激励对象,以督促高管人员勤勉尽责,从正当渠道获得利益而不是违法违规谋求非法利益。

(四)标的股票的来源①

《管理办法》明确规定了两种方式以解决股权激励股票的来源:向激励对象发行股份和回购本公司股份。修订后的《公司法》已允许上市公司回购不超过公司已发行股份总额的5%用于奖励公司员工。

操作上,可以实行一次批准所需标的股票总额度,随着上市公司向激励对象授予或激励对象行权而分次发行的做法。修订后的《公司法》已引入了折衷授权资本制,且实践中有可转债的做法可做借鉴。由于股本随时变动给上市公司带来的工商登记与信息披露义务,也可借鉴可转债的做法,即于每年年检时办理注册资本工商变更登记,在相应的时点上履行信息披露义务。

(五)标的股票的数量②

标的股票的数量是股权激励计划中特别需要均衡考虑的因素。数量过

---

① 《上市公司股权激励管理办法(试行)》第11条。
② 《上市公司股权激励管理办法(试行)》第12条。

多对股本影响过大,并进一步使得股东权益摊薄问题变得更为敏感;数量过少则难以起到激励作用,激励目的难以实现。

我国上市公司普遍存在内部人控制问题,并且在股权分置改革以后,股权日益分散,内部人控制可能更为严重,有必要对股权激励计划涉及的股票数量予以限制。为此,《管理办法》参考了香港的有关规则,规定上市公司全部有效的股权激励计划所涉及的标的股票总数累计不得超过公司股本总额的10%;其中个人获授部分不得超过股本总额的1%,超过1%的需要获得股东大会的特别批准。

(六)激励对象所得股票的转让[①]

股票期权从本质上来说是通过激励对象对上市公司股份的买入与卖出实现激励的。行权后购得的股票能否转让、如何转让直接关系到激励收益的变现,是股票期权中十分现实的因素。上市公司的董事、高管人员被授予的股票在禁售期满后也同样面临转让的问题。

修订后的《公司法》、《证券法》对高管转让股票放松了限制,允许高管每年转让不超过25%的所持公司股份,明确了内幕人士"在内幕信息公开之前"不得买卖证券,改变了原来绝对禁止买卖的规定。

鉴于《公司法》、《证券法》对高管人员转让股票已有全面详细的规定,《管理办法》采取了原则写法,要求激励对象转让其通过股权激励计划所得股票的,应当符合有关法律、行政法规的规定,即,其转让行权所得股票和通过其他方式持有的公司股票,每年合计不得超过所持公司股份总数的25%;离职后半年内不得转让;两次股票买卖应有6个月的间隔,否则收入归公司所有。

(七)限制性股票[②]

上市公司向激励对象授予本公司股票的方式一般包括赠予、市价折扣和比例配送,公司可以根据自身情况和不同的激励对象而采取其中一种或

---

① 《上市公司股权激励管理办法(试行)》第15条。
② 《上市公司股权激励管理办法(试行)》第16、17、18条。

同时采取几种方式,由上市公司在制定股权激励计划时自行确定。《管理办法》对以股票市价为定价基准的,规定了在定期报告公布前 30 日、重大交易或重大事项决定过程中至该事项公告后 2 个交易日、影响股价的重大事件发生之日起至公告后 2 个交易日不得授予本公司股票,以免上市公司内部人员操纵股票授予价格。

限制性股票一般以业绩或时间为条件,上市公司向激励对象授予的股票,只有在激励对象达到业绩目标或服务达到一定期限时才能出售。例如根据惠普 1999 年与其前 CEO 菲奥莉纳签订的合同,菲奥莉纳被授予了 290,000 限制性股票单位,有 3 年的归属期,每年归属三分之一。当然,如果业绩要求未能实现,或激励对象离职,这些限制性实物股票可能被罚没。就业绩条件而言,主要是针对上市公司的董事和高级管理人员而言,他们的管理方式和管理能力与公司的经营业绩直接相关,因此,《管理办法》对董事、监事和高级管理人员的业绩条件作了强制性的规定,要求激励对象为董事、监事、高级管理人员的,上市公司应当建立绩效考核体系和考核办法,以绩效考核指标为实施股权激励计划的条件,[①]对于其他激励对象,激励是否与业绩挂钩由上市公司自行安排。在时间方面,《管理办法》要求上市公司应当在股权激励计划中规定获授股票的禁售期,禁售期的长短由上市公司自行决定,主要是鼓励激励对象长期持股,将个人收益与公司业绩挂钩,并克服任职期内的短期行为。

(八)股票期权的定义[②]

股票期权是指上市公司授予激励对象在未来一定期限内以预先确定的价格和条件购买本公司一定数量股份的权利,行权时股票市价与预先确定的行权价之间的差价即激励对象所获的激励性报酬。股票期权授予激励对象的,仅仅是不确定的预期收入,它的价值只有在管理人员与公司员工经过努力,使公司经营业绩上升,并促进股票市价上涨后才能真正体现出来。如果经营业绩不佳,股价下滑至低于行权价,则激励对象只能选择弃权。

---

① 《上市公司股权激励管理办法(试行)》第 9 条。
② 《上市公司股权激励管理办法(试行)》第 19 条。

股票期权是最初兴起的传统股权激励方式,公司不需要支付现金,在国际会计准则未修改前纯粹由市场买单,激励成本很低,故而自 20 世纪 70 年代起,曾盛行于美欧各国,在当时国际股市的一片繁荣中,造就了大量的百万富翁,也是产生硅谷奇迹的强大动力。至今股票期权仍然是激励公司高管的有效手段,诸如苹果、惠普、IBM 等公司均实施了股票期权。

(九)股票期权的权利有效期和等待期[①]

股票期权固然是长期激励,但不能无限期持续,应有一定的持续期间,以督促权利人行权。《管理办法》规定股票期权的有效期不得超过 10 年,这主要是考虑到对股票期权设置较长的权利有效期,以保护激励对象的利益,避免因找不到合适的时机行权而无法兑现激励。

一般认为,股票期权不能在授予后立即执行,否则可能导致短期套现行为,激励将蜕变为一次性福利。因此,《管理办法》规定在股票期权权利授予日与可行权日之间应保证至少 1 年的时间间隔,并要求上市公司应当在股票期权有效期内规定激励对象分期行权。

(十)股票期权的行权价格[②]

行权价格的确定是股权激励的重要环节,直接关系到激励效果。股票期权行权价的确定分为三种,即实值法(in the money)、平值法(at the money)和虚值法(out of the money),其行权价分别低于、等于或高于授予期权时的公平市价。一般认为,平值法更能体现激励作用,各国家、地区的立法也对此加以引导。以美国为例,其《国内税收法》规定,法定股票期权的行权价格应当不低于授予日当天的公平市场价格;而香港联交所上市规则规定,行权价格应当为期权授予日收盘价与授予日前 5 个交易日平均收盘价的较高者。在公司股票除权除息时,行权价格一般应随之调整。

《管理办法》采用了平值法,以体现激励效果,规定以股权激励计划草案摘要公布前 30 个交易日的平均市价与公布前一日的市价孰高原则确定行权

---

① 《上市公司股权激励管理办法(试行)》第 22、23 条。
② 《上市公司股权激励管理办法(试行)》第 24 条。

价格。其中,为降低人为操纵谋求股价下行的偶然性因素,并参考《上市公司发行可转换公司债券实施办法》的规定,选择了以股权激励计划草案公告前 30 个交易日为计算基准。

(十一)股票期权的授予和行权[①]

激励对象,特别是公司高管,属于公司内幕信息知情人员,非常易于出现内幕交易或操纵股价的行为。为避免这种情况的发生,《管理办法》以定期报告的公布和重大事件的披露为时点,规定上市公司在定期报告公布前 30 日、重大交易或重大事项决定过程中至该事项公告后 2 个交易日、其他可能影响股价的重大事件发生之日起至公告后 2 个交易日内不得向激励对象授予股票期权;同时设立了行权窗口期:在定期报告公告后第 2 个交易日至下次定期报告公告前 10 个交易日为窗口期,可以行权,但在重大交易或重大事项决定过程中至该事项公告后 2 个交易日内,以及其他可能影响股价的重大事件发生之日起至公告后 2 个交易日内不得行权。

(十二)股权激励的实施程序和信息披露[②]

薪酬与考核委员会作为董事会下设的专门委员会,专业性强,且其成员二分之一以上是独立董事,独立董事与上市公司及其主要股东之间不存在利益关系,对公司决策的判断较为客观和公正,因此,《管理办法》要求由薪酬与考核委员会拟定股权激励计划草案,然后提交董事会审议,股东大会批准。[③]

充分发挥独立董事的作用。独立董事应当就股权激励计划是否有利于上市公司的持续发展,是否存在明显损害上市公司及全体股东利益发表独立意见。同时,为了让中小股东尽可能参加对股权激励计划的表决,独立董事应当向所有股东就该事项征集委托投票权。[④]

充分发挥中介机构的专业顾问和市场监督作用。《管理办法》要求上市

---

① 《上市公司股权激励管理办法(试行)》第 26、27 条。
② 《上市公司股权激励管理办法(试行)》第 28~45 条。
③ 《上市公司股权激励管理办法(试行)》第 28 条。
④ 《上市公司股权激励管理办法(试行)》第 29、36 条。

公司聘请律师,在薪酬与考核委员会认为必要时要求上市公司聘请独立财务顾问就股权激励计划的可行性、合法合规性出具独立财务顾问报告和法律意见书,发表专业意见,供广大股东参考以评判股权激励计划的公正性和可行性。[1]

在信息披露方面,《管理办法》规定了三个披露时点:一是在董事会审议通过股权激励计划草案后2个交易日内,公司应当披露董事会决议、股权激励计划草案摘要、独立董事意见;二是股权激励计划经股东大会批准后的例行公告;三是在定期报告中详细披露报告期内股权激励计划的实施情况。至于其他的披露细则,如进入行权期前的提示性公告,由交易所做具体要求。[2]

三、证券监管部门在股权激励计划中的角色分析

股权激励计划作为上市公司对其高管人员和员工的激励,应当属于上市公司自治范围,由股东大会决定即可。但是,对开放性极强的上市公司来说,由于存在信息不对称和内部人控制等问题,股权激励计划极易导致高管人员的自我激励、损害公司和全体股东的利益、内幕交易和市场操纵等现象。

因此,证券监管部门有必要对上市公司的股权激励计划进行规范和监管,但监管范围不宜过宽,只限于对上市公司实施股权激励应具备的基本条件、实施程序和信息披露等问题进行规范,力求达到上市公司股权激励计划的实施程序公开、公正、透明,中小投资者能及时、充分获得信息的目的。另外,由于股权激励也涉及到股票来源的监管,无论是上市公司向激励对象发行股份还是回购本公司股份,都属证券监管部门的行政许可项目。因此,《管理办法》要求证券监管部门对上市公司股权激励进行"事中备案"制,即规定"董事会审议通过股权激励计划后,上市公司应将有关材料报中国证监会备案,同时抄报证券交易所及公司所在地证监局。中国证监会自收到完整的股权激励计划备案申请材料之日起二十个工作日内未提出异议的,上

---

[1] 《上市公司股权激励管理办法(试行)》第31、32条。
[2] 《上市公司股权激励管理办法(试行)》第30、37、42条。

市公司可以发出召开股东大会的通知,审议并实施股权激励计划。在上述期限内,中国证监会提出异议的,上市公司不得召开股东大会审议及实施该计划",保留了证券监管部门对不符合法律法规规定的股权激励计划"叫停"的权力,既避免了对上市公司实行股权激励的行政审批,又加强了对股权激励的监督。

第二节 《国有控股上市公司(境内)实施股权激励试行办法》解读

2006 年 9 月 30 日,国务院国资委和财政部联合发布了《国有控股上市公司(境内)实施股权激励试行办法》(以下简称《试行办法》),这是继中国证监会《上市公司股权激励管理办法(试行)》后出台的、有关境内上市的国有控股上市公司实施股权激励的又一部重要规则。《试行办法》是按照《关于上市公司股权分置改革中国有股股权管理有关问题的通知》提出的"对完成股权分置改革的国有控股上市公司,可以探索实施管理层股权激励。国有控股上市公司股权激励的具体实施和考核办法由国务院国有资产监督管理委员会会同有关部门另行制定"的要求,在总结、借鉴境外上市公司实施股权激励的经验做法的基础上制定的,股票在上海、深圳证券交易所上市的国有控股上市公司,需要同时遵守《试行办法》和中国证监会《管理办法》。

一、《试行办法》的基本框架和总体要求

(一)《试行办法》的基本框架、适用范围和定位

1. 基本框架

《试行办法》共分五章 41 条。

第一章"总则",主要明确了《试行办法》制定的依据、目的,股权激励的适用范围、条件以及应遵循的基本原则。

第二章"股权激励计划的拟订",重点就股权激励方式、激励对象、授予规模,包括高管人员股权授予数量以及股权的授予价格、行权时间限制等重

大问题做了明确规定。这是股权激励的核心部分。

第三章"股权激励计划的申报"，按照公司法人治理结构的要求，从规范国有控股股东代表行为入手，明确了股权激励计划的申报内容和审核程序。

第四章"股权激励计划的考核、管理"，对股权激励计划的管理、考核、监督等方面进行了明确，特别是强调股权的授予、行使应与业绩考核挂钩。

第五章"附则"，对股权激励相关问题作了明确。

2. 适用范围

《试行办法》适用于股票在上海、深圳证券交易所上市的国有控股上市公司。①

3. 定位

实施股权激励涉及所有者资产收益关系的调整。经营者的选拔任用、业绩考核及奖惩，是《公司法》赋予股东的基本权利，属于出资人的基本职责。因此，《试行办法》主要针对股权激励计划的设计、申报和管理等环节中的一些关键问题，从出资人角度对国有控股上市公司实施股权激励提出了相应的指导意见。核心是规范国有控股股东行为，促使其依法规范履行职责，按出资人意见参与上市公司实施股权激励的决策，发挥出资人指导、监督和约束作用。②

(二)实施股权激励的基本条件和应遵循的基本原则

1. 基本条件

股权激励作为一种有效的长期激励工具，其实施应具备一定的条件。对国有控股上市公司试行股权激励，《试行办法》强调了以下几点：

(1)公司治理规范。股权激励机制是公司治理的一个重要组成部分，如果公司治理的基本框架，即所有者与经营者的基本关系没有建立，任何合理的薪酬制度都是无法有效实施的。针对当前多数上市公司治理结构不规范的问题，《试行办法》要求股东会、董事会、经理层分工明确，各负其责，协调运转，有效制衡。其中核心是要求上市公司董事会中外部董事及独立董事

---

① 《国有控股上市公司(境内)实施股权激励试行办法》第2条。
② 《国有控股上市公司(境内)实施股权激励试行办法》第3条。

应占半数以上，以促进上市公司的规范运作；

（2）薪酬委员会成员全部由外部董事构成，且薪酬委员会的制度健全，议事规则完善，运行规范；

（3）内部控制制度和业绩考核体系健全，基础管理制度规范，建立了符合市场经济和现代企业制度要求的劳动用工、薪酬福利制度及严格的绩效考核体系和考核办法；

（4）发展战略明确，资产质量和财务状况良好，业绩稳健；守法合规，近三年企业在遵守国家法律法规及资本市场相关规则等方面无违法违规行为和不良记录。[①]

2. 基本原则

上市公司实施股权激励时，《试行办法》拟订了四项原则：

一是坚持激励与约束相结合，风险与收益相对称，强化对管理层的激励力度；

二是坚持股东利益、公司利益和管理层利益相一致，有利于促进国有资本保值增值和上市公司的可持续发展，不得损害公司利益。强调把维护国有资本权益和中小股东权益并列，强调对公司全体股东负责；

三是坚持依法规范，公开透明，遵循相关法律法规和公司章程的规定；

四是坚持从实际出发，审慎起步，循序渐进，逐步完善。[②]

二、拟订股权激励计划的主要内容

规范的股权激励计划包括激励方式、激励对象、激励数量、行权价格或行权价格的确定方式、行权期限等主要内容。从履行出资人职责的要求出发，《试行办法》重点关注的是如何确定定人、定量、定价、定时四个方面的关键要素。

（一）股权激励的方式[③]

为使上市公司设计出适合本公司特点的股权激励方案，《试行办法》提

---

① 《国有控股上市公司（境内）实施股权激励试行办法》第5条。
② 《国有控股上市公司（境内）实施股权激励试行办法》第6条。
③ 《国有控股上市公司（境内）实施股权激励试行办法》第8条。

出,上市公司可根据本行业和本公司特点,借鉴国际通行做法,探索实行股票期权、限制性股票以及法律、行政法规允许的其他方式,这与中国证监会《管理办法》的要求是一致的。

股票期权,即公司授予特定人员在一定时期内按照事先约定的价格和条件购买一定数量本公司股票的权利。

限制性股票,是指上市公司按照预先确定的条件授予激励对象一定数量的本公司股票,激励对象只有在工作年限或业绩目标符合股权激励计划规定条件的,才可出售限制性股票并从中获益。公司采用限制性股票的目的是激励高级管理人员将更多的时间、精力投入到某个或某些长期战略目标中。

(二)股权授予人员的范围(定人问题)

1. 总体原则

从国际经验和境外上市公司试点做法看,股权激励的对象通常是对企业的未来发展具有着举足轻重影响的企业关键职员,包括公司董事、高级管理人员及技术骨干。为此,《试行办法》提出:股权激励的对象原则上限于上市公司董事、高级管理人员以及对上市公司整体业绩和持续发展有直接影响的核心技术人员和管理骨干。但由于境内上市公司实施股权激励尚处于起步阶段,股权激励的人员范围不宜过大。①

2. 企业负责人股权激励问题

为探索建立中央企业负责人中长期激励机制,在上市公司任职的公司的母公司(或控股公司)负责人可参与上市公司的股权激励计划,但只能参与一家上市公司的股权激励计划。②

3. 外部董事、监事参与股权激励问题

对未在公司任职的外部董事和独立董事是否参与股权激励,国外的做法并不一致,但多数倾向于参与股权激励,国内专家大多也主张按照国际惯例参与股权激励为好。《试行办法》考虑到目前股权激励还处于试点阶段,

---

① 《国有控股上市公司(境内)实施股权激励试行办法》第11条。
② 《国有控股上市公司(境内)实施股权激励试行办法》第13条。

对象范围宜窄不宜宽,因此建议暂不纳入激励范围。关于企业监事是否参与股权激励,《试行办法》认为不宜参加,理由是根据《公司法》第118条规定的"监事会应当由股东代表和适当比例的公司职工代表"组成,以及54、55条关于监事会或监事的职权规定,其职责是检查公司财务,对董事、高级管理人员执行公司职务的行为进行监督,对违反法律、行政法规、公司章程或者股东会决议的董事、高级管理人员提出罢免的建议等检查权、监督权、告诫权、提议权、提案权、起诉权,如果监事也参加股权激励,会影响其独立、公正地履行职责。[①]

(三)股权授予的数量(定量问题)

1. 股权激励计划授予的总量

按照中国证监会《管理办法》等有关规定,《试行办法》要求,上市公司在股权激励计划有效期内授予的股权总量不得超过公司股本总额的10%。但这只是一个上限的规定,在此框架限制下,《试行办法》要求上市公司根据公司发展前景,结合上市公司股本规模和股权授予人员的范围、薪酬结构及中长期激励预期收益水平合理确定股权授予总量。[②]

2. 首次股权授予数量

借鉴部分境外上市公司在首次授予股权时均控制在较小规模之内的经验,《试行办法》专门对首次股权授予数量做了明确规定,即:首次股权授予数量原则上应控制在上市公司发行总股本的1%以内。由于首次授予时,企业的业绩与股权激励的相关性不大,因此,无法以业绩进行考核,所以,在首次不宜授予过多股权。但这只是一个原则性规定,可针对不同的行业特点和股本规模适当加以调整。[③]

3. 激励对象个体授予总量

股权授予数量直接关系到激励对象未来的收益,直接体现着股权的激励效果。由于股权激励在境内尚处于试点探索阶段,对股权授予的规模没有先例可鉴。为此,结合中国证监会《管理办法》的规定,《试行办法》提出:

[①] 《国有控股上市公司(境内)实施股权激励试行办法》第11条。
[②] 《国有控股上市公司(境内)实施股权激励试行办法》第14条。
[③] 《国有控股上市公司(境内)实施股权激励试行办法》第14条。

上市公司任何一名激励对象通过全部有效的股权激励计划获授的本公司股权累计不得超过公司股本总额的1%。[1]

4. 高管人员股权授予数量的确定方法

上述只是对股权激励计划以及激励对象个体授予总量做了一个上限限制,在此限制下,股权的具体授予数量究竟如何确定则是一个核心问题,《试行办法》确定了以下办法:

(1)高管人员股权授予数量的确定原则和方法。关于授予高管人员多少期权数量才能达到最佳的激励效果,至今没有一个统一明确的结论。从国外统计的数据看,公司核心管理人员持有公司股票的比例差异也很大,从0.1%以下到10%以上都有。国资委李荣融主任在2005年12月22日国务院新闻办举行的新闻发布会上谈到,激励要有一个度,这个度把握到多少比较合适,各个历史阶段也不完全一样,各个国家也不完全一样。因此,确定高管人员股权授予数量,还需从股权激励的属性定位和薪酬结构的调整入手,即:通过高管人员薪酬总体水平及其薪酬结构的设计,确定薪酬结构中股权激励预期收益占总薪酬水平的比例,通过确定薪酬结构中的期权价值进而确定股权的授予数量。

(2)确定高管人员薪酬结构方面的国际经验。据韬睿对海外的研究资料表明,长期激励占年总收入的20%~80%是比较适宜的,低于20%将产生激励不足的问题,超过80%将导致过度激励,公司最高管理人员长期激励占年总收入的比例一般在40%左右。从香港的实际情况看,公司最高管理人员(CEO)与高管层期权价值占年薪酬总体水平的比例在40%左右。

基于上述分析,鉴于目前正处于试点起步阶段,按照从严把握的原则,《试行办法》规定:在股权激励计划有效期内,实行股权激励的高管人员预期中长期激励收入应控制在薪酬总水平的30%以内,在境外上市公司40%的基础上下调了10个百分点。这样,既可保证一定的激励效果,又符合规范起步的要求。[2]

---

[1] 《国有控股上市公司(境内)实施股权激励试行办法》第15条。
[2] 《国有控股上市公司(境内)实施股权激励试行办法》第16条。

（四）股权授予价格的确定（定价问题）

基于股权激励着眼于未来，股票价格反映企业的价值，目前对上市公司期权的行权价的确定通常有两个方案：一是公平市场价原则；二是发行价原则。因此，按照公平、公开、公正和市场化定价原则以及国际上通行的做法，《试行办法》提出，股权的授予价格应根据公平市场价原则确定。即上市公司授予激励对象的行权价格应不低于下列价格较高者：一是股权激励计划草案摘要公布前 1 个交易日的公司标的股票收盘价；二是股权激励计划草案摘要公布前 30 个交易日内的公司标的股票平均收盘价。[①]

（五）股权行权的时间限制（定时问题）

国外股权激励制度的设计方案中，其期权的授予是持续不断进行的。这样安排可以对股权激励设置一定的流通障碍，既防止高管人员到期一次性套现获利出局，又能在一定期限内兑现期权收益，从而形成有效的激励机制。借鉴国际通行的做法，《试行办法》对计划有效期和行权（转让、出售）时间作了明确规定：

1. 股权激励计划的有效期

股权激励计划的有效期一般不超过 10 年，自股东大会通过之日起计算。在股权激励计划有效期内，每一次股权激励计划的授予间隔期应在一个完整的会计年度以上。[②]

2. 股票期权行权时间限制问题

授予股票期权的，应设置行权限制期和行权有效期，并按设定的时间表分批行权：

（1）行权限制期为股权自授予日（授权日）至股权生效日（可行权日）止的期限。行权限制期原则上不得少于 2 年，在限制期内不可以行权。

（2）行权有效期为股权生效日至股权失效日止的期限，由上市公司根据实际确定，但不得低于 3 年。在行权有效期内原则上采取匀速分批行权办

---

① 《国有控股上市公司（境内）实施股权激励试行办法》第 18 条。
② 《国有控股上市公司（境内）实施股权激励试行办法》第 19、20 条。

法。超过行权有效期的,其权利自动失效,并不可追溯行使。①

3. 限制性股票的禁售和转让时间限制

在股权激励计划有效期内,每期授予的限制性股票,其禁售期不得低于2年。禁售期满,根据股权激励计划和业绩指标完成情况确定激励对象可解锁(转让、出售)的股票数量。解锁期不得低于3年,在解锁期内原则上采取匀速解锁办法。②

4. 股权的转让

对股权激励对象转让、出售其通过股权激励计划所得股权的,应当符合有关法律、行政法规以及中国证监会《管理办法》和股权激励计划的相关规定。即:《公司法》对董事、监事、高级管理人员任职期间的持股行为进行了规范,取消了公司高级管理人员在任职期间不得转让股份的限制条件。规定董事、监事、高级管理人员在任职期间每年转让的股份不得超过其所持有本公司股份总数的百分之二十五,但公司股票在证券交易所上市交易的,自上市交易之日起一年内不得转让。此外也加强了对公司高级管理人员离职之后转让股份的控制。新《公司法》规定,高级管理人员在离职后半年内不得转让其所持有的本公司股份。

三、股权激励计划的申报和审核

按照公司法人治理结构的要求,股权激励计划的制定与实施须经过股东大会的批准并履行以下审核程序:上市公司薪酬委员会提出拟实施的股权激励计划,经董事会审议后,由股东大会审议批准。其中,上市公司国有控股股东代表在股东大会审议批准股权激励计划之前,应将上市公司拟实施的股权激励计划报履行国有资产出资人职责的机构或部门审核。即在董事会提案后,国有股股东应向国资监管机构申报方案,获得在股东大会上投票授权的书面意见。③

---

① 《国有控股上市公司(境内)实施股权激励试行办法》第21条。
② 《国有控股上市公司(境内)实施股权激励试行办法》第22条。
③ 《国有控股上市公司(境内)实施股权激励试行办法》第25～28条。

四、股权激励计划的考核、管理和监督

（一）股权激励计划的考核

股权激励计划的管理，离不开对公司和员工业绩的评价。正确设计股权激励计划仅仅是起点，需要对高管人员进行年度业绩评价后方能实施股权激励。为此，《试行办法》提出：

1. 完善公司绩效考核评价办法

上市公司应建立规范的绩效考核评价制度，制定股权激励的管理、考核办法，并按照上市公司绩效考核评价办法确定对高管人员股权的授予和行权。对已经授予的股权数量在行权时可根据年度业绩考核情况进行动态调整。①

2. 建立与任期考核相联系的机制

对参与上市公司股权激励计划的上市公司母公司（或控股公司）的企业负责人，其股权激励计划的实施应符合《中央企业负责人经营业绩考核暂行办法》的有关规定。即对于任期经营考核结果为 A 级和 B 级的企业负责人，除按期兑现全部延期绩效年薪外，给予相应的中长期激励。②

3. 强化年度业绩考核在股权激励计划中的否决作用

企业年度绩效考核达不到股权激励计划规定的业绩考核标准；国有资产监督管理机构或部门、监事会或审计部门对上市公司业绩或年度财务报告提出重大异议；发生重大违规行为，受到证券监管部门及其他有关部门处罚，有上述情形之一的，上市公司国有控股股东应当提出中止实施股权激励计划，自发生之日起一年内不得向激励对象授予新的股权，激励对象也不得根据股权激励计划行使权利或获得收益。③

（二）股权激励计划的管理

合理设计并管理、执行股权激励计划是期权制度能够发挥有效激励作

---

① 《国有控股上市公司（境内）实施股权激励试行办法》第 30、31 条。
② 《国有控股上市公司（境内）实施股权激励试行办法》第 32 条。
③ 《国有控股上市公司（境内）实施股权激励试行办法》第 34 条。

用的基础。为此,就股权激励计划的管理,《试行办法》提出如下要求:

1. 强调了计划的规范运作

国有控股股东代表应要求和督促上市公司制定严格的股权激励管理办法。股权激励计划应当就公司发生控制权变更、合并、分立,以及激励对象因辞职、调动、被解雇、退休、死亡、丧失行为能力等事项的股权处理作出相应规定,采取行权加速、终止等处理方式。[①]

2. 明确了财务处理的原则要求

上市公司实施股权激励计划的财务、会计处理及其税收等问题,按有关法律法规、财务制度、会计准则、税务制度的规定执行。上市公司不得为激励对象依股权激励计划获取有关权益提供贷款以及其他任何形式的财务资助,包括为其贷款提供担保。[②]

3. 强化了对股权激励对象的管理

对激励对象违反国家有关法律法规、上市公司章程规定的;任职期间,由于受贿索贿、贪污盗窃、泄露上市公司经营和技术秘密、实施关联交易损害上市公司利益、声誉和对上市公司形象有重大负面影响等违法违纪行为,给上市公司造成损失的,应中止授予新的股权并取消其行权资格。[③]

(三)股权激励计划的监督

通过建立规范的期权监督制度,对股权激励计划的设立与行使、授予对象的条件、授予数量、期权变更和丧失等条款做出明确规定,力求计划合理和公正。因此,《试行办法》要求上市公司应当根据国家有关法律、法规和证券监管部门的要求履行信息披露和报告义务,不得虚假披露。国有控股股东代表应在年度报告披露后5个工作日内将以下情况报履行国有资产出资人职责的部门备案:公司股权激励计划的授予和行使情况;公司董事、高管人员持有股权的数量、期限、本年度已经行权和未行权的情况及其所持股权数量与期初所持数量的对比情况;公司实施股权激励绩效考核情况及实施

---

① 《国有控股上市公司(境内)实施股权激励试行办法》第29条。
② 《国有控股上市公司(境内)实施股权激励试行办法》第36条。
③ 《国有控股上市公司(境内)实施股权激励试行办法》第35条。

股权激励对公司费用及利润的影响情况等。①

第三节 《国有控股上市公司（境外）
实施股权激励试行办法》解读

2006 年 1 月 27 日,国务院国资委和财政部联合发布了《国有控股上市公司（境外）实施股权激励试行办法》(以下简称《(境外)试行办法》),以指导和规范境外上市的国有控股上市公司拟订和实施股权激励计划,从而敦促其构建中长期激励机制,充分调动上市公司高级管理人员和科技人员的积极性。《(境外)试行办法》适用于中央非金融企业改制重组境外上市的国有控股上市公司,中央金融企业、地方国有或国有控股企业改制重组境外上市的公司实施股权激励应当比照《(境外)试行办法》执行。

一、股权激励的方式②

《(境外)试行办法》明确指出"本办法所称股权激励主要指股票期权、股票增值权等股权激励方式",同时还允许上市公司根据本行业和企业特点,借鉴国际通行做法,探索限制性股票、业绩股票等激励方式,给予上市公司一定的自主性和灵活性。与我们前面讲到的两个规则相比,《(境外)试行办法》将股票增值权也纳入股权激励的方式,这与当时已有较多的境外上市国有控股公司已实施股票增值权方式有关。股票期权原则上适用于境外注册、国有控股的境外上市公司,股权激励对象有权行使期权权利,也有权放弃该项权利,股票期权不得转让和用于担保、偿还债务等。股票增值权是指上市公司授予激励对象在一定的时期和条件下,获得规定数量的股票价格上升所带来的收益的权利。股票增值权主要适用于发行境外上市外资股的公司,激励对象不拥有这些股票的所有权,也不拥有股东表决权、配股权,股票增值权也不能转让和用于担保、偿还债务等。股票增值权与股票期权最大的区别在于激励对象并不实际拥有公司股票,只是享有获得股票增值收

---

① 《国有控股上市公司（境内）实施股权激励试行办法》第 37、38 条。
② 《国有控股上市公司（境外）实施股权激励试行办法》第 3 条。

益的权利;股票期权的收益主要由二级市场埋单,而股票增值权的收益要由公司来埋单,因此对公司的现金流有着较高的要求。

二、实施股权激励应具备的条件和应遵循的原则①

境外上市公司拟实施股权激励,应当具备以下三个条件:

(1)公司治理结构规范,股东会、董事会、监事会、经理层各负其责,协调运转,有效制衡。董事会中有 3 名以上独立董事并能有效履行职责。

(2)公司发展战略目标和实施计划明确,持续发展能力良好。

(3)公司业绩考核体系健全、基础管理制度规范,进行了劳动、用工、薪酬制度改革。

实施股权激励应遵循以下四项原则:

(1)坚持股东利益、公司利益和管理层利益相一致,有利于促进国有资本保值增值和上市公司的可持续发展。

(2)坚持激励与约束相结合,风险与收益相对称,适度强化对管理层的激励力度。

(3)坚持依法规范,公开透明,遵循境内外相关法律法规和境外上市地上市规则的要求。

(4)坚持从实际出发,循序渐进,逐步完善。

三、股权激励对象的范围②

《(境外)试行办法》对股权激励对象的范围有较为详细的规定,原则上限于上市公司的董事、高级管理人员和对上市公司整体业绩和持续发展有直接影响的核心技术人才和管理骨干,重点是上市公司的高管人员。上市公司的董事包括执行董事和非执行董事;高管人员是指对公司决策、经营、管理负有领导职责的人员,包括总经理、副总经理、公司财务负责人(包括其他履行上述职责的人员)、董事会秘书和公司章程规定的其他人员;核心技术人才、管理骨干由上市公司董事会根据其对公司发展的重要性和贡献等

① 《国有控股上市公司(境外)实施股权激励试行办法》第 4、5 条。
② 《国有控股上市公司(境外)实施股权激励试行办法》第 7、8 条。

情况确定。

同时,《(境外)试行办法》也规定了不能参加股权激励的人员,包括三种:

一是独立非执行董事不参与上市公司股权激励计划。为了保持其独立公正的特性,独立非执行董事不宜参与股权激励计划,以免因利益与上市公司及管理层联系密切而影响其客观判断。

二是任何持有上市公司5%以上有表决权的股份的人员,未经股东大会批准,不得参加股权激励计划。股权激励实质上是股东对公司管理人员的长期激励,持有一定比例股份的股东本已可以享受到公司利润分配,严格来说无需再参与股权激励,除非经股东大会批准。

三是上市公司母公司(控股公司)负责人在上市公司任职的,可参与股权激励计划,但只能参与一家上市公司的股权激励计划。

四、股权授予数量①

(一)股权激励计划授予的总量和首次股权授予数量

借鉴香港的有关规则,并充分考虑了激励力度和股东权益摊薄二者之间的平衡,《(境外)试行办法》要求,上市公司在股权激励计划有效期内授予的股权总量累计不得超过公司股本总额的10%;首次股权授予数量应控制在上市公司股本总额的1%以内。这是一个上限的规定,上市公司应当结合公司股本规模和股权激励对象的范围、薪酬结构及中长期激励预期收益水平合理确定股权授予总量。

(二)激励对象个人授予总量

《(境外)试行办法》规定:在股权激励计划有效期内任何12个月期间授予任一人员的股权(包括已行使的和未行使的股权)超过上市公司发行总股本的1%的,上市公司不再授予其股权。与目前针对境内上市公司的相关规则相比,该规定更为严格,并未留下如"经股东大会特别批准可以例外"的余地。

---

① 《国有控股上市公司(境外)实施股权激励试行办法》第9、10、11条。

（三）高管人员股权授予数量的确定方法

以上只是对股权激励计划以及激励对象个人授予总量做了一个上限限制，在此限制下，股权的具体授予数量究竟如何确定则是一个核心问题，《（境外）试行办法》确定了以下办法：

（1）在股权激励计划有效期内，高管人员预期股权激励收益水平原则上应控制在其薪酬水平的40%以内。高管人员薪酬总水平应根据本公司业绩考核与薪酬管理办法，并参考境内外同类人员薪酬市场价位、本公司员工平均收入水平等因素综合确定。各高管人员薪酬总水平和预期股权收益占薪酬总水平的比例应根据上市公司岗位分析、岗位测评、岗位职责按岗位序列确定。

（2）按照国际通行的期权定价模型，计算股票期权或股票增值权的公平市场价值，确定每股股权激励预期收益。

（3）按照上述原则和股权授予价格（行权价格），确定高管人员股权授予的数量。

五、股权的授予价格[①]

《（境外）试行办法》对股权的授予价格原则上按照上市公司上市地的上市规则确定，因为境外的上市规则一般都会对上市公司实施股权激励做出规范，遵循上市地的有关规定是理所当然的。同时，《（境外）试行办法》也对股权的授予价格做出了限制，境外上市的国有控股公司也需要遵守：对首次公开发行上市时实施股权激励计划的上市公司，其股权的授予价格按上市公司首次公开发行上市满30个交易日以后，依据境外上市规则规定的公平市场价格确定；对上市后实施股权激励计划的上市公司，其股权的授予价格不得低于授予日的收盘价或前5个交易日的平均收盘价，并不再予以折扣。

六、股权的行权限制[②]

股权激励计划的有效期：一般不超过10年，自股东大会通过股权激励计

---

① 《国有控股上市公司（境外）实施股权激励试行办法》第12条。
② 《国有控股上市公司（境外）实施股权激励试行办法》第14、15、16、17条。

划之日起计算。

授予间隔期:每一次股权激励计划的授予间隔期应在一个完整的会计年度以上,原则上每两年授予一次。

行权限制期:是股权授予日至生效日的期限,原则上为 2 年。限制期内不得行权,以考察激励对象的业绩,凸显长期激励的初衷。

行权有效期:是股权限制期满后至股权终止日的时间,由上市公司根据实际情况确定,原则上不得低于 3 年。在行权有效期内原则上采取匀速分批行权办法,或按照符合境外上市规则要求的办法行权。超过行权有效期的,其权利自动失效,并不可追溯行权。

七、股权激励计划的审核[①]

申报程序:国有控股股东代表在股东大会审议批准上市公司拟实施的股权激励计划之前,应将拟实施的激励计划及管理办法报履行国有资产出资人职责的机构或部门审核,并根据其审核意见在股东大会行使表决权。

分期授予方案的报备和调整程序:上市公司按批准的股权激励计划实施的分期股权授予方案,国有控股股东代表应当报履行国有资产出资人职责的机构或部门备案。其中因实施股权激励计划而增发股票及调整股权授予范围、超出首次股权授予规模等,应按《(境外)试行办法》的规定履行相应的申报程序。

实施新计划的申报程序:上市公司终止股权激励计划并实施新计划,国有控股股东代表应重新履行申报程序。原股权激励计划终止后,不得根据已终止的计划再授予股权。

八、股权激励计划的管理[②]

(一)股权激励计划必须与业绩考核挂钩

国有控股股东代表应要求和督促上市公司制定严格的股权激励管理办法,建立规范的绩效考核评价制度;按照上市公司股权激励管理办法和绩效

---

① 《国有控股上市公司(境外)实施股权激励试行办法》第 19、20、21、22 条。
② 《国有控股上市公司(境外)实施股权激励试行办法》第 23～31 条。

考核评价办法确定对高管人员股权的授予和行权；对已经授予的股权数量在行权时可根据年度业绩考核情况进行动态调整。

参与上市公司股权激励计划的上市公司母公司（控股公司）的负责人，其股权激励计划的实施应符合《中央企业负责人经营业绩考核暂行办法》（国资委令第 2 号）的有关规定。上市公司或其母公司（控股公司）为中央金融企业的，企业负责人股权激励计划的实施应符合财政部有关国有金融企业绩效考核的规定。

上市公司高管人员的股票期权应保留一定比例在任职期满后根据任期考核结果行权，任职（或任期）期满后的行权比例不得低于授权总量的 20%；对授予的股票增值权，其行权所获得的现金收益需进入上市公司为股权激励对象开设的账户，账户中的现金收益应有不低于 20% 的部分至任职（或任期）期满考核合格后方可提取。

上市公司年度绩效考核达不到股权激励计划规定的业绩考核标准、年度财务报告被注册会计师出具否定意见或无法表示意见或者监事会或审计部门对上市公司业绩或年度财务报告提出重大异议的，当年年度可行权部分应予取消。

（二）加强对激励对象的管理

股权激励对象应承担行权时所发生的费用，并依法纳税。上市公司不得对股权激励对象行权提供任何财务资助。

股权激励对象因辞职、调动、被解雇、退休、死亡、丧失行为能力等原因终止服务时，其股权的行使应作相应调整，采取行权加速、终止等处理方式。

激励对象严重失职、渎职、违反国家有关法律法规、上市公司章程规定或者上市公司有足够的证据证明股权持有者在任职期间，由于受贿索贿、贪污盗窃、泄露上市公司经营和技术秘密、实施关联交易损害上市公司利益、声誉和对上市公司形象有重大负面影响的行为，给上市公司造成损失的，其行权资格将被取消。

此外，《（境外）试行办法》要求国有控股股东代表应要求和督促上市公司在实施股权激励计划的财务、会计处理及其税收方面严格执行境内外有关法律法规、财务制度、会计准则、税务制度和上市规则，明确了股权激励计划的财务税收处理原则。

第四节　《股权激励相关事项备忘录》解读

为应对我国股权激励正式实施两年多来出现的新情况,解决遇到的新问题,规范我国上市公司股权激励的实施,中国证监会上市公司监管部在几个月内,连续公布了三份《股权激励相关事项备忘录》,分别是 2008 年 5 月 6 日公布的《股权激励有关事项备忘录 1 号》(本节以下简称《备忘录 1 号》)和《股权激励有关事项备忘录 2 号》(本节以下简称《备忘录 2 号》)、2008 年 9 月 16 日公布的《股权激励有关事项备忘录 3 号》(本节以下简称《备忘录 3 号》)。作为《上市公司股权激励管理办法(试行)》的有益补充,这三份备忘录对股权激励的相关事项作了更为详细、更具操作性、更符合实际的规定。下面就这三个备忘录的内容进行详细解读。

一、关于激励对象的相关规定

(一)激励对象的确定

《管理办法》允许监事成为股权激励的对象,但是《备忘录 2 号》明确规定:为确保上市公司监事的独立性,充分发挥其监督作用,上市公司监事不得成为股权激励对象。

为充分发挥市场和社会监督作用,《备忘录 2 号》明确规定:公司对外披露股权激励计划草案时,除预留部分外,激励对象为董事、高管人员的,须披露其姓名、职务、获授数量。除董事、高管人员外的其他激励对象,须通过证券交易所网站披露其姓名、职务。同时,公司须发布公告,提示投资者关注证券交易所网站披露内容。预留股份激励对象经董事会确认后,须参照上述要求进行披露。

(二)激励对象范围的合理性问题

我国股权激励对象的范围主要是董事、高管和核心技术(业务)人员,并不鼓励全员持股，因为全员持股失去了股权激励的原有意义，因此，《备忘录3号》规定：董事、高级管理人员、核心技术（业务）人员以外人员成为激励对象的，上市公司应在股权激励计划备案材料中逐一分析其与上市公司业务或业绩的关联程度，说明其作为激励对象的合理性。

（三）主要股东、实际控制人成为激励对象的问题

《管理办法》并未对主要股东、实际控制人能否成为激励对象作出明确规定，这在实践中也带来了一些混乱，对此，《备忘录1号》规定：持股5%以上的主要股东或实际控制人原则上不得成为激励对象。除非经股东大会表决通过，且股东大会对该事项进行投票表决时，关联股东须回避表决。持股5%以上的主要股东或实际控制人的配偶及直系近亲属若符合成为激励对象的条件，可以成为激励对象，但应关注其所获授权益是否与其所任职务相匹配。同时，股东大会对该事项进行投票表决时，关联股东须回避表决。

（四）激励对象的资格问题

激励对象不能同时参加两个或以上上市公司的股权激励计划。

二、关于股权激励授予的相关规定

（一）分期授予问题

目前，我国股权激励的授予多为一次授予，主要原因是一次授予操作起来简便易行。但是从股权激励所要实现的激励目的来看，一次授予弱化了股权激励的作用，因此，国外更常用的是分期多次授予的方式，监管机构也鼓励上市公司在可能的情况下，尽量采用分期授予的方式。为了适应这一需要，《备忘录1号》对股权激励的分期授予进行了更为详细的规定：

若股权激励计划的授予方式为一次授予，则授予数量应与其股本规模、激励对象人数等因素相匹配，不宜一次性授予太多，以充分体现长期激励的效应。

若股权激励计划的授予方式为分期授予，则须在每次授权前召开董事会，确定本次授权的权益数量、激励对象名单、授予价格等相关事宜，并披露

本次授权情况的摘要。授予价格的定价基础以该次召开董事会并披露摘要情况前的市价为基准。其中,区分不同的股权激励计划方式按以下原则确定:

(1)如股权激励计划的方式是股票期权,授予价格按照《上市公司股权激励管理办法(试行)》第24条的规定确定。

(2)如股权激励计划的方式是限制性股票,授予价格定价原则遵循首次授予价格原则,若以后各期的授予价格定价原则与首次不一致的,则应重新履行申报程序。

预留股份的处理办法参照上述要求。

(二)授予日问题

针对实践中出现的个别上市公司管理层为了股权激励对象的利益而择优确定授予日的问题,《备忘录1号》规定:公司的股权激励计划中须明确股票期权或者限制性股票的具体授予日期或授予日的确定方式、等待期或锁定期的起止日。若激励计划有授予条件,则授予日须确定在授权条件成立之后。

(三)限制性股票授予价格的折扣问题

《备忘录1号》对回购和定向增发这两种限制性股票来源的定价分别进行了规定:

如果标的股票的来源是存量,即从二级市场购入股票,则按照《公司法》关于回购股票的相关规定执行;

如果标的股票的来源是增量,即通过定向增发方式取得股票,其实质属于定向发行,则参照现行《上市公司证券发行管理办法》中有关定向增发的定价原则和锁定期要求确定价格和锁定期,同时考虑股权激励的激励效应。

(1)发行价格不低于定价基准日前20个交易日公司股票均价的50%;

(2)自股票授予日起12个月内不得转让,激励对象为控股股东、实际控制人的,自股票授予日起36个月内不得转让。

若低于上述标准,则需由公司在股权激励草案中充分分析和披露其对股东权益的摊薄影响,由中国证监会上市公司监管部提交重组审核委员会讨论决定。

三、激励股份来源的规定

实践中,部分实施股权激励的上市公司股东直接向激励对象赠予(或转让)股份,这实质上使股权激励变成了个别股东与股权激励对象之间的私人行为,使股权激励对象重视赠予(或转让)股份的股东的利益,而不是整个上市公司的利益,有悖于股权激励的初衷,因此,《备忘录 2 号》规定:股东不得直接向激励对象赠予(或转让)股份。股东拟提供股份的,应当先将股份赠予(或转让)上市公司,并视为上市公司以零价格(或特定价格)向这部分股东定向回购股份。然后,按照经中国证监会备案无异议的股权激励计划,由上市公司将股份授予激励对象。上市公司对回购股份的授予应符合《公司法》第一百四十三条的规定,即必须在一年内将回购股份授予激励对象。

四、股权激励行权的相关规定

(一)行权指标设定问题

我国的股权激励实践中,许多企业为了能够顺利获取股权激励所授予的股份,倾向于把行权指标定得较低,个别企业其行权指标甚至只有历史水平的50%。这种情况使股权激励成为部分上市公司高管们瓜分企业利益的工具,而丝毫起不到激励的作用,鉴于此,《备忘录 1 号》规定:

公司根据自身情况,可设定适合于本公司的绩效考核指标。绩效考核指标应包含财务指标和非财务指标。绩效考核指标如涉及会计利润,应采用按新会计准则计算、扣除非经常性损益后的净利润。同时,期权成本应在经常性损益中列支。

公司设定的行权指标须考虑公司的业绩情况,原则上实行股权激励后的业绩指标(如:每股收益、加权净资产收益率和净利润增长率等)不低于历史水平。此外,鼓励公司同时采用下列指标:

(1)市值指标:如公司各考核期内的平均市值水平不低于同期市场综合指数或成份股指数;

(2)行业比较指标:如公司业绩指标不低于同行业平均水平。

该规定主要是从两个方面来规范行权指标：一是行权指标要便于量化；二是行权指标的确定要进行横向（与同行业企业相比）和纵向（与历史水平相比）对比。

（二）行权或解锁条件

为了确保股权激励能够为上市公司股东带来利益，《备忘录3号》对股权激励的行权或解锁规定了最低条件：上市公司股权激励计划应明确，股票期权等待期或限制性股票锁定期内，各年度归属于上市公司股东的净利润及归属于上市公司股东的扣除非经常性损益的净利润均不得低于授予日前最近三个会计年度的平均水平且不得为负。

（三）行权安排问题

股权激励计划中不得设置上市公司发生控制权变更、合并、分立等情况下激励对象可以加速行权或提前解锁的条款。

五、提取激励基金的相关规定

实践中，部分实施股权激励的上市公司，采用提取激励基金的方式，用激励基金从二级市场购入股票或购入定向增发的股票，《备忘录1号》规定：

（1）如果标的股票的来源是存量，即从二级市场购入股票，则按照《公司法》关于回购股票的相关规定执行；

（2）如果标的股票的来源是增量，即以定向增发方式取得股票，则：

①提取激励基金应符合现行法律法规、会计准则，并遵守公司章程及相关议事规程。

②提取的激励基金不得用于资助激励对象购买限制性股票或者行使股票期权。

六、股权激励计划的变更与撤销的相关规定

为确保股权激励计划备案工作的严肃性，股权激励计划备案过程中，上市公司不得随意提出修改权益价格或激励方式。上市公司如拟修改权益价格或激励方式，应由董事会审议通过并公告撤销原股权激励计划的决议，同

时上市公司应向中国证监会提交终止原股权激励计划备案的申请。

上市公司董事会审议通过撤销实施股权激励计划决议或股东大会审议未通过股权激励计划的，自决议公告之日起 6 个月内，上市公司董事会不得再次审议和披露股权激励计划草案。

七、股权激励会计处理相关规定

随着 2007 年我国新会计准则的实施，股权激励的会计处理也发生了很大变化，部分实施股权激励的上市公司对这种变化没有足够的认识，结果在 2007 年，海南海药和伊利股份因为实施股权激励而导致了财务性亏损，引起社会各界关注。针对这种情况，《备忘录 3 号》对股权激励的会计处理作了进一步的规定：

上市公司应根据股权激励计划设定的条件，采用恰当的估值技术，分别计算各期期权的单位公允价值；在每个资产负债表日，根据最新取得的可行权人数变动、业绩指标完成情况等后续信息，修正预计可行权的股票期权数量，并以此为依据确认各期应分摊的费用。

上市公司应在股权激励计划中明确说明股权激励的会计处理方法，测算并列明实施股权激励计划对各期业绩的影响。

八、股权激励与重大事件间隔期问题的相关规定

根据《管理办法》的规定，影响行权价格的一个重要因素是股权激励草案公布的日期，但是《管理办法》并未对股权激励草案公布的日期进行规范和限定，这使上市公司能够自行选择股权激励草案公布的日期，从而可能对上市公司管理层产生使其为自身利益而操纵市场的负面激励。鉴于此，《备忘录 2 号》对股权激励草案的公布日期进行了明确限定。

（1）上市公司发生《上市公司信息披露管理办法》第三十条规定的重大事件，应当履行信息披露义务，在履行信息披露义务期间及履行信息披露义务完毕后 30 日内，不得推出股权激励计划草案。

（2）上市公司提出增发新股、资产注入、发行可转债等重大事项的动议至上述事项实施完毕后 30 日内，上市公司不得提出股权激励计划草案。增发新股、发行可转债实施完毕指所募集资金已经到位；资产注入实施完毕指

相关产权过户手续办理完毕。

（3）公司披露股权激励计划草案至股权激励计划经股东大会审议通过后 30 日内，上市公司不得进行增发新股、资产注入、发行可转债等重大事项。

九、其他规定

（1）同时采用股票期权和限制性股票两种激励方式的上市公司，应当聘请独立财务顾问对其方案发表意见。

（2）公司股东大会在对股权激励计划进行投票表决时，须在提供现场投票方式的同时，提供网络投票方式。

董事会表决股权激励计划草案时，关联董事应予回避。

（3）公司如无特殊原因，原则上不得预留股份。确有需要预留股份的，预留比例不得超过本次股权激励计划拟授予权益数量的百分之十。

（4）上市公司应当在股权激励计划中明确规定，自公司股东大会审议通过股权激励计划之日起 30 日内，公司应当按相关规定召开董事会对激励对象进行授权，并完成登记、公告等相关程序。

第五节　《关于规范国有控股上市公司实施
股权激励制度有关问题的通知》解读

2006 年 9 月 30 日，国务院国资委和财政部联合发布了《关于印发〈国有控股上市公司（境外）实施股权激励试行办法〉的通知》（国资发分配［2006］8 号）和《关于印发〈国有控股上市公司（境内）实施股权激励试行办法〉的通知》（国资发分配［2006］175 号），这是继中国证监会出台《上市公司股权激励管理办法（试行）》后有关国有控股上市公司实施股权激励的又一重要规则，是国有控股上市公司试行股权激励制度的重要法规依据。上述文件发布后，境内、外国有控股上市公司（以下简称上市公司）积极进行了股权激励制度的探索。但由于上市公司外部市场环境和内部运行机制尚不健全，公司治理结构有待完善，股权激励制度尚处于试点阶段，为进一步规范国有控股上市公司实施股权激励，解决试行股权激励制度中出现的新情况、新问题,明确相关政策,进一步强化监管,国务院国资委和财政部又于 2008 年 10 月 21 日联合下发了《关于规范国有控股上市公司实施股权激励制度有关问题的通知》(以下称"通知")。我们对通知的主要内容和要求解读如下:

一、上市公司应加快完善公司法人治理结构

通知强化了上市公司法人治理结构的要求,明确"严格股权激励的实施条件,加快完善公司法人治理结构"。

通知要求,上市公司国有控股股东必须切实履行出资人职责,并按照国资发分配[2006]8 号、国资发分配[2006]175 号文件的要求,建立规范的法人治理结构。上市公司在达到外部董事(包括独立董事)占董事会成员一半以上、薪酬委员会全部由外部董事组成的要求之后,要进一步优化董事会的结构,健全通过股东大会选举和更换董事的制度,按专业化、职业化、市场化的原则确定董事会成员人选,逐步减少国有控股股东的负责人、高级管理人员及其他人员担任上市公司董事的数量,增加董事会中由国有资产出资人代表提名的、由公司控股股东以外人员任职的外部董事或独立董事数量,督促董事提高履职能力,恪守职业操守,使董事会真正成为各类股东利益的代表和重大决策的主体,董事会选聘、考核、激励高级管理人员的职能必须到位。

通知强调上市公司董事会构成中外部董事或独立董事的数量,以此优化董事会结构。

二、上市公司应建立和完善股权激励业绩考核体系

通知对考核指标的要求从总体原则和具体应用均予以明确,更具有可操作性。通知要求上市公司应完善股权激励业绩考核体系,科学设置业绩指标和水平。具体要求包括:

(1)上市公司实施股权激励,应建立完善的业绩考核体系和考核办法。业绩考核指标应包含反映股东回报和公司价值创造等方面的综合性指标,如净资产收益率(ROE)、经济增加值(EVA)、每股收益等;反映公司赢利能力及市场价值等方面的成长性指标,如净利润增长率、主营业务收入增长率、公司总市值增长率等;反映企业收益质量的指标,如主营业务利润占利

润总额比重、现金营运指数等。上述三类业绩考核指标原则上至少各选一个。相关业绩考核指标的计算应符合现行会计准则等相关要求。

（2）上市公司实施股权激励，其授予和行使（指股票期权和股票增值权的行权或限制性股票的解锁，下同）环节均应设置应达到的业绩目标，业绩目标的设定应具有前瞻性和挑战性，并切实以业绩考核指标的完成情况作为股权激励实施的条件。

①上市公司授予激励对象股权时的业绩目标水平，应不低于公司近3年平均业绩水平及同行业（或选取的同行业境内、外对标企业，行业参照证券监管部门的行业分类标准确定，下同）平均业绩（或对标企业50分位值）水平。

②上市公司激励对象行使权利时的业绩目标水平，应结合上市公司所处行业特点和自身战略发展定位，在授予时业绩水平的基础上有所提高，并不得低于公司同行业平均业绩（或对标企业75分位值）水平。凡低于同行业平均业绩（或对标企业75分位值）水平的不得行使。

（3）完善上市公司股权激励对象业绩考核体系，切实将股权的授予、行使与激励对象业绩考核结果紧密挂钩，并根据业绩考核结果分档确定不同的股权行使比例。

（4）对科技类上市公司实施股权激励的业绩指标，可以根据企业所处行业的特点及成长规律等实际情况，确定授予和行使的业绩指标及其目标水平。

（5）对国有经济占控制地位的、关系国民经济命脉和国家安全的行业以及依法实行专营专卖的行业，相关企业的业绩指标，应通过设定经营难度系数等方式，剔除价格调整、宏观调控等政策因素对业绩的影响。

三、合理控制股权激励的收益水平

通知针对当前资本市场的发展程度、上市公司市场化程度和竞争现状，为控制不合理的股权激励收益，提出了"合理控制股权激励收益水平，实行股权激励收益与业绩指标增长挂钩浮动"的要求。

通知确定了按照上市公司股价与其经营业绩相关联、激励对象股权激励收益增长与公司经营业绩增长相匹配的原则，实行股权激励收益兑现与业绩考核指标完成情况挂钩的办法。即在达到实施股权激励业绩考核目标要求的基础上,以期初计划核定的股权激励预期收益为基础,按照股权行使时间限制表,综合上市公司业绩和股票价格增长情况,对股权激励收益增幅进行合理调控。具体方法如下:

(1)对股权激励收益在计划期初核定收益水平以内且达到考核标准的,可按计划予以行权。

(2)对行权有效期内股票价格偏高,致使股票期权(或股票增值权)的实际行权收益超出计划核定的预期收益水平的上市公司,根据业绩考核指标完成情况和股票价格增长情况合理控制股权激励的实际收益水平。即在行权有效期内,激励对象股权激励收益占本期股票期权(或股票增值权)授予时薪酬总水平(含股权激励收益,下同)的最高比重,境内上市公司及境外 H 股公司原则上不得超过 40%,境外红筹股公司原则上不得超过 50%。股权激励实际收益超出上述比重的,尚未行权的股票期权(或股票增值权)不再行使或将行权收益上交公司。

通知要求上述条款应在上市公司股权激励管理办法或股权授予协议上予以载明。通知同时指出,实行该原则是权宜之计,随着资本市场的逐步完善以及上市公司市场化程度和竞争性的不断提高,将逐步取消对股权激励收益水平的限制。

四、股权激励计划的科学管理及规范实施

通知还特别就股权激励计划的管理和规范工作分别从限制性股票的授予方式和业绩考核、激励对象范围的限定、估值的规范、后续调整要求、程序规范和监督、控股股东职责等 6 个方面,要求强化股权激励计划的管理,科学、规范地实施股权激励。

(1)完善限制性股票的授予方式,以业绩考核结果确定限制性股票的授予水平。

①上市公司应以严格的业绩考核作为实施限制性股票激励计划的前提条件。上市公司授予限制性股票时的业绩目标应不低于下列业绩水平的高者:公司前 3 年平均业绩水平;公司上一年度实际业绩水平;公司同行业平均业绩(或对标企业 50 分位值)水平。

②强化对限制性股票激励对象的约束。限制性股票激励的重点应限于对公司未来发展有直接影响的高级管理人员。限制性股票的来源及价格的确定应符合证券监管部门的相关规定,且股权激励对象个人出资水平不得低于按证券监管规定确定的限制性股票价格的50%。

③限制性股票收益(不含个人出资部分的收益)的增长幅度不得高于业绩指标的增长幅度(以业绩目标为基础)。

对于限制性股票计划,通知进一步明确了业绩考核的具体要求,限定了激励对象的范围和其出资水平、收益增长水平。

(2)严格限定股权激励对象的范围,规范股权激励对象离职、退休等行为的处理办法。

上市公司股权激励的重点应是对公司经营业绩和未来发展有直接影响的高级管理人员和核心技术骨干,不得随意扩大范围。未在上市公司任职、不属于上市公司的人员(包括控股股东公司的员工)不得参与上市公司股权激励计划。境内、境外上市公司监事不得成为股权激励的对象。

股权激励对象正常调动、退休、死亡、丧失民事行为能力时,授予的股权当年已达到可行使时间限制和业绩考核条件的,可行使的部分可在离职之日起的半年内行使,尚未达到可行使时间限制和业绩考核条件的不再行使。股权激励对象辞职、被解雇时,尚未行使的股权不再行使。

针对部分上市公司不恰当地扩大股权激励对象的范围,通知予以严格限定,同时鉴于上市公司监事承担着对股权激励方案的监督和审核责任,为确保其独立性,通知明确监事不得成为股权激励的对象。另外,通知还明确了不得再继续行权的几种情形。

(3)规范股权激励公允价值的计算参数,合理确定股权激励的预期收益。

对实行股票期权(或股票增值权)激励方式的,上市公司应根据企业会计准则等有关规定,结合国际通行做法,选取适当的期权定价模型进行合理估值。其相关参数的选择或计算应科学合理。

对实行限制性股票激励方式的,在核定股权激励的预期收益时,除考虑限制性股票赠与部分的价值外,还应参考期权估值办法考虑赠与部分的未来增值收益。

通知明确了股票期权的估值原则,对于限制性股票的预期收益,强调了对增值收益的考量。

(4)规范上市公司配股、送股、分红后股权激励授予数量的处理。

上市公司因发行新股、转增股本、合并、分立、回购等原因导致总股本发生变动或因其他原因需要调整股权授予数量或行权价格的,应重新报国有资产监管机构备案后由股东大会或授权董事会决定。对于因其他原因调整股票期权(或股票增值权)授予数量、行权价格或其他条款的,应由董事会审议后经股东大会批准;同时,上市公司应聘请律师就上述调整是否符合国家相关法律法规、公司章程以及股权激励计划的规定出具专业意见。

通知对需要调整股权授予数量和价格的报批程序予以了明确,强调了重新备案或审批的要求。

(5)规范履行相应程序,建立社会监督和专家评审工作机制。

建立上市公司国有控股股东与国有资产监管机构的沟通协调机制。上市公司国有控股股东在上市公司董事会审议其股权激励计划之前,应与国有资产监管机构进行沟通协调,并应在上市公司股东大会审议公司股权激励计划之前,将上市公司董事会审议通过的股权激励计划及相应的管理考核办法等材料报国有资产监管机构审核,经股东大会审议通过后实施。

建立社会监督和专家评审工作机制。上市公司董事会审议通过的股权激励计划草案除按证券监管部门的要求予以公告外,同时还应在国有资产监管机构网站上予以公告,接受社会公众的监督和评议。同时,国有资产监管机构将组织有关专家对上市公司股权激励方案进行评审。社会公众的监督、评议意见与专家的评审意见,将作为国有资产监管机构审核股权激励计划的重要依据。

建立中介服务机构专业监督机制。为上市公司拟订股权激励计划的中介咨询机构,应对股权激励计划的规范性、合规性、是否有利于上市公司的持续发展,以及对股东利益的影响发表专业意见。

通知在规范程序和强化监管方面,明确了控股股东与国资监管机构的沟通协调责任,并提出了引入社会监督、专家评审、中介机构监督机制的要求。

(6)规范国有控股股东行为,完善股权激励的报告、监督制度。

国有控股股东应增强法制观念和诚信意识,带头遵守法律法规,规范执行国家政策,维护出资人利益。

国有控股股东应按照国资发分配[2006]8号、国资发分配[2006]175号文件及通知的要求,完善股权激励报告制度。国有控股股东向国有资产监管机构报送上市公司股东大会审议通过的股权激励计划时,应同时抄送财政部门。国有控股股东应及时将股权激励计划的实施进展情况以及激励对象年度行使情况等报国有资产监管机构备案;国有控股股东有监事会的,应同时报送公司控股企业监事会。

国有控股股东应监督上市公司按照《企业财务通则》和企业会计准则的规定,为股权激励的实施提供良好的财务管理和会计核算基础。

国有资产监管机构将对上市公司股权激励的实施进展情况,包括公司的改革发展、业绩指标完成情况以及激励对象薪酬水平、股权行使及其股权激励收益、绩效考核等信息实行动态管理和对外披露。

在境外和境内同时上市的公司,原则上应当执行国资发分配[2006]175号文件。公司高级管理人员和管理、技术骨干应在同一个资本市场(境外或境内)实施股权激励。

通知强调控股股东在上市公司实施股权激励计划中的责任,从报告(报送)和监督责任方面提出了具体要求。通知还提出,国有资产监管机构将对上市公司股权激励进行动态管理和对外披露。

通知还对已经实施股权激励的国有控股上市公司执行该通知制定了衔接办法,明确其国有控股股东应按照通知要求,督促和要求上市公司对股权激励计划进行修订完善并报国资委备案,并经股东大会(或董事会)审议通过后实施。

通知主要针对国有控股上市公司试行股权激励制度中出现的新情况、新问题予以澄清和明确,并特别强调股权激励计划的管理和规范工作,以及控股股东的报告和监管责任。通知对国有控股上市公司实施股权激励计划提出了更具操作性的要求,对股权激励计划的规范和顺利实施具有重要意义。

实务篇

SHI WU PIAN

第八章
股权激励在我国的实践

第一节　股权激励在中国的实践情况

中国上市公司在股权激励的实践方面进行了很多探索,但与中国证券市场的飞速发展相比,中国上市公司股权激励机制的建设进程相对迟缓。到目前为止,我们基本上可以把中国股权激励机制的进程分成两个阶段。

一、摸索阶段

第一个阶段为 2005 年 12 月 31 日中国证监会发布《上市公司股权激励管理办法(试行)》之前,我们称之为摸索阶段。在这个阶段中,中国企业在股权激励的实践方面做了不少有益的探索,在原《公司法》禁止公司回购本公司股票(以注销为目的的回购除外)并库存、原《证券法》不允许高管转让其所持本公司股票的背景下,出现了上海仪电模式、武汉模式、贝岭模式、泰达模式与吴仪模式等典型模式。

(一)仪电模式(期股模式)

上海仪电控股(集团)公司于 1997 年开始在其下属的 4 家控股上市公司实施期股奖励计划。根据这项计划,其控股上市公司的主要负责人每年在获得基本薪酬收入、一般加薪收入的同时,还将根据其业绩和贡献,获得股票形式的"特殊奖励",这部分股票并不能立即兑现,但获奖人享有分红、配股权,在任职期满后,可兑现期股获得收益,也可继续持有股票。

（二）武汉模式（股票期权模式）

武汉国资公司对所属 3 家上市公司的法定代表人的报酬实行年薪制（由基薪收入、风险收入、年金收入 3 部分组成）的基础上，将经营者年薪中的风险收入部分实行股票期权激励办法。

（三）贝岭模式（模拟股票期权模式）

上海贝岭于 1999 年 7 月正式推出模拟股票期权计划。"模拟股票期权"是借鉴股票期权的操作及计算方式，将奖金的给予延期支付，而不是真正的股票期权。该计划的实施对象主要是公司的总经理等主要负责人，对其年收入中的加薪奖励部分采取股权激励办法。

（四）泰达模式（激励基金购股模式）

1999 年 9 月，天津泰达推出《激励机制实施细则》。泰达股份将在每年年度报告公布后，根据年度业绩考核结果对有关人士实施奖罚。公司将提取年度净利润的 0.2%，作为公司董事会成员、高层管理人员及有重大贡献的业务骨干的激励基金，基金只能用于为激励对象购买泰达股份的流通股票并作相应冻结；而处罚所形成的罚金，则要求受罚人员以现金在 6 个月之内清偿。由公司监事会、财务顾问、法律顾问组成的激励管理委员会负责奖罚。

（五）吴仪模式（期权 + 股权组合模式）

2000 年 4 月，吴中仪表公司提出其股票期权方案。方案要点为：采用期权 + 股权组合的激励约束机制；通过期股和以全体员工为发起人的以发起设立方式设立的股份有限公司受让国家股（或法人股）组合方式，实现国家股（或法人股）逐步减持，是国有股减持和上市公司股权的一种新方式。

总结第一阶段我国上市公司实施股票期权的状况，具有以下两个特点：

第一，由于国内法规限制，往往利用变通方式规避限制。由于我国当时的法律法规对股票期权的股票来源的限制性规定，上市公司无法通过回购或库藏股票作为实施股票期权计划的来源，而发行新股又受到较严格的条件限制，因此上市公司都采取了各种不同方式来规避法规的限制。如由大股东来回购股票授予管理者;或者实施模拟股票期权计划,如上海贝岭。

第二,结合国内特色制定方案。经理股票期权是从美国等成熟市场经济国家移植来的制度,我国经济目前仍处于转型时期,无论是市场背景、法律环境还是企业结构等因素都与美国有着较大的区别,因此上市公司在实施股票期权时根据中国的现实状况制定了具有中国特色的股票期权方案。最典型的例子就是吴中仪表,该模式结合了我国当时热门的国有股退出问题来制定方案,利用减持的国有股份作为股票期权计划实施的股票来源,具备了较强的可操作性。

但由于缺乏法律体系和理论研究的指引、分配制度和产权改革进展缓慢、产权文化尚未形成、思想和理念的解放程度不足、公司治理和现代企业制度尚不完善、经理人市场尚未建立等因素的影响,使这些模式带上了特定的时代特征,同时由于企业股权结构、公司性质等各不相同,或多或少地在操作性、推广性、激励性等方面具有一定的局限性,尽管具有了股权激励的某些特征,但还不能称之为真正意义上的股权激励。

二、初级阶段

第二个阶段为 2005 年 12 月 31 日中国证监会发布《上市公司股权激励管理办法(试行)》之后,我们称之为初级阶段。随着具有里程碑意义的重大制度性变革——股权分置改革工作的顺利开展,资本市场环境逐步得以完善,上市公司治理结构也日益规范,股权意识得以觉醒,市值管理的理念深入人心,机构投资者队伍不断壮大,资本市场的有效性不断提升,公司股价与业绩的相关度加强,包括《公司法》、《证券法》的修订为股权激励的实施铺平了道路。2005 年 12 月 31 日,中国证监会颁布《上市公司股权激励管理办法(试行)》,更为我国上市公司股权激励机制的建设提供了明确的政策指引和操作规范,股权激励终于进入实际可操作阶段。许多上市公司在股改对价方案中顺势推出股权激励计划,上市公司股权激励暗潮涌动。此后,国务院国资委和财政部分别于 2006 年 1 月 27 日和 2006 年 9 月 30 日颁布了《国有控股上市公司(境外)实施股权激励试行办法》、《国有控股上市公司(境内)实施股权激励试行办法》,对国有上市公司建立股权激励制度做出了进一步的规定。

(一)总体情况

2005 年 12 月 31 日,《管理办法》发布后,2006 年迎来了第一个上市公司实施股权激励的高潮。2006 年共有 37 家上市公司申报了其股权激励计划,审核通过 24 家。2007 年,由于公司治理专项活动的开展,上市公司股权激励暂停实施,全年共 7 家上市公司申报股权激励计划,没有一家在 2007 年获得审核通过。2007 年底,公司治理专项活动结束,因此,2008 年申报股权激励计划的上市公司剧增,从 2008 年初至 2008 年 5 月 23 日,共有 36 家上市公司申报股权激励计划,审核通过 2 家(新湖中宝和南玻 A)。

(二)企业类型分析

截至 2008 年 5 月 23 日,80 家申报股权激励计划的上市公司中,国有上市公司有 25 家,其中通过审核 9 家,通过率为 36%;民营上市公司有 55 家,其中通过审核 17 家,通过率为 30.91%。具体情况见表 8.1:

表 8.1　　　　　　　　股权激励企业类型统计表

	国　有			民　营			合　计		
	申报方案	审核通过	通过率(%)	申报方案	审核通过	通过率(%)	申报方案	审核通过	通过率(%)
2006	14	9	64.30	23	15	65.22	37	24	64.86
2007	4	0	0.00	3	0	0.00	7	0	0.00
2008	7	0	0.00	29	2	6.90	36	2	5.56
合　计	25	9	36.00	55	17	30.91	80	26	32.50

注:2008 年数据非全年数据,为年初至 5 月 23 日数。本节各表下同。

(三)股权激励方式分析

(1)总体来看,80 家上市公司中,有 65 家使用股票期权,占 81.25%;11 家使用限制性股票,占 13.75%;4 家使用混合方式(股票期权、股票增值权和限制性股票的组合,其中永新股份使用股票期权加限制性股票方式,华菱管线使用股票增值权加限制性股票方式,广州国光使用股票期权加股票增值权方式,德润电子使用股票期权加股票增值权方式),占 5%。具体情况见表 8.2:

表 8.2　　　　　　　　　　上市公司股权激励方式统计表

	股票期权		限制性股票		混合方式		合　计	
	申报方案	审核通过	申报方案	审核通过	申报方案	审核通过	申报方案	审核通过
2006	28	17	7	5	2	2	37	24
2007	6	0	1	0	0	0	7	0
2008	31	1	3	1	2	0	36	2
合　计	65	18	11	6	4	2	80	26

（2）申报股权激励计划的 25 家国有上市公司中，有 17 家使用股票期权，占 68%；有 7 家使用限制性股票，占 28%；有 1 家使用混合方式（华菱管线），占 4%。具体情况见表 8.3：

表 8.3　　　　　　　国有上市公司股权激励方式统计表

	股票期权		限制性股票		混合方式		合　计	
	申报方案	审核通过	申报方案	审核通过	申报方案	审核通过	申报方案	审核通过
2006	9	5	5	4	0	0	14	9
2007	3	0	1	0	0	0	4	0
2008	5	0	1	0	1	0	7	0
合　计	17	5	7	4	1	0	25	9

（3）申报股权激励计划的 55 家民营企业中，有 48 家使用股票期权，占 87.27%；4 家使用限制性股票，占 7.27%；3 家使用混合方式（永新股份、广州国光、德润电子），占 5.45%。具体情况见表 8.4：

表 8.4　　　　　　　民营上市公司股权激励方式统计表

	股票期权		限制性股票		混合方式		合　计	
	申报方案	审核通过	申报方案	审核通过	申报方案	审核通过	申报方案	审核通过
2006	19	12	2	1	2	2	23	15
2007	3	0	0	0	0	0	3	0
2008	26	1	2	1	1	0	29	2
合　计	48	13	4	2	3	2	55	17

（四）股票来源分析

（1）股权激励的股票来源主要有定向增发、二级市场购买、个别股东赠与、混合方式（定向增发和二级市场购买相结合）四种渠道。在80家上市公司中，其中69家定向增发，占86.25%；5家在二级市场购买（万科A、大众公用、宝钢股份、抚顺特钢、华菱管线），占6.25%；2家由个别股东赠与（东百集团、华神集团），占2.5%；4家采用混合方式（永新股份、海油工程、中粮地产、烽火通信），占5%。具体情况见表8.5：

表8.5　　　　　　　　　　股权激励股票来源统计表

	定向增发		二级市场购买		个别股东赠与		混合方式		合　计	
	申报方案	审核通过	申报方案	审核通过	申报方案	审核通过	申报方案	审核通过	申报方案	审核通过
2006	33	22	2	1	1	0	1	1	37	24
2007	6	0	1	0	0	0	0	0	7	0
2008	30	2	2	0	1	0	3	0	36	2
合　计	69	24	5	1	2	0	4	1	80	26

（2）在申报股权激励计划的25家国有上市公司中，有17家定向增发，占68%；有5家在二级市场购买（万科A、大众公用、宝钢股份、抚顺特钢、华菱管线），占20%；有3家使用混合方式（海油工程、中粮地产、烽火通信），占12%。具体情况见表8.6：

表8.6　　　　　　　　国有上市公司股权激励股票来源统计表

	定向增发		二级市场购买		个别股东赠与		混合方式		合　计	
	申报方案	审核通过	申报方案	审核通过	申报方案	审核通过	申报方案	审核通过	申报方案	审核通过
2006	12	8	2	1	0	0	0	0	14	9
2007	3	0	1	0	0	0	0	0	4	0
2008	2	0	2	0	0	0	3	0	7	0
合　计	17	8	5	1	0	0	3	0	25	9

（3）在申报股权激励计划的55家民营企业中，有52家定向增发，占94.55%；有2家由个别股东赠与（东百集团、华神集团），占3.64%；有1家

使用混合方式(永新股份),占 1.82%。具体情况见表 8.7:

表 8.7　　　　　　　　民营上市公司股权激励股票来源统计表

	定向增发		二级市场购买		个别股东赠与		混合方式		合　计	
	申报方案	审核通过	申报方案	审核通过	申报方案	审核通过	申报方案	审核通过	申报方案	审核通过
2006	21	14	0	0	1	0	1	1	23	15
2007	3	0	0	0	0	0	0	0	3	0
2008	28	2	0	0	1	0	0	0	29	2
合　计	52	16	0	0	2	0	1	1	55	17

(五)监事是否能够成为激励对象问题的分析

《管理办法》规定,监事可以成为股权激励对象。因此,在 2006 年申报股权激励计划的 37 家上市公司中,股权激励计划明确把监事作为激励对象的有 25 家;2006 年审核通过的 24 家上市公司中,最终股权激励计划把监事作为激励对象的有 17 家。

2006 年 9 月 30 日,国资委和财政部联合发布了《国有控股上市公司(境内)实施股权激励试行办法》(以下称《试行办法》),规定在国有控股上市公司(境内)中,监事不能成为股权激励对象。此后国有控股上市公司的股权激励计划中都不再把监事作为股权激励对象。

为确保上市公司监事的独立性,充分发挥其监督作用,2008 年 3 月 17 日,中国证监会上市部公布的两个备忘录中明确禁止所有上市公司监事成为股权激励对象。除 2006 年已经审核通过的把监事作为激励对象的 17 家上市公司外,此后其他上市公司的监事都不能成为股权激励对象(2008 年通过审核的新湖中宝,其最初的股权激励计划也包括监事,后按照备忘录的规定剔除了监事)。

(六)股权激励对象的人员范围分析

《管理办法》规定,股权激励对象可以包括上市公司的董事、监事、高级管理人员、核心技术人员,以及公司认为应当激励的其他员工,但不应当包括独立董事。国资委和财政部联合发布的《试行办法》规定,国有控股上市公司的监事、独立董事以及由上市公司控股公司以外的人员担任的外部董事,暂不纳入股权激励计划。中国证监会上市部公布的两个备忘录中明确禁止上市公司监事成为股权激励对象。

从实践中看,所有上市公司的股权激励对象都包括上市公司董事和高级管理人员(以下简称董高人员),此外绝大部分上市公司还包括中层管理人员、核心技术人员或关键岗位的员工等其他人员。在已经审核通过的26家上市公司中,股权激励对象仅包括董(监)高人员[由于2006年审批通过的上市公司中,有17家把监事作为激励对象,此处分类包括这17家上市公司,因此以董(监)高人员来表示]的有2家(福星科技,中捷股份;由于中捷股份控股股东中捷控股集团有限公司违规占用中捷股份资金,2008年5月15日,所有股权激励对象均受到处分,股权激励全部终止),占7.69%;除了董(监)高人员外,还包括其他人员的有24家,占92.31%。

从激励对象的人数来看,已经审核通过的26家上市公司中,激励对象人数最多的是中兴通讯,有3,435人,包括中兴通讯及其控股子公司的关键岗位员工;最少的是双鹭药业,仅有8人。已经审核通过的26家上市公司中,目前可以初步确定股权激励对象人数的有15家,这15家上市公司股权激励对象的平均人数约为283人。如果剔除中兴通讯这一特例,剩余14家上市公司股权激励对象的平均人数约为57人。

(七)股权激励对象的信息披露问题分析

实施股权激励的上市公司通常不愿意公布激励对象的姓名、职务、获授数量等。特别是一些公众人物,其股权激励数额通常较大,一旦公布,常常会引起公众的关注和争议。但是这种隐瞒股权激励信息的做法使投资者不能获得充分信息,不利于对上市公司的监督,也不利于资本市场的正常运行。

鉴于此,2008年3月17日,中国证监会上市部公布的两个备忘录对股权激励对象的信息披露问题作出明确规定:为充分发挥市场和社会监督作用,公司对外披露股权激励计划草案时,除预留部分外,激励对象为董事、高管人员的,须披露其姓名、职务、获授数量。除董事、高管人员外的其他激励对象,须通过证券交易所网站披露其姓名、职务。同时,公司须发布公告,提示投资者关注证券交易所网站披露内容。预留股份激励对象经董事会确认后,须参照上述要求进行披露。

因此,包括已经审批通过的 26 家上市公司在内,所有未按照备忘录规定进行信息披露的上市公司,交易所应当敦促其尽快按照规定进行信息披露。

(八)股权激励标的股票占总股本的比例分析

《管理办法》规定,上市公司全部有效的股权激励计划所涉及的标的股票总数累计不得超过公司股本总额的 10%。审核通过的 26 家上市公司中,以 5% 为标准进行分类统计,高于 5%(包括 5%)的上市公司有 17 家,占 65.38%,其中国有上市公司 6 家,民营上市公司 11 家;低于 5% 的上市公司有 9 家,占 34.62%,其中国有上市公司 3 家,民营上市公司 6 家。具体情况见表 8.8:

表 8.8　　　　　　　股权激励标的股票占总股本比例情况(1)

	股权激励标的股票占总股本比例高于5%(包括5%)的上市公司			股权激励标的股票占总股本比例低于5%的上市公司			总　计
	国　有	民　营	总　计	国　有	民　营	总　计	
绝对数	6	11	17	3	6	9	26
占比(%)	23.08	42.31	65.38	11.54	23.08	34.62	100

注:股权激励标的股票占总股本比例等于 5% 的上市公司仅有国有控股的中兴通讯。

在审核通过的 26 家上市公司中,股权激励标的股票占总股本的比例最高的是 10%,最低的是 2.4%。比例最高的三家和最低的三家具体情况见表 8.9:

表 8.9　　　　　　股权激励标的股票占总股本的比例情况(2)　　　　单位:%

股权激励标的股票占股本比例最高的三家上市公司		股权激励标的股票占股本比例最低的三家上市公司	
金发科技(民营)	10.00	双鹭药业(国有)	2.40
泛海建设(民营)	9.96	泸州老窖(国有)	2.85
海南海药(民营)	9.88	苏泊尔(民营)	3.41

此外需要注意的是,由于万科是分年度计提股权激励基金,计提额度由公司经营情况而定,仅规定总额不能超过总股本的 10%。因此,其实际最终计提的额度可能达到 10%。

（九）股票期权的行权价格或限制性股票的授予价格情况分析

《管理办法》规定,以股票期权方式进行股权激励的,其标的股票的行权价格以股票期权激励计划草案摘要公布前一个交易日的股票收盘价和股票期权激励计划草案摘要公布前 30 个交易日内的股票平均收盘价为标准,取其高者。但是以限制性股票方式进行股权激励的,《管理办法》对其标的股票的授予价格并未作出规定。针对这一问题,《股权激励有关事项备忘录 1号》对限制性股票授予价格的折扣问题作出规定:发行价格不低于定价基准日前 20 个交易日公司股票均价的 50%。

在审核通过的 26 家上市公司中,有 20 家上市公司涉及到股票期权(其中 18 家使用股票期权,另有两家使用包括股票期权在内的混合方式),其中,行权价格没有上浮的上市公司有 15 家,上浮的有 5 家,上浮比例最大的为 15%(泸州老窖)。涉及到限制性股票的有 7 家(其中 6 家使用限制性股票,此外永新股份使用股票期权加限制性股票的混合方式),这 7 家的限制性股票授予价格都有折价。限制性股票折价的具体情况见表 8.10:

表 8.10　　　　　　　　　　　限制性股票授予价格折价情况

公司名称	股权激励方式	标的股票授予价格折价情况
万 科 A	限制性股票	无偿授予。
华侨城 A	限制性股票	授予价格为 7 元,约为按照《管理办法》所确定价格的 54%。
上海家化	限制性股票	授予价格为 8.94 元,为前 90 日收盘价平均值的 90%。
中兴通讯	限制性股票	授予价格为 30.05 元,无上浮或折价。但是实际购买时,每 10 股只付 5.2 股的认购款,其中 3.8 股标的股票由激励对象以自筹资金认购获得,1.4 股标的股票以激励对象未参与的 2006 年度递延奖金分配而未获得的递延奖金与授予价格的比例折算获得。即激励对象实际支付的价格只有授予价格的 38%。
用友软件	限制性股票	2007 年度授予的价格为 18.17 元,是草案公布前 30 个交易日公司股票均价的 75%。2008 年度授予的价格不低于授予日前 30 个交易日公司股票均价的 60%。2009 年度授予的价格不低于授予日前 30 个交易日公司股票均价的 50%。具体价格由公司董事会在授予前按上述原则确定。
永新股份	股票期权 + 限制性股票	限制性股票无偿授予,股票期权价格按照《管理办法》确定,未上浮。
南玻 A	限制性股票	授予价格 8.73 元,为限制性股票激励计划(草案稿)公告前 20 个交易日南玻 A 股票均价的 50%。

（十）董事长和总经理获授股份情况分析

《管理办法》规定,任何一名激励对象通过全部有效的股权激励计划获授的本公司股票累计不得超过公司股本总额的1%。国资委和财政部联合发布的《试行办法》还规定,国有控股上市公司中,在股权激励计划有效期内,高级管理人员个人股权激励预期收益水平,应控制在其薪酬总水平(含预期的期权或股权收益)的30%以内。

审核通过的26家上市公司中,由于万科A目前无法确定董事长和总经理获授股份占总股本的比例,所以此处仅考察其余的25家上市公司。

25家上市公司中,董事长未列入股权激励计划的有9家,其中8家为民营上市公司,董事长本人为控股股东或大股东,另外1家是国有控股的中兴通讯,其董事长本身持有部分股票。除去这9家上市公司后,剩余16家上市公司中,董事长获授股份超过总股本0.5%的有5家,占31.25%,其中伊利股份董事长获授股份占总股本比例为2.904%,超过1%;董事长获授股份不足总股本0.5%的有11家,占68.75%。

25家上市公司中,总经理未列入股权激励计划的有6家,其中5家为民营上市公司,总经理本人为控股股东或大股东,另外1家是国有控股的中兴通讯,其总经理本身持有部分股票。除去这6家上市公司后,剩余19家上市公司中,总经理获授股份超过总股本0.5%的有6家,占31.58%,其中伊利股份总经理获授股份占总股本比例为2.904%,超过1%(伊利股份董事长与总经理为同一人);总经理获授股份不足总股本0.5%的有13家,占68.42%。

第二节　我国股权激励的主要模式

综观上市公司与非上市公司的股权激励计划,通常用到的激励工具包括股票期权、限制性股票、业绩股票、股票增值权和虚拟股票。对于上市公司,2005年12月31日中国证监会颁布的《上市公司股权激励管理办法(试行)》中,着重对股票期权和限制性股票这两种发展较为成熟的工具予以规定,但并未排斥上市公司采用其他工具实施股权激励。2006年9月30日颁布的《国有控股上市公司(境内)实施股权激励试行办法》中,将股票期权、股票增值权作为主要的股权激励方式,而把限制性股票和业绩股票作为可以借鉴国际经验探索实行的激励方式。截至2008年5月23日,向中国证监会申报股权激励计划的80家上市公司中,有65家使用股票期权,占81.25%;11家使用限制性股票,占13.75%;4家使用混合方式(股票期权、股票增值权和限制性股票的组合),占5%。

一、股票期权

从世界范围来看,股票期权制度依然是最流行的激励工具。美国哈佛商学院金融系助理教授金李表示,期权之所以能在美国如此盛行,一是以前的监管较松,没有要求上市公司对期权安排的细节进行严格披露;二是在原有会计制度下,不会对企业的利润产生影响,因此大受青睐。

股票期权,是指上市公司授予激励对象在未来一定期限内以预先确定的价格(行权价)和条件购买本公司一定数量股票的权利(此过程称为行权)。激励对象有权行使这种权利,也有权放弃这种权利,但不得用于转让、质押或者偿还债务。在股票价格上升的情况下,激励对象可以通过行权获得潜在收益(行权价和行权时市场价之差),当然,如果在行权期,股票市场价格低于行权价,则激励对象有权放弃该权利,不予行权。股票期权的最终价值体现在行权时的价差上(见图8.1)。

(一)股票期权的特点

股票期权的特点是高风险高回报,特别适合处于成长初期或扩张期的企业,如网络、高科技等风险较高的企业。由于企业处于成长期,本来企业的运营和发展对现金的需求就很大,无法拿出大量的现金实现即时激励,另一方面企业未来成长潜力又很大,因此,通过发行股票期权,将激励对象的未来收益与未来二级市场的股价波动紧密联系,从而既降低了企业当期的激励成本,又达到了激励的目的,真正实现一举两得。中国是一个高速增长的经济体,即使是一些在国际上非常成熟的产业,在中国依然会有较大空

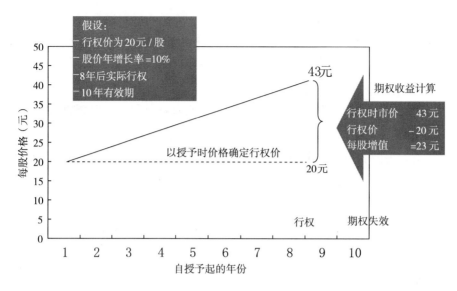

假设:
— 行权价为20元/股
— 股价年增长率=10%
— 8年后实际行权
— 10年有效期

43元

20元

每股价格（元）

以授予时价格确定行权价

行权   期权失效

期权收益计算
行权时市价   43元
行权价   −20元
每股增值   =23元

自授予起的年份

资料来源:申银万国证券研究所。

图8.1　股票期权的最终价值体现在行权时的价差上

间,从这个角度看,期权对中国大部分企业而言依然有现实意义。

（二）股票期权激励的主要要素

一个股票期权计划除了激励对象外主要涉及行权价格、股票来源、资金来源、时间、条件等问题。从国际经验看,大多数公司采取每年一次授予股票期权的方式,一个期权计划的有效期一般为 10 年,通常分 3 次以上逐步授予,且可以分批或一次性行权。无论是价格、股票和资金来源、授予和行权条件、时间的设定和安排,还是授权、行权方式和速度的安排,都是专业性较强的问题,往往需要在董事会薪酬委员会主导下由专业中介机构协助完成,也同时更加凸显激励计划的独立性,避免激励对象自己为自己设定薪酬。

1. 行权价格

在股票期权中,最重要的是行权价格的确定。行权价格是指上市公司向激励对象授予股票期权时所确定的、激励对象购买上市公司股票的价格。相对于市场价格而言,行权价格越高,期权的价值将下降,对激励对象的吸引力降低,而现有股东所承担的激励成本则相对较低;行权价格越低,则股票期权的价值就越高,对激励对象的激励性就越大,但意味着现有股东将承担较高的激励成本。

有鉴于此,中国证监会在其颁布的股权激励管理办法和国务院国资委颁布的股权激励试行办法都对行权价进行了严格的规定。中国证监会规定,股票期权的行权价格必须不低于以下价格较高者:

(1)股权激励计划草案摘要公布前一个交易日公司标的股票收盘价;

(2)公布前30个交易日内的公司标的股票平均收盘价。

而对于国有控股上市公司,国资委规定股票期权的行权价格根据公平市场价原则和三个价格孰高原则确定,这三个价格即股票面值、股权授予日公司股票的收盘价、股权授予日前30个交易日内的公司股票平均收盘价。

行权价格可以根据公司股票除权除息而调整,但需要经董事会作出决议并经股东大会审议批准,或者由股东大会授权董事会按一定规则确定。

2. 股票来源

对于股票来源,在中国证监会颁布的股权激励管理办法中明确规定可以通过定向增发或者是回购本公司股票的方式解决股票期权的激励股票来源问题。这里的定向增发方式与通常以融资为目的的定向增发有比较大的区别,首先是不需要通过发审委的审核,只需要股权激励计划获得中国证监会的无异议核准且经股东大会审议批准,即获得定向增发的额度,此额度在行权时根据激励计划的规则使用并报中国证监会备案同时按照交易所规则及时公告。在定向增发的额度方面,上市公司可以根据法律法规的规定,结合公司实际情况,依据适当的激励力度加以确定,同时在必要的情况下,需要根据未来发展和吸引人才的需要,设置部分预留额度。在额度的使用上,则根据激励计划的规定或一次审核分批使用,或一次审核一次使用。如福建七匹狼实业股份有限公司(证券代码:002029)向激励对象定向增发700万股,其中240万股预留给未来的激励对象;广州国光(证券代码:002045)向激励对象授予股票期权所涉及的标的股票总数为1,420.80万股,其中预留350.40万股给关键职位,占该公司本次股票期权计划总数的24.66%。

预留额度的使用具有较大的不确定性,在目前我国资本市场仍然不够规范和成熟的状况下,预留额度很容易被人为操纵,偏离股权激励的目的,因此,《备忘录2号》对预留额度进行了限制,规定公司如无特殊原因,原则上不得预留股份。确有需要预留股份的,预留比例不得超过本次股权激励计划拟授予权益数量的10%。随着我国资本市场的逐步规范、成熟，这一预留比例预期将会提高。

股票来源的另一种方式是回购公司股票。这一股票的来源得益于《公司法》的修改，新《公司法》除了允许以注销为目的的股票回购外，又增加了一种以股权激励为目的的股票回购。《公司法》明确规定将股份奖励给本公司职工可以收购本公司股份，所收购的股份应当在一年内转让给职工，回购股份不得超过已发行股份总额的5%，且用于收购的资金应当从公司的税后利润中支出。

除了上述两种股票来源之外，激励对象委托独立机构在二级市场购买股票也是可以考虑的一种股票来源，这种方式的好处是不受《公司法》关于公司回购自身股份必须1年内转让或注销的规定的限制，具体操作方法可参考本书第十章万科的案例分析。

事实上，上述几种解决股票来源的方式，按性质加以区分，则可以分成增量方式和存量方式两大类。存量方式是在不增加股本总额的情况下谋求股票的来源，而增量方式则是在增加股本总额的情况下谋求股票的来源；存量方式的好处是不稀释现有股东的权益，而增量方式则是在少量稀释现有股东的权益的情况下，带来小额融资。但无论是何种方式，现有股东都将承担激励成本。

由于股权激励关系到上市公司的发展，对管理层以及主要骨干的激励是所有股东共同的权利和义务，由股权激励而引起的激励成本自然需要由全体股东共同承担，任何单方面股东的激励或者承担成本的行为并不合适、恰当，甚至不排除一定程度的商业贿赂的嫌疑，因此，《国有控股上市公司（境内）实施股权激励试行办法》特别规定不得由单一国有股股东支付或擅自无偿量化国有股权。

3. 资金来源

行权资金的问题对股权激励计划中的激励对象而言是非常现实的一个因素，就股权激励的出发点而言，是希望激励对象一直持有股权，以从其所创造的长期业绩获得资本利得，希望激励对象持有的时间越长越好，以便于获得更多的增值，甚至希望激励对象不要在期权行权日行权，之后仍然持有股票而不是立即兑现；但作为长期性的激励或者作为一种机制而言，不断的行权意味着不断的资金的投入,这在客观上对激励对象造成了非常大的压力。

同时,中国证监会颁布的管理办法第 10 条明确规定,上市公司不得为激励对象以股权激励计划获取有关权益提供贷款以及其他任何形式的财务资助,包括为其贷款提供担保;商业银行也同样有不得向居民提供贷款用于购买股票的相关规定。正因为如此,不少激励对象往往会选择行权后在没有其他限制条件的情况下卖出股票。这对于上市公司非高级管理人员的激励对象来说,可能是一个现实的选择,但对于上市公司高级管理人员来说,还存在股票流通上的额外限制,即只能卖出上年末所持股票总额的 25%,因此,行权资金依然是上市公司高级管理人员面临的棘手问题。

行权资金的压力如果不能得到有效解决,就会影响激励计划的吸引力和激励性,在比较极端的情况下,不排除部分激励对象放弃参与激励计划的可能。行权资金的压力大小,一方面取决于激励力度的大小,具体体现在激励额度与非风险性年薪之间的比例关系以及绝对股价的高低;另一方面取决于激励对象个体可支配资金的大小。激励力度越大,股票价格越高,意味着非风险性年薪中的很大比例需要用于行权,一旦这个比例超出激励对象可自由支配资金的范围,对行权就造成了困难。从某种程度上讲,国务院国资委限定国有控股上市公司激励对象的激励额度不超过其总薪酬的 30%,尽管依然无法解决股票市价高低的问题,但事实上缓解了行权资金的压力。在实际案例中,有一些上市公司通过提取激励基金的办法解决激励对象的行权资金问题,也有一些上市公司将股票期权与股票增值权等其他激励方式相结合,用股票增值权现金所得作为股票期权行权资金的来源。在新颁布的《备忘录 1 号》中,对激励基金的使用也做出了限制,即如果标的股票的来源是增量则激励基金不得用于资助激励对象购买限制性股票或者行使股票期权。相信在不远的将来,将出现提供这方面融资服务的机构,以促进股权激励制度的建立。

4. 时间

股票期权计划的时间主要是指授予(权)日、等待期、有效期、行权期(日)四个方面。中国证监会在其管理办法中对授予(权)日、可行权日、有效期作出了明确的定义和限定。授予(权)日:指上市公司向激励对象授予股票期权的日期,授予(权)日必须为交易日;可行权日:指激励对象可以开始行权的日期,可行权日必须为交易日;股票期权的有效期从授予(权)日计算不得超过 10 年,股票期权有效期过后,已授出但尚未行权的股票期权不得行权。但在管理办法中没有出现等待期这个名词,只是对这个名词的实质含义作了阐述:股票期权授予(权)日与获授股票期权首次可以行权日之间的间隔不得少于 1 年。在授予(权)日、可行权日的时间限定上,中国证监会管理办法规定授予日不可以是定期报告公布前 30 日内、重大交易或重大事项决定过程中至该事项公告后 2 个交易日内、其他可能影响股价的重大事件发生之日起至公告后 2 个交易日内;办法同时规定激励对象可以在上市公司定期报告公布后第 2 个交易日,至下一次定期报告公布前 10 个交易日内行权,但不得在重大交易或重大事项决定过程中至该事项公告后 2 个交易日内、其他可能影响股价的重大事件发生之日起至公告后 2 个交易日内行权。

对于这些时间节点,国务院国资委在其试行办法中也作出了类似的规定。关于有效期的规定是:股权激励计划的有效期自股东大会通过之日起计算,一般不超过 10 年,股权激励计划有效期满,上市公司不得依据此计划再授予任何股权。通常所讲的等待期在这里用行权限制期来替代,行权限制期为股权授予日至股权生效日(可行权日)的期限,股权限制期原则上定为 2 年,在限制期内不得行权。行权有效期为股权限制期满后至股权终止日的时间,由上市公司根据实际情况确定,原则上不得低于 3 年。

尽管相关办法在这些时间要素上已经作出了非常明确且详细的规定,但具体激励计划的设计对时间要素的规定却能在一定程度上反映激励导向,特别是对等待期、有效期和行权期的规定,因为,股票期权激励的本意是一种长期的通过资本增值获得收益的激励方式,从而推动企业的长期持续、高质量的发展,其内在驱动力是业绩,主要成本则是激励对象的贡献和时间。如果等待期太短,一方面反映激励的短期化取向,另一方面,激励性可能也不一定很大;同样,有效期也反映这种激励计划的机制化程度和长期化倾向,行权期的长短则不仅反映这些因素,同时还将影响激励计划对每年损益的影响、激励成本的集中程度。

5. 条件

这里所讲的条件包含两个层次、两个环节的条件,即触发激励计划实施的公司层面的条件和激励对象是否有资格参与激励计划的个人条件,以及授予条件和行权条件。国际上,股票期权激励计划以往的通常条件是时间,但由于种种弊端的显现,现在的一种趋势是越来越与业绩紧密挂钩。我国刚迈入股权激励的时代,有必要充分利用后发的优势,从起步就直接与业绩挂钩。因此,在本书以下的的章节中,无论是哪个层次、哪个环节的条件我们都统称为绩效条件或者绩效指标加以阐述。我们通常所讲的业绩条件实际上包含四个方面,即采用什么样的指标、指标的考察周期、比较标杆以及具体的指标值。

关于采用什么样的指标,这实际上是解决一个企业在激励计划的有效期内的发展导向问题,更反映出企业发展战略的阶段性诉求。通常用到的绩效指标有 ROE、ROIC、EPS、ROA、EVA、EBITA、EV/EBITA、净利润、主营业务收入、净利润增长率、主营业务收入增长率、市值、市盈率、市净率等等,这些指标有的是相对指标,有的是绝对指标;有的是业绩指标,有的则是市值或者市值相关条件;有的指标是指向企业价值或者股东价值的,有的则是指向企业规模的。重要的是,企业应当根据自身所处行业特征以及企业特点,选择、设计适合企业发展需要的指标,但无论采用什么样的指标,一方面,必须与企业的发展阶段相适应,使激励计划切实地为战略目标服务;另一方面,公司层面与个人层面的考核指标必须保持一致,否则将是一个毫无意义的激励计划,不仅对企业的发展没有任何促进作用,还让企业承担了不产生效益的激励成本。

指标确定之后,考察这一指标的时间周期便是需要进一步确定的因素。股票期权作为一种长期激励工具,也是薪酬的重要组成部分,是长期薪酬的部分。一般情况下,目前企业的薪酬包含了基本工资和绩效奖金两部分(福利部分依企业不同而不同),绩效奖金部分则基本覆盖了 1 年以内的绩效贡献,因此,长期薪酬的部分需要依据长期绩效来相应确定。根据目前公布的方案统计,极少有采用 1 年以上的考察周期的案例,绝大多数则是采用 1 年的考察周期。

在相同考察周期下,对比的角度或者比较的标杆在一定程度上也是反映行业特征或者公司取向的一个纬度。这种比较总体上可以分为纵向和横向两类,纵向是指从历史的角度与公司自身的以往周期相比;而横向则是与同行业中可比公司在同一考察期进行比较。纵向比较的优势是简单直观,但劣势是很难区分业绩的取得究竟是因为行业的因素还是激励对象额外努力的结果，特别是强周期性的行业，甚至导致不该激励的反而得到了激励，而该激励的却没有得到激励；横向比较的优势在于过滤了行业整体性的因素，主要突出激励对象的绩效贡献，很大程度上能做到有效激励，更为科学，而其劣势则是操作起来相对复杂一些，需要收集同行业可比公司的一些数据。从目前国内上市公司公告的方案来看，绝大多数的上市公司采用了简单的纵向比较的方式，只有宝钢股份等极个别的上市公司采用了横向比较的方式。

至于具体指标的取值，显得相对简单，但同时又是非常艺术的问题，既要有挑战、有难度，又要经过努力能够达到规定水平，这需要有一定的数据用以分析和支撑。

二、限制性股票

限制性股票是指公司为了实现某一个特定目标，无偿将一定数量的股票赠予或者以较低的价格售与激励对象。股票抛售受到限制，只有当实现预定目标后（例如股票价格达到一定水平），激励对象才可将限制性股票抛售并从中获利；预定目标没有实现时，公司有权将免费赠予的限制性股票收回或者以激励对象购买价格回购。中国证监会的管理办法第 17 条规定，上市公司授予激励对象限制性股票，应当在股权激励计划中规定激励对象获授股票的业绩条件、禁售期限。也就是说，我国当前实施的限制性股票必须在业绩考核的基础上予以实施，本质上应该属于业绩股票。

股票期权与限制性股票的本质区别在于股票期权是未来预期收益的权利，而限制性股票是已现实持有的、归属受到限制的收益。股票期权最大的风险是变成一张废纸，但无须实质性的资金投入，因此一旦市场存在获利空间，其回报率将是非常巨大的；而对于依市价折扣定价的限制性股票，则需要激励对象切实投入资金，一旦股票价格下跌幅度超过折让部分，激励对象投入的本金部分将受到损失，同时投入的资金成本也将无从覆盖，由此承担风险；对于无偿赠予的限制性股票，这方面的风险则要小得多，只是最终获得的收益多一些还是少一些的问题。因此，某种程度上，限制性股票的确定性要比股票期权大一些，其激励性也因此比股票期权要小。

限制性股票的适用性和作用,也是区别于股票期权的一个方面。限制性股票一般适用于成熟型企业或者对资金投入要求不是非常高的企业,在服务期限和业绩上对激励对象有较强的约束,因此其所起到的主导作用是留住人;而股票期权对企业和激励对象的资金压力相对会比较小,在授予和行权条件上通常没有限制性股票那么严格,因此,所起到的主导作用往往是激励人和吸引人。

限制性股票同样涉及股票来源、资金来源、授予价格、绩效条件(包括授予条件和解锁条件)、有效期、禁售期以及授予、解锁安排等方面的问题和要素。这些要素和问题的设计也同样反映企业的一些取向和导向,这些问题的处理在方式、方法上基本与股票期权相似。

三、股票增值权

股票增值权是指公司授予经营者的一种权利,如果经营者努力经营企业,在规定期限内,公司股票价格上升或公司业绩上升,经营者就可以按一定比例获得这种由股价上扬或业绩提升所带来的收益,收益为行权价与行权日二级市场股价之间的差价或净资产的增值,行权后由公司支付现金、股票或现金与股票的组合。股票增值权的行权期一般超过任期,有助于约束高管人员的短期行为。由于短期内不能行权,又激励了高管层决策时的长期行为。这种激励方式审批程序简单,不涉及股票来源问题,相当于一种虚拟的股票期权。经营者可以在规定时间内获得规定数量的股票股价上升所带来的收益,但不拥有这些股票的所有权,自然也不拥有表决权和配股权。大部分公司以现金支付,激励对象无法获得真正的股票,因此激励的效果相对较差;同时公司方面需要提取奖励基金,从而使公司的现金支付压力较大。这种激励方式比较适合于现金流充裕且发展稳定的企业或非上市公司。

在境外上市的企业多使用股票增值权,这是由于中国境内居民投资或者认购境外股票仍存在一定的外汇限制。通过这种激励方式,高管在行权时直接获得当时股价与行权价的价差。一般公司会委托第三方在境外行权后,将股价和行权价的差额转为人民币,转入员工的个人账户。

四、虚拟股票

虚拟股票是指公司授予激励对象一种虚拟的股票,激励对象可以依据被授予"虚拟股票"的数量参与公司的分红并享受股价升值收益,但没有所有权和表决权,也不能转让和出售,并在离开企业时自动失效。其好处是不会影响公司的总资本和所有权结构,缺点是兑现激励时现金支出压力会较大,特别是在公司股票升值幅度较大时。

虚拟股票和股票期权有一些类似的特性和操作方法,但虚拟股票并不是实质性的股票认购权,它实际上是将奖金延期支付,其资金来源于企业的奖励基金。与股票期权相比,虚拟股票的激励作用受证券市场的有效性影响要小,因为当证券市场失效时(如遇到熊市),只要公司有好的收益,被授予者仍然可以通过分红分享到好处。

对于非上市公司,由于公司没有上市,没有可参考的股价,为了起到激励的作用,也会使用虚拟股票。比如净资产100万元,则假设公司总股本为100万股,每股1元,在此基础上每年对净资产做一个估值,股权数量不变;股价则根据估值进行调整,最后员工根据行权时的股价,从公司获取股票差价。虚拟股票在适当的时候,如上市股东允许或者在公司上市时,则可以安排转变为真正的股权。

五、业绩股票

业绩股票是股权激励的一种典型模式,指在年初确定一个较为合理的业绩目标,如果激励对象到年末达到预定的目标,则公司授予其一定数量的股票或提取一定的奖励基金购买公司股票。业绩股票的流通变现通常有时间和数量限制。激励对象在以后的若干年内经业绩考核通过后可以获准兑现规定比例的业绩股票,如果未能通过业绩考核或出现有损公司的行为、非正常离任等情况,则其未兑现部分的业绩股票将被取消。

业绩股票是一种较为规范的股权激励模式,可以将激励对象的业绩与报酬较紧密地联系在一起,较为适合业绩稳定并持续增长、现金流充裕的企业;在股票期权的应用受到较大限制的情况下,也可适用于高科技企业,但激励效果可能会受影响,或者在激励效果不受影响的情况下,公司的激励成本可能会激增。

第三节　我国股权激励实施中存在的主要问题

2005 年 12 月 31 日,中国证监会发布《上市公司股权激励管理办法(试行)》(以下简称《管理办法》),我国上市公司股权激励进入规范发展阶段。截至 2008 年 5 月 23 日,共有 80 家境内上市公司向中国证监会申报了股权激励计划,其中通过审核 26 家。同时,随着我国境外上市公司的数量逐渐增多,实施股权激励的境外上市公司也越来越多。以香港联交所上市公司来看,主板上市的 H 股和红筹股中有 102 家推出股权激励方案,其中,H 股上市公司有 22 家,红筹股上市公司有 80 家。

但是,股权激励在实施过程中不可避免地也暴露出一些问题,需要引起监管机构的关注,并妥善解决。具体分析如下:

一、境内上市公司股权激励问题分析

(一)股权激励计划需要关注的问题分析

1. 股权激励对象

(1)股权激励对象的资格问题

《管理办法》允许监事成为股权激励对象,《备忘录 2 号》公布前,多数实施股权激励的上市公司都把监事作为股权激励的对象。而监事负有审核股权激励计划内容的职责,如果监事本身成为股权激励对象,那么就很难充分发挥其审核股权激励的作用。因此,《备忘录 2 号》明确规定:为确保上市公司监事的独立性,充分发挥其监督作用,上市公司监事不得成为股权激励对象。

但是《备忘录 2 号》也引发了新的问题,正在申报股权激励方案的上市公司中,为规避《备忘录 2 号》对监事的规定,有些上市公司出现了监事辞职争当董事和高管的现象。

另外,随着上市公司充实研发、品牌管理队伍,越来越多的香港、台湾及外籍人士加入公司,这些人士可能被列入公司预留期权获授对象,但由于上述人员不能在 A 股开户,无法进行相应的备案工作,从而不能持有公司股票期权。广州国光、七匹狼在实际操作中都遇到了这样的情形。

（2）全员持股问题

目前实践中探讨比较多的是全员持股问题。一种观点认为全员持股可以增加员工的归属感和忠诚度,有利于稳定员工队伍,实现产权多元化;另一种观点认为由于劳动力的工作绩效相对容易观察,因此对其采用工资和奖金的薪酬体系即可,而由于技术和管理人员的工作绩效考核难度很大,因此对其进行股权激励能够起到中长期激励作用,应该区分劳动力市场和经理人市场的不同薪酬体系,不宜实行全员持股。我们的观点是全面否定或肯定全员持股都是不正确的,应该区分不同的行业。一般说来,在传统的制造业,普通员工的工作绩效较容易衡量,因此不宜实行全员持股,而在高新技术类产业,技术人员占全体员工的比例较大,且工作绩效不易衡量,因此股权激励的覆盖范围应该适度放宽。

2. 股权激励数量

（1）激励数量对公司业绩的影响

目前我国上市公司股权激励标的股票占总股本的比例整体偏高,在获批的 26 家中,比例超过 5% 的有 17 家,占 65.38% 。因此,上市公司实施股权激励时就需要承担较大的成本、费用。而公司在确定激励方案时对此影响因素显然估计不足,在激励草案中也未充分披露实施股权激励对企业经营成果的影响程度。结果导致部分上市公司因此出现财务性亏损。如伊利股份、海南海药因计算股权激励成本,使 2007 年出现巨额亏损。

（2）国有上市公司的股权激励额度问题

根据国务院国资委和财政部共同发布的《国有控股上市公司（境内）实施股权激励试行办法》,在股权激励计划有效期内,高级管理人员个人股权激励预期收益水平,应控制在其薪酬总水平（含预期的期权或股权收益）的 30% 以内。

国资委主任李荣融在 2008 年 8 月 10 日北京国际新闻中心召开的新闻发布会上表示,中央企业负责人第一任期的税前平均薪酬为:2004 年 35 万元,2005 年 43 万元,2006 年 47.8 万元。其后,8 月 14 日国资委企业分配局负责人在接受《京华时报》记者专访时透露,2006 年,境内 149 家中央企业主要负责人平均薪酬为 53.1 万元,与上年同比增长 11.85%,其中延期支付 13.7 万元,当期收入 39.4 万元(税前)。

而根据 2007 年年报数据,1,497 家 A 股上市公司中,第一大股东为国有股或国有法人股的公司有 872 家,这 872 家国有上市公司共有 12,009 名高管(包括经理、董事、监事等)领取薪酬,其平均薪酬仅为 22.4 万元。其中,年薪为 10 万元以下的高管 5,649 名,占到了总数的 47.0%,他们的平均薪酬仅为 4.7 万元。如果扣除独立董事和监事,国有上市公司高管平均年薪提高到 31.2 万元;年薪 10 万元以下的高管占比下降到 26.2%,这些高管的平均薪酬为 5.4 万元。具体薪酬分布见表 8.11:

表 8.11　　　　　　　　　国有上市公司的股权激励状况

高管范围	高管人数	平均薪酬(元)	年薪 10 万元以下高管人数占比(%)	年薪 10 万元以下高管平均薪酬(元)
所有高管	12,009	224,306	47.0	46,833
扣除独立董事	9,180	277,907	32.3	50,622
扣除独立董事和监事	7,186	312,395	26.2	54,318

根据国务院国资委和财政部共同发布的《国有控股上市公司(境内)实施股权激励试行办法》,在股权激励计划有效期内,高级管理人员个人股权激励预期收益水平,应控制在其薪酬总水平(含预期的期权或股权收益)的 30% 以内。

根据高管的预期收益水平低于 30% 计算,那么,从 2007 年的数据来看,国有企业约 26% 的高管(除独立董事和监事以外)的股权激励平均收益将不到 1.5 万元;根据所有高管(除独立董事和监事以外)的平均薪酬计算,股权激励的平均收益也仅有 9 万元左右。这样,股权激励的力度和效果将会变得非常小。这说明,国有上市公司高管的激励额度受到限制,导致高管对股权激励的积极性不高。这也在一定程度上解释了为什么提出股权激励方案的国有企业要少于民营企业。这种状况容易导致国有企业的高管通过非正规的手段来增加个人收入。

3. 股份来源的问题

《管理办法》规定:股权激励中标的股票来源的解决方式包括:向激励对

象发行股份,回购本公司股份,法律、行政法规允许的其他方式。2008 年 1 月份以来,相继有 9 家上市公司为规避监管以股东转让股份的形式来提供股权激励所需的股票。具体情况见表 8.12：

表 8.12　　2006 年 1 月以来公布的激励方案中有股东转让股份条款的上市公司

公 司	代 码	方案首次披露日	公 司	代 码	方案首次披露日
东百集团	600693	2008 - 1 - 11	万业企业	600641	2008 - 2 - 1
獐子岛	002069	2008 - 1 - 19	通威股份	600438	2008 - 2 - 15
乐凯科技	600135	2008 - 1 - 22	新中基	000972	2008 - 3 - 3
浔兴股份	002098	2008 - 1 - 23	华神集团	000790	2008 - 4 - 11
新安股份	600596	2008 - 1 - 25			

　　2008 年 5 月,中国证监会发布的相关备忘录叫停了这种做法,规定股东不得直接向激励对象赠予(或转让)股份。股东拟提供股份的,应当先将股份赠予(或转让)上市公司,并视为上市公司以零价格(或特定价格)向这部分股东定向回购股份。然后,按照经中国证监会备案无异议的股权激励计划,由上市公司将股份在一年内授予激励对象。

　　从监管部门的角度看,不允许股东直接向激励对象赠予(或转让)股份的原因在于其中有部分股东对管理层实施"贿赂"的嫌疑,而且管理层不是一部分股东的管理层,而是全体股东的管理层,这样直接赠予不利于公司治理的完善。

4. 预留股份比例问题

　　预留股份的设置可分为两类:一是不确定对象(或岗位)的股份预留,即激励对象存在不确定性,预留股份的授予对象及额度由股东大会授权董事会决定;另一类是确定对象(或岗位)的股份预留,即在目前计划中,预留股份的授予对象(如副总裁、技术专家等)、授予额度等条款均已界定。中国证监会《股权激励有关事项备忘录》规定:公司如无特殊原因,原则上不得预留股份。确有需要预留股份的,预留比例不得超过本次股权激励计划拟授予权益数量的 10%,在 10% 之内,公司可以根据自己发展的实际需要来决定份额,如用于引进优秀人才及对为公司做出突出贡献者进行奖励。

　　从实际的股权激励方案看,在中国证监会 10% 的限额规定出台之前,

2006 年 1 月 1 日到 2008 年 4 月 15 日期间共有 32 家上市公司在股权激励中预留了股份,占股权激励计划总数的 24.71%。总体上预留比例偏高,长电科技和大连国际的预留数量甚至超过 70%,只有 11 家公司的预留额度小于、等于 10%。

由于这部分股份授予对象、授予条件等不明确,因此,股权激励计划在日后的实施过程中具有很大的不透明性。因此,《备忘录 2 号》规定,公司如无特殊原因,原则上不得预留股份,确有需要预留股份的,预留比例不得超过本次股权激励计划拟授予权益数量的 10%。但预留部分的定价问题还未确定。我们认为,预留股份的定价应该依据授予时的市价而定,因为预留股份的激励对象不是在股权激励草案公布时就在公司的,也没有为公司发展做出贡献,因此不应享受没有到公司前的股权激励差价。

另外,部分公司预留股份比例较大可能也和目前股权激励还处于试行阶段,审核备案的时间较长有关,这些公司认为审核备案比较困难,因此希望能多批一些激励额度。这一问题将在股权激励日后实施比较顺畅后逐步解决。

还需要关注的是,可能有些公司通过预留股份而将一些开始不愿意披露的激励对象放入其中,因此,可以考虑董事和高管不能成为预留股份的激励对象,同时,股权激励方案应明确预留股份激励对象产生的程序。

5. 多次授予问题

目前我国股权激励授予方式多以一次授予为主,以上交所的上市公司为例,如果不考虑预留部分的授予,上交所待备案的 35 家公司中 32 家采取一次授予的方式。这些因素均导致了激励的有效期较短。为了实现股权激励的长效性,监管部门应当鼓励股权激励的多次授予。从监管部门备忘录来看,若股权激励计划的授予方式为一次授予,则授予数量应与其股本规模、激励对象人数等因素相匹配,不宜一次性授予太多,以充分体现长期激励的效应。

针对每次股权激励的授予价格问题,中国证监会的股权激励相关事项备忘录对分期授予价格作出了分期确定的规定。授予价格的定价基础以董事会决议和披露摘要情况前的市价为基准。

我们认为,分期授予、分期确定价格可以避免股权激励方案首先锁定一

上市公司股权激励理论、法规与实务

个较低的授予价格,导致从更长期限看激励效果不足,同时也可以让公司应对股价波动的影响:如果是在一个股价较高时期推出股权激励方案,那么这一期的股权激励不被行权,还有下一期在股价较低的时候推出的股权激励方案可以行权,从这一角度看,公司一次授予也不宜太多,从而体现长期激励效应。因此,分期授予和分期确定价格是值得推广的。

6. 股权激励的各类期限

(1)行权时限长短不等

对于满足行权条件后的可行权时限问题,目前法规没有明确规定,从上市公司方案设计来看,为 1～10 年不等。达到业绩考核指标后,应考虑如何控制行权时间。时间较长,分散行权不利于操作,而时限较短又不利于长期激励。

(2)激励计划有效期较短

例如在上交所待备案的 35 家公司中 22 家公司有效期不超过 5 年,已实施的公司中有一家有效期只有 3 年,期限长短主要是考虑公司行权或解锁安排的需要。行权或解锁安排与相应的考核指标相对应,如果考核指标只考核 3 年,而行权有效期延长到 10 年,那也是没有意义的,只是为激励对象行权提供了更大的余地。而公司在制订方案时就要对未来 3 年甚至更多年后的考核指标予以设定,难度较大,与其做无效的长期等待,不如实实在在地在可预见的将来设立行权安排和考核指标的对应关系,必然会造成有效期较短。

同时期香港主板上市的 102 个 H 股和红筹股股权激励方案中,有 75 个方案的激励期限为 10 年,占总数的 73.5%,激励期限平均值为 9.34 年。

7. 股权激励计划中价格和数量的调整条款

上市公司因可能发生资本公积金转增股份、派送股票红利、股票拆细、缩股、配股和增发等事项,所以,一般都在股权激励计划中规定这些情况下股权激励数量和价格的调整办法。但是当前各上市公司的调整办法不尽一致。

从国资委《关于规范国有控股上市公司实施股权激励有关问题的补充通知》(征求意见稿)可以看出,上述各事项国资委都要求进行调整。但是2008 年 12 月 11 日正式发布的《关于规范国有控股上市公司实施股权激励制度有关问题的通知》并没有对这些事项加以详细规定。

目前市场对配股和增发是否需要调整行权价格和股票数量还存在争议。例如对增发,有观点认为:《上市公司证券发行管理办法》有关条款规定,公司增发的"发行价格应不低于公告招股意向书前二十个交易日公司股票均价或前一个交易日的均价";非公开增发的"发行价格应不低于定价基准日前二十个交易日公司股票均价的百分之九十"。依据上述条款,公开增发以及定向增发的发行价格等于或接近于市场价格,不会对每股权益造成影响或者影响较小,因此,认为公司在增发时不应调整权益价格或数量。

对于配股,有观点认为:以正股价格的除权幅度调低行权价格,增加行权数量,容易造成上市公司再融资的冲动,通过不断配股既调低了行权价格,又调增了行权数量,同时还通过外力实现行权指标,坐享配股带来的双重利好,更加方便激励对象行权,因此,也不建议在配股时调整行权价格和行权数量,最多也只是按照除权幅度调低行权价格。

我们认为,尽管从尽力维护股东利益的角度看,上述观点有其合理的一面,但是不排除一些上市公司的股东就是希望在公司配股和增发过程中,管理层的利益不被稀释,从而保持股权激励对管理层的吸引力和管理层的稳定性。例如在配股中,如果不调整行权价格,意味着把激励对象作为不参加配股的股东处理;如果调整行权价格,意味着把激励对象作为参加配股的股东处理,不同处理方式,对管理层的激励效果是不同的,关键是要让股东和管理层都能清楚地认识到调整与否和如何调整对各自利益的影响。同时,调整公式本身也因为业务不同会比较多,不容易规范。因此,建议不一定要强制要求调整公式的一致性,可以给出调整公式指引,对于和公式指引不同的,要求股权激励方案中做出详细说明,独立财务顾问专门针对此项给出意见。

8. 股权激励行权指标

(1)行权指标以财务指标为主

目前公司行权指标多以财务指标为主,较少涉及非财务指标。而财务指标中,一般都包括会计利润指标,但各公司所采用的口径不尽相同,有些公司使用净利润,有些公司使用扣除非经常性损益后的净利润,还有些公司采用上述两指标孰低。《备忘录2号》规定,必须采用扣除非经常性损益后的净利润,但允许公司采用更为严格的标准,并进一步要求,公司根据自身情况,可设定适合于本公司的绩效考核指标,绩效考核指标应包含财务指标和非财务指标。目前可供使用的非财务指标主要有市值指标和公司治理指标。

（2）行权指标的考核与期权生效数量不匹配

没有体现出实现难度越大,期权生效越多的特色,而是体现出期权数量匀速生效的特点。

（3）行权指标过低

目前公布的激励方案,基本上都将经营业绩设定为行权条件。目前普遍受到公众质疑的是行权条件设置过低,激励计划有福利计划的嫌疑。以部分中小板上市公司在股权激励方案中选用的净资产收益率指标可以发现,公司设置的行权条件的确过低。具体情况见表8.13:

表8.13　　　　公司近两年净资产收益率与行权条件比较　　　　　　单位:%

证券简称	2006 年净资产收益率	2007 年净资产收益率	平均净资产收益率	行权条件:净资产收益率
伟星股份	19.52	23.62	21.57	10
永新股份	12.99	11.35	12.17	10
七匹狼	14.58	12.65	13.62	10
东华合创	19.07	15.70	17.39	10
獐子岛	24.20	15.04	19.62	15
金螳螂	20.37	16.65	18.51	12
广宇集团	27.09	20.30	23.69	10
江苏通润	39.10	20.66	29.88	10
报喜鸟	25.42	23.09	24.25	10
深圳惠程	23.19	11.39	17.29	10

9. 限制性股票购买价格的确定

中国证监会《管理办法》对授予价格的规定是:上市公司向激励对象授予限制性股票时所确定的、激励对象获得上市公司股份的价格。中国证监会股权激励有关事项备忘录1号规定,如果标的股票的来源是存量,即从二级市场购入股票,则按照《公司法》关于回购股票的相关规定执行;如果标的股票的来源是增量,即通过定向增发方式取得股票,其实质属于定向发行,则参照现行《上市公司证券发行管理办法》中有关定向增发的定价原则和锁定期要求确定价格和锁定期,同时考虑股权激励的激励效应。一般来说,发行价格不低于定价基准日前 20 个交易日公司股票均价的 50%;所获股票自股票授予日起 12 个月内不得转让,激励对象为控股股东、实际控制人的,自股票授予日起 36 个月内不得转让。

若低于上述标准,则需由公司在股权激励草案中充分分析和披露其对股东权益的摊薄影响,中国证监会上市部提交重组审核委员会讨论决定。

国资委的规定是授予价格应不低于下列价格较高者:① 股权激励计划草案摘要公布前一个交易日的公司标的股票收盘价;② 股权激励计划草案摘要公布前 30 个交易日内的公司标的股票平均收盘价。

对于购买价格,证监会没有规定,国资委的规定是:单位限制性股票的价值为其授予价格扣除激励对象的购买价格,但也没有对购买价格的规定。

从上述定义看,证监会的授予价格不同于国资委的授予价格;证监会的授予价格相当于国资委的购买价格。

从实践中看,折扣和激励水平相挂钩,但对价是必须购买公司股票并且受到多种"限制",那么收益和风险如何对应,这需要财务顾问和公司在设计方案时予以考虑。

(二)股权激励后续实施存在的问题分析

1. 股权激励方案的披露

(1)股权激励与重大事件间隔期问题

在股权激励备案实践过程中,一些公司在推出股权激励计划草案前后,会提出增发新股、资产注入、发行可转债等重大事项,造成公司股价大幅波动,不利于股权激励计划中相关权益的定价。为了避免股权激励与其他重大事件相互干扰,《备忘录 2 号》要求股权激励与其他重大事件之间保持 30 日的间隔期。

(2)股权激励计划的分步披露问题

公司在第一次刊登股权激励计划时,如果没有明确所有的除预留部分以外的激励对象名单,而是分步披露,则公司在预计将来一段时间股价大幅上涨的情况下,为了抢先公布股权激励计划,锁定较低的行权价格,可能会提前公布一个不完全的股权激励计划,然后再后续补齐股权激励计划。如隆平高科于 2008 年 4 月 14 日刊登了股权激励计划草案,但未提出激励名单,而是自公告后一个月内确定并上网,5月14日,公司披露了激励对象名单,股价较4月14日上涨160%。

2. 股权激励计划的审核

(1)股权激励计划申报的审核

多家公司尤其是国有控股公司提出,股权激励方案的审核期间过长,影响了公司推进股权激励计划的进程。部分公司造成信息扩散,引起股价上涨,若未来股票整体市场出现下跌,则可能无法实现公司经营业绩提高与公司股票价格上涨的良性关系。建议明确审批流程,优化审批程序。

此外,由于目前股权激励的实施细则尚未出台,使上市公司在实施股权激励过程中存在很多疑问,股权激励计划常常存在一些问题,需要修改或增加材料等,由此也延缓了监管部门的审批。建议尽快明确有关规程,推进激励方案规范、顺利地实施。

(2)股权激励实施过程中的审核

按照目前的操作流程,授予、行权或解除限售均需征求证监局意见后,经交易所确认,如果激励对象小批量、多批次提出行权申请将会大大增加监管部门的工作量,也会增大监管部门的操作风险。

3. 激励方案的修改

(1)备案无异议后激励方案如何修改

备案无异议后至实施过程中,是否可以对激励方案进行修改,应履行什么程序,这一问题应该明确。虽然此种情况不是很多,但应建立一种解决的机制。如辽宁成大近期即可能修改期权额度。

(2)股市异常引起的行权价格调整问题

由于当前股市波动较大,当大盘下跌时,公司已锁定的价格大大高于市价时,会使股权激励方案无法实施,因此,有些公司有重新定价的要求。对此,建议中国证监会明确哪些情况允许重新定价,如何操作。

(3)与备忘录不符的方案如何修改

随着备忘录等相关规定的颁布,在明确众多问题的同时,也产生了如下问题:已推出的方案与此不符的应如何修订方案,如何履行信息披露义务?如备忘录公布之前的激励对象包含监事、股东提供激励股份是否需要履行备案程序、预留股份超过10%如何处理等。

4. 股权激励费用的会计处理

（1）股票期权的会计处理

会计准则要求以公允价值来计算股权激励费用，目前公司均采用 B－S 公式计算公允价值，但对于公允价值的估算，需要依赖于期权定价模型，而定价模型需要考虑股价预计波动率、有效期无风险利率等因素。公司在选取这些因素的衡量指标时存在很大的主观性和随意性，存在较大差异，这在客观上造成了较大的利润操纵空间。此外，还存在期权费用在跨年度的等待期内合理摊销问题，公司无法行权时期权费用的转回问题等，这些问题在会计准则及相关文件中都没有明确规定。

建议财政部和证监会会计部门，就股权激励中的会计处理问题予以明确，出台具体的指引或判例，对于各类激励方案的核算给予具体指导。

（2）限制性股票的会计处理

目前的会计准则主要是针对股权激励进行了规定，但是对于限制性股票带来的激励费用则没有明确规定，目前，中国证监会正会同交易所对此进行研究。

5. 股权激励的税收处理

（1）企业所得税

会计准则要求公司在等待期的每个资产负债表将期权费用计入管理费用，同时增加资本公积。此项费用涉及的企业所得税问题国家没有明确的税收法规予以规定。有的上市公司按可税前扣除处理，有的上市公司按不可税前扣除处理，会计师事务所也没有明确统一的处理意见。

（2）个人所得税

限制性股票是以股票到户日的前一交易日收盘价为计征点，股票期权是以行权日为计征点（确切计征方法税务部门尚未给出明确意见）。由于股权激励计划中明确规定了限制性股票的禁售期和股票期权的等待期，因此股票到户日或股权行权日激励对象并不能出售到户的股票，激励对象未兑现任何收益就承担了较高的税负。

此外，由于二级市场股价的不稳定性以及存在的非合理性，使得激励对象可以出售日的股价可能远远低于股票到户日（或行权日），使得股权激励不能为激励对象带来任何收益。但是事先已经缴纳的税收却并没有退回机

上市公司股权激励理论、法规与实务

制,即使是退回,激励对象也损失了这段时期内税收资金可能带来的收益。特别是董事、监事及高级管理人员,每年只能出售所持股份的25%,提前支付的税负成本就更高,从而大大影响了股权激励计划的激励效用。

（3）激励对象承担的税率高

目前,公司高管的股票期权所得按工资、薪金所得缴纳个人所得税,并且是按行权价与行权日当天二级市场股票价格的差价来计算,税率最高可达45%,税收负担较重。

6. 上市公司违规及处罚

（1）股权激励有效期内存在违规行为或虚假财务信息

公司为了达到行权条件,在有效期内可能存在违规行为或虚假财务信息,尤其是虚假财务信息,通过操纵利润来达到行权条件,谋取不当利益。而在日常监管中,发现违规行为或虚假财务信息,存在一定的滞后性,公司可能利用"时间差"进行行权。公司业绩实质上未达到行权条件而进行了行权,是否需要针对此情形进行追溯,给对股权激励的日常监管带来了一定的困难。

（2）激励对象违规、离职时的处理

多数公司方案中明确规定,如激励对象出现《管理办法》第八条规定的不能成为激励对象的情形时,将注销已经授予但未行权的股份。由于存量股份注销手续复杂,对于以存量股份激励的处理比较混乱。另外,有上市公司把失去激励资格人员原分配的股份或期权转授他人。如宝新能源董事违规,其授予但未行权的部分取消,由董事会另行授予由董事长提名、符合激励计划规定的激励对象。建议规定,出现上述情形的,该激励对象原分配的股份或期权不得转授他人。

（3）激励对象不符合激励条件需要注销其股份时,尽管数量不大,但要按《公司法》规定的减资程序实施,增加了操作的难度。

（4）强化对已推出股权激励计划公司的监管

股权激励计划实施的全过程中,涉及流程时间长、敏感时点多。在披露时点上,应重点关注激励方案推出前、股份授予期间及股票期权行权期间,公司可能为配合股权激励进行内幕交易或操纵股价。在披露内容上,公司可能会根据股权激励计划实施的不同阶段进行选择性信息披露。因此,一方面要加强上市公司的信息披露监管,要求在股权激励各个环节进行充分的信息披露;另一方面,要坚决查处利用股权激励计划操纵市场及内幕交易行为,加大立案稽查力度,加大民事及刑事诉讼力度,增加违规成本。

7. 股权激励导致股本变化

在公司股权激励方案实施的后续过程中,由于涉及公司股本变更,需报商务部批准及工商部门变更登记。在报批及办理工商变更过程中被要求提交中国证监会关于公司实施股权激励计划的批准文件。但公司在推出股权激励计划报中国证监会审核通过时,中国证监会并未给予关于公司股权激励计划事宜的批复或批准文件,只是通知深圳证券交易所和中国登记结算公司深圳分公司可以实施股权激励计划。中捷股份、永新股份在实际中遇到了此情况。

二、境外上市公司股权激励问题分析

香港主板上市的 H 股和红筹股中有 102 家推出股权激励方案。其中,H股上市公司有 22 家,红筹股上市公司有 80 家。与境内上市公司相比,境外上市公司一方面面临着不同的监管和投资环境;另一方面,受到一些相同国内因素的影响。因此其股权激励存在的问题中,有些是其特有的,有些是与境内上市公司所共有的。具体分析如下:

(一)境外上市公司股权激励存在的特有问题

1. 境内外监管环境差异带来的问题

我国公司境外上市的地点主要是香港和美国,相较于境内或国内来说,这些国家或地区的投资环境、经理人市场等更加成熟,监管因此也相对较为宽松。在实行股权激励时,审核境外上市公司股权激励计划的是境外上市地的证券监管机构,而不是中国证监会,而境外证券监管机构对激励计划的审查较中国证监会通常更为宽松,限制更少,股权激励计划的主要部分只要股东大会或董事会通过即可。

但是境外上市公司其业务主要是在国内,其管理层人员也主要面临的是国内不完善的经理人市场,因此,对股权激励计划过于宽松的审查容易滋生管理层的过度或不正当激励,从而损害投资者的利益。

2. 国资委关于境外上市公司的相关规定产生的问题

实施股权激励的境外上市公司主要以国有企业为主，各地证监局目前上报的 19 家实施股权激励的境外上市公司全部为国有企业。因此，国资委关于境外上市公司实施股权激励的相关规定影响就非常大。2006 年 1 月 27 日，国资委和财政部联合发布《国有控股上市公司（境外）实施股权激励试行办法》（以下称"《试行办法（境外）》"），这相对于稍后国资委和财政部联合发布的《国有控股上市公司（境内）实施股权激励试行办法》（以下称"《试行办法（境内）》"），规定更为严格。主要表现在以下几个方面：

（1）股权激励方式。《试行办法（境外）》规定，境外上市的国有控股上市公司股权激励方式主要是股票期权和股票增值权等方式，股票期权原则上适用于境外注册、国有控股的境外上市公司；股票增值权主要适用于发行境外上市外资股的公司。

这一规定使得目前境外 H 股上市公司的股权激励方式过于单一，且以股票增值权为主。与之形成对照的是红筹股以股票期权为主。

香港主板上市公司股权激励方案的激励方式包括股票增值权、股票期权、限制性股票和长期激励基金计划。80 个红筹股上市公司中，有 79 个采取了股票期权的激励方式，占比为 98.8%。22 个 H 股上市公司中，有 19 个方案的激励方式为股票增值权，占比为 86.4%。

（2）股权激励收益封顶。《试行办法（境外）》规定，在股权激励计划有效期内，高管人员预期股权激励收益水平原则上应控制在其薪酬总水平的 40% 以内，而在《试行办法（境内）》中，规定这一比例是 30%。表面上看，《试行办法（境外）》在这一点上的规定更为宽松，但是由于在境外的股票交易所内，其上市公司高管人员的薪酬水平要远远高于国内，因此，境外上市的国有控股企业 40% 的薪酬总水平封顶使得高管人员的收益要远远低于在同一个交易所内上市的其他公司的高管人员。这一差距要远比国内上市国有企业的 30% 薪酬总水平封顶造成的差距更为严重。而在一个成熟的投资环境中，高管人员过低的收益使投资者对高管人员的努力程度和经营效率产生怀疑，这会降低投资者的投资热情。同时，境外上市公司高管人员的收益预期要高于境内上市公司高管人员，因此，40% 的薪酬总水平封顶也使得股权激励带来的收益远远低于高管人员的预期，股权激励的效果从而会受到很大限制。

3. 境外上市公司金融企业面临的问题

目前来看,我国的金融类企业,不论是境内上市还是境外上市,都不能实施股权激励。但是在境外,金融类企业普遍是允许实施股权激励的,而我国在境外上市的金融类企业不能实施股权激励,因此在这一方面相对处于不利地位。

4. A + H 类型的境外上市公司面临的问题

由于目前我国在境外上市的许多公司同时在 A 股市场和 H 股市场发行股票,这类企业在实施股权激励时就会产生一个特殊的问题:即使这些企业的股权激励是以 H 股为基础的,但是同样会影响到 A 股市场,而目前为止,这类股权激励计划又不属于中国证监会的审查管理范围,实际上造成了中国证监会在股权激励计划审批中的权力被部分架空。

(二)境内外上市公司股权激励共同存在的问题

主要有两方面的共同问题:一是股权激励的税收处理,二是股权激励的会计处理。

1. 股权激励的税收处理

根据财政部《国家税务总局关于个人股票期权所得征收个人所得税的问题的通知》,股票期权所得按"工资、薪金所得"适用的规定计算缴纳个人所得税,股票期权行权后(并未卖出),行权价与市场价的差额通常要按最高 45% 交纳个人所得税。而对于股票期权收益的计算是以行权日的股票市场价格来计算,并未考虑股票价格的波动、期权条款和高管持股的限制等问题。如果股价出现异常波动,将可能导致行权人利益受到损失,甚至出现行权价格高于市场价格的现象。部分行权人可能就会因为过高的个人所得税和对股票价格下降的预期而放弃接受股票期权的授予。

财政部的这一规定针对的是获得股票期权的个人,因此,不论是境内上市公司还是境外上市公司,其股权激励对象所获收益都可能面临着上述高额个人所得税收,从而弱化实施股票期权激励的意义。

2. 股权激励的会计处理

按照财政部《企业会计准则第 11 号——股份支付(2006)》的规定,股权激励成本和费用要在授予日或可行权日一次性计入。这会给实施股权激励的上市公司在授予日或行权日所属年份产生巨大的财务压力,导致财务性亏损。

该会计准则适用范围是所有在国内注册的企业。因此,在国内注册的企业,不论是在境外还是境内上市,都面临这一问题。

(三)境外上市公司股权激励存在问题的处理建议

上面所述的总共六类问题中,有些是因为国内外的客观经济环境存在差异导致的,有些是由于制度上的规定人为造成的。前者无法立即解决,只能通过国内经济水平的发展,经济环境的不断完善才能最终解决,属于此类的主要是境内外监管环境差异带来的问题,这种监管环境的差异只能通过国内经济的发展才能最终消除。后者则是可以通过制度的建设和完善尽快解决的,后面的五类问题都属于此。而后面这五类问题中,属于中国证监会职责范围的只有 A+H 类型的境外上市公司股权激励的审查问题,其他四类问题主要是国资委、财政部、国家税务总局的职责范围。

因此,在解决境外上市公司股权激励存在的问题方面,中国证监会首先要做的就是尽快制定 A+H 类型的境外上市公司股权激励管理办法,切实保障 A 股市场投资者的利益,建议该办法尽量宽松一些,而且不要过多关注于国有境外上市公司,应该注重通用性和普适性。此外,中国证监会应该积极与国资委、财政部、国家税务总局协作,促使其尽快出台相关规定和办法,以解决境外上市公司股权激励存在的问题,尤其是税务处理和会计处理办法的改革,更是应该尽快推进。

第九章
股权激励的会计与税务处理

第一节　股权激励的会计处理

2006 年 2 月财政部发布了包括 1 项基本准则和 38 项具体准则在内的新的会计准则,新准则自 2007 年 1 月 1 日起施行。与 2001 年发布的准则相比,新准则不仅增添了若干新的准则,而且对原准则进行了重大的修改,使会计准则体系更加完善,形成了一个比较完整的系统。根据新会计准则的相关规定,股权激励所涉及的会计处理主要集中在股份支付阶段,包括权益结算的股份支付和现金结算的股份支付。以下将分类进行介绍。

一、会计处理所涉及的重要概念

(一)股份支付

股份支付,是指企业为获取职工和其他方提供的服务而授予权益工具或者承担以权益工具为基础确定的负债的交易。一般所指的权益工具是企业自身的权益工具。根据经济学上的"代理"理论,股份支付的主要目的是解决公司所有权与经营权分离后,公司长期目标与个人现实利益的不一致。对经营层的考核及其薪酬通常与短期业绩指标相关,高管可能因追求短期业绩增长而忽视长远发展战略。为减少高管的这种短期行为,增加公司长期发展潜力,以股份代替现金支付给高管,有助于增加双方利益取向的一致性。

股份支付分为以权益结算的股份支付和以现金结算的股份支付。国内外企业采取较多的是以权益结算的方式。目前国内上市公司的权益结算工具多数是公司的股票,或者以公司股票为标的物的期权。支付的股份来源有两种方式:从市场回购获得的库藏股份,以及增发的股份。

1. 以权益结算的股份支付

以权益结算的股份支付,是指企业为获取服务以股份或其他权益工具作为对价进行结算的交易。常见的方案是上市公司以支付本公司股票或股票期权的方式对高管进行激励。

2. 以现金结算的股份支付

以现金结算的股份支付,是指企业为获取服务承担以股份或其他权益工具为基础计算确定的交付现金或其他资产义务的交易。常见的方案是公司支付标的股票不同日期的市价差额数量的现金,作为对高管的激励。

(二)授予日、可行权日和行权日

1. 授予日

授予日,是指股份支付协议获得批准的日期。《国际财务报告准则第2号》(以下简称 IFRS2)规定:"授予日,是主体(包括雇员)就以股份为基础的支付安排达成一致,且主体和对方对安排的条款和条件有着共同理解的日期。在授予日,主体将其现金、其他资产或权益性工具授予对方,只要满足特定的给予条件,如果有任何这样条件的话。如果这个安排要经过审批程序(例如,由股东)批准,授予日则是获得批准的日期。"

授予日对于确定期权的公允价值至关重要。按我国会计准则指南规定,授予日是指股份支付协议获得批准的日期。其中"获得批准",是指企业与职工或其他方就股份支付的协议条款和条件已达成一致,该协议获得股东大会或类似机构的批准。值得指出的是,无论权益支付还是现金支付,在授予日都不进行会计处理。从我国目前的实践来看,确定授予日,应当是经中国证监会审核无异议,经股东大会特别决议批准的日期。

例如,A 公司 2006 年 5 月 29 日公告称,其股权激励方案经中国证监会审核无异议后,于 5 月 28 日经股东大会批准通过。因此,该股权激励方案的期权授予日应当确定为 2006 年 5 月 28 日。

2. 可行权日

可行权日,是指可行权条件得到满足,职工和其他方具有从企业取得权益工具或现金的权利的日期。可行权日在 IFRS2 中定义为"给予日",即"雇员满足了使其有权享有股份期权所需的所有条件的日期"。值得注意的是,可行权日并非行权日。可行权日表示被授予人可以行权,但并非必须当日全部行权。如上例中 A 公司股权激励方案中规定,授予日 1 年后,如果满足行权条件,就可以开始行权。该股票期权有效期为 6 年。因上例中已经确定授予日为 2006 年 5 月 28 日,假设已经满足行权条件,那么就可以确定 2007 年 5 月 28 日为可行权日,而 2007 年 5 月 28 日至 2012 年 5 月 27 日之间即为有效期。在此期间任何一个日期,只要符合中国证监会的规定,都可以作为行权日。

可行权条件分为市场条件和非市场条件。市场条件是指行权价格、可行权条件以及行权可能性与权益工具的市场价格相关的业绩条件,如股份支付协议中关于股价至少上升至何种水平才可行权的规定。非市场条件是指除市场条件之外的其他业绩条件,如股份支付协议中关于达到最低盈利目标或销售目标才可行权的规定。

在我国的上市公司中,目前较为常见的可行权条件是非市场条件。例如规定公司未来几年的营业收入、净利润或特定财务指标的总量或增幅达到某一标准,被授予人方可行权。

3. 行权日

行权日,是指职工和其他方行使权利、获取现金或权益工具的日期。行权日在 IFRS2 中定义为"行使股份期权的日期"。上例中已经指出,行权日可以有很多选择,取决于被授予人的意愿。

对于权益结算的股份支付,在可行权日之后不再对已确认的成本费用和所有者权益总额进行调整。企业应在行权日根据行权情况,确认股本和股本溢价,同时结转等待期内确认的资本公积(其他资本公积)。

对于现金结算的股份支付,企业在可行权日之后不再确认成本费用,负债(应付职工薪酬)公允价值的变动应当计入当期损益(公允价值变动损益)。

（三）等待期和有效期

1. 等待期

等待期,是指可行权条件得到满足的期间。IFRS2 中定义为"给予期间"。即"满足以股份为基础的支付安排中所有特定给予条件的期间"。从我国现状来看,多数股份支付方案的等待期长度在 0 ~ 3 年之间。由于人员的流动性,如果时间太长,将无法达到激励雇员的预期效果。

等待期长度确定后,业绩条件为非市场条件的,如果后续信息表明需要调整等待期长度,应对前期确定的等待期长度进行修改;业绩条件为市场条件的,不应因此改变等待期长度。

2. 有效期

有效期,通常是指股权激励计划中规定的可以行权的有效时间段。有效期不同于等待期,有效期在等待期之后,长度一般超过等待期,通常达3 ~ 8 年。在满足行权的条件下,则有效期内都可以行权。

二、权益结算中股份支付的会计处理

（一）整体流程

权益结算方式常见的处理流程是:首先,由股东大会确定股份支付方案,多为支付以本公司股份为标的股票的股票期权,或者直接支付股票,并确定授予日、可行权日和有效期;其次,公司应在等待期内平均分摊期权费用,在可行权日后不调整已确认的期权费用;最后,在行权日,公司应当确认因行权导致的股本增加以及资本公积和银行存款的增加。

根据我国新会计准则的规定,对于可行权条件为规定服务期间的股份支付,等待期为授予日至可行权日的期间;对于可行权条件为规定业绩的股份支付,应当在授予日根据最可能的业绩结果预计等待期的长度。

完成等待期内的服务或达到规定业绩条件才可行权换取职工服务的以权益结算的股份支付,在等待期内的每个资产负债表日,应当以对可行权权益工具数量的最佳估计为基础,按照权益工具授予日的公允价值,将当期取得的服务计入相关成本或费用和资本公积。在资产负债表日,后续信息表明可行权权益工具数量与以前估计不同的,应当进行调整,并在可行权日调整至实际可行权的权益工具数量。

在行权日,企业根据实际行权的权益工具数量,按面值计算确定应计入实收资本或股本的金额,按实际收到款项的金额计入银行存款,两者差额计入资本公积。

(二)公允价值的确定

股份支付中权益工具公允价值的确定,应当以市场价值为基础。一些股份和股票期权并没有一个活跃的交易市场。在这种情况下,应当考虑估值技术,通常情况下,企业应当按照《企业会计准则第22号——金融工具的确认和计量》的有关规定确定权益类工具的公允价值,并根据股份支付协议条款规定的条件进行调整。

1. 股份

对于授予员工股份,企业应该按照其股份的市场价格来计量。如果其股份未公开交易,则应考虑其条款和条件估计其市场价格。例如,如果股份支付协议规定了期权股票的禁售期,则会对可行权日后市场参与者愿意为该股票支付的价格产生影响,从而影响该股票期权的公允价值。

2. 期权

对于授予的股票期权,因为常常无法获得其市场价格,企业应当根据股份支付的期权的条款和条件,采取期权定价模型估计其公允价值。常用的模型包括布莱克—斯科尔斯模型、二项式模型和蒙特卡罗模型。在这些模型中,企业应当考虑股份在授予日的公允价值、无风险利率、预计股利、股价预计波动率、标的股份的现行价格和期权有效期等参数。

(三)发生费用的计算

企业应当在等待期内的每个资产负债表日,将取得职工或其他方提供的服务记入成本费用,同时确认所有者权益或负债。对于附有市场条件的股份支付,只要职工满足了其他所有的非市场条件,企业就应当确认已取得的服务。在等待期内的每个资产负债表日,企业应当将取得的服务记入成本费用,记入成本费用的金额按照权益工具的公允价值来计算。需要注意的是,这里的公允价值是指授予日的公允价值,不确认后续公允价值的变动。

在等待期的每个资产负债表日,企业应当根据最新取得的可行权职工人工数的变动等后续信息做最佳估计,修正预计可行权的权益工具的数量。在可行权日,最终预计可行权权益工具的数量应当与实际可行权工具的数量一致。

根据上述权益工具的公允价值和预计可行权的权益工具的数量,计算截至当期的累计应确认的成本费用金额,再减去前期累计已确认的金额,作为当期应确认的成本费用额。

在可行权日后,企业不再对已确认的成本费用和所有者权益总额做调整。企业应在行权日根据行权情况,确认股本和股本溢价,同时结转等待期内的资本公积(其他资本公积)。

例如,2006年1月1日,A公司股东大会批准了一项股份支付协议。该协议规定,公司从2006年1月1日开始向公司的200名管理人员授予每人100份股票期权,这些人员必须为公司服务3年,才能以每股5元购买公司100股的股票。每份期权在2006年1月1日的公允价值为18元。

在第一年,公司的管理人员中有20人离开了公司,公司预计3年中管理人员和销售人员的离开比例将达到20%;第二年中管理人员中又有10名离开了公司,公司估计管理人员的离开比例将达到15%;第三年中离开的管理人员为15名。[①] 从上面的内容可以看出,该公司股份支付的等待期为3年,股份授予日为2006年1月1日,行权日为2009年1月1日,在授予日并不进行账务处理,在等待期内的每个资产负债表日即2006年12月31日、2007年的12月31日和2008年的12月31日,需要计算当期应当确认的费用与相应的资本公积。费用和资本公积计算如下:

表9.1 　　　　　　当期应当确认的费用和资本公积的计算　　　　单位:元

年　份	计　算	当期费用	累计费用
2006	$200 \times 100 \times (1-20\%) \times 18 \times 1/3$	96,000	96,000
2007	$200 \times 100 \times (1-15\%) \times 18 \times 2/3 - 96,000$	108,000	204,000
2008	$155 \times 100 \times 18 - 204,000$	75,000	279,000

① 假设新准则适用于上述时间。

其账务处理如下：

（1）2006 年 1 月 1 日：公司股份授予日不做账务处理。

（2）2006 年 12 月 31 日：

借：管理费用　　　　　　　　96,000

　　贷：资本公积——其他资本公积　　　　　　96,000

（3）2007 年 12 月 31 日：

借：管理费用　　　　　　　　108,000

　　贷：资本公积——其他资本公积　　　　　　108,000

（4）2008 年 12 月 31 日：

借：管理费用　　　　　　　　75,000

　　贷：资本公积——其他资本公积　　　　　　75,000

（5）行权日假设 155 名员工全部在 2009 年 1 月 1 日行权，A 公司账面股份为 1 元：

借：银行存款　　　　　　77,500（155×5×100）

　　资本公积——其他资本公积　　　279,000

　　贷：股本　　　　　　　　　　　15,500

　　　资本公积——资本溢价　　　　341,000

三、现金结算的股份支付的会计处理

（一）公允价值的确定

以现金结算的以股份为基础的支付，常见的是股份增值权（SARs）计划。权益结算通常仅涉及交易的一方的资产变化，而现金结算则不然。IFRS2 对现金结算方式的会计处理有特别解释：现金结算交易的双方都会引起资产的变化，也就是收到了资产（或服务）并最终支付了资产（现金）。因而，不管第一项资产（服务）被分配了多少价值，当支付第二项资产（现金）时就有必要最终确认资产的变化。因此，无论该交易在收到服务和现金结算之间是如何进行会计处理的，交易金额将按照等同于支付的现金金额而被校准，从而对资产的两种变化都进行会计处理。

我国新会计准则则规定，对现金结算的股份支付，企业应当在相关负债结算前的每个资产负债表日以及结算日,对负债公允价值重新计量,其变动计入当期损益。相比权益结算方式的会计处理而言,增加了在每个资产负债表日对相对应的 SARs 的公允价值变动重新计量确认的会计处理。

现金结算方式下公允价值的确定方法与权益结算方式下公允价值的确定方法是相同的。

(二)发生费用的计算

完成等待期内的服务或达到规定业绩条件以后才可行权的以现金结算的股份支付,在等待期内的每个资产负债表日,应当以对可行权情况的最佳估计为基础,按照企业承担负债的公允价值金额,将当期取得的服务计入成本或费用和相应的负债。在资产负债表日,后续信息表明企业当期承担债务的公允价值与以前估计不同的,应当进行调整,并在可行权日调整至实际可行权水平。

例如,2005 年 11 月 B 公司董事会批准了一项股份支付协议。协议规定,2006 年 1 月 1 日公司的 100 名管理骨干每人将被授予 100 份现金股票增值权,但这些人员必须在公司连续服务 3 年,即可根据股价的增长幅度进行行权获得现金。该股票增值权应在 2010 年 12 月 31 日之前行使完毕。B 公司估计,该股票增值权在负债结算之前的每一个资产负债表日以及结算日的公允价值和可行权后的每份股票增值权现金支出额如下:

表9.2　　　B 公司估计的公允价值和每份股票增值权现金支出额　　　单位:元

年　份	公允价值	支付现金
2006	10	
2007	12	
2008	13	11
2009	15	14
2010	18	17

第一年有 5 名管理人员离开,公司估计 3 年中还将有 5 名管理人员会离开;第二年又有 10 名管理人员离开,公司估计还会有 15 名管理人员离开;第三年又有 15 名管理人员离开。第三年末假定有 50 人行使了股票增值权取得了现金,2004 年又有 10 人行使了股份增值权,2005 年末剩余的 10 人全部

行使了股份增值权。[①]

本案例涉及的是以现金结算的股份支付,也是需要等待期的。等待期为 3 年,行权日为 2008 年 12 月 31 日至 2010 年 12 月 31 日之间,B 公司应当在等待期内的每个资产负债表日(2006 年 12 月 31 日、2007 年 12 月 31 日和 2008 年 12 月 31 日)以公司估计的可行权的最佳估计数为基础,按公司承担负债的公允价值进行计量。在可行权之后,则应当在相关负债结算之前的每个资产负债表日对负债的公允价值重新计量,其变动计入公允价值变动损益。费用和应付职工薪酬计算如下:

表 9.3　　　　　　　　　　费用和应付职工薪酬计算表　　　　　　　　　单位:元

年　份	负债计算	负债总额	支付现金计算	支付现金	当期费用
2006	$(100-10) \times 100 \times 10 \times 1/3$	30,000			30,000
2007	$(100-30) \times 100 \times 12 \times 2/3$	56,000			26,000
2008	$(100-30-50) \times 100 \times 13$	26,000	$50 \times 100 \times 11$	55,000	25,000
2009	$(100-30-50-10) \times 100 \times 15$	15,000	$10 \times 100 \times 14$	14,000	3,000
2010	0	0	$10 \times 100 \times 17$	17,000	2,000

具体账务处理如下:

(1)2006 年 1 月 1 日:公司股份授予日不进行账务处理。

(2)2006 年 12 月 31 日:公司应当确认的负债为$(100-10) \times 100 \times 10 \times 1/3 = 30,000$ 元。

借:管理费用　　　　　　　　　30,000

　　贷:应付职工薪酬　　　　　　　　　　　30,000

(3)2007 年 12 月 31 日:截至当期为止累计应当确认的负债为$(100-30) \times 100 \times 12 \times 2/3 = 56,000$ 元,本期应当确认的负债与费用分别为 56,000 - 30,000 = 26,000 元。

借:管理费用　　　　　　　　　26,000

　　贷:应付职工薪酬　　　　　　　　　　　26,000

(4)2008 年 12 月 31 日:截至当期为止累计应当确认的负债为$(100-30-50) \times 100 \times 13 = 26,000$ 元,本期应当确认的负债为 26,000 - 56,000 =

①　假设新准则适用于上述时间。

- 30,000 元,本期应支付的现金为 $50 \times 100 \times 11 = 55,000$ 元,本期应当确认的费用为 $55,000 - 30,000 = 25,000$ 元。

借:管理费用　　　　　　　　25,000
　　贷:应付职工薪酬　　　　　　　　　　25,000
借:应付职工薪酬　　　　　　　55,000
　　贷:银行存款　　　　　　　　　　　　55,000

（5）2009 年 12 月 31 日:截至当期为止累计应当确认的负债为$(100 - 30 - 50 - 10) \times 100 \times 15 = 15,000$ 元,本期应当确认的负债为 $15,000 - 26,000 = -11,000$ 元,本期应支付的现金为 $10 \times 100 \times 14 = 14,000$ 元,本期应当确认的费用为 $14,000 - 11,000 = 3,000$ 元。

借:公允价值变动损益　　　　　3,000
　　贷:应付职工薪酬　　　　　　　　　　3,000
借:应付职工薪酬　　　　　　　14,000
　　贷:银行存款　　　　　　　　　　　　14,000

（6）2010 年 12 月 31 日:截至当期为止累计应当确认的负债为 0,本期应当确认的负债为 $0 - 15,000 = -15,000$ 元,本期应支付的现金为 $10 \times 100 \times 17 = 17,000$ 元,本期应当确认的费用为 $17,000 - 15,000 = 2,000$ 元。

借:公允价值变动损益　　　　　2,000
　　贷:应付职工薪酬　　　　　　　　　　2,000
借:应付职工薪酬　　　　　　　17,000
　　贷:银行存款　　　　　　　　　　　　17,000

四、可立即行权的股份支付的会计处理

授予后立即可行权的换取职工服务的以权益结算的股份支付,应当在授予日按照权益工具的公允价值计入相关成本或费用,相应增加资本公积。

例如,C 公司 2009 年 2 月 4 日股东大会决定授予公司高管层 1,000 份本公司股份,高管可以以每股 4 元的价格购买。而每份股票当日市价为 6 元。则会计处理如下:

公司支付的职工薪酬为 $(6 - 4) \times 1,000 = 2,000$ 元,实际收到高管支付的购买对价为 $4 \times 1,000 = 4,000$ 元,增加股本为 $1 \times 1,000 = 1,000$ 元,增加

资本公积为 6,000 - 1,000 = 5,000 元。

借:银行存款	4,000	
管理费用	2,000	
贷:股本		1,000
资本公积		5,000

五、列报要求

实行股权激励的企业应当在附注中披露与股份支付有关的下列信息:

(1)当期授予、行权和失效的各项权益工具总额;

(2)期末发行在外的股份期权或其他权益工具行权价格的范围和合同剩余期限;

(3)当期行权的股份期权或其他权益工具以其行权日价格计算的加权平均价格;

(4)权益工具公允价值的确定方法等。

企业对性质相似的股份支付信息可以合并披露。

企业应当在附注中披露股份支付交易对当期财务状况和经营成果的影响,至少应包括下列信息:

(1)当期因以权益结算的股份支付而确认的费用总额;

(2)当期因以现金结算的股份支付而确认的费用总额;

(3)当期以股份支付换取的职工服务总额及其他方服务总额。

第二节　股权激励的税务处理

税收作为调节国民收入的杠杆对社会财富进行再分配,税收制度是在税法的保障下建立和实施的,税法是国家制定的以保证其强制、固定、无偿地取得税收收入的法规的总称。经过改革开放 30 年我国的税收法律体系已经基本建立起来,我国税收征收一贯遵循公平原则、效率原则和调节原则。税收原则是制定和执行税收制度应该遵循的基本指导思想和理论依据,也是评价一国税收制度优劣和考核其税务行政管理状况的基本标准。

股权激励制度的建立和发展对建立现代企业制度至关重要,因此需要一个完整的法律体系予以保障,其中也包括税收法律体系的保障。股权激励的形式有很多,这里主要讨论股票期权的税收规定。

企业股票期权的税收主要涉及到个人所得税和企业所得税,我国的主要税收法律大都是在20世纪90年代初颁布的,所以基本上这些税法,尤其是企业所得税法和个人所得税法根本就未涉及股权激励的问题。为保障股权激励制度的推进,财政部和国家税务总局在2005年、2006年以及2009年分别出台了相关的税收处理规定。我们就这两种税分别进行分析。

一、个人所得税

(一)相关法规的规定

分析企业股票期权的个人所得税问题,首先要明确我国个人所得税收体系。对受益人来说,和股票期权相关的税收有两类:一是工资、薪金所得税,适用超额累进税率,税率为5%~45%;二是利息、股息、红利所得税和财产转让所得税,适用比例税率,税率为20%。

为了顺应目前上市公司股权激励计划的全面发展,加强个人所得税征管,财政部和国家税务总局于2005年3月28日颁布了财税[2005]第35号《关于个人股票期权所得税征收个人所得税问题的通知》(以下简称《通知》),2006年9月国家税务总局颁布了国税函[2006]902号《关于个人股票期权所得税缴纳个人所得税有关问题的补充通知》(以下简称《补充通知》),并规定原国税发[1998]9号《国家税务总局关于个人认购股票等有价证券而从雇主取得折扣或补贴收入有关征收个人所得税问题的通知》与[2005]35号《通知》不符,应按[2005]35号《通知》规定执行。2009年1月财政部和国家税务总局颁布了财税[2009]5号《关于股票增值权所得和限制性股票所得征收个人所得税有关问题的通知》,规定对于个人从上市公司取得的股票增值权所得和限制性股票所得,比照财税[2005]35号《通知》和国税函[2006]902号《补充通知》的有关规定,计算征收个人所得税。[2005]35号《通知》以及之后的《补充通知》是目前可以适用于我国上市公司实行股权激励针对性最强的规定,反映了现行对股权激励的个人所得税政策。

首先,[2005]35号《通知》明确了征税的原由。《通知》规定:"企业员工股票期权是指上市公司按照规定的程序授予本公司及其控股企业员工的一项权利,该权利允许被授权员工在未来时间以某一特定价格购买本公司一定数量的股票。"

其次,[2005]35号《通知》明确了关于所得的认定。《通知》规定:"员工接受实施股票期权计划企业授予的股票期权时,除另有规定外,一般不作为应税所得征税。员工行权时,其从企业取得股票的实际购买价(施权价)低于购买日公平市场价(指该股票当日的收盘价)的差额,是因员工在企业的表现和业绩情况而取得的与任职、受雇有关的所得,应按'工资薪金所得'适用的规定计算缴纳个人所得税。对因特殊情况,员工在行权日之前将股票期权转让的,以股票期权的转让净收入,作为工资薪金所得征收个人所得税。员工将行权后的股票再转让时获得的高于购买日公平市场价的差额,是因个人在证券二级市场上转让股票等有价证券而获得的所得,应按照'财产转让所得'适用的征免规定计算缴纳个人所得税。"

第三,[2005]35号《通知》明确了关于计税的方法。《通知》规定:"员工因参加股票期权计划而从中国境内取得的所得,按本通知规定应按工资薪金所得计算纳税的,对该股票期权形式的工资薪金所得可区别于所在月份的其他工资薪金所得,单独按下列公式计算当月应纳税款:

应纳税额 =(股票期权形式的工资薪金应纳税所得额/规定月份数 × 适用税率 - 速算扣除数) × 规定月份数

上款公式中的规定月份数,是指员工取得来源于中国境内的股票期权形式工资薪金所得的境内工作期间月份数,长于12个月的,按12个月计算;上款公式中的适用税率和速算扣除数,以股票期权形式的工资薪金应纳税所得额除以规定月份数后的商数,对照《国家税务总局关于印发〈征收个人所得税若干问题〉的通知》(国税发[1994]089号)所附税率表确定。"

第四,[2005]35号《通知》明确了需要申报的材料。《通知》规定:"实施股票期权计划的境内企业,应在股票期权计划实施之前,将企业的股票期权计划或实施方案、股票期权协议书、授权通知书等资料报送主管税务机关;应在员工行权之前,将股票期权行权通知书和行权调整通知书等资料报送主管税务机关。扣缴义务人和自行申报纳税的个人在申报纳税或代扣代缴税款时,应在税法规定的纳税申报期限内,将个人接受或转让的股票期权以及认购的股票情况(包括种类、数量、施权价格、行权价格、市场价格、转让价格等)报送主管税务机关。"

(二)需要注意的事项

上述规定企业在实际操作时应注意以下事项:

(1)股票期权计划实施之前应将股票期权计划或实施方案涉及的资料报送主管税务机关备案;

(2)员工在接受企业授予的股票期权时,除另有规定外,一般不用计算交纳个人所得税;

(3)在员工行权之前,应将行权通知书和行权调整通知书等资料报送主管税务机关;

(4)行权日个人所得税可参照年终奖计缴个人所得税的方法计算,同时注意规定月份数是指员工取得来源于中国境内的股票期权形式工资薪金所得的境内工作期间月份数,长于12个月的,按12个月计算。例如,中国公民李某为某市股份公司的普通职员(该个人占企业股份5%),假定2006年12月收入情况中包括6月4日将拥有的48,000股股票期权行权,每股行权价10元(当日市场收盘价14元),该个人取得来源于境内的股票期权形式的工资所得的境内工作期间为18个月,则李某该项股票期权形式的工资薪金所得应纳个人所得税额:

$$[48,000 \times (14 - 10) \div 12 \times 20\% - 375] \times 12 = 33,900(元)$$

(5)实际申报纳税时应注意纳税申报期限以及报送相关资料的完整性。

根据上述规定,我们可以看到我国的税收规定在2005年的时候就将股票期权形成的收益定为"工资薪金所得",认同了该项收益是反映了劳动力的成本,具有前瞻性,与其后的《企业会计准则》的会计处理相符。并且在现有的情况下为推进股票期权制度还给予了一定的优惠:

(1)受益人在接受实施股票期权计划企业授予的股票期权时,一般不作为应税所得征税,直到行权时才进行征收。纳税环节的推迟意味着国家在用税收杠杆支持股票期权制度的推进;

(2)在行权时对该股票期权形式的工资薪金所得可区别于所在月份的

其他工资薪金所得,单独作为当月应纳税款,并且可参照年终奖的做法除以规定月份数,长于 12 个月的,按 12 个月计算,这样做可使适用税率下降,达到税收优惠的目的。

但我们从目前已经实施的有关上市公司的股票期权激励计划中发现,相当一部分的股票期权激励计划为了达到长期激励的目的,授予日到行权日大多超过 1 年,并且规定受益人在行权后对行权的股票还有一段时间的限售期,因此,如果在行权日计算交纳个人所得税,并且最多只能按 12 个月分摊,对受益人的压力仍然很大。

二、企业所得税

(一)相关法规的规定

我国企业所得税一直未对股票期权费用应如何在税前列支做出规定。在实务处理中,一般企业将股票期权费用作为工资总额在税前限额扣除,这种做法的依据是:2001 年 6 月 30 日中国证监会发布《公开发行证券的公司信息披露问答第 2 号——中高层管理人员激励基金提取》,在该文件中规定"公司是否奖励中高层管理人员,奖励多少,由公司董事会根据法律或有关规定做出安排,从会计角度出发,公司奖励中高层管理人员的支出,应当计入成本费用,不能作为利润分配处理"。2006 年 9 月 28 日财政部和国家税务总局颁布财税[2006]126 号《关于调整企业所得税工资支出税前扣除政策的通知》(以下简称《通知》),《通知》中规定,"企业支付给职工的各种形式的劳动报酬及其他相关支出,包括奖金、津贴、补贴和其他工资性支出,都应计入企业的工资总额。"股票期权激励计划产生的期权费用实际是公司激励管理层和员工的成本支出,因此属于管理层和员工的奖励范畴,参照证监会、财政部和国家税务总局的规定,应作为工资总额在成本费用中列支,相关税前扣除政策按[2006]126 号《通知》的相关规定执行:

(1)自 2006 年 7 月 1 日起,将企业工资支出的税前扣除限额调整为人均每月 1,600 元。企业实际发放的工资额在上述扣除限额以内的部分,允许在企业所得税税前据实扣除;超过上述扣除限额的部分,不得扣除;

(2)原按国家规定可按照工资总额增长幅度低于经济效益增长幅度、职工平均工资增长幅度低于劳动生产率增长幅度的原则(以下简称"两个低于"原则),执行工效挂钩办法的国有及国有控股企业可继续适用工效挂钩办法。企业实际发放的工资总额在核定额度内的部分,可据实扣除;超过部分不得扣除。

(二)需要注意的事项

企业在实际操作中需要注意以下问题:

(1)在股票期权激励计划实施时应将相关资料向当地主管税务机关报备,同时根据《企业会计准则——股份支付》的相关规定计算期权费用并进行相关会计处理;

(2)对进当年费用的期权费用在计算应纳税所得额时应作为工资总额组成按企业所得税税前扣除相关规定计算税前列支金额;

(3)在企业所得税纳税申报时应将期权费用的计算、账务处理以及工资总额税前扣除金额的计算等事项在申报表中详细披露。

根据对上述股票期权相关企业所得税实际操作的分析,我们认为,将股票期权费用作为工资总额组成部分在成本费用支出是给予了实行股票期权激励计划企业很大的税收优惠,有利于股票期权激励计划的进一步推广。但在实际执行情况中我们发现,由于企业所得税没有明确规定股票期权费用如何在税前列支,因此在不同的省份、不同的企业具体操作时有不同的处理方法;另外由于工资总额的税前扣除限额在国有和国有控股企业以及其他企业没有统一,形成税赋不一的情况。

股票期权制度是现代企业推行的长期激励制度,是建立法人治理机制的核心,是解决现代企业中两权分离矛盾和降低代理成本的有效措施。从社会宏观角度讲,股票期权机制的建立对于我国税收总量的增加有着积极的作用。我国的现代企业制度建立不久,企业法人治理结构尚在完善中,股票期权制度发展尚处于初期,税收方面的优惠与支持无论对期权持有人还是对实施股票期权的企业都是急需的。税法的调节原则在这里应该起到积极作用,轻税赋可以有利于一种制度的建立。为了顺应股票期权现阶段的操作以及未来的发展趋势,结合国际的做法,我们建议对以上提到的现行税收规定在实务中存在的问题可考虑进一步改进和补充,为企业实施股票期权创造一个良好的税收法律环境。

第十章

我国股权激励案例分析

第一节 宝钢股份的限制性股票计划

一、背景介绍

宝山钢铁股份有限公司(以下简称宝钢股份或公司,证券代码:600019)三届四次董事会审议通过了《宝山钢铁股份有限公司限制性股票计划的议案》(以下简称"限制性股票计划"或"计划")。

在钢铁业竞争加剧、人才竞争日趋激烈的背景下,进一步完善公司薪酬体系,提供符合国际潮流、具有竞争力的激励手段,建立经营者与所有者的利益一致机制,对致力于"建设成为全球最具竞争力的钢铁企业"的宝钢股份显得尤为迫切。

随着证监会《上市公司股权激励管理办法(试行)》和国资委、财政部《国有控股上市公司(境内)实施股权激励试行办法》等相关政策的颁布实施,国内上市公司实施股权激励、建立长期激励机制的环境日趋成熟。同时,宝钢股份已顺利完成股权分置改革,公司治理结构规范,发展战略明确,基础管理制度和绩效考核体系健全,公司已具备了国家相关部委政策法规要求的实施股权激励的条件。

二、主体方案

(一)激励模式

宝钢股份采取了符合行业特点和公司实际情况的"限制性股票"的激励

模式,根据公司绩效目标的完成情况计算股权激励额度,与激励对象自筹资金一起组成购股资金,委托管理人从二级市场购买公司 A 股股票,授予激励对象并锁定,锁定期满根据业绩考核结果分批解锁。计划自股东大会通过之日起 3 年内,由董事会负责逐年分期授予。

(二)实施条件

为真实、有效地反映公司持续、健康发展的潜力,体现为股东创造价值的取向,同时考虑到指标跨国别(地域)的可比性等因素,公司选取净资产现金回报率(EOE)作为计划的绩效指标。秉承宝钢股份坚持业绩高定位和追求世界一流的一贯理念,公司选择境内外优秀钢铁公司作为对标企业;同时克服不同竞争环境,以及行业地域周期差异的困难,赋予境内、外对标企业同等权重,以充分体现公司积极参与全球竞争、赶超国际同行的战略定位。

依据上述原则,净资产现金回报率(EOE)的目标值根据境内、外对标企业 EOE 的加权平均值确定,而且,该目标值应不低于当年中国人民银行公布的 5 年期人民币贷款基准利率。

(三)激励对象范围

激励对象范围包括:公司董事(独立董事、宝钢集团有限公司以外人员担任的外部董事,暂不参与激励计划);公司高级管理人员;对公司整体业绩和持续发展有直接影响的核心技术(业务)人才和管理骨干;公司认为应当激励的其他关键员工。对于每期计划激励对象的具体名单,由董事会根据上述范围在每期计划实施方案中确定。

(四)股权激励额度

根据激励与约束并重原则,公司可要求激励对象按一定比例自筹资金,与股权激励额度一起组成购股额度。其中,董事、高级管理人员按本人实际激励额度的 50% 缴纳自筹资金;其他激励对象自筹资金比例由总经理确定。

(五)限制性股票的来源和数量

限制性股票来源于公司委托管理人从二级市场购买的宝钢股份 A 股股

票,数量取决于公司股权激励额度、激励对象自筹资金额度,以及购股价格等因素。

同时,激励计划严格遵守法律、法规和政策文件有关授予股票数量总和不得超过公司总股本的10%,任何一名激励对象获授股票累计不得超过公司总股本的1%,首期实施时拟授予股票总和不超过公司总股本的1%等限制性规定。

(六)授予价格和权益分配

限制性股票的授予价格为管理人在约定购股期内,以购股资金从二级市场购买该期计划限制性股票的平均价格。

个人获授限制性股票数量 = [激励对象实际激励额度 + 本人自筹资金额度 − 相应税费] ÷ 该期计划授予价格

其中,"激励对象实际激励额度"根据本人岗位价值和绩效评价等因素综合确定。

(七)限制性股票的授予、锁定与解锁

管理人完成购股后,根据公司指令将激励对象获授的限制性股票过户至个人股东账户。每期计划限制性股票授予后锁定2年,期间激励对象不得出售、转让获授的限制性股票;锁定期满后,即进入3年解锁期。

为促使激励对象关注限制性股票授予后公司的长期市值表现,体现协同激励对象和股东价值的激励定位,公司股权激励计划引入了市值考核,以公司市值是否稳步提升作为股票解锁的业绩条件。每期计划各批限制性股票的解锁日所在年度的前一个会计年度的公司总市值平均值(MVb),应大于或等于该期计划T年度的公司总市值平均值(MVa)。总市值平均值为期间内各交易日总市值的算术平均值,各交易日总市值为当日收盘价与当日总股本之乘积。每期计划的解锁期结束,如未满足规定的解锁条件,该期计划授予的限制性股票(包括该等股票的股票股利)不再解锁并予以抛售,售股所得返还公司,同时公司按未解锁比例向该激励对象退还自筹部分的资金。

三、案例分析

据了解,在公司几届董事会多次提议下,经过两年多的酝酿和准备,宝钢股份公布了"限制性股票计划",方案设计立足于"建设成为全球最具竞争力钢铁企业"的战略目标,以保护股东利益和提升股东价值为使命,追求长期和持续的绩效导向,超越境内外优秀对标企业,在授予、解锁、自筹资金等环节多重约束下,授予适量限制性股票。这一特点集中表现在如下几个方面:

(一)限制性股票模式尊重行业规律,横向比较,突出激励对象的贡献

钢铁行业是周期性波动非常明显的行业,在景气上升期与下降期,同一钢铁企业的经营状况迥异,这种行业规律注定了无法采用股票期权模式激励高级管理人员和核心人才;同时钢铁行业又是一个国际性竞争的行业,尤其是宝钢股份以"建设成为全球最具竞争力钢铁企业"为目标,激励人和留住人成为迫切的任务,因此,限制性股票模式不仅尊重了行业规律,同时完全切合了公司实际需要。

正是因为钢铁行业自身的规律,宝钢股份没有简单地将公司的业绩指标进行纵向对比,而是选取境内外对标企业,将公司每年的业绩指标与对标企业进行横向对比,过滤掉行业周期性波动的因素,突出激励对象贡献的衡量。在钢铁行业周期性波动的情况下,选取某一年份或一段时期的指标作为对比基点,明显有失科学性和客观性:在行业景气上升期,大多数钢铁企业均会受益于产品价格的上涨,并不代表企业竞争力一定强于同行,也不能说明激励对象付出了比以往更多的努力,可能仅仅是因为行业整体繁荣而使其盈利增加;同样在行业景气下降期,大多数钢铁企业的盈利会受产品价格下降的影响而下降,但并不一定代表企业竞争力弱于同行,甚至在此状态下激励对象可能比以往任何时候付出了更多的努力。因此,纵向比较无法体现公司在行业内的竞争优势、激励对象的努力和贡献,宝钢股份的限制性股票计划横向比较的方法很好地避免了纵向比较的不足。

（二）追求超越境内外优秀对标企业，彰显公司战略目标

宝钢股份致力于"建设成为全球最具竞争力的钢铁企业"的战略目标，一贯坚持高标准，始终坚持与国际一流钢铁企业对标，为此，计划从与公司可比的境内及进入 WSD（World Steel Dynamics）的境外钢铁企业中分别选择不少于 5 家优秀上市公司作为对标企业，并在业绩考核目标中对境内外对标企业赋予同等权重，充分地体现了公司立足国内平台、超越国际同行的战略定位。

目前国内钢铁行业集中度低、产品结构不平衡，钢价与国际价格存在较大的差距，加之近年来原材料价格的上涨导致成本上升，中国钢铁企业经营难度增大；而境外钢铁行业经过几轮整合后，集中度大大提高，产能调控能力较强，供需总体平衡，钢铁价格处于高位。在境内外竞争环境不同，以及行业地域存在周期差异的情况下，境内外对标企业依照 50∶50 设定权重，确定业绩考核目标，无疑具有相当的挑战性。

（三）保护股东利益和提升股东价值，凸显公司使命

宝钢股份一直致力于股东价值的最大化，此次限制性股票计划不仅以保护股东利益和提升股东价值为前提，更是通过协同经营管理团队与股东的利益目标，形成"利益共享、风险共担"的激励和约束机制，促进股东价值最大化。计划在业绩指标和解锁条件两个方面的设计中充分体现了这一原则：计划以净资产现金回报率（EOE）［即息税、折旧、摊销前利润（EBITA）除以期初、期末净资产均值］为业绩指标，在超越境内外优秀同行的前提下方可授予激励对象适量限制性股票，这一指标不仅反映了股东权益所创造的现金价值，同时更是以 EBITA 这一股票估值指标充分体现了股东价值；同时，在国内证券市场并不十分成熟、并不十分有效的情况下，计划仍设置了股票解锁以市值超越为条件之一，激励对象股权收益的大小与公司股价的长远表现相关，有效地协同了激励对象和股东利益，再一次体现了公司对股东利益和股东价值的重视。

（四）多重约束剧增获益难度，适量授予略显激励不足

宝钢股份限制性股票计划显示了约束强于激励的特征，一方面需要根

据公司业绩指标和个人绩效双重考核的结果决定授予股票的多寡,另一方面还需要在锁定 2 年的前提下根据市值超越情况来决定解锁进度和比例,再有激励对象还需自筹 50% 的资金参与计划。与多重约束相对应的激励上限是每位激励对象的股权激励额度不得超过本人总薪酬(含股权激励收益)的一定比例,公司激励计划规定董事、高级管理人员的股权激励额度比例为30%。这与国际惯例和国内目前已经推出的股权激励方案相比,在激励和约束之间出现了一定程度的倒挂。

第二节　万科的限制性股票激励计划

作为中国 A 股上市公司中首个获得监管部门批准的方案,万科的股权激励计划是多方博弈后的产物。从方案本身兼顾各方利益的复杂设计到实际的操作,总体来说得到了市场的认同。

一、背景介绍

万科企业股份有限公司成立于 1984 年 5 月,是目前中国最大的专业住宅开发企业。1991 年成为深圳证券交易所第二家上市公司,2006 年末总市值为 672.3 亿元,排名深交所上市公司第一位。上市之后的 1991 ~ 2007 年,万科主营业务收入复合增长率为 28.3%,净利润复合增长率为 34.1%,是上市后持续盈利增长年限最长的中国企业。公司在发展过程中两次入选福布斯"全球最佳小企业";多次获得《投资者关系》、《亚洲货币》等国际权威媒体评出的最佳公司治理、最佳投资者关系等奖项。

2006 年 4 月 28 日,由万科董事会薪酬与提名委员会授权修订后的万科首期(2006 ~ 2008 年)股权激励计划获得中国证监会无异议回复,5 月 30 日股东大会顺利通过。目前,2006 年度激励基金已全部完成购股,该部分股票正处于等待期,2007 年度预提基金也已完成购股,该部分股票正处于储备期。

二、主体方案

万科首期(2006 ~ 2008 年)限制性股权激励计划由 3 个独立年度计划构

成,即 2006～2008 年每年 1 个计划,每个计划期限为 2 年,最长不超出 3 年(仅当发生补充归属时),整个计划有效期共计 5 年。

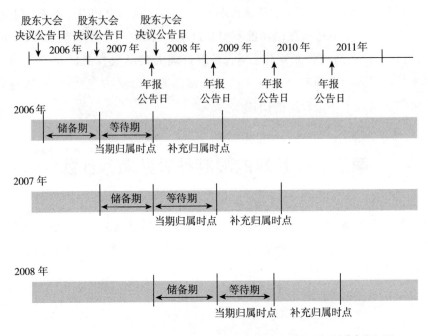

资料来源:万科企业股份有限公司首期(2006～2008 年)限制性股票激励计划(草案修订稿)。

图 10.1 限制性股票归属方式及时间

(一)基本操作流程

先是采用预提的方式提取激励基金,公司以 T－1 年度的净利润增加额为基数,按其 30% 的比例预提当年激励基金,该部分预提基金由董事会授权的信托机构独立运作,在预提后的 40 个属于可交易窗口期的交易日内,从二级市场上购入万科 A 股作为授予基础。在年度股东大会通过的当年年度报告及经审计的财务报告的基础上,确定公司是否达到业绩标准,当年净利润增加额以及按本计划规定可提取的比例,以此确定该年度激励计划的有效性以及激励基金数额,并根据预提和实际的差异追加买入股票或部分出售股票。等待期结束后,在公司 A 股股价符合指定股价条件下,信托机构在规定期限内将计划项下的信托财产过户至激励对象个人名下,其中,股票以非交易过户方式归入激励对象个人账户。

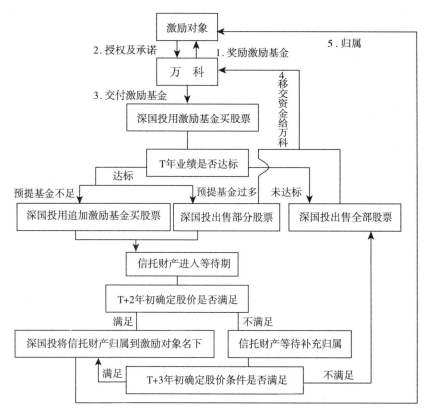

资料来源:申银万国证券研究所。

图10.2　万科股票激励计划基本操作流程

(二)激励基金的提取

　　每一年度激励基金以当年净利润净增加额为基数,根据净利润增长率确定提取比例,在一定幅度内提取。详情如下:当净利润增长率超过15%但不超过30%时,以净利润增长率为提取百分比、以净利润净增加额为提取基数,计提当年度激励基金;当净利润增长比例超过30%时,以30%为提取百分比、以净利润净增加额为提取基数,计提当年度激励基金;计提的激励基金不超过当年净利润的10%。

(三)提取激励基金的业绩条件

　　每一年度激励基金的提取以公司净利润增长率、净资产收益率、每股收益增长率作为业绩考核指标,其启动的条件具体为:年净利润(NP)增长率超过 15%;全面摊薄的年净资产收益率(ROE)超过 12%;公司如采用向社会公众增发股份方式或向原有股东配售股份,当年每股收益(EPS)增长率超过 10%。除此之外的情形则不受此限制。"净利润"依据孰低原则,在扣除非经常性损益前的净利润、扣除非经常性损益后的净利润中,取较低者。

(四)归属方式及条件

每一年度股票激励计划中的限制性股票采取一次性全部归属,并在未当期归属的前提下拥有一次补充归属的机会。即在等待期结束之日,在达成当期归属条件的前提下,信托机构在获得公司激励对象的名单后的 5 个工作日内向深圳证券交易所、中国证券登记结算有限责任公司提出非交易过户之申请,在履行相关审核程序后,将该年度计划项下的股票及现金余额全部归属激励对象;如由于未达成当期归属条件,未进行当期归属,则在 T + 3 年起始 10 个交易日内,在达成补充归属的前提下进行补充归属。如果达不成补充归属的条件,则应终止计划,取消归属。

(五)当期归属条件

在等待期结束之日(即 T + 1 年年报公告日),限制性股票必须满足以下条件才能以当期归属方式全部一次性归属激励对象:PriceB > PriceA。

(六)补充归属条件

因未达到当期归属条件而没有归属,限制性股票可延迟 1 年至 T + 2 年年报公告日进行补充归属,但必须同时满足下列两个条件:PriceC > PriceA;PriceC > PriceB。

(七)激励计划对象

涉及四类人员,分别是高级管理人员、中层管理人员、由总经理提名的业务骨干和卓越贡献员工、于公司受薪的董事会和监事会成员。独立董事以及其他仅领取酬金的董事会、监事会成员,不纳入激励对象的范围。激励人数不超过公司专业员工总数的 8%。董事长、总经理的分配额度分别为当年拟分配总额的 10% 和 7%。董事、监事的分配方案由股东大会决定；未担任董事的高管人员的分配方案由董事会决定；未担任董事、监事及高管职务的激励对象的分配方案由总经理决定，报薪酬与提名委员会备案。

信托机构可在二级市场出售万科股票的情形：

（1）因激励基金提取条件未达成、预提激励基金超额、补充归属条件未满足而出售该年度计划项下全部或部分股票；

（2）支付中国证券登记结算有限责任公司将激励股票过户到激励对象名下所需支付的非交易过户税费；

（3）为激励对象缴纳个人所得税款而出售部分股票。信托机构每年出售数量不得超过该年度计划项下信托机构所持公司股份总数的 25%，且出售的该部分股票的持有期不能少于 6 个月。

（八）实施情况

公司提取 2006 年度股权激励计划的奖励基金 215,463,931.51 元，提取 2007 年度激励计划的奖励基金 484,423,549.42 元，预提 2008 年度的奖励基金 763,905,518.41 元。截至 2008 年 6 月 30 日，2006 年度奖励基金持有万科 A 股股票 61,447,370 股；2007 年度奖励基金持有万科 A 股股票 46,341,761 股；预提的 2008 年度奖励基金持有万科 A 股股票 60,925,820 股。

各年度奖励基金分别按照其公允价值在各自年度激励计划的预计等待期间根据直线法进行摊销。2006 年度奖励基金摊销人民币 80,569,999.99 元计入 2006 年管理费用，摊销人民币 138,120,000.00 元计入 2007 年管理费用。2006 年度奖励基金已经摊销完毕。2007 年度奖励基金摊销人民币 235,000,000.00 元计入 2007 年管理费用，2008 年 1 月至 9 月，2007 年度奖励基金摊销管理费用人民币 176,250,000.00 元。

公司于 2008 年 1 月至 6 月摊销人民币 190,976,379.60 元计入 2008 年半年度的管理费用。根据企业会计准则，由于公司预计不能实现 2008 年扣除非经常性损益后的净利润比 2007 年增长 15%，按照对 2008 年度激励计划实施条件的最佳估计，2008 年度激励计划无法达成业绩指标，2008 年度激励计划不能实施，公司 1～9 月份无需摊销与 2008 年度激励计划相关的费用。故公司将 2008 年上半年度摊销的激励计划费用人民币190,976,379.60

元全额在本报告期作冲减管理费用处理,公司资本公积相应减少190,976,379.60元。有关管理费用的冲减使公司本报告期利润总额(税前)相应增加 190,976,379.60 元。

三、案例分析

万科股权激励方案能够得以顺利通过,最根本的原因在于方案兼顾了大股东、投资者和高管层三方的利益,从而实现了多方共赢的局面。

首先,万科对激励方式的选择有多方考虑。限制性股票一般属于对公司管理人员和员工在服务年限上的激励,在国际上很少用来与业绩挂钩;股票期权需要有较强的业绩要求,但在当前我国政策、制度背景下,高管行权时需交纳的高比例的个人所得税及每年 25% 的限售规定等导致实际的资金来源难题,综合考虑后,公司在选择限制性股票的同时又要求年净利润增长率、净资产收益率和股价限制,在限制性股票的基础上融入了很多业绩股票的特征。

其次,方案的出发点是基于增量业绩而非基于存量对管理层予以激励,每一年度激励基金以当年净利润净增加额为基数,得到大股东和投资者的充分认同。

第三,业绩指标的设计充分考虑多方的需要。净利润增长率是投资者最关注的指标之一,过去 3 年,万科保持了 50% 以上的利润增长速度,但随着利润基数越来越大,保持同样的增长率将越来越难,而奖励基金的提取方法将激励管理层挑战更高的增长目标;净资产收益率亦是行业的核心指标,行业平均净资产收益率为 5.99%,万科近 10 年的平均水平是 10% ~ 11%,激励计划中设定为 12% 是完全可以接受的;为了便于一般投资者的理解,方案中增加了每股收益这样更直观的指标;同时基于机构投资者众多,对回报和股价更为敏感,公司设置了股价指标,但同时也考虑到股价的波动性,照顾到管理层,方案又增加了一个补充归属期。

第四,储备期和归属期的复杂设计正是为了解决高管在归属日需要缴纳的高额个人所得税难题。第一笔限制性股票的授予条件达标后,2007 年最后 20 个股票交易日,信托可以提前帮公司高管卖掉 25% 的股票,预留一笔现金,到 2008 年归属日再出售 25% 的股票,足以支付 45% 的个人所得税。

第五,在激励人数方面,公司既考虑到未来的成长性,也充分考虑到股权激励的本质,即股权激励是一个激励制度而非福利制度,具有非普惠的特点,灵活地将公司的激励规定在不超过公司现有员工总数8%的范围内。

股权激励必须根据各个公司自身的特点去设计,寻找激励和约束的平衡点,但所有的一切都建立在公司未来经营成长的基础上。我们在此详细介绍万科的股权激励方案,不是要大家去简单地模仿、照抄,而是要学习其设计理念和思路。

第三节　中捷股份股票期权激励计划

一、背景介绍

中捷股份股权激励计划是中国证监会发布《上市公司股权激励管理办法》以来第一例获得批准的股权激励方案,因此,该方案的最大特点是在政策的指引下更加规范,开创了国内股票期权激励的基本模式。该方案的获批,也表明监管部门正在积极寻求更规范、更有效的金融激励工具,从而进一步完善上市公司的公司治理架构,提高证券市场的效率和对市场参与者的吸引力。

二、主体方案

(一)授予期权的数量、来源和对象

授予激励对象510万份股票期权,占激励计划公告日公司股本总额的3.71%;股票来源为中捷股份向激励对象定向发行510万股中捷股份股票。方案获批准后即授予给董事、监事、高级管理人员。

(二)行权价格

股票期权的行权价格为6.59元,确定方法为:行权价格取下述两个价格中的较高者上浮5%,即6.59元[6.28元×(1+5%)]。

价格(1):股票期权激励计划草案摘要公布前一个交易日的中捷股份股

票收盘价(6.28元)。

价格(2):股票期权激励计划草案摘要公布前30个交易日内的中捷股份股票平均收盘价(5.94元)。

（三）行权安排

股票期权的有效期为5年。满足行权条件的激励对象在授权日后的第二年的行权数量不得超过其获授股票期权总量的80%,当年未行权的股票期权可在以后年度行权;其余20%的股票期权可以在获授股票期权后的第三年开始行权。

（四）授予业绩条件

激励对象必须同时满足:

(1)中捷股份上一年度加权平均净资产收益率不低于10%;

(2)中捷股份上一年度扣除非经常性损益后的加权平均净资产收益率不低于10%。

（五）行权业绩条件

(1)中捷股份上一年度加权平均净资产收益率不低于10%,且上一年度扣除非经常性损益后的加权平均净资产收益率不低于10%。

(2)授权日后第二年可以开始行权的占总量80%的股票期权的行权还需满足:

①若中捷股份2006年度经审计净利润较2005年度增长率达到或超过15%,该部分股票期权可以在授权日后第二年及以后可行权年度行权;

②若中捷股份2006年度经审计净利润较2005年度增长率低于15%,但2007年度经审计净利润较2005年度增长率达到或超过25%,该部分股票期权可以在授权日后第三年及以后可行权年度行权;

③若中捷股份2006年度经审计净利润较2005年度增长率低于15%,且2007年度经审计净利润较2005年度增长率亦低于25%,该部分股票期权作废。

(3)授权日后第三年可以开始行权的占总量20%的股票期权的行权还

需满足如下业绩条件：

①若中捷股份 2007 年度经审计净利润较 2006 年度增长率达到或超过 15%，该部分股票期权可以在授权日后第三年及以后可行权年度行权；

②若中捷股份 2007 年度经审计净利润较 2006 年度增长率低于 15%，但 2008 年度经审计净利润较 2006 年度增长率达到或超过 25%，该部分股票期权可以在授权日后第四年及以后可行权年度行权；

③若中捷股份 2007 年度经审计净利润较 2006 年度增长率低于 15%，且 2008 年度经审计净利润较 2006 年度增长率亦低于 25%，该部分股票期权作废。

三、案例分析

（一）开创了激励股票的新来源

股权分置改革后，部分公司在股权分置改革方案中提及将在相关激励办法出台后推行股权激励计划，但基本都明确由非流通股股东划出一部分股票作为激励股票的来源。之前有些上市公司的激励股票来自非流通股股东，而中捷股份激励计划则为向激励对象定向发行 510 万股中捷股份股票。向激励对象定向增发，对中捷股份而言是一次小规模的股权融资，对激励对象而言获得了一份期权，即在满足一定条件的情况下，可以有获得中捷股份股票的权利，这样就大大提高了激励对象的经营积极性，是一种双赢的选择。

（二）行权价格的确定更加市场化

之前有些上市公司的股权激励计划，其行权价格是以净资产作为获授股票的定价依据，而中捷股份在市价基础上适当上浮。从规范的资产估值理论角度看，将每股净资产值作为股权转让价格，显然是不合理的。因为资产的价值应当取决于未来收益，取决于资产的动态盈利能力，而净资产值只能反映资产的一个历史成本，并不能反映那些可能影响资产价值的因素。成熟市场上经常可以见到股票价格低于每股净资产值的股票，反映了记录股权的历史成本的每股净资产值与反映资产价值的股票市价之间，并不存在直接的联系。中捷股份采用激励草案公布前一天和前 30 天市价孰高并适当上浮的定价方式,既保证了行权价格更加市场化,又避免了因信息走漏对某一天股价的可能影响。

(三)稳定投资者对公司未来业绩增长的预期

中捷股份将股权激励中的期权行权条件与公司未来的业绩增长紧密捆绑,未来三年清晰的业绩增长轨迹有效消除了市场对其发展不确定性的担忧,形成大股东、管理层和流通股股东利益的高度一致。此次激励方案将充分统一中捷股份创始人、目前管理层和流通股股东的三方利益,股权激励的考核体系如净利润增长率、净资产收益率等指标完全体现了以业绩为导向的激励初衷,公司对其自身长远发展所展现出来的信心并不在于短期的个人利益,而是为股东创造的长期价值。

(四)杜绝利润操纵空间

此前,部分公司在制定股权激励计划时以简单的加权平均净资产收益率作为业绩考核的指标。单单以加权平均净资产收益率作为业绩考核指标会给管理层操纵利润提供空间,因为加权平均净资产收益率没有剔除非经常性损益对公司净利润的影响,如果管理层发现当年净资产收益率达不到约定条件,可以通过调节非经常性损益来达到获得激励的目的。而中捷股份则明确,激励对象获授股票期权必须同时满足三个条件,即根据《中捷缝纫机股份有限公司股票期权激励计划实施考核办法》,激励对象上一年度绩效考核合格;中捷股份上一年度加权平均净资产收益率不低于10%;中捷股份上一年度扣除非经常性损益后的加权平均净资产收益率不低于10%。事实上,中捷股份是要求以扣除非经常性损益后的净利润和净利润孰低者作为加权平均净资产收益率的计算依据,且该指标不得低于10%,这就消除了管理层通过调节非经常性损益操纵利润的可能。

(五)充分考虑到管理层短期业绩可能达不到行权条件的情况

方案的设计也充分考虑到管理层短期业绩可能达不到行权条件,因此特别放宽了一年的时间,如果在第二年达到一定的业绩条件,依然可以行权;在可行权日内可以多次行权,从而大大减轻了激励对象短时间内的资金压力。

四、案例补充

由于公司控股股东中捷控股集团有限公司违规占用公司资金,2008 年 5 月 15 日,公司及董事、监事、高级管理人员、公司股东、实际控制人等被深圳证券交易所处以通报批评、公开谴责的处分。2008 年 6 月 30 日,中国证监会向公司送达《行政处罚决定书》,对公司给予警告,并处以 30 万元的罚款;对原公司董事长蔡开坚给予警告,并处以 30 万元的罚款;对原公司董事、财务总监唐为斌给予警告,并处以 5 万元的罚款;认定蔡开坚为市场禁入者,自中国证监会宣布决定之日起,5 年内不得从事证券业务或担任上市公司董事、监事、高级管理人员职务。

由于公司及董事、监事、高级管理人员、公司股东、实际控制人等都受到中国证监会的行政处罚,根据《管理办法》以及《中捷缝纫机股份有限公司股权激励计划》,中捷股份终止实施股权激励计划,激励对象根据股票期权激励计划已获授但尚未行使的期权终止行使。这成为我国第一个因为公司、董监高受到行政处罚而终止实施股权激励计划的案例。

中捷股份的违规是所有人都不希望看到的,但是从该案例中我们也可以清楚地发现,股权激励的实施切实增加了公司股东及管理层违规操作的成本,这对于规范股东及管理层行为,建设成熟、有效的资本市场具有重大的意义。

第四节　泛海建设股票期权激励计划

一、背景介绍

泛海建设是民营房地产企业整体上市的典范。公司于 2006 年 12 月 30 日定向增发给泛海集团,通过增发后,集团取得上市公司 70.42% 的控股权;在再融资暂停的背景下,泛海集团力推整体上市,于 2008 年 1 月获得监管层批准。整体上市后,公司完成一线城市布局,并拉开对二线城市布局的序幕。在不到 2 年的时间内,公司市值从 14 亿元上升至最高时的 535 亿元,增长了 38 倍。

二、主体方案

（一）授予期权数量、来源和对象

授予激励对象 3,500 万份股票期权，占激励计划公告日公司股本总额的 9.96%；股票来源为泛海建设向激励对象定向发行 3,500 万股泛海建设股票。方案获批准后即授予给董事、监事、高级管理人员和经营管理技术骨干人员。

（二）行权价格

股票期权的行权价格为 9.42 元。确定方法为行权价格取下述两个价格中的较高者：

（1）股票期权激励计划草案摘要公布前一个交易日的泛海建设股票收盘价；

（2）股票期权激励计划草案摘要公布前 30 个交易日内的泛海建设股票平均收盘价。

（三）行权安排

股票期权的有效期为 5 年，以授权日为 T 日，在每个可行权期内激励对象可以选择分期行权或一次行权；

第一个行权期（T 日 +1 年至 T 日 +2 年内），激励对象行权数量为获授股票期权的 40%；

第二个行权期（T 日 +2 年至 T 日 +3 年内），激励对象行权数量为获授股票期权的 30%；

第三个行权期（T 日 +3 年至 T 日 +4 年内），激励对象行权数量为获授股票期权的 30%。

在行权期内，满足行权条件的激励对象如未对当期股票期权足额行权的，则未行权的剩余部分股票期权可以延至继后行权期内行权，但最迟须在 T 日 +4 年内行权完毕。即激励对象必须在授权日之后 4 年股票期权有效期内行权完毕，股票期权有效期过后，尚未行权的股票期权不得行权。

（四）行权业绩条件

以授权日为 T 日，以授权日所在年度为 Y。

第一个行权期（T 日 + 1 年至 T 日 + 2 年内），Y 年度公司加权平均净资产收益率不低于 10%；

第二个行权期（T 日 + 2 年至 T 日 + 3 年内），Y + 1 年度公司加权平均净资产收益率不低于 10%；

第三个行权期（T 日 + 3 年至 T 日 + 4 年内），Y + 2 年度公司加权平均净资产收益率不低于 10%。

根据《泛海建设集团股份有限公司股票期权激励计划实施考核办法》，激励对象行权期相应年度绩效考核必须合格。用于计算年净资产收益率的"净利润"为扣除非经常性损益前的净利润和扣除非经常性损益后的净利润中的低者。

三、案例分析

泛海建设本次股权激励方案最大的亮点在于方案充分考虑并配合自身整体上市战略的实施而设计。在股权激励方案的激励数量和相关时间上都有所安排。如数量上有 1,630 万份期权是为整体上市后新进入的核心管理层准备；如果不了解公司后续的战略规划，很多人会认为泛海建设激励数量占总股本的比例太高，几乎达到管理办法规定的上限，但结合整体上市后股本的扩张，本次激励额度占总股本的比例实际很小，为后续公司进一步引进人才留下了较大的空间。

公司股权激励方案早在 2006 年 12 月已获得股东大会通过，但公司没有急于实施，而是等到整体上市获得监管部门批准后再追溯公告股权激励授予日，也就是在 2008 年 1 月董事会才追溯公告，将 2007 年 2 月 2 日作为本次股权激励的授予日，按照本次激励计划规定，一年等待期满，2007 年度股东大会后，在满足行权条件前提下，激励对象即可首期行权 40%，这样新进入的核心管理层可以"经营管理技术骨干人员"的名义和原有管理层一起参与本计划，可谓用心良苦。

该方案的实施，将进一步促进泛海建设整体上市后经营效率的提高，加速公司问鼎一线地产蓝筹股的进程。

第五节 中兴通讯限制性股票激励计划

一、中兴通讯基本情况

（一）公司概况

中兴通讯成立于 1997 年 11 月 11 日,发起人为深圳市中兴新通讯设备有限公司、中国精密机械进出口深圳公司、骊山微电子公司、深圳市兆科投资发展有限公司、湖南南天集团有限公司、陕西电信实业公司(原名"陕西顺达通信公司")、中国移动通信第七研究所(原名"邮电部第七研究所")、吉林省邮电器材总公司、河北省邮电器材公司。公司于 1997 年 10 月 6 日经中国证监会批准,首次向社会公众发行人民币普通股 65,000,000 股(包括向公司职工发行 6,500,000 股公司职工股)。其中,58,500,000 人民币普通股于 1997 年 11 月 18 日在深圳证券交易所(简称"深交所")上市,6,500,000 股公司职工股经中国证监会、深交所批准于 1998 年 5 月 22 日在深交所上市。

（二）2008 年上半年电信市场情况及中兴通讯发展状况

2008 年上半年,全球电信市场竞争更加激烈。国际顶级电信运营商和设备商为争夺市场在各自领域展开了更加激烈的竞争,竞争环境更加激烈。新兴市场成为竞争的主战场,设备商之间的竞争格局正发生着微妙的变化。

国内电信行业运营商的重组拉开帷幕,形成了更加有效的全业务竞争环境,行业竞争格局发生变化,重组给行业发展带来新的发展机遇和挑战。国内电信行业依然维持着移动业务快速增长、固网业务逐渐萎缩的态势。根据工业和信息化部的数据,2008 年上半年,国内电信业务收入为 3,987.9 亿元人民币,同比增长 9.2%;电信固定资产投资完成额 1,136.4 亿元人民币,同比增长 9.9%;固定电话用户合计 35,632.1 万户,较上年末减少 931.6 万户;移动电话用户合计 60,075.7 万户,较上年末增加 5,345.1 万户。

面对国内、国际通信市场出现的新变化,中兴通讯积极应对,保持与国内外主流运营商更加广泛和深入的合作,保持集团业务的稳定发展。针对国内市场的变化,公司利用多年的铺垫和积累,在新的竞争格局中占据了较为有利的竞争地位。中兴通讯重点培养优势市场,积极拓展潜力市场,加大对新产品和新技术的投入,保持了集团国际市场的持续、快速发展。按照中国企业会计准则编制的财务报表,2008 年上半年,中兴通讯实现营业收入197.29 亿元人民币,同比增长 29.52%;实现净利润 5.57 亿元人民币,同比增长 21.21%;基本每股收益(资本公积金转增股本后)为 0.41 元人民币。

2008 年上半年,中兴通讯国内市场实现营业收入 70.62 亿元人民币;国际市场实现营业收入 126.67 亿元人民币,同比增长 58.93%。

产品方面,2008 年上半年,中兴通讯无线通信产品收入同比增长10.20%,有线交换及接入产品收入同比增长 88.35%,光通信及数据通信产品收入同比增长 66.69%,手机产品收入同比增长 19.54%,电信软件系统、服务及其他类产品收入同比增长 51.79%。

二、股权激励计划

2006 年初,中兴通讯启动股权激励计划设计,中兴通讯在制定股权激励计划过程中,由韬睿咨询公司提供国际同行的股权激励及薪酬资料,同时也参考了国内更早公布的其他上市公司股权激励方案,因此,其股权激励的总激励额度、人均获授数量、各种期限等各项主要指标的确定都具有较为科学的依据。2007 年 2 月,中兴通讯股权激励计划获得中国证监会无异议通过。其主要内容如下:

(一)股权激励的方式

中兴通讯股权激励采用限制性股票的方式,原因是公司认为员工自己要掏钱,能感受到压力,激励效果较好。

(二)股权激励人员范围的确定和激励份额的分配

中兴通讯股权激励人员范围的确定,首先是确定总的激励额度(总股本的 5%,4,798 万股,其中 10% 作为预留股份)和激励人数(3,414 人)。然后按照公司的指标确定哪些员工参与激励,以及员工获得的激励数额。

公司员工共分为管理、技术、业务三个系列,其中,管理系列共5层,1至4层有资格参加股权激励;技术系列共11级,2级(工程师级别)以上有资格参加股权激励;业务系列9级,3级以上有资格参加股权激励。在总体的激励人员分配上向研发系列的员工倾斜,研发人员占总数量的50%～60%,管理人员大约占10%,业务人员大约占30%。

在确定股权激励参与人员时,要求级别一定要达到标准,这是一个硬指标;然后再按照员工个人业绩、所处岗位、工作年限等予以适当调整。总公司在确定划分标准后,由各分公司总裁或部门主管按照标准上报自己管辖公司或部门的参与人员名单,最终由总公司确定。

公司按照已经确定的激励总额度和总人数,分配每层激励对象获得的激励数额和各层之间的差额。从人均获授数量来看,主要有4层:一是公司高管和董事,数量主要在10～18万股;第二层数量大约在2～2.5万股之间;第三层数量大约为1.5万股;其他的约为1万股。部分董、监、高人员因为已有股权,所以放弃该次股权激励。

(三)限制性股票授予价格的确定

中兴通讯授予激励对象标的股票的价格为公司首次审议本股权激励计划的董事会召开之日前一个交易日,中兴通讯A股股票在证券交易所的收市价。激励对象获授标的股票时,按每获授10股标的股票以授予价格购买5.2股的比例缴纳标的股票认购款,实际上就是激励对象只付52%的费用即可。该比例是公司在考虑多方因素的基础上确定的。

(四)标的股票的有效期、禁售期和解锁期

1. 有效期

股权激励计划的有效期为5年,自中兴通讯股东大会批准股权激励计划之日起计。

2. 禁售期

自中兴通讯股东大会批准股权激励计划之日起2年为禁售期,在禁售期内,激励对象根据股权激励计划获授的标的股票被锁定,不得转让。

3. 解锁期

禁售期后的3年为解锁期,在解锁期内,若达到股权激励计划规定的解

锁条件,激励对象可分三次申请解锁:

(1)第一次解锁期为禁售期满后的第一年,解锁数量不超过获授标的股票总数的20%;

(2)第二次解锁期为禁售期满后的第二年,解锁数量不超过获授标的股票总数的35%;

(3)第三次解锁期为禁售期满后的第三年,解锁数量为前两次解锁后剩余的所有标的股票。若任何一年未达到解锁条件,激励对象不得在当年申请,也不得在以后年度再次申请该等标的股票的解锁;中兴通讯将退回激励对象以自筹资金认购的标的股票的认购成本价;未达到解锁条件而未能解锁的标的股票额度将作废。

标的股票的有效期、禁售期和解锁期主要是在参考了国内其他企业的股权激励方案后确定的,此外也参考了国外同行股权激励的相关经验。

(五)关于预留标的股票

1. 预留标的股票的有效期、禁售期和解锁期

(1)预留标的股票额度的有效期亦为5年,自公司董事会授予激励对象预留标的股票额度之日起计。

(2)预留标的股票的禁售期和解锁期与股权激励计划下其他标的股票的禁售期和解锁期相同,即禁售期为激励对象获授预留标的股票额度之日起2年,解锁期为禁售期后3年。

2. 预留标的股票的授予程序和解锁程序

(1)预留标的股票的授予条件与股权激励计划下其他标的股票的授予条件相同;

(2)预留标的股票的授予价格为届时授予激励对象预留标的股票的相关董事会会议召开之日前一个交易日,中兴通讯A股股票在证券交易所的收市价;

(3)预留标的股票的授予程序与股权激励计划的授予程序相同,且激励对象亦按每获授10股上述授予价格购买5.2股的比例缴纳预留标的股票认购款;

(4)预留标的股票的解锁条件与股权激励计划下其他标的股票的解锁条件相同;

（5）预留标的股票的解锁程序与股权激励计划下其他标的股票的解锁程序相同；

（六）薪酬委员会

薪酬委员会的外部董事和内部人员的比例大约是1比2,其中内部人员全程参与了股权激励计划的制定,而外部董事则仅参与了事后审议。

三、中兴通讯股权激励计划的实施状况

（1）《第一期股权激励计划（2007年2月5日修订稿）》获得中国证监会的无异议回复,并已经2007年3月13日召开的公司2007年第一次临时股东大会审议通过。公司第一期股权激励计划的相关激励对象已于2007年3月14日至2007年3月18日,缴纳了标的股票的认购款,共授出2,210,000股限制性股票,授予价格均为30.05元。

2006年分摊的股权激励成本为248万元,计提的股权激励公积金为248万元；2007年股权激励对象缴纳的款项共计48,593.1万元,公司分摊的股权激励成本为29,766.8万元,计提的股权激励公积金为29,766.8万元；2008年上半年分摊的股权激励成本为14,883.4万元,计提的股权激励公积金为14,883.4万元。自2006年以来共计提股权激励公积金44,898.2万元。

激励对象购买股票的资金来源部分是自己支付,部分向银行（主要是招商银行,因为中兴员工工资是通过招商银行发放的）贷款。

（2）预留股份的分配

预留股份的分配方案已经制定,全部分配给研发系列的员工。目前正在等待董事会的审批。

四、中兴通讯股权激励的影响

（一）员工的离职率大大降低

股权激励实施前,一般员工的离职率为10%,核心员工的离职率为4%。实施股权激励后,核心员工的离职率降到了1%。而公司实施股权激励的主

要目的就是留住核心员工。

（二）降低了公司的人力资源成本

中兴通讯管理层认为，股权激励是一种有效的长期激励手段，如果采用奖金等方式，要达到同等的长期激励效果，公司承担的成本将非常大。

（三）未获授股权激励员工的反应

未获授股权激励的员工有两种反应：一是会不满意，但是期望能够在后续的激励计划中获授股份，所以继续留在中兴通讯；另一种反应则是可能因不满而离开中兴。在这种情势下，如果公司迟迟不能推出进一步的股权激励计划，则实施股权激励对未获授员工的反向激励将会越加严重，而公司在引进新人才方面也将付出更大的代价。

（四）实施股权激励后的薪酬状况

中兴通讯近年来员工工资增长速度低于社会平均工资的增长速度，因此目前其工资水平相对较低，即使考虑到实施股权激励后员工收入的增加，其员工的整体收入仍然低于市场的中位数。

五、中兴通讯股权激励实施过程中遇到的问题

（一）会计准则问题

新会计准则使企业实施股权激励的财务成本压力加大。由于目前通讯行业竞争激烈，中兴通讯的盈利性下降，而且中兴通讯目前更为注重市场占有率等非利润指标，所以，新会计准则给中兴通讯带来较大问题。

（二）非中国国籍人员的激励问题

在目前的法律规定下，外籍人士无法持有 A 股，因此在实施股权激励时，非中国国籍的人员无法参与以 A 股股票为标的的股权激励。这对国际化程度较高的中兴通讯来说，众多的非中国国籍骨干员工无法参与股权激励。中兴通讯也曾考虑过以 H 股为标的的股票进行股权激励，但仍然存在很

多障碍。

（三）后续员工的股权激励问题

从实施第一期股权激励至今，中兴通讯的员工总数增加了1.5万人，也出现了大批的新骨干员工，因此，中兴通讯急需进一步的股权激励计划以实现对新骨干员工的长期激励。但是在当前条件下，在本期股权激励计划结束前，中兴通讯无法进一步实施新的股权激励，这严重限制了中兴通讯的发展。

（四）股权激励的税收问题

目前，我国的相关税收法律法规仅仅对股票期权方式的股权激励征税做出了规定（这一规定也存在很大问题），而对限制性股票方式的股权激励征税一直没有明确规定。而税务部门对中兴通讯股权激励如何征税至今也未确定。征税问题目前也成为中兴通讯各级激励对象关注的焦点。

（五）回收股票的授予问题

中兴通讯对员工业绩进行评定，分为A、B、C三级，C级为不合格。这种评定是同级别员工之间按照相对指标进行的，也就是说不论绝对业绩如何，肯定会有一定比例的人被评为C级。按照股权激励计划，如果激励对象业绩为C级则其获授份额将减半。这样多出来的这部分股权如何处理就成了问题。是由公司注销掉还是重新分配给他人？如果是重新分配，价格如何定？

目前，中兴通讯的做法是将这部分股权按照原来的价格和折扣比例重新分配给他人。

六、案例分析

中兴通讯股权激励的最大特点是参与股权激励的对象人员众多，达到3,414人，是目前为止所有经中国证监会正式批准实施股权激励的上市公司中，激励对象人数最多的。按照传统的看法，股权激励的参与人员不宜过多，不宜搞成全员持股。因此，中兴通讯的股权激励计划也遭到许多批评。

但是从中兴通讯实施股权激励后的表现来看,股权激励发挥了明显的作用,核心员工的离职率由股权激励实施前的4%降低到实施股权激励后的1%,这充分实现了公司实施股权激励以留住核心员工的目的。

因此,我们应当辩证地看待3,414人的激励对象这一问题。首先,中兴通讯属于高科技企业,其员工中,科技研发人员占据了很大比例,而这部分人员的工作绩效较难衡量,单纯采取工资加奖金的薪酬体系难以客观体现工作业绩,面对这种状况,让这部分人员持有股票,可以很好地解决信息不对称问题,能够更好地发挥科技研发人员的工作积极性。而中兴通讯的第一期股权激励主要就是针对科技研发人员为主的核心员工,为了使有限的股权激励额度发挥最大的作用,许多高管主动放弃激励份额,这也是中兴通讯股权激励计划能够取得成功的一个重要因素。其次,科技人员通常离职率较高,中兴通讯也深受竞争企业挖人才墙角之害,股权激励这种金手铐可以有效地稳定科技员工队伍。最后,由于中兴通讯人员多达10万人以上,3,414人虽然绝对数较大,但是相对于庞大的公司员工总数来说,参与股权激励人员的相对比例并不算太高。近两年来,中兴通讯发展迅速,员工数量也急剧扩大,首期股权激励实施以来,人员增加1.5万人,因此,中兴通讯管理层正在积极寻求实施进一步的股权激励计划,以稳定新的员工队伍。

结语

JIE YU

第十一章　我国股权激励的发展趋势和政策建议

第十一章

我国股权激励的发展趋势和政策建议

第一节　我国股权激励的发展趋势

在公司薪酬制度中,股权激励作为一项长期的激励制度,以股票或者股票的收益权为纽带,将公司的所有权和经营权真正地统一起来,从而从根本上解决了道德风险、逆向选择等代理问题。在公司法、证券法、税法、会计准则等相关法律法规的规范下,通过灵活细致的设计,股权激励制度可以有多种形式,适用于各种行业和各级员工,发挥出吸引、挽留和激励员工的作用,最终提高公司的运作效率,促使公司实现持续、快速、蓬勃的发展。正是由于股权激励制度兼备灵活性和有效性,在西方国家得到了广泛的应用,取得了巨大的成功和普遍的认可。过去在中国,由于相关立法的限制、传统体制的束缚和证券市场的不成熟,股权激励制度的实施缺乏相应的制度和市场条件,但国内一些企业还是对股权激励的衍生形式或类似形式进行了有益的探索。随着新《公司法》、《证券法》和会计准则的颁布,以及中国证券市场股权分置问题的妥善解决,实施股权激励的障碍被逐步扫除。作为一项创新制度,股权激励在中国正步入爆发式增长的起步阶段。对照西方成熟的股权激励模式和股权激励的发展历程,可以预计,股权激励在中国的发展将呈现如下趋势:

一、股权激励相关法规的不断完善

从美国股权激励制度的产生和发展历程来看,美国证券市场名目繁多的法律法规成为企业实施股权激励有力的推进器,其立法方面的不断完善是股权激励制度得以成长和创新的关键性因素。与此同时,欧洲各经济发达国家相继在《公司法》或其他专门的法规中对公司股票期权制度进行相应的立法,完善股票期权的各类制度并取得巨大的成功。可以说,是相伴相生的专项法令为企业激励机制的创新保驾护航,并帮助美国和其他西方国家在国际经济竞争中脱颖而出。

2006年,我国新修订的《公司法》和《证券法》的颁布,为我国企业实施股权激励打开了大门。随着证监会和国资委相关办法的发布,股权激励制度在中国终于得到了实质性的推动,上市公司纷纷提出了股权激励的方案。然而需要看到的是,上市公司股权激励尚处于试点阶段。除了证监会发布的《上市公司股权激励管理办法(试行)》和国资委颁布的《国有控股上市公司(境内)实施股权激励试行办法》、《国有控股上市公司(境外)实施股权激励试行办法》、《关于规范国有控股上市公司实施股权激励制度有关问题的通知》,还有其他多项法律法规涉及到股权激励,但都散布于多项政策当中,例如有关股份回购用于股权激励的规定就散布在《公司法》以及财政部发布的一些通知当中。对于很多细节性的实际操作,还缺乏明确的且具有体系的规范,例如上市公司提取激励基金购买流通股在具体的操作规范和监管制度上还是空白。从法律法规的条款上看,有些法规彼此还有难以衔接之处,例如《公司法》中规定回购股份用于股权激励的数量和行权时间就与证监会的规定有无法衔接之处,有必要进一步梳理。现行规定中也有一些出于试行阶段特殊性的考虑,在市场化程度方面明显不足,例如国资部门建议的股权激励办法是红筹股用期权、H股用股票增值权、内地上市公司用限制性股票;又如境外上市的国企管理人员股权激励预期收益水平可以达到薪酬的40%,但境内的上市公司就只有30%,实际上境内上市的国企对国家的贡献不一定就比在境外的少,这种有导向性的政策规定不宜长期存在。此外,对于发展股权激励制度非常重要的税收规定一直也未有明确,需要填补法规上的空白。从国外的经验看,税法对保障和推动股权激励制度有着十分重要的意义,在没有税收法律制度保护下实施股权激励显然是困难的。因此,可以预计股权激励的相关法律法规的完善将和股权激励的发展相辅相成:法律法规需要在股权激励的实践中加以总结和完善,而股权激励的实践需要不断完善的法律法规来加以推进。

二、股权激励形式的多样化

在欧美国家,股权激励的形式多种多样。一般而言,股权激励分为股票期权、员工持股计划和管理层收购等三种主要形式。其中,股票期权又包括限制性股票期权、法定股票期权、非法定股票期权、激励型股票期权、可转让股票期权、股票增值权等多种形式。在中国证监会颁布的股权激励管理办法中,仅着重对股票期权和限制性股票这两种发展较为成熟的工具予以规定,使得这两种股票期权形式成为目前上市公司实施股权激励的主要形式。随着企业股权激励需求的多样化和相关法规的不断完善,越来越多的股权激励形式将被引入中国,这是必然的发展趋势。

三、股权激励范围和对象的扩大

在国外,任何企业都可以自主决定是否要采取股权激励计划。然而,我国在目前的试行阶段,只允许已完成股权分置改革的在沪深交易所上市的境内上市公司和在境外上市的国有控股企业可以实施股权激励计划。非上市公司的股权激励还无法可依,允许非上市公司实施股权激励是未来发展的趋势。

国外的经验表明,在股权激励的对象方面,激励对象范围的扩大是必然的发展趋势。在国外,股权激励发放的对象最初主要是公司经理,后来日益扩展到了公司的技术人员、大多数员工,甚至外部董事、母、子公司员工,甚至是重要的客户单位等等;而国内有资格参与股权激励计划的对象还主要局限于上市公司的董事(但不包括独立董事)、高级管理人员以及公司核心技术和业务人员。

四、股权激励额度的逐步放开

在国外,股权激励的额度是由企业的薪酬委员会自行决定的。目前,无论是证监会的相关规定,还是国资委的相关规定,都对股权激励额度的最高上限进行了规定。这是出于目前我国上市公司治理还不够完善、存在内部人控制问题较为突出等情况的考虑。随着股权分置问题的完全解决和国资体制改革的深入,以及机构投资者的大力发展,市场机制的有效性将不断提升,将促进上市公司治理状况的改善,也将促进上市公司自治监督机制的完善。推进公司自治,是新《公司法》非常明确的一个法律精神,是政府、企业共同努力的方向。因此,在今后逐步取消对股权激励额度的限制,让企业自主决策是必然的趋势。

五、行权资金来源的多样化

在股权激励计划中,行权资金的来源问题是困扰激励对象获得股权的最大障碍。中国证监会的《上市公司股权激励管理办法(试行)》限定上市公司不得为激励对象获得期股提供财务支持,但并未对允许的行权资金来源予以明确或做出相关细化的规定。对于国外常用的银行贷款支持模式,却因为我国规定银行也不得向居民提供贷款用于购买股票而无法实施。

展望未来,在解决风险控制问题的前提下逐步放开银行贷款的限制,并借鉴国外经验通过制度创新来促进行权资金来源的多元化是必然的发展趋势。今后为激励对象提供财务支持,可以采用的策略包括:①信托计划;②证券公司及其他机构的过桥贷款;③证券公司代理变卖部分期权,以实现部分期权;④在激励方案设计过程中,同时考虑业绩奖励,以减轻财务压力等。

六、绩效指标的合理和多样化

股权激励一定要与目标管理和绩效考核紧密结合。股权激励毕竟只是一个手段,完成公司的经营计划、达到发展目标才是目的。所以,股权激励制度和实施方法一定要结合公司的目标达成情况以及激励对象本人、本部门的业绩指标完成情况与考核办法来制订和兑现。离开了这一条,再好的激励手段也不会产生令人满意的激励效果。

在国外股权激励的发展历程中,公司对于绩效指标的选取经历了从股价→每股收益→资产回报率或权益回报率→经济价值增加值等一个演变过程。公司在绩效指标的选取上越来越考虑公司所在行业和公司本身的实际情况,考虑公司业绩和公司的整体价值,考虑不同岗位的具体要求等综合因素,使绩效指标的选取更为合理,根据各公司所处的不同行业、公司具体特性演绎出多样化的特点。这也将是我国公司股权激励绩效指标选择上的发展趋势。

第二节　完善我国股权激励制度的政策建议

鉴于我国的市场经济体制脱胎于原本的计划经济,大多数股份制企业由原国有企业改制而来,不可避免地带有计划经济的行政色彩和国有企业的管理痕迹,因而在分配制度和人事制度方面都有待进一步地解放思想和实现制度上的完善。同时,股权激励作为一项长期激励制度,需要有相应的市场化约束机制才会更加有效。约束与激励是相对应的,它包括外部约束和内部约束两个方面:外部约束机制包括法律健全的资本市场和职业经理人市场以及公平竞争环境下的产品与服务市场;内部约束机制主要是公司完善的股东会、董事会、监事会和股东的诉讼机制。然而,这两个方面的约束机制在我国都还有待完善。

一、转变思想,改革分配制度和人事制度

(一)分配制度改革面临进一步的深化

目前,我国的国有企业和绝大多数股份制企业实行的是以工资分配为主,奖金分配为辅的分配制度。我国股份公司职工和经理的收入基本上由四个部分构成:基本工资、年功工资、津贴补助和奖金。这四个部分都属于短期激励:基本工资一般长期固定不动,主要反映公司员工的工作价值,是对员工最基本生活水平的保障;年功工资(或称工龄工资),主要体现出公司员工对公司的历史贡献;津贴补助是根据公司员工所从事的专门工作或特殊劳动而支付给他们的额外或特别的报酬,主要是为使员工的工资水平不受物价波动和其他因素的影响而给予员工的物价补偿;奖金是根据员工的工作业绩和创造出的超额劳动而给予的激励性的当期报酬,也是对基本工资的加强和补助,其功能主要体现在按劳分配方面,归属于传统意义上的按劳分配的范畴。

我国企业传统意义上的工资管理体制是国家对工资分配制度进行分级管理分类调整,国有企业的工资总额由国家通过政策予以制定和调整,根据国家制定的总体政策各地区再细化本地区所属企业的工资政策。非国有企业或其他所有制企业则根据国家的有关法律法规决定各自的工资分配。然而由于历史原因,我国的股份公司绝大多数是由国企改制而成或国有企业绝对控股,所以股份公司的工资分配体制基本上仍沿用原国有企业的分配模式,并未考虑对员工的长期激励而只注重当期的报酬和短期的奖励。平均主义的思想仍然在很多股份公司中占有统治地位,所以公司经理人员与普通员工的收入差距并不大,虽然员工的心理状态暂时是平衡的,但这种状况使经理人员失去了动力和朝气。

平均主义是在物质财富极度匮乏,人力资本不被社会承认的历史背景下产生的。在当今物质财富已经极大丰富,在公司理论和实践中人力资本已经作为生产要素被人们所接受的今天,平均主义就没有再继续存在下去的土壤和条件了。

在美国,实施股票期权的公司,高级经理的工资加期权收入要达到普通员工平均收入的几十倍。美国公司股票期权的实践表明,适当拉开高级经理与普通职工收入的档次,更能体现出职业经理的人力资本价值,对企业的发展更为有利。

在中国,消除企业中严重的平均主义和"吃大锅饭"的思想有利于在企业中建立现代企业制度。除了在思想方面、素质方面对企业职工进行教育外,一种有效的方法便是引入股票期权计划和职工持股计划等长期激励制度,采用风险责任共担、按经营的责任大小来给予相应的激励,才是解决问题的根本方法。

(二)人事制度改革至关重要

实施股权激励主要是对优秀经理的长期激励,只有对优秀的人才在人力资本的投入上给予承认,激励的目的才能达到,从而能够实现公司的有效治理。所以,一个完善的职业经理市场的存在和职业经理合理流动的人事制度与股票期权制度相配合是非常必要的。

我国在政企不分的20世纪七八十年代甚至90年代,国有企业的领导干部传统上都由其上级主管部门予以任命,许多地方政府部门的领导同时也兼任企业公司的总经理、董事长,这种政企不分的状况一直延续到20世纪90年代。"官本位"的思想在国有企业的领导人心中已经根深蒂固,许多企业的经理是由上级行政主管部门根据行政级别任命的。在这些经行政任命的经理人员里,确实有一部分人是由于刻苦实践历练成优秀的经理,但这些优秀的经理人才或者被提拔到地方政府担任行政领导干部,或者因为心理上对企业剩余价值分配产生不平衡走上贪污侵吞国有资产的道路,或者被三资企业高薪聘走。这就使得在国有企业内部一直缺少优秀的经理。由于没有职业经理人市场,只靠行政任命又培养不出优秀人才,即使培养出来又由于各种原因使优秀经理人流失,使得这些本来就稀缺的资源变得更为稀缺。现代公司之间不仅存在产品的竞争,而且更存在激烈的人才竞争。如果没有好的制度,仅靠产品的竞争是难以维持的。仅靠优秀人才而没有良好的人事制度,最终被吸引过来的优秀人才还会被落后的制度再赶走。从这个角度讲,现代市场竞争就是公司制度的竞争。

除了行政任命的问题外,我国股份公司的另一个特点是股权较为集中,几个发起人股东都占有较大比例的股权,公司的董事长和总经理基本上都由几个大股东派出和任命,公司的权力机关可以说是由内部人控制的。这就产生了一个问题:既然公司的经理是由某一股东选派和任命的,他就没有必要对全体股东负责和对整体公司负责,而仅对选派他的股东负责或把选派他的股东利益放在首位。大股东选派经理通常也把其忠诚度放在首位考虑,而不是首先考虑其专业管理水平,这就违背了公司治理要求的权利和利益均衡的原则。因此,对某一大股东任命的经理授予股权激励显然是不公平的,这样的经理不会全身心地投入来为全体股东服务,反过来却要全体股东对其在权益上做出让步有违等价交换的市场原则。由大股东任命经理还会引发公司内耗的问题。公司经理往往又兼任公司的董事长或副董事长,每一个大股东任命一个总经理或副总经理,每个董事长或总经理在公司决策时代表各自股东的利益各事其主,最后的结果总是牺牲公司小股东的利益。这种公司治理结构上的问题显然会影响股权激励的实施效果。

因此,要深化人事制度的改革,必须坚持政企分开,坚持国资体制改革,推动公司股权的多元化和分散化,并积极培育职业经理人市场。合理的公司治理结构应该是权力和利益均衡的结构,在这种均衡的结构里,拥有经营管理权的职业经理人应该是全体股东利益的代表人,经理层应该只对全体股东的利益负责,而不是只对某一大股东负责。股权激励是完善法人治理的核心,但股权激励不能脱离一定的环境去实施,必须有合理的法人治理结构作为基础,而我国的公司改革还有很长的路要走,离达到真正的现代公司制度还有很大的差距。

二、健全资本市场的市场约束机制

实施股票期权长期激励制度的一个关键就是股票期权最后权利的实现,而期权的实现要根据股票价格来决定。如果公司股票价格到期跌落,股票期权就毫无意义;如果公司股票价格到期上扬,则股票期权就有收益。所以,资本市场的运作与股票期权有着密切联系,是制约股票期权的外部机制。因此,资本市场经常被专家学者认为是一个重要的公司治理机制。一个健全的资本市场对于有效进行公司治理和实施股权激励至关重要。资本市场的市场约束机制,作为一种外部的监管和约束机制,主要包括资本市场的收购和兼并、股权激励的及时信息披露、证券市场的有效监管和证券市场的民事诉讼制度等。

(一)推进上市公司的兼并与收购

资本市场对公司治理的作用最通常是通过公司的收购和兼并活动开始的。对公司股权的收购和兼并对被收购和兼并的公司是一种威胁和压力,这种威胁与压力能够促进公司董事会加强对经理人员的监督,能够促进他们以股东利益为原则行事。同时,收购和兼并的发生给潜在的收购者一个对现任经理人员的业绩进行考核的机会。公司收购兼并市场能够在公司内部治理失败的时候,作为一种外部的力量发挥作用。[①]

虽然收购与兼并都牵涉到股权的变更,但从法律的角度来分析,收购(acquisition)和兼并(merge)这两个概念还是有区别的。收购是指一个企业

---

① 李健:《公司治理论》,经济科学出版社,1999 年版,第 143 页。

上市公司股权激励理论、法规与实务

342

以某种条件取得另一个企业的大部分产权,从而居于控制地位的交易行为。兼并是指两个或多个企业按某种条件组成一个新的企业的产权交易行为。两者的主要区别在于收购并非两个企业合为一体,仅仅是一方对另一方居于主导地位;兼并则指一个企业与其他企业合为一体。[①]

在公司收购方面,英美国家的敌意收购(hostile takeover)比较令人瞩目。敌意收购是指如果公司经营不善导致股票价格低于正常水平,就会有公司出面用目前较低的价格收购公司,从而收购者便可以获得改进公司经营管理而提高的全部盈利。敌意收购所造成的一个后果是被收购公司的管理者在被收购后往往会被辞退,因为正是由于这些经理的管理不善才导致股票价格下跌而引致敌意收购。这一机制可以迫使现有的经理努力改善其工作效率。敌意收购之所以在英美尤其是美国较为常见,其原因在于美国的公司大部分股权多元化而且分散,使收购有着一定的基础,这种敌意收购在日本或德国都极为罕见。出现这种差异的原因在于,在德国允许企业限制任何一位股东所能拥有的投票权的大小,这就限制了大股东的发展。另外,日、德两国银行对公司的持股比例较大,并且一般情况下不会出售给敌意收购者。在日本,工业和金融业约24%的股份由其他与之有商务关系的公司持有,它们为了不引起联盟破裂,通常不会将股份转让给敌意收购者。[②]

敌意收购对我国公司治理也将会产生积极影响。首先,敌意收购会使那些低效率的经理人员随时被其他有能力的经理所替代,这种威胁会迫使经理人员努力提高经营效率。其次,敌意收购可使国有股股东从经营不善的股份公司中及时撤出,并从公司收购中获得收益,敌意收购是国有资产增值的一个绝好机会,从经营不善的公司撤出后,代表国家的投资机构可将这部分资金投资于其他效益好的公司。第三,从资本市场的总量看,国有资产投资占资本市场的大部分,代表国家投资的机构投资者对股份公司和资本市场有很大的影响力。机构投资者可利用这种影响力监督收购公司和被收购公司的收购与反收购行为,保护股东和公司的利益,这会减少敌意收购的

① 李维安等:《公司治理》,南开大学出版社,2001年版,第108页。
② 范黎波、李自杰:《企业理论与公司治理》,对外经济贸易大学出版社,2001年版,第138页。

破坏因素。[①]

收购兼并对公司治理和对经理层的监督制约表现在两个方面。一方面,资本市场充满着激烈的竞争,所有上市公司都面临着被收购和被兼并的风险,公司的经理人员都有随时被替换的威胁。因此,为了保住自己固有的名声、地位和经济利益,经理人员会本能地更好地考虑公司股东的利益,提高经营管理水平,保持公司高效率的经济增长。另一方面,由于有收购和兼并活动,能够将公司里那些经营业绩不好,不善于经营管理,不关心股东利益的经理人员予以更换,从而使被收购兼并的公司的经营管理活动步入正轨。实际上收购兼并活动对那些经营管理劣质的经理人员起到惩罚性的效应,是对经理人员滥用权力,形成内部人控制的一种有效的外部制约。因为在经理人员中间始终存在着一种潜在的职业竞争,这种竞争会促使经理人员以提高公司价值为公司经营目标,从而减少或是放弃从事那些对公司利益无关紧要的行为。

收购兼并活动对公司治理的积极作用在于收购和兼并能够改变被收购或被兼并公司的不规范管理方法,收购或兼并无论是在实物资产方面还是在人力资本方面,都给被收购和被兼并者注入了新鲜血液。收购兼并活动还能提高被收购兼并公司的业绩,协调公司经理人员和股东的利益。公司的收购兼并活动会形成一种外部的压力和动力,会有效地促进被收购兼并公司的治理规范化和合理化。资本市场中进行的收购与兼并活动是以追逐利润为原则的,所以,无论收购兼并方还是被收购兼并方都会从中获得利益,同时这些活动又体现了资本市场对公司治理和经理层监督以及股票期权实施的外部制约作用,当然,外部制约除了收购与兼并之外还有其他方式,良好的公司治理结构是多种因素作用的结果。我国股份公司的股权结构既不像美国公司那样股权分散和多元化,也不像日本、德国公司那样有银行高比例参股,所以,在中国的资本市场上进行公司收购与兼并应该是有着很大余地的。同时,收购与兼并也是对公司现有存量资源和未来增量资源的优化配置,是对公司有效治理的一种有效推动。[②]

---

① 张舫:《公司收购法律制度研究》,法律出版社,1998 年版,第 242 页。
② 陈文:《股权激励与公司治理法律实务》,法律出版社,2006 年版,第 108 页。

(二)完善上市公司股权激励的信息披露制度

美国《1933 年证券法》和《1934 年证券交易法》的基础是信息披露制。[①]
美国证券法是建立在信息披露基础之上的,恪守"公开、公平和公正"的原则,因此,美国证券法受到世界各国的仿效。信息披露制度不仅在证券市场上发挥作用,就是在与证券市场的运作有密切联系的公司治理方面也起着相当重要的作用。

信息披露要求实行股票期权计划的上市公司在其年度报告、中期报告和季度报告等定期报告中,披露公司的董事、监事和高级经理人员参与股票期权和被授予的股票期权的数额及股票期权计划授予和行使的情况。在披露的内容中还应包括:薪酬委员会的组成、职能、议事规则;薪酬委员会关于董事及高级管理人员薪酬的报告;经股东大会批准的每个股票期权计划的概要,并披露股票期权计划的实施对公司费用及利润的影响。

董事会在将股票期权计划提交股东大会批准时,应提供以下公开信息:①股票期权计划方案;②股票期权计划的预期效果;③股票期权计划的依据和原则;④薪酬委员会的组成和运作;⑤股票期权计划下的总发行量;⑥股票期权计划的时限;⑦股票期权的授予范围;⑧高级管理人员的薪酬(含股票期权)的披露;⑨行权价格或行权价格的调整;⑩发行期和行权过程。同时,公司监事会应出具关于公司实施股票期权计划的意见,及独立财务顾问出具的关于股票期权计划的意见。

对于公司实施股票期权的信息披露,不仅需要加强对信息披露内容的真实性的控制,在很大程度上还要依靠一套完善的会计和审计准则。审计应该具有独立性,如果不能保证审计的独立性,就不能保证披露信息的价值。因此,聘请独立的外部审计机构参与审核披露的财务信息,可以防止经理层在信息披露过程中的隐藏与欺诈,确保信息的真实性。这些都是保证信息披露机制在约束经理层中发挥作用的重要措施。[②]

---

① David L. Rater, Securities Regulation, West Group, 1988, P33,P96,法律出版社影印,1999 年。
② 陈文:《股权激励与公司治理法律实务》,法律出版社,2006 年版,第 110 页。

(三)提高证券市场监管的有效性和建立民事赔偿制度

证券市场的严格监管是在公司外部对上市公司经理层进行的监督和制约。监管可以对公司发行股票时所披露信息的真实性予以甄别,对于公司的虚假陈述、内幕交易和操纵股票价格的行为予以遏制。有效的监管应该是多层次的和综合性的,片面的或无力的监管达不到证券监管应有的效果。

股票期权的有效实施,其中很重要的一个因素是证券市场的有效监管,只有有效的监管才能使股票价格的波动更趋于正常。否则,如果证券市场上的监管不力,致使公司经理层为了只顾追求股票价格的上扬而去操纵股票价格,或采用虚假陈述手段或采用内幕交易等非法手段去人为地追求股票的高价格,就会对股东的利益和公司的利益造成损失。而我国原《证券法》虽然对于规范我国证券发行与交易行为,维护投资者的合法权益,保障证券市场健康有序的发展起到了非常重要的作用,但是我国原《证券法》的监管主要侧重于针对证券市场主体违反禁止性行为而施加的法律责任,绝大多数都是诸如吊销资格证书、责令停业或关闭、没收违法所得、罚款等行政责任,以及当该违法行为构成犯罪时产生的刑事责任,而极少关于民事责任的规定。此种现象反映了多年来我国经济立法中长期存在的重行政、刑事责任而轻民事责任的倾向。

除了《证券法》规定的正常监管方法之外,通过由受到侵害的投资人向经理层提起民事诉讼的方法来获得充分的补救,一方面可以有效地保障投资者的合法权益,另一方面也是对经理层违规、违法行为的约束。在各种法律责任制度中,只有民事责任具有给予受损者提供充分救济的功能。通过投资者的监督方式不但可以有效遏制证券市场中的各种违规、违法行为,有效地加强对证券市场的监管以及对违法行为的惩罚,而且对公司经理层的行为也会起到监督和制约作用。公司如果发行股票期权首先要有董事会的批准,并且应到中国证监会注册,否则不但要承担行政责任和刑事责任,而且要承担民事赔偿责任。

正是基于这种考虑,我国新修订的《证券法》对于证券虚假陈述、内幕交易和操纵市场等行为都明确规定了相关人员应当承担的民事责任。《证券法》第69条规定,发行人、上市公司公告的招股说明书、公司债券募集办法、财务会计报告、上市报告文件、年度报告、中期报告、临时报告以及其他信息披露资料,有虚假记载、误导性陈述或者重大遗漏,致使投资者在证券交易中遭受损失的,发行人、上市公司应当承担赔偿责任,发行人、上市公司的董事、监事、高级管理人员和其他直接责任人员以及保荐人、承销的证券公司,应当与发行人、上市公司承担连带赔偿责任,但是能够证明自己没有过错的除外;发行人、上市公司的控股股东、实际控制人有过错的,应当与发行人、上市公司承担连带赔偿责任。《证券法》第76条对于什么是内幕交易做了明确的界定,并规定内幕交易行为给投资者造成损失的,行为人应当依法承担赔偿责任。《证券法》第77条规定了操纵市场的行为,并且规定操纵证券市场行为给投资者造成损失的,行为人应当依法承担赔偿责任。可见,我国《证券法》在民事赔偿责任规定方面已经有了很大的改善。然而,这仅仅是证券民事赔偿制度建立的开始,许多原则性的规定需要不断地细化和完善,最后落实到操作层面。

三、建立和培育职业经理人才市场

在经理约束体系中,职业经理市场竞争的约束机制是一个重要的组成部分。职业经理市场竞争的约束是外部市场约束中对经理最直接的约束机制,但在中国,职业经理人市场尚未建立起来。与产品市场和资本市场对经理的约束机制相比较,职业经理市场的竞争是最小的。随着现代企业制度的建立和完善公司治理结构的需要,我国急需建立一个具有全面竞争水平的全国性的职业经理人市场。

要建立一个完善的经理人市场,需要构建一个综合的市场系统,并且需要建立职业经理市场秩序,制定相关法律法规。其中包括市场主体准入资格、交易场所和中介机构的有关规定。经理市场实际上就是管理劳动市场,如果经理市场输送的人员在一个企业里因其管理不善,造成该企业绩效下降,那么市场上投资者对该经理的评价就会降低,该经理的声誉和形象在职业经理市场就会受到影响,该经理的人力资本价值就会发生贬值,相应其收入水平就会下降,猎头公司对他的兴趣也会降低。如果经理人员不想受到职业经理市场的惩罚,就会更加努力地工作,这样就会使自己在市场的价值进一步提升。

在一个竞争完全充分的职业经理市场里,对经理人员的约束与激励是强有力的,很显然,有效的竞争会使企业内部的代理成本降低,竞争激烈的人才市场给予经理人员以压力,迫使他们不断努力工作,保持自己良好的声誉。同时,竞争又刺激经理人员保持上进,努力提升自己的人力资本价值,以期获得更高的薪酬。职业经理市场向公司雇主既作为一个信号显示机制提供有关候选经理人员的人力资本概况信息,并同时向经理人员提供一个警示信号即替代人选随时到位。如果经理人员敢于冒险追求短期利益,采取机会主义行为,经理市场就会把这些信息及时反馈于市场,从而使这位短期行为经理在市场上再也没有价值。由此可见,一个专职的经理人市场对约束经理人的行为非常重要。

要建立职业经理市场,我们要注意制定相关法规和规定并配合以下辅助工作:①建立人才资源的优化配置机制,使职业经理人员和公司按市场规律和秩序进行双向选择,通过公开、公平、公正的方法选择最佳人选,通过竞争机制构建双方的平等契约关系;②加强政府对职业经理市场的宏观指导与管理,制定有关法律法规,维护市场秩序,保护职业经理和公司雇主的合法权益;③建立职业经理的电子档案系统和市场信息系统;④政府制定职业经理人培训计划,提高职业经理人的专业素质和职业道德;⑤建立中介组织活动秩序,充分发挥中介组织在职业经理市场中的积极作用;⑥建立全国人才统一流动制度,打破各部门和地区的封锁。[①]

健全的法规是职业经理市场管理的重要保障,在职业经理市场法规体系建设中要特别注意建立经理的市场禁入制度。对职业经理市场来说,应规定经理禁入市场的期限,市场禁入分终生禁入制和有期限禁入制,依照经理禁入市场的原因,市场禁入制又主要包括破产禁入制和违规禁入制。[②] 制定法规对经理禁入制度予以规范,对制约经理层将会起到有效的作用。

建立一个有效的职业经理人市场,对于现代企业制度的发展、有效的公司治理和实施股票期权长期激励有着十分重要的作用,在公司外部对经理人员形成一层竞争力和压力。但是这一专业化的职业经理人市场要制定出

---

① 陈文:《股权激励与公司治理法律实务》,法律出版社,2006年版,第114页。
② 吴冬梅:《公司治理结构运行与模式》,经济管理出版社,2001年版,第118页。

一整套对经理人员的绩效考核指标体系,只有有了一整套完整、合理的考评指标体系,真正的优秀经理才能够产生出来。因此,职业经理市场应与有关企业共同不断完善股份公司的业绩考评办法和考评的具体程序,逐步形成科学合理的绩效考评指标体系。在业绩指标的选择方面,把市场导向指标和公司财务指标结合起来。把股东投资收益尤其是股东财富最大化作为公司经营的第一目标,这与实施股票期权所要达到的对经理长期激励的初衷一致。在公司财务指标方面要求风险与收益的平衡,短期利益与长期收益的均衡。对业绩的考核,实行各种指标同业之间横向比较和实际指标与盈利预测指标相结合的方法。根据行业整体水平和盈利预测指标来评价经理业绩,有利于克服市场不确定性对业绩的影响,集中反映经理的经营管理能力,使业绩评价更加客观。

经理的绩效考评机制不但在经理市场上从外部约束经理人员,在公司内部也同样制约他们。每一项考评内容都要有详细的指标。在公司内部每年或每一季度由公司董事会下属的提名委员会和薪酬委员会负责考评。经理市场同时也记录这些经理人员的考评结果,这些考评结果直接影响着经理人员在职业经理市场的价值,职业经理市场应建立配套的经理档案管理中心,并且与各企业联网,将企业关于职业经理可公开的信息不断充实到经理市场档案管理中心,职业经理档案管理中心可以设在中介机构。经理考评方法应由职业经理市场管理部门和有关企业联合建立并制定具体的考评细则,这样可以成为约束职业经理人行为的有效机制。[①]

四、建立公平竞争的产品与服务市场

对经理人员进行外部制约的有效方法除了资本市场和职业经理人市场之外,还有充分竞争的产品市场。产品市场的约束效应是通过职业经理市场间接传递出来的。产品是经理人员经营管理工作的成果与结晶,产品的质量水平和价格充分显示了经理人员的投入与心血,如果某一企业的产品在质量和价格上毫无竞争力,就会有力地说明负责生产该产品的经理的经营管理能力或研究开发能力值得怀疑。

---

① 陈文:《股权激励与公司治理法律实务》,法律出版社,2006 年版,第 115 页。

如果说产品市场对公司经理层的行为有约束的话,那么这种产品市场应当是充分竞争的,只有产品市场的竞争是充分的,劳动市场即职业经理人市场的功能才会增强。因为只有产品市场的充分竞争,才能够使企业产品的价格更能与其真实的价值趋于一致。当这一真实的价格与价值趋于一致的信息反映到职业经理人市场时,就能够有效地纠正劳动市场上人力资本价值与价格的背离,从而促使人力资本的价格向其真实价值靠拢,同时就会减少职业经理人市场上的信息不对称的情形,使得经理人市场的竞争环境趋于激烈。虽然在企业内部所有者无法完全观察或监督经理层的全部行为,但是在一个竞争充分的产品市场的环境下,竞争却在外部约束了企业经理层的行为。因为产品的价格、质量及其售后服务等因素使得一种产品在同类产品中居于领先地位并占据大部分市场,这一竞争优势本身就说明生产该产品企业的经理是全身心投入到了企业的科研生产与经营管理,而那些已退出市场或很少被消费者接受的产品生产企业的经理则较少投入到企业的经营管理之中,这种企业外部产品市场竞争的效果又直接反映到职业经理人市场和企业内部董事会中。

这种外部的制约应该是有效果的:产品市场缩小会促使企业更换经理或降低经理人员的奖金和薪酬,同时,这种信号也会反映到职业经理人市场,使得这些经理人员的市场价值降低。在现代企业中两权分离的情况越来越普遍,由职业经理控制企业的情况也更为普遍,竞争程度也会越来越激烈,这种外部约束就会更明显。只要某一行业内各相关企业的成本是有联系的,产品市场上的竞争就能够降低代理成本,从而减少经理人员的偷懒行为。

然而,促进产品市场的充分竞争就必须有一个公平竞争的法律环境。产品市场的竞争应该打破地区和专业领域,对于同类产品在产品市场上不能有歧视或限制,要打破地方保护主义,要制定保护产品公平竞争的法律和法规,同时还要防止垄断行为的发生,垄断是不正当竞争的一种更严重的方式。只有在一个法律环境完善的产品市场条件下,才会出现充分竞争的产品市场,而只有充分竞争的产品市场才会真正有效地从外部约束经理人员的经营行为。[①]

五、完善上市公司治理，形成有效的内部监督机制

对于激励，不但要有企业外部的约束与监督，而且还要有企业内部的约束与监督，这样才能构成一个完整的监督约束机制。内部的约束与监督机制对于经理层的约束与监督效果更直接。内部的监督主要来自于股东对经理层的监控，董事会对经理层的直接监督以及监事会对经理层的监督作用。另外，股东对经理层的玩忽职守和其他侵犯股东及公司利益的行为提起民事诉讼，也是内部有效监督约束机制中的一部分。

（一）加强股东对经理层的监控机制

在法律上股东是公司的所有者，所以在事实上股东也是经理层的最终控制者。作为公司的经营者，经理的实际行为将会直接影响到公司所有者即股东的权益。股东通常采取两种方法对公司和经理层进行控制，即通常所讲的"用手投票"和"用脚投票"。所谓"用手投票"，主要是指股东利用自己的投票权控制董事会成员的人选以及董事会对公司重大事项的决策。经理层无论在法律上还是在实际上都受到董事会的控制。对于不称职的经理，股东会通过董事会对他们采取相应措施。虽然股东们对经理层的控制不是直接的而是间接的，但这并不排除股东对经理层行使质询权和诉讼权。虽然在公司中董事会对股票期权长期激励方案有着重要的作用，但股东们对股票期权长期计划是享有最终的控制权的。所以，股东们"用手投票"这种方法来实现控制经理层的这种约束机制，是一种积极的参与型的约束机制，是良好公司治理的一种标志。

在大型公开招股公司中，小股东似乎更乐于采用"用脚投票"的方式来作为自己的控制机制。对于股权特别分散的大公司，股东"用手来投票"就意味着股东们必须拿出时间和精力来对经理层的工作进行评价和分析，这对于小股东来讲，其为此付出的成本可能要大大超过其通过监控经理层所获得的实际收益，所以小股东宁愿放弃这样费神费力的方法，而倾向于采用

---

① 陈文：《股权激励与公司治理法律实务》，法律出版社，2006 年版，第 117 页。

"搭便车"的做法从其他大股东的积极监控中去获取利益。但这仅是保守的方法,当小股东发现经理层由于经营管理出现问题而使公司业绩下降,公司股票价格下跌时,就会采取抛售股票的消极办法来表示对经理层的不满。如果大量股票在短时期内被抛售,就会对公司造成被收购的危险,从而经理层的职位也会遭到威胁。所以从这种意义上讲,股东们的消极监督方法也能对经理层起到制约作用。

最近几年在资本市场上兴起了机构投资的浪潮,许多机构如各种基金等倾向于向股份公司投资,从而成为机构投资者。与众多小股东相比,机构投资者更关心公司的经营,机构投资者由于所掌握的股权比例较大,公司的经营业绩的微小波动都会对他们产生较大影响,因此,他们倾向于直接与公司经理层沟通,向经理层提出新的观念和经营理念,同时对经理层的任免也会提出积极的建议。因此与其他股东相比较而言,机构股东在对经理层"用手投票"的控制机制上,运用得更加有效。无论是小股东还是大股东或是机构投资者,在对经理层的监督控制方面实际上都是有限的。由于股东不直接参与经营,所以很难及时获取有关信息,从而不可能对经理层进行有效的监督与控制,更由于资本市场的弱有效性,使得股东对经理层的绩效难以做出正确的评价。所以,虽然股东作为公司所有者在法律和理论上对经理层是最终控制人,但真正要对经理层实施有效的约束,还得依赖其他机制的实施。[①]

(二)加强董事会的监督作用

经理层的权力由董事会授予,董事会自然享有对经理层的直接控制权。在现代公司中,董事与董事会是作为股东的代表来实施公司治理,即选择和保证经营者对股东"履行代理职责"的一种职位、人事、组织和制度安排。董事会的监督作用极其重要,大多数公司平庸的总经理之所以能坐住自己的位置,关键原因在于低效率的董事会。[②] 董事会的产生方式有两种:一种是根据法律和公司章程由股东大会选举产生;另一种是聘请社会中介机构的

---

① 倪建林:《公司治理结构:法律与实践》,法律出版社,2001 年版,第 171 页。
② 范黎波、李自杰:《企业理论与公司治理》,对外经济贸易大学出版社,2001 年版,第 134 页。

专业人才担任。一般情况下董事会的构成有以下几种方式：①全部董事由经理人员构成，这时董事会就等同于经理层；②多数由管理人员组成的董事会；③多数由外部人士组成的董事会。

在公司的董事会构成中，董事会成员与经理层成员角色重叠的现象较为常见。因此，要想有效地实施董事会对经理层的监督，就要强调董事会的独立性。董事会中真正能够对经理层尽到实际监督作用的是与经理层没有直接利益关联的独立董事或由独立董事构成的专业委员会，如审计委员会、薪酬委员会和提名委员会。但是由大多数外部人士组成的独立董事或专门委员会有效运作的前提条件是社会上应该有一个有效的董事人力资源市场，因为只有这种能够提供并且有效鉴别"优质董事"和"劣质董事"的董事市场存在时，董事才能够真正行使董事的职责，董事会才可能对企业经理层真正起到监督约束作用。

独立董事因其与经理层没有任何利益相连，所以对防止内部人控制，特别是增强董事会相对经理层的独立性起着极为重要的作用。大量的事实证明，要想使董事会对经理层的监督真正行之有效，就一定要加强董事会对经理层的独立性。在由全体董事任经理层的董事会里，根本谈不上董事会对经理层的监督。在董事会成员大多数是经理层成员的情况下，董事会的监督也会流于形式。只有在董事会成员大多数由外部董事构成或董事会中有由外部董事构成的专门委员会的情况下，监督才成为可能。

董事会对经理层进行有效监督除了在董事会的构成上进行调整外，还可以通过事先约定经理层的权力进行控制。虽然经理层拥有极为广泛的业务执行权，但董事会可以通过制定有关条款对其权力进行限制。如规定对一定数额以上的交易合同必须由董事会予以确认，也可以规定对特殊的交易合同如融资和资产抵押、担保等合同，经理层在未获得董事会的批准前，无权签署。一般情况下，董事会原则上主要负责公司重大的经营战略决策，公司的日常经营管理权由经理层行使，但董事会应注意到当经理层在行使日常经营管理权会使公司股东利益乃至公司利益即将遭受重大损失时，董事会的及时干预则是完全必需的。对于由部分董事会人员构成的经理层来说，经理层人员同时也是董事会成员，可以参加董事会的经营决策讨论，但不能由此去控制董事会，董事会内部必须保持协调统一，董事会对经理层进行有效监督的前提之一便是董事会的独立性,应保证经理层不能左右董事会的决策。[①]

我国上市公司的特点是公司股权大部分集中在几个发起人股东手中,少部分公开发行的股票分散在小股东手中,小股东不可能成为董事从而参加董事会的决策,而董事会里的董事绝大部分是由几大发起人任命,并且大股东派出的代表董事掌握很大的权力。公司的总经理一般都由董事会任命或由大股东任命,董事会与经理层的相互关联情况非常严重,董事会的独立性基本不存在。我国近年来实行的独立董事制度也存在较大问题,由于社会上不存在一个可供选择的董事市场,独立董事均由公司的大股东选任,所以其独立性很难保证。另外,我国股份公司里存在的最大问题是董事会与经理层之间的混合关系,使得董事会无法实施监督功能,造成这种状况的原因之一便是我国缺少一个专业的经理人市场。[②]

（三）加强监事会的监督制衡

监事会对经理层的监督和制衡也是非常重要的,实际上也是对董事会监督的一种补充。在现代公司的发展中,董事会及其指导下的经理层的权力日益扩大,股东会作为非常设机构对董事会和经理层进行监督是极为有限的。针对这种现象,大陆法设置了监事会对董事会和经理层进行监督,而英美法则在董事会里设置了审计委员会以实施监督功能。

我国的公司立法基本上沿用的是大陆法的做法,但我国的监事会制度与之却有较大差别。我国的监事会实际对公司经理层的监督作用极为有限,这与我国对监事会的立法设计有密切关系。根据我国《公司法》第118条规定:"股份有限公司设监事会,其成员不得少于3人。监事会应当包括股东代表和适当比例的公司职工代表,其中职工代表的比例不得低于三分之一,具体比例由公司章程规定。监事会中的职工代表由公司职工通过职工代表大会、职工大会或其他形式民主选举产生。"《公司法》第100条规定,股东代表的监事是由股东大会选举产生的。《公司法》第119条规定监事会

---

① 倪建林:《公司治理结构:法律与实践》,法律出版社,2001年版,第172页。
② 陈文:《股权激励与公司治理法律实务》,法律出版社,2006年版,第120页。

的职权是:"(1)检查公司的财务;(2)对董事、高级管理人员执行公司职务的行为进行监督,对违反法律、行政法规、公司章程或者股东会决议的董事、高级管理人员提出罢免的建议;(3)当董事和高级管理人员的行为损害公司的利益时,要求董事和高级管理人员予以纠正;(4)提议召开临时股东大会,在董事会不履行本法规定的召集和主持股东大会职责时召集和主持股东大会;(5)向股东大会提出议案;(6)依照本法规定,对董事、高级管理人员提起诉讼;(7)公司章程规定的其他职权。"同时,"监事可以列席董事会会议,并对董事会决议事项提出质询或者建议"。从《公司法》的规定上可以看出,我国的监事会制度基本上沿用了大陆法的监事会模式,在监事会的结构上参照了德国式的由股东大会担任和职工参与的模式。

根据我国《公司法》的规定,监事会在对公司的监督方面应该起到重要的作用。但现实中,监事会还没有真正起到对经理层和董事会的监督作用。其一,监事会并不拥有任命董事会成员的权力,也不拥有实际控制董事会或经理层的实质性权力,其职权仅限于业务监督权。这就使得监事会的监督作用"虚化"。其二,监事会成员的任免机制和其人员构成决定了监事会在现实中不可能起到应有的作用。根据上海证券交易所的上市公司治理问卷调查,73%的公司监事会主席是企业内部提拔上来的,绝大部分公司监事会副主席和其他监事也是企业内提拔上来的,在这种情况下,由于监事会成员的身份和行政关系不能保持独立,其工薪、职位基本上都由管理层决定,监事会一般无法担当起监督董事会和管理层的职责。[①] 其三,监事会成员缺乏应有的激励机制,同时也没有相应的约束机制。由于在法律上的规定不完善,使得监事会在法律上没有足够的权力,导致了监事会对经理层和董事会的监督职责不能够实际履行。因此,在法律上对有关监事会权力的规定做出适当调整是当前亟须要做的事情。因为权力的来源既要有法律认可,同时又要有法律保障。[②]

---

① 上海证券交易所在 2000 年 11 月 2 日至 3 日召开的"中国上市公司治理国际研讨会"上提交的《公司治理:国际经验与中国的实践》报告中的"中国上市公司治理问卷调查结果与分析",第130 页。

② 陈文:《股权激励与公司治理法律实务》,法律出版社,2006 年版,第 123 页。

（四）建立健全股东的诉讼机制

股东对经理层的诉讼机制也是对经理层进行监督制约的一种有效方式。如果经理层在经营管理过程中，侵犯股东的权益或对公司的利益造成损失，股东可以通过法院提起诉讼，要求经理层给予赔偿。建立股东的诉讼机制对于有效制约经理层的行为是非常重要的，我国《公司法》第150条规定，"董事、监事、高级管理人员执行公司职务时违反法律、行政法规或者公司章程的规定，给公司造成损失的，应当承担赔偿责任。"对公司的利益造成损害，实际上就是对股东的利益造成损害，因此由股东对那些给公司利益造成损害的经理人员提起诉讼最能有效地监督经理层。诉讼是有成本的，诉讼的成本应该由谁来承担，这是关系股东诉讼机制能否顺利运转的一个关键问题。提起诉讼的原因当然是经理层的侵权或造成损害行为在先，而由个别股东或一些股东诉讼在后。在公司利益被侵犯的情况下，提起的是代表诉讼。在代表诉讼的情形下，股东是代表公司对经理层提起诉讼，诉讼的费用当然应该由原告股东预先垫付。如果股东胜诉，股东也只能从被告赔付公司的赔款中获得间接的赔偿，而与此同时，其他没有参与代表诉讼的股东可以像诉讼股东们一样获得由于股东胜诉而带来的好处。这种不参与起诉而获得"搭便车"的情形和付出很大代价却和那些未付出任何代价的股东获得同样间接赔偿的情形，会严重打击诉讼股东参与诉讼的积极性，从而减弱由诉讼机制来约束和监督经理层的效果。针对这种状况，国外的法律一般规定，股东胜诉后，应该由公司补偿其因诉讼而支出的费用，这不但给予了诉讼股东心理上的平衡，同时也解决了股东诉讼的激励问题。美国《示范公司法》第7.46节第1款规定，如果法院认为派生诉讼导致公司在实质上获得利益，就可以命令公司支付给原告因这一程序而发生的合理费用。同时，第2.3款规定，如果法院认为派生诉讼的提起和继续缺乏合理的诉因或出于非正当的目的，或者所提交的诉状和其他书面文件没有事实依据，不为现行法所支持等，可以命令原告对被告所支出的诉讼费用以及其他有关费用，予以合理的补偿。①

从美国的法律规定来看，股东诉讼是有一定的风险的，它一方面对胜诉

---

① 卞耀武主编：《当代外国公司法》，法律出版社，1996年版，第48页。

股东是一种激励和保护,另一方面对于那些无正当理由而滥用诉权的股东也是一种制约。我国的股东诉讼制度的建立经历了曲折的过程,1998年12月14日中国首例股民状告上市公司虚假陈述欺诈案在上海浦东新区法院受理,引起社会各界关注,但在1999年3月,法院裁定驳回。2001年9月下旬上市公司亿安科技的363位股东向法院递交诉状,但法院决定暂不受理。2001年9月24日,最高人民法院下发通知,暂停受理涉及虚假陈述、内幕交易及操纵市场等三方面的证券民事赔偿案件,理由是目前法院不具备审理条件。但仅隔近4个月之后,2002年1月15日,最高人民法院公布了受理因虚假陈述而引发的民事侵权纠纷的通知,从而开启了证券市场上因欺诈侵权行为而引起的民事索赔纠纷的大门。2002年1月18日,上市公司大庆联谊的股东委托律师起诉公司及经理层,同月24日哈尔滨中院正式受理了该起案件。虽然股东诉讼制度起步艰难,并且经历了许多波折,但毕竟迈出了第一步。股东的诉讼机制会最为有效地监督、制约经理层的行为,因为只有股东最关心公司的利益,公司的利益与他们的利益紧密相关。所以,我国法律对股东诉讼的规范与调整对监督和制约经理层的行为及对规范公司治理有着相当重要的作用。因此,新修改的《公司法》中,增加了股东诉讼的规定,《公司法》第150条和第152条规定,董事、高级管理人员在执行职务时有违反法律、行政法规或者公司章程规定的行为而给公司造成损失的,有限责任公司的股东、股份有限公司连续180日以上单独或者合计持有公司1%以上股份的股东,可以书面请求监事会或者不设监事会的有限责任公司的监事向人民法院提起诉讼,监事有上述行为的,上述股东可以书面请求董事会或者不设董事会的有限责任公司的执行董事向人民法院提起诉讼。前述监事会、监事、董事会、董事在收到书面请求后拒绝提起诉讼,或者自收到请求之日起30日内未提起诉讼,或者情况紧急、不立即提起诉讼将会使公司利益受到难以弥补损害的,前述股东有权为了公司的利益以自己的名义直接向人民法院提起诉讼。此外,《公司法》第153条还规定,董事、高级管理人员违反法律、行政法规或者公司章程的规定,损害股东利益的,股东可以向人民法院提起诉讼。①

① 陈文:《股权激励与公司治理法律实务》,法律出版社,2006年版,第126页。

参考文献

[1] 杨华:《上市公司并购重组和价值创造》,中国金融出版社,2007 年版。

[2] 陈文:《股权激励与公司治理法律实务》,法律出版社,2006 年版,第 41~42 页。

[3] 吴胜涛:《整体薪酬角度思考高级主管股权激励》,2006 年 1 月。

[4] 杨华:《公司治理的本土化研究》,经济科学出版社,2005 年版。

[5] 徐振斌:《期权激励与公司长期绩效通论》,中国劳动社会保障出版社,2003 年版。

[6] 刘园、李志群:《股票期权制度分析》,对外经济贸易大学出版社,2002 年版。

[7] 李曜:《股权激励与公司治理——案例分析与方案设计》,上海远东出版社,2002 年版。

[8] 国家经贸委企业司编:《企业股票期权运作实务》,中国财政经济出版社,2002 年版。

[9] 陈清泰、吴敬琏主编:《股票期权激励制度法规政策研究报告》,中国财政经济出版社,2001 年版。

[10] 陈清泰、吴敬琏:《美国企业的股票期权计划》,中国财政经济出版社,2001 年版。

[11] 陈清泰、吴敬琏:《股票期权实证研究》,中国财政经济出版社,2001 年版。

[12] 黄钟苏、高晓博:《经理激励与股票期权》,中华工商联合出版社,2001 年版。

[13] 吴冬梅:《公司治理结构运行与模式》,经济管理出版社,2001 年版。

[14] 李维安等:《公司治理》,南开大学出版社,2001 年版。

[15] 范黎波、李自杰:《企业理论与公司治理》,对外经济贸易大学出版社,2001 年版。

[16] 李维安:《中国公司治理原则与国际比较》,中国财政经济出版社,2001 年版。

[17] 倪建林:《公司治理结构:法律与实践》,法律出版社,2001 年版。

[18] 肖金泉、徐永前:《经营者持股与股票期权计划的规范设计》,企业管理出版社,2001 年版。

[19] 李维友:《经理人股票期权会计问题研究》,东北财经大学出版社,2001 年版。

[20] 梁能:《公司治理结构:中国的实践与美国的经验》,中国人民大学出版社,2000 年版。

[21] 文宗瑜、唐俊:《公司股份期权与员工持股计划》,中国金融出版社,2000 年版。

[22] 黄卓立、宋晓燕、叶永钢:《股票期权》,武汉大学出版社,2000 年版。

[23] 叶旭全:《股票期权制理论与实务指南》,企业管理出版社,2000 年版。

[24] 上海证券交易所:《公司治理:国际经验与中国的实践》,2000 年 11 月。

[25] 程俊杰等:"股票期权现象的一种制度解释",载《上海财经大学学报》第 2 卷第 4

期,2000 年 8 月。

〔26〕李健:《公司治理论》,经济科学出版社,1999 年版。

〔27〕张舫:《公司收购法律制度研究》,法律出版社,1998 年版。

〔28〕卞耀武主编:《当代外国公司法》,法律出版社,1996 年版。

〔29〕〔美〕国家员工所有权中心编:《股票期权的理论设计与实践》,张志强译,上海远东出版社,2001 年版。

〔30〕〔日〕青木昌彦等:《经济体制的比较制度分析》,魏加宁等译,中国发展出版社,1999 年版。

〔31〕〔美〕R.科斯:《财产权利与制度变迁》,上海三联书店,1991 年版。

〔32〕〔美〕钱德勒:《看得见的手——美国企业的管理革命》,中译本,商务印书馆,1987 年版。

〔33〕〔美〕彼特·德鲁克:《管理——任务、责任和实践》,孙耀君译,中国社会科学出版社,1987 版。

〔34〕〔英〕亚当·斯密:《国民财富的性质和原因的研究》下卷,中译本,商务印书馆,1981 年版。

〔35〕Stuart R. Veale, Stocks Bonds Options Futures, New York Institute of Finance, 2001.

〔36〕Carol E. Curitis, Pay Me In Stock Options, John Wiley & Songs, INC, 2001.

〔37〕Forbes April 3, 2000.

〔38〕David L. Ratner, Securities Regulation in a Nutshell, West Group, 1998.

〔39〕John C. Hull, Options, Futures, and Other Derivatives, Third Edition, Prentice-Hall, 1997.

〔40〕M. A. H. Dempster, S. R. Pliska, Mathematics of Derivative Securities, Cambridge University Press, 1997.

〔41〕D. Aboody, Market Valuation of Employee Stock Options, Journal of Accounting and Economics, 1996.

〔42〕W. Robert, Hamilton, The Law of Corporations, West Group, 1996.

〔43〕Margaret, M. Blair, Ownership and Control: Rethinking Corporate Governance for the Twenty-first Century, 1995.

〔44〕J. Charkham, Keeping Good Company: A Study of Corporate & Governance in Five Countries, Oxford Universities Press, 1994.

〔45〕David L. Rater, Securities Regulation, West Group, 1988.

〔46〕Klemkosky, C Robert, and T. S. Maness, The Impact of Options on the Underlying Securities, Journal of Portfolio Management 7, 1980.

修订版后记

光阴如梭,转眼间《上市公司股权激励理论、法规与实务》出版问世已有满岁。世事变迁,星移斗转,形势已非往年。为促使股权激励制度在我国上市公司的健康、稳妥推进,修订此书便刻不容缓,一时也不能懈怠。于是,我们便组织了一批人马,大有突击之意,以极快的速度动笔挥洒,便有了今天的新版奉献。

我要特别说明的是,在本书再版修订中,吸纳了由中国证监会上市公司部、北京大学、天相投资顾问有限公司联合课题组完成的《上市公司股权激励监管政策和制度创新研究》的最新研究成果,在此向这些单位表示感谢。中国证监会上市公司部赵立新、程绪兰、天相投资顾问有限公司石磊、北京大学张军、德勤会计师事务所徐振也为本书的再版修订做了大量工作,一并向他们致谢!

股权激励制度在我国上市公司中刚刚开始实施不久,截至本书修订时亦仅有80余家公司公告了股权激励方案,真正行权兑现的公司更是寥若晨星。可以说,此项制度的引入和推开,还须实践中各方的共同努力和市场的验证。相信随着这项制度的不断推进和完善,在实践中还会产生新的需要解决的理论、法规和相关的政策措施问题。作者将会跟踪研究,适时再作修订、补充和深化,今后,新的版本亦会奉献给广大关心和参与此项工作的读者。

最后,还要真诚地示意,由于时间上的原因和工作上的关系,本次修订肯定还会有很多不尽人意之处,不可能把所有的问题都能给大家一个满意的答复。不足不到之间,尚要请有识之士不吝指正,以待下次新修之时予以弥补。

杨　华
2009 年 4 月

后 记

随着中国证监会颁布《上市公司股权激励管理办法(试行)》，中国上市公司股权激励机制的建立得以真正破题。在此背景下，通过对股权激励基础理论的梳理、对海外股权激励制度的介绍、对国内相关法规的详细解读，以及对具体案例的深入分析，可以有助于上市公司更深刻和准确地了解股权激励制度，更好地理解当前股权激励的政策，并能更好地解决股权激励在实务上存在的问题。本书既可以作为制度研究和管理部门发展股权激励制度的参考，也可以作为上市公司高管和财务顾问从业人员培训的教材。

本书由中国证监会上市公司部主任杨华博士和申银万国证券研究所所长陈晓升共同编著，参与本书写作的还有国务院国资委企业分配局殷长波、中国证监会上市公司部汝婷婷、申银万国证券研究所杨成长、黄燕铭、李蓉、王文芳、蒋健蓉、王鹏、詹凌燕、丁芳艳、高健等同志，在此一并感谢！

股权激励虽然在海外已经发展得较为成熟，但在中国还只是刚刚起步，需要摸索和解决的问题还有很多。希望本书的出版，能对国内发展股权激励制度有所裨益，同时也能对股权激励制度的参与各方起到一定的参考作用。